KB068410

Lost Light

Lost Light

로스트 라이트

Lost Light

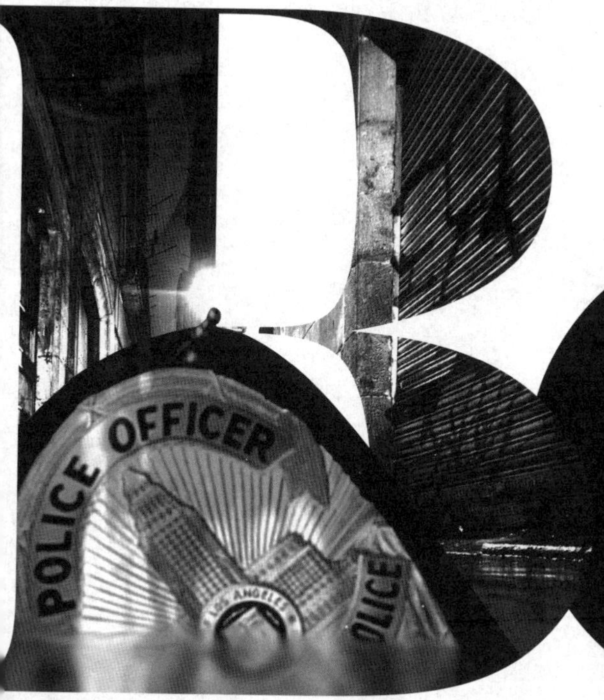

BOSCH

MICHAEL CONNELLY 마이클 코넬리 지음 | 이창식 옮김

RHK
알에이치코리아

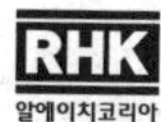

Media Review

"마이클 코넬리는 그의 책을 사는 독자들에게 항상 그 이상의 가치로 돌려준다. 에너지 넘치는 속도감과 매우 공들인 경찰소설로서의 위상도 높다. 그리고 분위기와 조연 캐릭터마저 풍부하고 감성적인 문장으로 묘사된다." _피플

"마이클 코넬리의 이야기 구성 능력은 독보적이다. 코넬리의 이야기는 스스로 생명력을 갖고 움직이는 것 같다." _뉴욕 타임스

"빠르게 전개되는 이야기. 결말은 예측 불가능하지만 언제나 그렇듯 만족스럽다. 《로스트 라이트》는 성공작이다." _덴버 포스트

"《로스트 라이트》는 기발한 플롯과 능숙한 글쓰기가 결합된 마이클 코넬리의 전형적 특징을 지닌 작품이다." _볼티모어 선

"코넬리의 주제는 냉철하면서도 무시무시하다. 그는 점점 더 완벽해지고 있다." _밀워키 저널 센티널

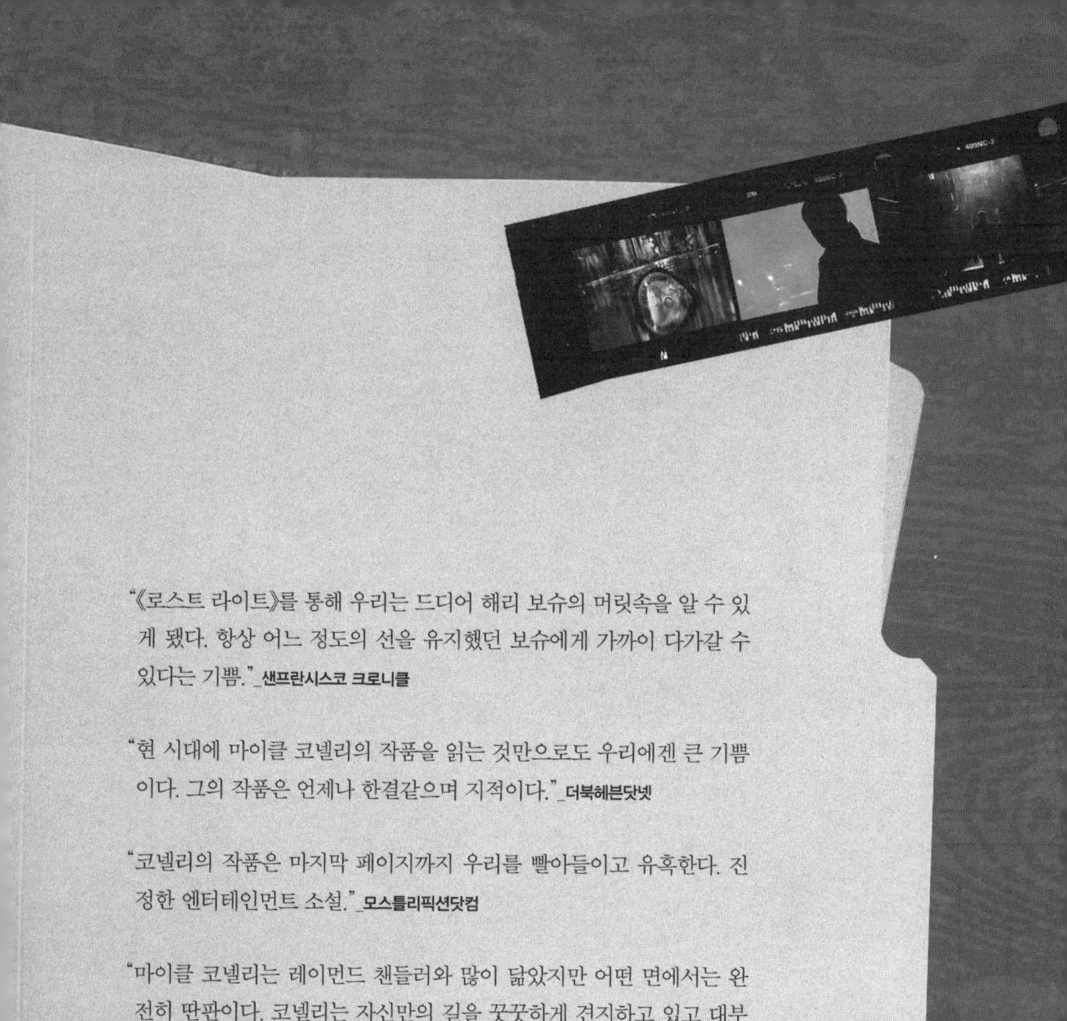

"《로스트 라이트》를 통해 우리는 드디어 해리 보슈의 머릿속을 알 수 있게 됐다. 항상 어느 정도의 선을 유지했던 보슈에게 가까이 다가갈 수 있다는 기쁨." _샌프란시스코 크로니클

"현 시대에 마이클 코넬리의 작품을 읽는 것만으로도 우리에겐 큰 기쁨이다. 그의 작품은 언제나 한결같으며 지적이다." _더북헤븐닷넷

"코넬리의 작품은 마지막 페이지까지 우리를 빨아들이고 유혹한다. 진정한 엔터테인먼트 소설." _모스틀리픽션닷컴

"마이클 코넬리는 레이먼드 챈들러와 많이 닮았지만 어떤 면에서는 완전히 딴판이다. 코넬리는 자신만의 길을 꿋꿋하게 견지하고 있고 대부분의 범죄 소설에서 부족한 리얼리티를 자신의 작품 속에서 완벽히 살려낸다." _디스 위크

Contents

이 책을

노엘, 메건, 샘, 데빈, 매디, 마이클, 브렌든,

코너, 캘리, 레이철, 매기,

캐티에게 바칩니다.

프롤로그

마음속에 있는 것들은 다함이 없다.

누군가에게 들은 말인데, 무슨 시에 나오는 한 구절이라고 했다. 어떤 것에 마음을 빼앗겨서 그 빨간 벨벳 주머니 안에 담아 놓으면, 그것은 항상 거기 있다는 뜻으로 그녀는 이해하고 있다고 했다. 무슨 일이 어떻게 일어나든, 그것은 마음속에서 항상 기다리고 있다는 뜻이었다. 그것은 어떤 사람이나 장소일 수도 있고, 꿈이나 사명 같은 것일 수도 있다고 했다. 신성한 것이면 무엇이든. 그것은 비밀 폴더 속에 있는 모든 것들과 연결되어 있으며, 그 자체의 모든 부분이고, 우리 가슴속에서 같은 박동으로 뛰며 언제나 거기 있을 것이었다.

난 지금 쉰두 살이지만 그 말을 믿는다. 오밤중에 몸을 아무리 뒤척여도 잠이 안 올 때, 그때 나는 그것을 깨닫는다. 모든 오솔길들이 연결되어 있는 것처럼 보이고, 내가 사랑하고 미워하고 돕고 상처 준 사람들이 눈앞에 떠오르는 그런 때, 나는 나를 향해 내민 손들을 본다. 심장

박동 소리를 듣고 내가 해야 할 일을 깨닫는다. 나는 나의 사명을 알고 있으며, 그것을 외면할 수도 뿌리칠 수도 없다는 걸 알고 있다. 마음속에 있는 것들은 다함이 없다는 걸 내가 깨닫는 것은 바로 그런 순간들이다.

01 영화제작자

알렉산더 테일러의 집 문을 노크했을 때 그 자신이 직접 나올 줄은 전혀 예상하지 못했다. 할리우드에 대해 내가 알고 있던 모든 것이 착각으로 느껴진 순간이었다. 10억 달러의 흥행 수입을 올린 사내는 누구한테도 손수 문을 열어주진 않는다. 그 대신 제복 입힌 하인을 하루 종일 현관에 세워두는 법이다. 그러면 그 하인은 나의 신분과 약속에 대해 꼼꼼하게 확인한 뒤에야 집 안에 들인다. 그가 나를 집사나 1층 하녀에게 인도하면, 그들 중 하나가 주인에게 안내하게 되어 있다. 발자국 소리는 눈 내리는 소리처럼 고요하게.

그런데 벨에어 크레스트 거리에 있는 그 저택에서는 그런 일이 일어나지 않았다. 진입로로 들어가는 대문은 아예 열려 있었고, 집 정면으로 돌아가 차를 세우고 문을 노크했을 때 얼굴을 내민 사람은 흥행 기록을 세운 바로 그 사람이었다. 그는 LA 국제공항 터미널만큼 거대한 집 안으로 나를 안내했다.

테일러는 거인이었다. 182센티나 되는 키에 몸무게는 110킬로그램이 넘었다. 그렇지만 풍성한 갈색 곱슬머리에 대조적인 파란 눈동자를 빛내며 그 덩치를 잘도 끌고 다녔다. 턱수염은 그의 이런 이미지에다 예술가다운 풍모를 더해 주었지만, 사실 그가 종사하는 분야는 예술과는 거의 상관이 없었다.

그가 착용한 하늘색 운동복은 내가 입고 있는 옷들을 다 합친 것보다 더 비쌀 것 같았다. 목을 단단히 감싸고 있는 하얀 타월 끝은 칼라 속으로 밀어 넣은 상태였다. 양쪽 볼이 발갛게 달아올랐고, 숨이 찬지 호흡이 거칠었다. 무엇을 하다 도중에 나왔는지 약간 흥분한 것처럼 보였다.

나는 가장 좋은 양복을 입고 왔다. 3년 전 거금 1천200달러를 주고 사 입은 외줄 단추 회색 양복이었다. 최근 9개월 동안 한 번도 입은 적이 없어 아침에 옷장에서 꺼냈을 땐 어깨에 먼지가 뽀얗게 앉아 있었다. 깨끗하게 면도하고 양복을 몸에 걸치자 아홉 달 전 그것을 옷걸이에 건 이후 처음으로 어떤 목적의식 같은 것이 느껴졌다.

"들어오시오. 오늘은 휴일이라 나 혼자 몸을 좀 풀고 있었지. 체육관이 홀 아래쪽에 있었기 망정이지, 안 그랬으면 노크 소리도 못 들을 뻔했소. 집이 워낙 넓어서 말이죠."

테일러의 말에 나는 적당히 맞장구를 쳐주었다.

"정말 운이 좋았습니다."

그는 집 안쪽으로 들어갔다. 내게 악수도 청하지 않았는데. 그러자 4년 전에 그를 처음 만났을 때도 그랬다는 생각이 떠올랐다. 그는 현관문 닫는 일도 내게 맡겨두었다.

"얘기를 나누는 동안 자전거타기 운동을 계속해도 되겠소?"

"아, 물론입니다."

우리는 대리석 복도를 따라 걸어갔다. 나는 세 걸음쯤 앞서 걸어가는 테일러의 뒤를 그의 측근처럼 따라갔다. 그에겐 그런 식이 가장 편한 모양이었고, 나도 별 불만이 없었다. 덕분에 주위를 둘러볼 수 있는 여유가 생겼으니까.

왼쪽의 창문들 너머로는 축구장만 한 장방형의 잔디밭이 영빈관이나 풀장처럼 보이는 건물과 이어져 있었다. 멀리 떨어진 건물 바깥에 골프 카트가 서 있었고, 본 저택으로 이어진 잘 깎인 잔디밭 위로 트랙들이 보였다. LA에서 살면서 지독한 빈민가와 으리으리한 고급 저택에 이르기까지 지겹도록 봐온 나였다. 그렇지만 시내에 있는 저택이 한쪽 끝에서 다른 쪽 끝까지 가기 위해 골프 카트가 필요할 만큼 거대한 건 처음 보았다.

오른쪽 벽을 따라 죽 걸려 있는 액자들 속에는 알렉산더 테일러가 그동안 제작한 수많은 영화들의 명장면이 들어 있었다. 그것들 중 몇 개는 텔레비전을 통해 광고와 함께 본 적이 있었다. 대부분이 30초짜리 광고 규격에 맞춘 액션 필름으로, 그것을 보고 난 뒤에도 실제로 영화를 보고 싶은 욕구는 별로 나지 않았다. 어떤 의미로도 예술이라 여겨지진 않는 것들이었다. 그렇지만 할리우드에선 그런 것들이 예술보다 훨씬 더 중요했다. 이익을 내니까. 가장 중요한 핵심은 이익을 내는 것이었다.

오른쪽으로 돌아가는 테일러를 따라 체육관으로 들어섰다. 개인의 신체단련에 대해 아주 새로운 생각을 하게 만드는 공간이었다. 거울로 된 벽을 따라 온갖 종류의 역기들이 놓여 있었고, 방 중앙에 설치되어 있는 복싱 링은 정식 규격처럼 보였다. 테일러는 유연한 동작으로 고정식 자전거에 오르더니 앞쪽에 달린 디지털 디스플레이의 버튼을 몇 개 누른 뒤 페달을 밟기 시작했다.

맞은편 벽 꼭대기에 나란히 설치되어 있는 세 대의 커다란 평면 스크린 텔레비전에서는 24시간 뉴스 채널들과 블룸버그 비즈니스 리포트가 경쟁하고 있었다. 블룸버그 스크린의 소리가 높아지자 테일러는 리모컨을 집어 들고 소리를 죽였다. 그것도 내가 기대하지 않았던 친절이었다. 그와 약속을 잡기 위해 여비서와 통화했을 때, 그녀는 이 대단한 사내가 전화를 하는 사이에 한두 가지 질문만 할 수 있어도 행운일 거라고 말했던 것이다.

"파트너는 없소?"

테일러가 불쑥 물었다.

"당신들은 세트로 움직이는 줄 알고 있는데."

"난 혼자 일하길 좋아합니다."

나는 그렇게 대답하곤 테일러가 자전거 위에서 리듬을 탈 때까지 조용히 기다려 주었다. 나보다 서너 살은 아래인 40대 후반이지만 훨씬 젊어 보였다. 그를 건강하고 젊게 유지시켜 주는 온갖 장비와 도구들에 둘러싸여 있어 그렇게 보이는지도 몰랐다. 어쩌면 얼굴 박피수술과 보톡스 주사 덕분일 수도 있었다.

"5킬로 정도 달릴 동안의 시간을 드리죠."

그는 목에 걸고 있던 타월을 벗겨 자전거 핸들에 걸쳤다.

"20분쯤 걸릴 거요."

"그 정도면 충분합니다."

나는 수첩을 꺼내려고 안주머니에 손을 넣었다. 수첩을 철하고 있는 꼬불꼬불한 용수철 끝 부분이 주머니 안감에 걸려 잘 빠지지 않았다. 무리한 힘을 가해 잡아당기자 헝겊 찢어지는 소리가 났다. 내가 무안해서 미소로 얼버무리려 하자, 테일러는 시선을 조용한 텔레비전 화면으로 돌려주었다.

그것은 내가 지금까지 살아오며 거의 잊고 있었던 자질구레한 일에 속한다. 지난 20여 년 동안 나는 재봉틀로 제본한 작은 수첩을 윗옷 안 주머니에 넣고 다녔다. 용수철로 철한 수첩은 허용되지 않았다. 무죄를 증명하는 페이지를 표 나지 않게 뜯어냈다고 영악한 변호사가 주장하고 나올 수 있기 때문이다. 제본한 수첩은 그런 문제를 막아줄 뿐만 아니라 주머니 안감을 물어뜯지도 않았다.

"당신 연락 받고 기뻤습니다."

테일러가 다시 입을 열었다.

"앤지 일이 늘 마음에 걸렸거든요. 오늘날까지도 말이죠. 앤지는 착한 애였어요. 그런데도 지금까지 아무 소식 없어서 난 당신들이 아예 포기한 줄 알았습니다. 하찮은 아이로 생각하고 말이죠."

나는 고개를 끄덕였다. 그의 여비서와 전화로 얘기할 때도 조심스레 말을 가려서 했다. 거짓말을 하진 않았지만, 그녀가 멋대로 짐작하게 내버려 둔 것에 대해서는 죄책감이 없지 않았다. 하지만 불가피한 일이었다. 만약 그녀에게 내가 전직 경찰이고 지금은 프리랜서로 옛날 사건을 조사하고 있다고 말했다면, 이런 거물급 영화제작자와 무슨 수로 면담을 할 수 있었겠는가?

"음, 시작하기 전에 오해가 있는 것 같아 짚고 넘어가겠습니다. 여비서가 뭐라 말씀드렸는지 모르겠지만, 난 이제 경찰이 아닙니다."

테일러는 페달 밟는 속도를 잠시 늦추었다가 곧바로 리듬을 회복했다. 빨갛게 달아오른 얼굴에서 땀이 줄줄 흘러내렸다. 그가 디지털 제어반으로 손을 뻗어 돋보기와 그의 영화제작사 로고가 박힌 얇은 카드 한 장을 집어 들었다. 미로처럼 생긴 물결무늬 디자인의 로고였다. 그 아래쪽에 볼펜으로 쓴 글씨들이 적혀 있었다. 그는 돋보기를 쓰고 카드를 비스듬히 살펴보며 말했다.

"여기 적힌 내용과는 다르군요? 10시 정각 LAPD 해리 보슈 형사라고 적혀 있는데. 오드리가 쓴 겁니다. 나와 18년 동안 함께 일한 여자예요. 밸리에서 쓰레기 같은 비디오가게 전용 영화를 찍을 때부터 함께 해왔는데, 아주 정확하고 유능한 여잡니다."

"아, 네에, 그렇겠죠. 작년까진 LA 경찰국에서 근무했습니다. 그런데 퇴직했죠. 전화로 얘기할 때 그 부분이 명확하게 전달되지 않았던 모양인데, 내가 당신이라면 그녀를 나무라진 않겠습니다."

"물론이죠."

그는 머리를 약간 숙이고 돋보기 위로 나를 살펴보았다.

"그래, 나를 찾아온 용무가 뭡니까, 보슈 형사? 아니, 이젠 보슈 씨라고 불러야 하나요? 이제 4킬로미터만 더 달리면 당신은 여기서 나가야 합니다."

테일러의 오른쪽에 벤치프레스가 놓여 있었다. 나는 그쪽으로 옮겨 앉아 셔츠 주머니에서 볼펜을 뽑아들고 기록할 준비를 했다.

"기억하실지 모르지만 우린 초면이 아닙니다, 테일러 씨. 4년 전 안젤라 벤턴의 시신이 그녀의 아파트 현관에서 발견되었을 때, 그 사건 담당 형사가 바로 나였거든요. 아치웨이 롯에 있는 아이돌론 영화제작사 당신 사무실에서 얘기를 나눴었죠. 키즈 라이더라는 내 파트너도 함께 갔었잖아요."

"기억납니다. 흑인 여자였죠. 앤지를 안다고 했었는데. 체육관에서 만났다고 했던가. 그 당시 당신들 두 사람은 나한테 상당한 혐의를 두고 있는 것 같았는데, 갑자기 내 눈앞에서 사라져버리더군요. 그 이후로 난 아무 소식도…."

"사건을 빼앗겼습니다. 우린 할리우드 경찰서 소속이었는데, 그 강도 사건이 일어난 지 며칠 후 LA 경찰국 강력계에서 사건을 접수했죠."

자전거에서 나지막한 차임벨 소리가 울렸다. 1.6킬로미터 달렸다는 신호였다.

"그 친구들도 기억나요."

테일러는 냉소적으로 말했다.

"그 나물에 그 밥이더군 뭐. 그 작자들도 내 눈엔 별 볼 일 없었소. 그 중 한 친구는 앤지 사건 수사보다 내 영화의 기술고문 자리에 더 눈독을 들였어요. 암튼 그 작자들은 어떻게 됐습니까?"

"한 명은 죽었고, 한 명은 퇴직했습니다."

잭 도시와 로턴 크로스 얘기였다. 둘 다 내가 아는 형사들로, 테일러의 평가와는 달리 유능한 수사관들이었다. 실력도 없는 자들이 로스앤젤레스 경찰국(LAPD) 강력계 형사가 될 수는 없다. 그렇지만 도시와 크로스가 수사과에서도 지독히 불운한 파트너로 알려져 있다는 얘긴 테일러에게 하지 않았다. 안젤라 벤턴 사건 수사로 여러 달째 시간을 끌고 있던 그들은 어느 날 점심 식사도 할 겸 사기진작을 위해 한잔하려고 할리우드에 있는 한 술집에 들렀다. 두 사람이 부스 안에 앉아 햄 샌드위치와 부시밀즈 위스키를 들고 있을 때 무장 강도가 들이닥쳤다. 문 쪽을 바라보며 앉아 있던 도시는 재빨리 권총을 뽑았지만 너무 늦었던 모양이었다. 그가 안전장치를 풀기도 전에 강도가 먼저 총을 발사했고, 도시는 바닥에 쓰러지기도 전에 사망했다. 강도가 다시 긁어댄 총알들은 크로스의 두개골을 스쳐 지나갔고, 목을 관통했고, 척추에도 한 발 박혔다. 바텐더는 마지막 근접사격으로 살해되었다.

"그래서 사건이 어떻게 됐습니까?"

테일러가 단조로운 목소리로 물었다. 형사 두 명이 피격된 것에 대해서는 아무 동정심도 느끼지 못한 표정으로 그는 자문자답했다.

"아무 진전도 없었어요. 지금쯤 그 사건 파일은 당신이 나를 만나러 오기 전에 옷장에서 꺼낸 그 싸구려 양복처럼 먼지를 잔뜩 뒤집어쓰고 있겠죠."

나는 그 모욕을 받아들일 수밖에 없었다. 그의 말에 동의한다는 듯 고개를 끄덕였다. 그가 화를 내는 이유가 아직도 이뤄지지 않은 안젤라 벤턴의 살해에 대한 복수 때문인지, 아니면 살인강도 사건 이후 영화 제작 중단에 대한 분노 때문인지 가늠하기 어려웠다.

"그자들 때문에 여섯 달 동안이나 동분서주했습니다, 테일러 씨."

나는 변명조로 말했다.

"그 이후 다른 사건들이 있었죠. 사건은 계속 일어나니까요. 당신이 만든 영화들과는 다릅니다. 그랬으면 좋겠지만."

"다른 사건들이야 항상 있죠. 노상 둘러대는 말 아닙니까? 과다한 업무 탓이라고. 그러는 동안 아이는 여전히 피살된 상태고, 돈은 여전히 행방불명이니 정말 유감이군요. 다음 사건이라. 빨리 넘어갑시다."

이젠 다 지껄였나, 하고 나는 기다렸다. 그런데 아직 남은 게 있는 모양이었다.

"그러다 4년이나 지난 지금에야 당신이 나타났군요. 그래, 무슨 얘깁니까, 보슈 씨? 앤지의 유족을 꼬드겨 당신을 고용하게 만들었나요?"

"아뇨. 그녀의 가족들은 모두 오하이오에 있습니다. 접촉한 적도 없어요."

"그러면 무슨 일로?"

"사건이 아직 안 풀렸소, 테일러 씨. 난 아직 그 사건에 관심이 있습니다. 지금은 어떤 식의 수사도 이뤄지고 있지 않다고 생각합니다."

"그래서 찾아오셨다?"

나는 고개를 끄덕였다. 그러자 테일러도 머리를 끄덕인 뒤 말했다.

"5만 달러 드리지."

"뭐라고요?"

"사건 해결하면 5만 달러 드리겠다고요. 못하면 영화를 포기해야 하니까."

"테일러 씨, 뭘 오해하신 것 같소. 난 당신 돈을 원하지도 않고, 이건 영화 얘기가 아닙니다. 내가 지금 원하는 건 당신의 협조뿐이오."

"잘 들어요. 좋은 스토리는 나도 금방 알아봐요. 과거의 한 사건에 꽂힌 형사의 이야기. 확실하게 증명된 우리 모두의 공통 주제 아닙니까. 5만 달러는 착수금으로 하고 잔금은 다시 얘기해 볼 수도 있소."

나는 수첩과 볼펜을 집어 들고 벤치프레스에서 일어섰다. 이런 식으론 얘기가 될 것 같지 않았다. 적어도 내가 생각하는 방향으로는.

"시간을 내어주셔서 감사합니다, 테일러 씨. 조사하다 막히면 또 도움을 요청하겠습니다."

내가 문 쪽으로 첫 걸음을 떼어놓았을 때 자전거에서 두 번째 차임벨 소리가 울렸다. 테일러가 등 뒤에서 말했다.

"마지막 구간이오, 보슈. 돌아와서 당신 요구를 말해 봐요. 5만 달러가 싫다면 그 돈은 굳은 걸로 생각하지 뭐."

나는 돌아와 그대로 선 채 수첩을 다시 열었다.

"강도 사건부터 시작하죠. 당신 회사에서 그 200만 달러에 대해 알고 있었던 사람들이 누구누굽니까? 촬영하기 위해 그 돈을 언제 가져오는지, 또 어떤 식으로 배달되는지에 대해 정확히 알고 있었던 사람들 말입니다. 특별히 기억나는 사람이나 일이 있으면 무엇이든 말씀해 주시죠. 스크래치를 뒤지는 일부터 시작할 생각입니다."

02 휴가의 끝

안젤라 벤턴은 자신의 스물네 번째 생일에 죽었다. 시체는 라브레아 부근 파운틴 거리에 있는 그녀가 살던 아파트 건물 현관 타일 바닥에서 발견되었다. 아파트 열쇠는 그녀의 우편함 속에 있었는데, 콜럼버스에서 그녀의 아버지 어머니가 따로따로 보낸 생일축하 카드 두 장과 함께 들어 있었다. 그들은 이혼하지 않은 것으로 밝혀졌다. 다만 자신들의 외동딸에게 각각 생일축하를 해주고 싶었던 것뿐이었다.

안젤라 벤턴은 교살당했다. 교살 전후, 아마도 교살 후겠지만, 살인자는 그녀의 블라우스를 찢고 브래지어를 위로 벗겨 젖가슴을 완전히 드러냈다. 그리고는 여자의 시체 위에서 자위행위를 한 게 분명했다. 그가 뿜어낸 약간의 정액은 나중에 법의학자가 채취하여 DNA 분석에 들어갔다. 탈취당한 그녀의 지갑은 끝내 발견되지 않았다.

사망 시각은 밤 11시에서 자정 사이였던 것으로 추정되었다. 그녀의 시체를 발견한 사람은 같은 아파트에 거주하던 남자로, 밤 12시 30분경 강아지를 산책시키려고 나가던 길이었다.

거기까지가 내가 인수받은 사건 내용이었다. 그때 나는 LA 경찰국 할리우드 경찰서 3급 형사로 발령받았다. 그리고 사건의 빠른 해결을 위해 파트너도 두 명이나 할당되어 세 명이 한 팀으로 뛰고 있었다. 키즈민 라이더와 제리 에드거와 나는 밤 1시에 호출 신호를 받고 잠에서 깨어나 그 사건을 배당받았다. 우리는 할리우드 경찰서에서 만나 크라운 빅 두 대에 나눠 타고 사건 현장으로 달려갔다. 그리고 그녀의 시체를 처음 본 시각은 피살된 지 약 두세 시간 지났을 때였다.

그녀는 피가 말라붙어 갈색으로 보이는 타일 위에 옆으로 쓰러져 있었다. 커다랗게 치뜬 눈동자는 빨갛게 충혈되었고, 바닥에 짓눌린 예쁘장한 얼굴은 찌그러져 있었다. 나는 여자의 드러난 젖가슴이 거의 납작하다는 것을 알았다. 마치 사내 가슴처럼 보이는 그녀의 젖가슴은 내면보다 외모를 더 중시하는 도시 생활에서 상당한 고민을 안겨주었을 것 같았다. 살인자는 그녀의 생명을 빼앗는 것만으로도 모자란 듯이 블라우스를 찢고 브래지어를 끌어 올려 그녀의 가장 취약한 부분까지 드러낸 것처럼 보였다.

그러나 내 기억에 가장 깊이 새겨진 것은 그녀의 두 손이었다. 생명을 잃은 육체가 타일 바닥에 떨어질 때 그녀의 두 손도 함께 떨어졌을 터였다. 그런데 몸 왼쪽으로 떨어지는 순간 그녀는 누군가에게 애원하는 것처럼 두 손을 머리 위로 뻗친 듯했다. 마치 르네상스 그림에서 본 사람들의 손처럼 하늘을 향해 구원을 빌고 있는 것처럼 보였다. 지금까지 수많은 살인 사건을 접해 보았지만, 이런 포즈로 누워 있는 시신은 본 적이 없었다.

바닥에 쓰러진 그녀의 형태에서 내가 너무 지나친 생각을 했는지도 모른다. 그렇지만 모든 사건들은 끝나지 않은 전쟁이나 다름없다. 그러니까 전투에 나설 때마다 어떤 준비가 필요하다는 걸 명심해야 한다. 나를 붙잡는 어떤 것. 혹은 나를 몰아가거나 끌어당길 단서 같은 것을 포착하기 위해서다. 이 사건 경우엔 피살자의 두 손이 그렇게 보였다. 나는 그녀의 두 손을 잊을 수가 없었다. 그것들은 나를 향해 뻗은 것처럼 보였다. 아직도 그렇다.

수사는 급물살을 탔다. 키즈민 라이더 형사가 피살자 얼굴을 알아봤기 때문이었다. 엘센트로에 있는 체육관에서 같이 운동하며 알게 되어 그녀의 이름까지 기억하고 있었다. 하지만 강력반에 근무하는 라이더는 일 때문에 정시에 운동을 하기 어려웠다. 맡은 사건의 형편에 따라 체육관에 나가는 날짜와 시간이 노상 바뀌었다. 가끔 벤턴과 만나 대화를 나누게 되는 것은 나란히 스테어매스터를 타고 달릴 때뿐이었다.

라이더는 벤턴이 영화제작 분야에서 경력을 쌓으려 한다는 걸 알았다. 그녀는 알렉산더 테일러가 사장으로 있는 아이돌론 영화제작사에서 제작보로 근무하고 있었다. 제작 스케줄은 촬영장소와 출연진의 형편에 따라 24시간 내내 오락가락했다. 그러다 보니 벤턴의 운동 시간도 라이더처럼 들쭉날쭉할 수밖에 없었다. 따라서 벤턴도 인간관계를 맺을 시간이 별로 없었다. 그녀가 라이더에게 말하기로는 지난 한 해 동안 남자와 데이트는 딱 두 번밖에 못 해봤고, 그래서 아직까지 변변한 남자 친구 하나 없다는 것이었다.

라이더와 벤턴 사이의 우정은 껍데기뿐이었고, 체육관 바깥에서는 만난 적도 없었다. 두 젊은 흑인 여성은 바쁜 직업 세계에서 지쳐 떨어지지 않기 위해 열심히 몸을 단련하고 있었고, 다른 세계로 향한 가파른 사다리를 올라타고 싶어 했다.

키즈 라이더가 그녀를 알고 있다는 사실만으로도 수사는 급물살을 탔다. 우리는 상대가 자신의 건강과 경력을 보살필 줄 아는 책임감 있고 자신만만한 한 젊은 여성이었음을 금방 알 수 있었다. 그것만 해도 온갖 복잡다단한 부류의 인간들을 조사해야 하는 번거로움을 덜어낼 수 있었다. 한 가지 께름칙한 것은 라이더가 강력반에서 맡은 살인 사건 피살자가 하필이면 아는 여자란 사실이었다. 그런 일은 처음이었다. 나는 살인 현장에서 라이더가 멈칫하는 것을 눈치챘다. 평소 같으면 현장에 도착하자마자 계속 지껄여대며 살인에 대한 이론을 전개했을 텐데 마지막 순간까지 침묵하는 것도 이상했다.

살인을 목격한 사람은 없었다. 아파트 현관은 거리에서 보이지 않아 살인자에게 완벽한 장소를 제공했다. 놈은 그 좁은 공간으로 숨어들어 외부로 노출될 염려 없이 여자를 공격할 수 있었을 것이다. 그렇지만 범행에 위험부담이 없진 않았다. 아파트 주민들이 드나드는 현관이기 때문에 언제든 벤턴과 살인자와 마주칠 수 있었다. 만약 개를 산책시킨 남자가 한 시간만 일찍 나왔더라도 범죄 현장을 목격할 수 있었을 것이다. 그랬다면 그는 여자를 구할 수 있었거나, 어쩌면 그 자신도 살인자에게 살해당했을 것이다.

가정일 뿐이었다. 이 사건에서는 수많은 가정들을 이끌어낼 수 있었다. 살인자의 범행은 특정한 사람을 노렸다기보다는 기회를 틈탄 공격처럼 보였다. 범인은 벤턴을 뒤따라와서 시야가 차단된 현관으로 들어갈 때까지 기다렸다. 하지만 그곳이 으슥하다는 걸 알았다면 미리 사전 답사하고 기다리고 있었을 가능성도 있었다. 덫을 놓고 기다리는 사냥꾼처럼.

그것도 가정이었다. 안젤라 벤턴은 키가 163센티에 지나지 않지만 젊고 강인한 여자였다. 그녀의 운동요법을 옆에서 지켜본 라이더 형사는 벤턴의 힘과 체력을 잘 알고 있었다. 하지만 그녀가 살인자에게 저항한 흔적은 보이지 않았다. 손톱 속을 긁어내어 조사해 봤지만 다른 사람의 피나 피부 조직이 나오진 않았다. 혹시 아는 남자였을까? 왜 살인자에게 저항하지 않았을까? 블라우스를 찢고 브래지어를 벗긴 뒤 자위행위를 한 것을 보면 성심리적 동기에서 저지른 단독범행으로 보였다. 그렇지만 살기 위해 몸부림친 흔적이 전혀 없는 것은 벤턴이 순간적으로 완전히 제압당했다는 얘기였다. 혹시 살인자가 한 명 이상이었을까?

처음 24시간 동안 우리는 증거 수집과 피살자 가족에게 통지하는 일, 범죄 현장과 연결되는 사람들을 만나 면담하느라 바빴다. 여러 가지 가정들을 검토하며 세부조사에 들어가기 시작한 것은 그다음 24시간 동안이었다. 그리고 이틀째 끝 무렵에야 우리는 범행 현장이 연출되었다는 결론에 도달했다. 범인이 전혀 다른 범행을 저지른 것처럼 현장을 꾸며놓았던 것이다. 경찰보다 자기가 더 영리하다고 생각하고 있는 살인자가 자신의 범행을 거리의 성범죄자에게 미뤘다는 것을 우리는 알았다.

우리를 그런 방향으로 기울게 만든 것은 시신에서 발견된 정액이었다. 현장 사진들을 검토하던 나는 피살자의 몸을 가로질러 뿌려진 정액 방울들이 궤도를 그리고 있는 것을 주시하게 되었다. 그런데 각 방울들의 모양이 동그랬다. 일반 수사 지식에 의하면 표면에 똑바로 떨어진 혈액 방울들은 그 모양이 동그랗다. 그러나 피를 표면에 비스듬히 뿌리거나 쏘면 떨어진 혈액 방울들은 타원형을 이룬다. 우리는 행동과학실 혈액분석관에게 정액을 표면에 뿌리거나 쏘았을 때도 혈액과 같은 형태를 이루는지 문의했다. 그렇다는 대답이 돌아왔다. 이상 징후 하나가 밝혀진 것이다. 수사 초점을 흐릴 목적으로 살인자가 용기에 담은 정액을 살인 현장으로 가져와 시신 위에 흘렸을 가능성이 아주 높아졌다.

우리는 수사 초점을 조정했다. 이젠 더 이상 여자가 포식자의 사냥터로 들어가다 살해당한 사건으론 보지 않았다. 안젤라 벤턴은 처음부터 살인자의 영역에 있었다. 그녀의 생활과 환경 속의 무언가가 살인자를 끌어들였을 것이다.

살인자가 그녀를 죽일 계획을 세우도록 만들었던 미지의 어떤 것을 찾아 우리는 그녀의 삶과 일을 파헤치기 시작했다. 어떤 놈이 안젤라 벤턴을 죽이고 싶어 했고, 그자는 자기가 한 짓을 거리의 사이코가 한 것처럼 속일 수 있다고 생각했다. 우리도 언론에는 성범죄 살인 사건으로 흘리면서 속으로는 다른 곳을 뒤지고 다녔다.

수사 사흘째 되는 날, 에드거가 검시보고서와 산더미 같은 서류를 뒤지는 동안 나와 라이더는 계속 현장을 뛰었다. 우리는 멜로즈의 아치웨이 픽처스에 있는 아이돌론 영화제작사 사무실 안에서만 열두 시간을 보냈다. 알렉산더 테일러는 아치웨이에 있는 사무실의 3분의 2에 가까운 공간을 영화제작 기계로 채우고 있었다. 종업원이 50명도 넘었다. 제작보라는 직책상 안젤라 벤턴은 그들 모두와 상호협조하던 사이였다. 제작보라는 위치는 할리우드의 먹이사슬에서 맨 밑바닥에 해당된다. 벤턴은 사환 내지 심부름꾼이었다. 사무실도 없었고, 창문 없는 우편물실에 책상 하나 달랑 놓고 지냈다. 하지만 그건 중요하지 않았다. 그녀는 아치웨이의 사무실들 사이를 항상 뛰어다니고 촬영 현장에도 노상 들락거려야만 했으니까. 그 당시 아이돌론은 별도의 촬영장과 LA 주위에서 영화 두 편과 TV 쇼 하나를 동시에 찍고 있었다. 그것들 각각은 그 자체가 하나의 작은 천막 도시를 이루고 있었고, 거의 매일 밤마다 이삿짐을 꾸려 촬영장 사이를 옮겨 다녀야만 했다. 이 천막 도시에 속하는 100여 명과 면담하고 소통하는 것이 영화제작보 안젤라 벤턴에게 주어진 일이었다.

할 일이 산더미 같았다. 우리는 탐문수사를 지원해줄 추가인원을 요청했지만 서장은 여유가 없다고 했다. 라이더와 나는 아치웨이에 있는 회사 본부에서 벤턴과 일한 사람들과 면담하느라 하루를 몽땅 보냈다. 그리고 그때 딱 한 번 알렉산더 테일러와도 얘기를 나눴다. 라이더와 나는 30분쯤 그와 얘기를 나눴지만 지극히 형식적이었다. 그는 물론 벤턴을 알지만 잘 알진 못했다고 말했다. 그 여잔 맨 밑바닥이었고 그는 맨 위였다. 서로 만나는 경우도 드물었지만 만나도 잠시면 끝나곤 했다. 벤턴은 입사한 지 6개월도 안 되었고, 테일러가 직접 채용한 것도 아니었다.

탐문수사 첫날 우린 아무것도 건지지 못했다. 회사 본부에서 근무하는 사람들과 일일이 면담했지만 새로운 수사 방향과 초점을 알려줄 실마리는 찾지 못했다. 완강한 벽에 부딪힌 느낌이었다. 안젤라 벤턴을 죽이고 싶은 동기를 지녔을 만한 자에 대해 아주 작은 힌트라도 제공한 사람은 아무도 없었다.

그다음 날 우리는 제작 현장에 있는 사람들을 면담하기 위해 각자 쪼개졌다. 에드거는 TV 드라마 제작자들을 만나러 발렌시아로 나갔다. 가정용 코미디였는데, 외동딸이 부모가 동생들을 더 낳지 못하게 꼼수를 쓰는 얘기였다. 라이더는 샌타모니카에 있는 자기 집에서 가까운 영화 촬영장으로 갔다. 익명의 밸런타인데이 카드를 받은 한 남자가 아름다운 여자를 만나게 되어 사랑하게 되었는데, 거짓에서 피어난 사랑이 그의 가슴속에서 암처럼 자라난다는 얘기였다. 나는 할리우드에서 촬영 중인 두 번째 영화 제작진을 맡았다. 어떤 도둑이 마피아 돈인 줄도 모르고 200만 달러가 든 가방을 훔친다는 범죄 액션 영화라고 했다.

3급 형사인 나는 우리 팀의 리더였다. 따라서 나는 나와 팀 동료들이 제작 현장을 방문할 거라는 얘기를 테일러나 그의 제작진들에게 통보하지 않기로 했다. 그들에게 준비할 여유를 주고 싶지 않았기 때문이다.

그다음 날 우리는 각자 한 군데씩 맡아 사전 통보도 없이 제작 현장에 들이닥쳤고, 경찰 신분증의 위세로 밀고 들어갔다.

내가 세트장에 도착한 직후부터 일어났던 일들은 파일에 자세히 기록되어 있다. 나는 가끔 그 당시 수사 활동을 반추하며 그때 하루만 더 일찍 제작 현장을 덮쳤더라면 좋았을 뻔했다는 생각이 들곤 한다. 만약 그랬다면 누군가로부터 그 돈 얘기를 들었을 테고, 그러면 사건을 재구성할 수 있었을 거라는 생각이 드는 것이다. 하지만 그 당시 우리들의 수사는 적절했다. 우리는 제때 제대로 행동했고, 나는 그것에 대해 후회하진 않는다.

그러나 나흘째 되던 날 아침 수사권은 내 손을 떠났다. 아침부터 LAPD 강력계 형사들이 들이닥치더니 사건을 접수했다. 담당 형사는 잭 도시와 로턴 크로스로 바뀌었다. 그 사건에는 강력계가 좋아하는 모든 요소가 포함되어 있었다. 영화, 돈, 살인. 하지만 그들은 아무것도 해결하지 못한 채 다른 사건들로 넘어갔다. 그리고 냇의 술집에 햄 샌드위치와 위스키 한 잔을 즐기려고 들어갔다가 그 일을 당했다. 담당 형사 잭 도시가 피살되자 벤턴 사건도 함께 죽은 것처럼 보였다. 크로스는 살아남았지만 온전히 회복되진 않았다. 6주간의 코마 상태에서 깨어난 그는 총격 사건에 대한 기억도 없었고 목 아래쪽으로는 아무 감각도 느낄 수 없었다. 호흡도 기계의 힘을 빌어야만 가능했다. 살아도 산 목숨이 아니다 보니, LA 경찰국 사람들 대부분은 그의 행운이 잭 도시의 불운보다 나쁘다고 생각하게 되었다.

그러는 사이 안젤라 벤턴 사건 파일에는 먼지만 쌓여갔다. 도시와 크로스가 손 댄 모든 것들은 그들의 불운으로 얼룩졌다. 재수 옴 붙었다는 생각에 아무도 벤턴 사건을 더 이상 수사하려 들지 않았다. 강력계에서는 6개월마다 파일을 뽑아내어 먼지를 털어내고 날짜를 적은 다음 수사 내역에 '진전 없음'이라고 기록한 후 다시 제자리에 꽂으면 그만이었다. LAPD에서는 그것을 '선량한 관리자의 주의 의무'라 일컬었다.

4년이란 세월이 흘렀고, 이제 나는 퇴직했다. 그러면 좀 편안해질 줄 알았다. 은행 융자 없는 집도 있고 현찰로 구입한 자동차도 있었다. 연금도 내가 쓰고 남을 만큼 나왔다. 마치 휴가를 즐기고 있는 기분이었다. 할 일도 없고, 걱정도 없고, 문제도 없었다. 그런데도 마음속 깊은 곳에서 뭔가 놓쳐버린 느낌을 떨쳐내기 어려웠다. 나는 공연을 기다리는 재즈 뮤지션 같은 삶을 살고 있었다. 밤늦도록 멍하니 벽만 바라보고 있거나, 적포도주를 너무 많이 마셔댔다. 악기를 전당포에 가져가서 잡히든가, 당장이라도 그것을 연주할 곳을 찾지 않으면 안 되었다.

그러고 있을 때 바로 그 전화를 받았다. 로턴 크로스가 걸어온 전화였다. 내가 퇴직한 뒤에야 그는 마침내 언어 능력을 회복한 모양이었다. 자기 부인한테 전화를 걸게 한 다음 그녀가 전화기를 붙잡고 있는 상태에서 크로스는 내게 말했다.

"해리, 안젤라 벤턴에 대해 생각해본 적 있습니까?"

"늘 생각하고 있지."

"나도 그렇습니다, 해리. 기억이 되살아나 노상 그 생각만 하게 되는군요."

그게 전부였다. 할리우드 경찰서를 마지막으로 걸어 나오면서 정말 지긋지긋하다, 시체 살피는 일도 지긋지긋하고, 어떤 놈을 붙잡고 신문하는 일도 지겹다고 생각했었는데, 그게 말짱 거짓말이었다. 그러면서도 나는 양다리를 걸쳤는데, 할리우드 경찰서 강력반에 12년 근무하는 동안 발생한 미결 사건 파일들을 모조리 복사해서 가지고 나왔던 것이다.

안젤라 벤턴의 파일도 거기 포함되어 있었다. 파일을 열어보지 않아도 나는 거기 적힌 세부사항과 폭행당해 드러난 몸으로 타일 바닥에 쓰러져 있던 그녀의 모습을 떠올릴 수 있었다. 그만큼 뇌리에 깊이 새겨져 있었다. 하지만 그 이후 200만 달러 강탈 사건으로 인해 그녀의 죽음 따위는 별로 중요하지 않은 것처럼 되어버렸다.

나는 그 사건을 종결하지 못했다. 그러기도 전에 힘센 놈들이 사건을 빼앗아 가버렸기 때문이다. LA 경찰국의 풍토가 그런 걸 내가 어쩔 것인가? 하지만 그때는 그때고 지금은 지금이다. 로턴 크로스의 전화는 내 생각들을 완전히 바꿔 놓았다. 기약 없는 휴가를 끝장내고 내게 일거리를 안겨주었던 것이다.

03 사명

내겐 이제 경찰 신분증이 없지만, 그것을 가지고 다니던 때의 수천 가지 버릇과 육감은 아직 고스란히 살아 있었다. 담배 끊은 놈의 손이 습관적으로 빈 주머니를 더듬듯 내 손도 걸핏하면 경찰 신분증을 넣어 두던 주머니로 자꾸만 갔다. 30년 가까운 세월을 국가 조직 안에서 살면서 외부 세계와의 고립을 심화시켜왔고 '우리와 그들'이라는 윤리관을 발전시켰다. 정의 실현 광신도 집단의 일원이었던 나는 거기서 잘려 나와 바깥 세계의 일원이 되었다. 이젠 더 이상 '우리'의 일원이 아니라 '그들'의 일원인 것이다.

몇 개월이 지나는 동안 단 하루도 경찰서를 박차고 나온 것을 후회하거나 축하하지 않고 지나간 날이 없었다. 그 기간에 내가 한 가장 큰 일은 경찰 신분증의 위력을 나의 개인적 업무와 분리하는 것이었다. 오랜 세월 동안 나는 그 두 가지를 불가분의 것으로 믿어왔다. 한 가지가 없이는 다른 것도 가질 수 없었던 것이다. 하지만 몇 주가 지나고 몇 달이 경과하자, 나의 정체성이 경찰 신분증을 대체하고도 남을 만큼 크다는 걸 깨닫게 되었다. 나의 사명은 간섭받지 않았다. 경찰 신분증이 있든 없든 이 세상에서 내가 해야 할 일은 죽은 자 편에 서는 것이었다. 나는 현관으로 가서 죽은 자들의 온갖 목소리를 담고 있는 먼지 덮인 파일 상자를 꺼냈다. 기억 속에서 그들은 내게 호소했다. 범죄 현장의 모습들도 떠올랐다. 그들 중에서도 안젤라 벤턴의 모습이 가장 선명했다. 두 팔을 마치 나를 향해 내밀고 있는 것처럼 스페인 타일 바닥에 모로 쓰러져 있던 그녀의 나신.

마침내 내가 할 일을 찾았다.

04 사건 현장

알렉산더 테일러와 얘기를 나눈 그다음 날 아침, 나는 우드로 윌슨 거리에 있는 내 집 식당 테이블에 혼자 앉아 있었다. 부엌에서 뜨거운 커피가 담긴 주전자를 가져다 놓고, 디스크 체인저에는 아트 페퍼(미국의 재즈 색소폰, 클라리넷 연주자-옮긴이)의 최근 연주를 시대별로 걸었다. 그런 다음 안젤라 벤턴의 파일을 꺼내어 보고서와 사진들을 식탁 위에 죽 펼쳐 놓았다.

사건 파일은 불완전했다. 내 수사가 초점을 찾기도 전에, 또 여러 가지 보고서를 작성하기도 전에 강력계에서 빼앗아 갔기 때문이다. 겨우 시작한 시점에 머물러 있었다. 그렇지만 4년 가까운 세월이 지나 사건 현장도 사라진 지금 내 손에 남은 건 그게 전부였다. 그 밖에 또 있다면 그 전날 알렉산더 테일러가 건네준 명단 정도였다.

명단의 이름들을 추적하여 면담 계획을 세우며 하루를 보내는 동안 파일에 첨부되어 가장자리가 누렇게 변한 신문 스크랩이 눈에 띄었다.

나는 그것을 들치고 자세히 살펴보기 시작했다.

애초에 안젤라 벤턴 살인 사건은 〈LA 타임스〉에 짤막한 기사로 보도되었을 뿐이었다. 나는 그 기사를 보고 실망했던 기억을 떠올렸다. 당시 우린 목격자를 찾고 있었다. 범행 현장뿐만 아니라 살인자의 차량이나 도주로 등을 목격한 사람이 필요했다. 또한 피살자가 습격당하기 전에 어디서 무엇을 했는지도 알아볼 필요가 있었다. 그날이 그녀의 생일이었던 것이다. 귀가하기 전에 어디서 누구와 저녁을 보냈을까? 시민들의 제보를 자극하는 가장 좋은 방법이 뉴스 기사였다. 〈LA 타임스〉가 벤턴 살인 사건을 잘 보이지도 않는 뒷면에 조그맣게 싣는 바람에 시민들의 제보를 전혀 받지 못했다. 울화통이 터져 기자한테 전화로 따졌더니, 여론조사에 의하면 요즘 독자들은 죽음이나 비극적인 얘기는 지겨워한다는 것이었다. 그래서 범죄 기사를 실을 자리는 점점 줄어들고 있어서 담당 기자로서도 방법이 없다고 했다. 그녀는 위로용으로 그다음 날 신문에 업데이트 기사를 쓰면서 경찰이 시민들의 제보를 기다리고 있다는 한 줄을 첨가했다. 하지만 그 기사는 첫날 기사보다 더 짧아서 보이지도 않았다. 하루 종일 기다렸지만 제보 전화는 한 통도 없었다.

그러나 사흘 뒤엔 분위기가 완전히 바뀌어 벤턴 사건이 신문 1면을 장식하고 텔레비전마다 떠들어대기 시작했다. 나는 1면에서 스크랩한 기사 한 조각을 집어 들고 다시 읽기 시작했다.

영화 세트장에서 경찰과 강도들이 진짜 총격전

1명 사망, 1명 부상

케이샤 러셀, 〈타임스〉 스탭 기자

금요일 오전 할리우드에서는 거짓말 같은 사건이 현실로 벌어졌다. 현금 200만 달러를 강탈하는 영화 장면을 촬영하기 위해 은행에서 빌려온 200만 달러를 노리고 습격해온 진짜 강도들이 경찰과 경비원을 상대로 총격전을 벌였다. 총에 맞은 은행 직원 두 명 중 한 명은 사망한 것으로 밝혀졌다.

무장 강도들은 경비원들과 마침 촬영 현장에 있던 현직 경관들에게 총격을 가한 뒤 현찰 200만 달러를 탈취하여 도주했다. 나중에 발견된 도주용 차량에 혈흔이 남아 있는 것으로 볼 때, 범인들 중 하나도 총에 맞은 것으로 보인다고 경찰은 말했다.

영화배우 브렌다 바스토는 총격이 벌어졌을 때 가까운 트레일러 안에 있었기 때문에 다치지 않았으며, 실제 총격 장면을 목격하지도 못했다고 말했다.

경찰 대변인 발표에 의하면 사건은 오전 10시 조금 전 셀마 거리에 있는 한 주택 바깥에서 일어났다. 집 안에서 촬영할 때 소도구로 사용하게 되어 있는 현금 200만 달러를 실은 장갑수송차가 현장에 도착했다. 정확한 숫자는 밝히지 않았지만 당시 촬영 현장에는 무장한 여러 경비원과 경관들이 삼엄한 경계를 서고 있었다고 한다.

치명상을 당한 사람은 촬영 현장으로 현금을 운반했던 LA 은행(BankLA) 경비 팀장 레이먼드 본(43) 씨로 밝혀졌고, 동행했던 경비원 라이너스 사이먼슨(27) 씨도 부상을 입었다. 가슴 아래쪽에 총알이 박힌 그는 시더스 시나이 의료센터에서 수술을 받고 금요일 밤 안정을 되찾은 것으로 알려졌다.

LA 경찰국의 잭 도시 형사는 경비원 두 명이 장갑수송차에서 현금을 집 안으로 옮기고 있을 때 근처에 주차하고 있던 밴에서 중무장한 세 사내가 뛰어내렸다고 말했다. 밴 운전석에는 또 한 사내가 앉아 있었다. 총잡이들은 경비원들로부터 현금이 든 네 개의 가방을 빼앗았다. 그리고 밴으로 퇴각하며 그중 한 놈이 총을 갈겨댔다.

"순식간에 아수라장으로 변했어요. 총격전이 벌어졌죠."

도시 형사의 말이었다.

총격이 왜 시작되었는지 금요일엔 분명하지 않았다. 촬영 현장에서 경비원들은 강도들에게 아무 저항도 하지 않았다고 목격자들은 경찰에서 진술했다.

"범인들이 무턱대고 총을 쏘기 시작했다는군요."

로턴 크로스 형사가 전했다.

현장을 순찰하던 최소한 두 명 이상의 순찰대원과 경비원 몇 명이 대응사격을 시작했고, 트레일러 안에서 별도의 수사를 진행하고 있었던 것으로 알려진 해리 보슈라는 형사도 반격에 가담했다.

경찰이 어제 추정한 바에 의하면 그 무차별 사격에서 발사된 탄환은 어림잡아 100여 발에 달할 거라고 했다. 불과 1분 이내에 쏟아낸 것이었다는 목격자의 진술도 따랐다. 강도들은 일제사격을 끝내기가 바쁘게 밴을 몰아 달아났다. 총탄 구멍들이 숭숭 난 그 밴은 후에 할리우드 프리웨이로 들어가는 선셋 대로 근처에서 발견되었고, 조사 결과 그 전날 밤 영화 스튜디오 주차장에서 도난당했던 차량으로 밝혀졌다.

"아직까지 범인들의 신원이 밝혀지지 않았습니다. 수사에 도움이 될 만한 여러 가지 단서들을 추적하고 있는 중이죠."

잭 도시 형사의 말이었다.

총격전은 영화제작자들의 야영장에 현실을 깨닫게 하는 계기를 제공했다.

"처음엔 소품 담당자들이 공포탄을 쏘는 줄 알았어요."

필름 프로젝트의 제작보인 숀 오말리가 말했다.

"꼭 장난 같았다니까요. 그런데 사람들이 비명을 지르며 쓰러지고 진짜 총알들이 집을 막 때리는 거예요. 이건 진짜구나 싶더군요. 나는 기도를 올리며 데크로 달려 나가다 사람과 부딪쳤습니다. 정말 무서웠어요."

제목을 정하지 않은 그 영화는 어떤 도둑이 라스베이거스의 마피아로부터 200만 달러가 담긴 여행가방을 훔쳐 로스앤젤레스로 도망치는 얘기였다. 전문가들 얘기로는 영화 제작에서 진짜 돈을 사용하는 경우는 거의 없다고 한다. 그런데도 볼프강 하우스 감독은 셀마 거리의 저택에서 찍는 장면들은 여자 도둑 역할을 맡은 브렌다 바스토와 현금을 클로즈업해야 할 일이 많기 때문에 반드시 진짜 돈이어야 한다고 고집했다는 것이다.

각본에 의하면 브렌다는 훔친 돈을 침대 위에 쏟아붓고 그 속에서 뒹구는가 하면,

자축하는 의미로 돈을 공중에 마구 뿌린다고 했다. 그것으로도 모자라 욕조에다 돈을 가득 채우고 알몸으로 그 속에 파묻히기까지 하는데, 그런 장면들을 찍으면서 가짜 돈을 사용하면 금방 표가 나서 김이 샌다는 것이 볼프강 하우스 감독의 주장이었다. 또한 진짜 돈을 사용하면 배우들의 연기도 훨씬 더 좋아진다고 했다.

"가짜 돈을 사용하면 연기도 가짜가 되기 쉬워요. 난 그 이상의 연기를 원하거든요. 난 브렌다가 200만 달러를 훔친 걸 온몸으로 느끼도록 하고 싶습니다. 그러자면 달리 방법이 없어요. 내 영화에서 진실과 정확성을 빼면 남을 게 없죠. 가짜 돈을 사용하면 영화도 가짜가 되고, 그걸 보는 사람들은 모두 가짜라는 걸 알게 될 겁니다."

영화제작사인 아이돌론 프로덕션은 은행 측으로부터 현찰 200만 달러와 특수 경비원들을 하루 빌리기로 했다고 경찰은 기자들에게 설명했다. 돈을 싣고 온 무장차량은 현장에서 대기하고 있다가 영화촬영이 끝나자마자 돈을 회수해서 돌아가기로 약속되어 있었다. 돈다발은 모두 100달러짜리 지폐로 2만 5천 달러씩 묶은 것이었다.

영화제작사 대표인 알렉산더 테일러 씨는 강도 사건이나 영화촬영에 진짜 돈을 사용하기로 결정한 것에 대해 언급하기를 거부했다. 또 돈을 강탈당할 것에 대비해서 보험에 들었는지도 확인되지 않았다.

경찰은 또 총격이 벌어졌을 때 보슈 형사가 현장에 있었던 이유에 대해서도 밝히길 거부했다. 그렇지만 〈타임스〉에 제보한 믿을 만한 소식통에 의하면 보슈 형사는 나흘 전 할리우드의 한 아파트 현관에서 교살된 채 발견되었던 안젤라 벤턴(24) 사건을 수사하고 있었던 것으로 알려졌다. 벤턴은 아이돌론 프로덕션 여직원이었는데, 현재 경찰은 그녀의 피살 사건과 이번 무장 살인강도 사건의 관련 가능성에 대해서도 조사하고 있다.

브렌다 바스토는 자신의 홍보 담당자를 통해 "저는 이번 사건으로 심한 충격을 받았으며, 희생당한 분들의 가족에게 깊은 애도의 뜻을 표합니다."라고 발표했다.

LA 은행 측 대변인은 레이먼드 본 씨가 지난 7년 동안 은행 경비원으로 근무해왔으며, 뉴욕 경찰국과 펜실베이니아 경찰국에서 근무한 전직 경관이었다고 말했다. 부상당한 은행 직원 라이너스 사이먼슨 씨는 200만 달러를 영화촬영장에 1일 대출하기로 결정한 부은행장 고든 스캑스 씨의 비서로 밝혀졌다. 스캑스 씨와의 면담이나 대화는 이루어지지 않았다.

제작 중이던 영화는 일단 중단되었다. 금요일 현재 카메라가 언제 다시 돌아가게 될지, 그리고 진짜 돈을 촬영에 다시 사용할 수 있을지는 불분명하다.

나는 그날의 초현실적인 장면을 떠올렸다. 총격전이 끝난 후의 화약 연기와 사람들의 비명 소리. 바닥에 엎드린 사람들이나 내 위에 쓰러진 사람은 자신들이 총에 맞았는지 어떤지도 알지 못했다. 강도들의 밴이 현장을 떠난 한참 후까지도 몸을 일으키는 사람이 아무도 없었다.

스크랩에서 관련 기사들을 훑어보았다. 아무리 사전조치를 철저히 취한다 하더라도 영화촬영장에서 진짜 돈을 사용한다는 것은 매우 드물다는 것에 초점을 맞춘 기사들이었다. 현찰 200만 달러의 부피는 작은 여행가방 네 개를 가득 채울 수 있는 양이었으며, 그만한 양의 돈을 한 카메라에 다 담기는 어렵다고 기사는 정확히 지적했다. 그런데도 영화제작사는 그럴싸하게 보이려면 진짜 돈 200만 달러를 사용해야 한다는 감독의 요구를 받아들였다. 하지만 익명의 내부자들과 할리우드 소식통이 시사하는 바에 의하면 그것은 돈이나 그럴싸함, 심지어 예술을 위한 것도 아니며 단지 영향력 과시에 불과했다.

볼프강 하우스 감독은 자신이 그렇게 할 수 있기 때문에 한 것뿐이었다. 그는 한 편에 2억 달러 이상 들어가는 시리즈 영화들을 끝내가고 있었다. 4년이란 짧은 기간에 작은 독립 영화들을 만들어 할리우드의 강자로 부상한 감독이었다. 200만 달러를 진짜 돈으로 요구한 것은 다소 진부한 장면에 활기를 불어넣기 위해 자신의 힘을 시험해본 것이었다. 그에겐 200만 달러를 촬영 현장에 가려오라고 요구할 만한 힘이 있었다. 할리우드 자존심에 관계되는 문제였는데, 다만 이번엔 살인 사건이 연루되었을 뿐이었다.

나는 강도 사건이 일어난 이틀 후에 발표된 후속기사로 옮겨갔다. 수사상 새로 밝혀진 자질구레한 정보 몇 개를 첫날 기사에 보태어 재탕한 내용이었다. 체포된 놈도 없고 용의 선상에 떠오른 자도 없었다. 가장 특기할 만한 내용은 문제의 영화를 후원하던 워너 브러더스 스튜디오가 손을 뗐다는 것이었다. 여주인공 브렌다 바스토가 신변 안전이 염려된다는 이유로 출연을 거부하자 워너 브러더스도 7일간 제작비 지원을 취소했다. 제작사 내 익명의 제보자들은 바스토가 계약서에 명기된 신변 안전에 관한 조항을 이용해서 출연을 거부했지만 실제 이유는 다른 데 있는 것처럼 얘기했다고 기사는 전했다. 바스토는 제작 과정에서 드리워진 먹구름으로 인해 영화가 흥행을 기대하기 어려울 것으로 인식하고 있으며, 제작사 측과 서명을 끝낸 후에 나온 마지막 시나리오에 대한 실망 등이 그 이유일 것이라고 했다.

후속기사 끝 부분은 수사 상황으로 돌아가서, 강도와 총격 사건이 안젤라 벤턴 살인 사건으로 확대되었으며 수사권도 할리우드 경찰서에서 LAPD 강력계로 넘어갔다고 되어 있었다. 나는 스크랩 맨 아랫부분의 기사에 동그라미가 처진 것을 발견했다. 아마도 4년쯤 전에 내가 친 동그라미 같았다.

〈LA 타임스〉에 제보한 믿을 만한 소식통에 의하면, 강도들에게 강탈당한 200만 달러는 보험에 가입되어 있을 뿐만 아니라, 그 지폐들 속에는 특별한 표식을 한 것들이 섞여 있는 것으로 확인되었다. 수사진은 그 표시된 지폐들을 추적하는 것이 용의자 신원을 확인하고 체포하는 최상의 방법이 될 거라고 말했다.

나는 4년 전에 그 기사에 동그라미를 쳤던 기억이 나지 않았다. 사건에서 이미 손을 뗀 후에 왜 그런 동그라미를 쳤을까? 손은 뗐지만 여전히 사건에 흥미를 품고 있었고, 제보자가 기자에게 정확한 정보를 준 건지, 아니면 단지 강도들이 그 기사를 읽고 표시된 지폐의 추적 가능성에 겁을 먹을 것인지 궁금했던 모양이다. 아마 그 때문에 강도들이 돈을 더 오래 끌어안고 있거나, 발각될 위험이 더 커졌을 것이다.

하지만 희망사항에 불과했다. 그건 이제 중요하지 않았다. 나는 스크랩을 접어 한쪽으로 치워두었다. 그리고 총격이 벌어졌던 그날 내가 들어가 있었던 트레일러에 대해 생각하기 시작했다. 신문 기사들은 높은 하늘에서 내려다본 경치처럼 전체 윤곽만 보여주고 있었다. 마치 1967년도에 월터 크롱카이트(미국의 앵커, 방송기자—옮긴이)의 야간 방송을 통해 베트남을 파악하려 애쓰던 것과 흡사했다. "고! 고! 고!" 하는 신호 소리와 함께 C-130 수송기 승강대에서 적 후방으로 뛰어내리던 낙하산병들처럼 아드레날린을 혈관 속으로 내뿜게 하는 공포와 혼란, 피 냄새를 그 기사들은 전혀 담아내지 못했다.

그 트레일러는 셀마 거리에 주차되어 있었고, 나는 하우스 감독과 안젤라 벤턴에 관해 얘기하던 중이었다. 살인 사건의 단서가 될 만한 것이라면 지푸라기라도 붙잡고 싶은 심정이었다. 나는 벤턴이 내뻗은 두 손을 뇌리에서 지우지 못하고 있었는데, 그 트레일러 안에 있을 때 갑자기 그것도 범죄 현장 연출의 한 부분이 아니었을까 하는 생각이 들었다. 감독이 연출했던 범죄 현장.

그래서 나는 살인이 일어났던 날 밤 하우스 감독의 알리바이에 대해 집요하게 캐고 있었다. 그때 노크 소리가 들리고 문이 벌컥 열리더니 상황이 완전히 변해버렸다. 야구 모자를 쓴 한 사내가 머리를 디밀고 소리쳤다.

"볼프강, 돈을 실은 장갑수송차가 도착했습니다."

나는 볼프강 하우스를 돌아보며 물었다.

"무슨 돈입니까?"

그리고 그 순간 본능적으로 무슨 일이 벌어질 것인지 알았다.

나는 지금 그때의 기억을 떠올리며 모든 것을 슬로모션으로 보고 있다. 모든 동작과 세부사항들이 보인다. 나는 감독의 트레일러에서 나와 두 집 건너 거리에 서 있는 빨간 장갑수송차를 보았다. 열린 뒷문으로 제복 차림의 한 사내가 도로 위에 선 두 사내에게 돈 가방들을 내려주고 있었다. 나이 차이가 많아 보이는 정장 차림의 두 사내가 근처에서 지켜보고 있었다.

돈이 집으로 옮겨지고 있을 때 거리 건너편에 세워져 있던 밴의 옆문이 열리며 스키 마스크를 쓴 무장한 사내 세 명이 내렸다. 밴 안의 운전석에도 한 사내가 앉아 있는 것이 보였다. 나는 손을 코트 안으로 집어넣어 권총을 잡았다. 그렇지만 상황이 너무 복잡해서 뽑을 수가 없었다. 주위에 사람들이 너무 많아 십자포화에 희생될 가능성이 있었다. 그래서 가만히 기다렸다.

강도들은 돈을 운반하는 남자들을 쫓아가 위협하며 돈 가방들을 빼앗았다. 총은 한 방도 쏘지 않았다. 하지만 그들이 밴을 세워둔 거리로 물러갔을 때 불가해한 일이 벌어졌다. 돈 가방을 들지 않고 동료들을 커버하던 사내가 걸음을 멈추고 두 다리를 짝 벌린 자세로 서더니 두 손으로 총을 꽉 잡고 겨누었다. 나는 영문을 알 수 없었다. 저 자식이 뭘 본 거야? 누가 위협한 거지? 갑자기 왜 저 난리야? 사내가 총을 갈겨대자 두 손을 번쩍 들고 있던 양복 차림의 두 사내 중 나이가 많아 보이는 쪽이 도로 위로 픽 쓰러졌다.

그러자 1초도 안 되어 격렬한 총격전이 벌어졌다. 장갑수송차에 타고 있던 경비원들과 앞 잔디밭에서 쉬고 있던 경관들이 밴을 향해 일제히 총을 발사했다. 나도 권총을 뽑아 들고 잔디밭 위를 달려가며 소리쳤다.

"엎드려! 모두 엎드려!"

제작진과 기술자들이 땅바닥에 납작 엎드리는 걸 보며 나는 밴 쪽으로 기어갔다. 등 뒤에서 누군가가 비명을 질러대기 시작했고, 밴의 시동 걸리는 소리도 들렸다. 화약 냄새가 콧속으로 훅 끼쳐왔다. 시야가 열려 안전사격이 가능하게 되었을 때는 강도들이 밴에 도착해 있었다. 한 녀석이 돈 가방을 밴 안으로 던져 넣고 돌아서더니 벨트에서 권총 두 자루를 한꺼번에 빼들었다.

그렇지만 놈은 한 방도 쏘지 못했다. 내가 먼저 쏜 총알을 맞고 밴 안쪽으로 벌렁 자빠졌기 때문이다. 다른 강도들이 재빨리 그를 따라 안으로 뛰어들자마자 밴은 출발했다. 바퀴가 비명을 질러댔고, 열린 옆문으로 총 맞은 놈의 두 다리가 비죽이 빠져나와 있었다. 나는 밴이 모퉁이를 돌아 선셋 대로와 프리웨이로 향하는 것을 지켜볼 수밖에 없었다. 나의 크라운 빅은 한 블록이나 떨어진 곳에 주차되어 있었다.

주머니에서 휴대전화기를 꺼내어 앰뷸런스와 지원 팀을 요청했다. 그리고 밴이 도망간 방향을 일러주고 프리웨이를 수색하라고 일렀다.

그런 일들을 하는 동안에도 뒤쪽에서 들려오는 비명 소리는 잠시도 그치지 않았다. 나는 휴대전화기를 닫고 비명을 지르는 사내에게 다가갔다. 정장 차림의 두 사내 중 젊은 쪽이었다. 모로 드러누워 왼쪽 엉덩이를 움켜쥐고 있었는데, 손가락들 사이로 피가 흘러나왔다. 일진이 사나워 양복을 망가뜨리긴 했지만 상처는 심하지 않은 듯했다. 사내가 몸부림치며 소리쳤다.

"총에 맞았어요! 제기랄, 제대로 맞았어!"

나는 기억 속의 슬로모션에 스톱을 걸고 자리에서 일어나 식탁으로 걸어갔다. 아트 페퍼는 잭 셸던(미국의 트럼페터, 가수–옮긴이)의 트럼펫에 맞춰 '당신이 돌아오면 정말 멋질 거야(You'd Be So Nice To Come Home To)'를 연주하고 있었다. 나는 콜 포터의 스탠더드를 연주한 페퍼의 버전을 두세 개 가지고 있었는데, 그 곡들을 들을 때마다 심장을 쥐어짜는 듯한 느낌을 받곤 했다. 오직 페퍼만이 연주할 수 있는 그 비정한 느낌. 나는 그의 그런 부분을 가장 좋아했고, 그와 함께 감정을 나누고 싶었다.

수첩을 펴놓고 충격이 있었던 날 내가 본 것들에 대한 기억을 적기 시작했을 때, 누군가가 현관문을 두드렸다.

05 하이 징고

나는 현관으로 걸어가서 구멍으로 내다보았다. 그리곤 재빨리 식당으로 돌아와 캐비닛에서 식탁보를 한 장 꺼냈다. 한 번도 사용한 적 없었던 것이었다. 이혼한 아내가 좋은 날에 쓰려고 구입해 넣어뒀던 것인데, 우리에게 그런 날은 끝내 오지 않았다. 아내는 가고 없지만 식탁보는 요긴하게 쓰일 것 같았다. 문에서 다시 노크 소리가 났다. 이번엔 더 크게 두들겨댔다. 나는 식탁보로 사진과 서류를 재빨리 덮은 후 문 쪽으로 걸어갔다.

문을 열고 내다보니 한 흑인 여자가 등을 돌린 채 거리를 바라보고 있었다. 왕년의 내 파트너 키즈 라이더였다.

"키즈, 미안해. 데크에 나가 있어서 첫 번째 노크 소리를 듣지 못했어. 들어와."

그녀는 나를 지나 거실과 식당이 있는 쪽으로 들어갔다. 그리고 데크로 나가는 미닫이문이 닫혀 있는 것을 본 모양이었다. 그쪽으로 다가가며 대뜸 물었다.

"그럼 첫 번째 노크를 했다는 건 어떻게 아셨어요?"

"어, 그러니까 노크를 너무 요란하게 하는 걸 보면 그 앞에도…."

"됐네요, 됐다고요, 선배."

키즈 라이더를 만난 건 근 8개월 만이었다. 그녀가 나의 퇴직 송별회를 위해 '무쏘의 집'을 통째로 빌려 할리우드 경찰서 직원 전원을 초대했을 때 본 게 마지막이었다.

그녀는 식당으로 들어가 구겨진 식탁보를 살펴보았다. 누가 봐도 무언가를 가려놓은 게 분명해 보였다. 나는 괜히 쓸데없는 짓을 했다는 생각이 들었다.

키즈는 무릎 아래까지 내려오는 스커트에 짙은 회색 정장 차림이었다. 나는 놀랐다. 우리가 파트너로 함께 뛸 때는 열에 아홉 번은 검정색 진 바지에 흰 블라우스를 받쳐 입은 블레이저 차림이었던 것이다. 그래야 여차하면 달릴 수 있는 행동의 자유를 누릴 수가 있었다. 정장 차림의 그녀는 강력계 형사라기보다는 은행 부지점장처럼 보였다. 시선을 식탁에 고정한 채 그녀가 물었다.

"오, 해리 선배, 선배는 언제나 멋진 식탁을 차리는군요. 오늘 점심은 뭐죠?"

"미안해. 누가 찾아온 건지 몰라서 식탁 위에 벌려놓은 것들을 가린 거야."

키즈는 나를 돌아보았다.

"뭘 가렸는데요, 선배?"

"그냥 잡다한 거. 묵은 사건들. 그래, 강력계는 어때? 그전보다 좀 나아졌어?"

내가 퇴직하기 1년 전에 그녀는 LAPD 강력계로 영전했다. 그런데 파트너를 포함한 그곳 동료들과 트러블이 있다고 나한테 털어놓은 적이 있었다. 그전부터 내가 그녀의 멘토 역할을 해왔지만 강력계로 옮겨간 뒤에도 그런 관계는 계속되었다. 하지만 나를 강력계로 재배치하여 그녀와 다시 파트너가 될 판이었는데, 내가 퇴직을 결심함으로서 그녀의 멘토 역할도 끝나고 말았다. 그 일로 키즈의 마음을 상하게 한 걸 나도 알고 있었다. 내 퇴직 송별회를 그녀가 마련한 것은 멋진 제스처인 동시에 나를 향한 결별 인사이기도 했다.

"강력계요? 거긴 못 해먹겠더라고요."

"뭐? 그건 또 무슨 소리야?"

나는 깜짝 놀랐다. 키즈 라이더는 내가 만난 파트너 중에서도 가장 예리하고 숙련된 수사관이었다. 수사 감각을 타고난 흑인 여형사. LA 경찰국은 이런 인재를 더 많이 필요로 했다. 거기서 가장 잘나가는 부서로 키즈가 영전했을 때, 나는 그녀가 아무 문제없이 잘 해나갈 거라고 생각했다.

"여름에 접어들 무렵 옮겼어요. 국장실로요."

"농담하는 거야, 뭐야? 이거야, 원…."

충격적인 얘기였다. 키즈 라이더는 LA 경찰국에서 출세하기로 작심한 게 분명했다. 국장 밑에서 따까리 노릇을 하거나 특수 프로젝트에 관여하다 보면 결국 행정 지휘관으로 굳어지게 마련이다. 그게 나쁘다는 얘기가 아니다. 라이더가 다른 어느 경관 못지않게 야심만만한 여자란 건 진작부터 알고 있었다. 그렇지만 강력계 형사가 되는 것은 경력보다 소명(召命)에 속한다. 팔자소관이란 얘기다. 나는 라이더가 그것을 충분히 이해하고 받아들인 것으로 믿고 있었다.

"할 말이 딱 없네. 난 키즈가…."

"뭘요, 선배한테 얘기하지 않았다고요? 판 깨고 나간 사람은 선배잖아, 잊었어요? 자긴 훌훌 털고 나갔으면서 나더러는 강력계에 찰싹 붙어 있으란 말예요?"

"난 사정이 달랐잖아. 반감을 너무 많이 샀어. 부담이 너무 컸다고. 자넨 달랐지. 자넨 스타였어, 키즈."

"스타는 무슨 얼어 죽을. 3층엔 너무 쩨쩨하고 정치적인 인간들만 우글거렸어요. 그래서 방향을 바꿨죠. 얼마 전 부서장 시험도 치렀어요. 국장은 좋은 일을 하려 애쓰는 착한 사람이고, 나도 그분을 잘 모시고 싶어요. 재미있는 건, 6층에서 하는 일들이 오히려 덜 정치적이란 점이에요. 우린 그 반대로 생각해 왔죠."

그런 소린 나보다 그녀 자신을 설득하기 위한 것처럼 들렸다. 나는 죄책감과 상실감을 동시에 느끼며 고개를 끄덕일 수밖에 없었다. 내가 그만두지 않고 LAPD 강력계 복귀를 수락했더라면 그녀도 옮기지 않았을 것이다.

나는 거실로 들어가서 소파에 털썩 앉았다. 키즈도 뒤따라 들어왔지만 그대로 서 있었다. 나는 음악 볼륨을 약간 낮추었다. 내가 좋아하는 곡이었다. 여닫이 창문을 통해 데크 너머로 펼쳐진 계곡의 산들을 바라보았다. 평소와는 달리 스모그가 별로 끼지 않았다. 하지만 그 정경은 리 코니츠의 '그대 미소의 그늘(The Shadow Of Your Smile)'에 맞춘 페퍼의 클라리넷 연주에 잘 어울리는 것처럼 느껴졌다. 동경심이 담긴 슬픈 가락에 라이더는 선 자세로 조용히 귀를 기울였다.

이 디스크들은 퀜틴 매킨지라는 친구가 나한테 준 것이었다. 재즈맨이었던 그 친구는 10여 년 전 페퍼와 함께 셸리 만즈와 단테즈에서 연주했으며, 웨스트 코스트 사운드 바람에 생겨난 할리우드의 재즈 클럽들과도 함께 연주했다. 매킨지는 내게 그 디스크들을 주며 열심히 듣고 연구해 보라고 말했다. 그것들은 페퍼의 마지막 레코더들이었던 것이다. 이 아티스트는 약물중독으로 감옥에서 몇 년 썩고 나온 뒤, 반주 악기 연주자로나마 잃어버린 그 세월을 보상받았다. 그 치열함이란! 그는 자기 심장이 멎을 때까지 그 치열함을 놓지 않았다. 그의 연주와 음악에는 성실성 같은 것이 깃들어 있었고, 내 친구는 그 점에 경탄했다. 그는 디스크들을 나한테 주며 잃어버린 세월을 절대 그냥 포기하지 말라고 충고했다.

음악이 끝나자 키즈가 나를 돌아보며 말했다.

"연주자가 누구예요?"

"아트 페퍼와 리 코니츠."

"백인들이에요?"

나는 고개를 끄덕였다.

"세상에! 정말 끝내주는군요."

나는 다시 끄덕였다.

"그런데 식탁보 아래 뭐가 있죠, 선배?"

나는 어깨를 으쓱한 뒤 그녀에게 말했다.

"여덟 달 만에 처음 왔으니 알 만도 한데."

키즈는 고개를 끄덕였다.

"그럼요."

"내가 맞혀보지. 알렉산더 테일러가 국장이나 시장 혹은 그 두 사람 모두와 친해. 그래서 나를 좀 체크해 달라고 전화했겠지."

키즈가 머리를 끄덕였다. 내가 제대로 때려잡았던 것이다.

"국장은 자네와 내가 한때 가까이 지낸 걸 알았을 테고, 그래서…."

'한때'라는 말을 할 때 키즈는 휘청하는 것처럼 보였다.

"암튼 국장은 나더러 선배를 찾아가서 엉뚱한 나무 쳐다보며 짖지 말라고 전하랬어요."

키즈는 소파 맞은편에 놓인 의자에 앉아 데크 너머를 멍하니 바라보았다. 데크 너머에 뭔가 흥미를 끄는 것이 있어서가 아니었다. 그냥 나를 마주 보기가 껄끄러운 것뿐이었다.

"국장 밑에서 이딴 심부름이나 하려고 강력계를 관둔 모양이군."

나의 냉소 어린 말에 그녀는 날카로운 눈으로 돌아보았다. 상처를 받은 눈빛이었다. 하지만 괜히 그런 말을 했다는 생각은 들지 않았다. 그녀가 내게 분노한 만큼 나도 그녀에게 화가 나 있었다.

"선배 입장에서 그렇게 말하긴 쉽죠. 그런 전쟁 이미 다 치렀을 테니까요."

"그런 전쟁은 끝이 없어, 키즈."

나는 자꾸 웃음이 나오려고 했다. 지금 연주되고 있는 음악과 키즈 라이더가 전달하는 메시지가 묘하게 일치하기 때문이었다. 그 작품 역시 페퍼가 코니츠와 함께 연주한 '하이 징고(High Jingo)'라는 곡이었다. 페퍼는 이 곡을 녹음하고 6개월 후 사망한다. 내가 LAPD에서 근무하던 신출내기 시절에는 고참 형사들이 "하이 징고"라고 하면 6층에서 특별한 흥미를 끄는 사건이나 은밀한 정치적 혹은 관료적 위험을 내포한 사건을 의미했다. 따라서 그런 딱지가 붙은 사건이라면 조심할 필요가 있었다. 자칫하면 구정물을 뒤집어쓸 수가 있으니까. 자기 자신 외에는 아무도 지켜줄 사람이 없으므로 뒤통수를 얻어맞지 않도록 스스로 조심할 수밖에 없다.

나는 소파에서 일어나 창문 쪽으로 다가갔다. 오렌지색과 핑크 빛 아름다운 석양이 대기 속에 만연해 있었다. 그 속에 어떤 독기가 포함되어 있을 것 같진 않았다.

"국장이 뭐라고 했는데? '손 떼게, 보슈. 자넨 이제 민간인이야. 프로들한테 맡겨 둬.' 이러던가?"

"비슷하죠, 뭐."

"그 사건은 먼지를 뒤집어쓰고 있어. 본부에서 아무도 거들떠보지 않는 사건을 내가 좀 뒤진다고 국장이 왜 신경을 곤두세우지? 혹시 내가 사건을 해결하면 창피를 당하게 될까 봐 그러는 거래?"

"누가 먼지를 뒤집어쓰고 있다고 그랬는데요?"

나는 돌아서서 키즈의 검은 얼굴을 바라보았다.

"그만해. 나한테 선량한 관리자의 의무를 설교할 셈이야? 어떻게 돌아가는지 다 알고 있으니까. 6개월에 한 번씩 장부에 서명하는 것으로 끝이지. '음, 이 건은 새로운 단서가 나타나지 않았어.' 하고 말이야. 키즈는 이 사건이 마음에 걸리지도 않아? 안젤라 벤턴과는 아는 사이였잖아. 이 사건이 해결되는 걸 바라지 않는 거야?"

"물론 바라죠. 내가 바라지 않는다고 생각진 말아요. 다만 여러 가지 문제가 발생하고 있어요, 선배. 제가 여기 나온 건 선배에 대한 예의를 차리려는 거예요. 그러니까 끼어들지 말아요, 선배. 도우려다 괜히 엉뚱한 데서 헤매거나 다칠지도 몰라요."

나는 소파로 돌아와서 앉은 뒤 한참 동안 말없이 그녀를 바라보았다. 무슨 속셈으로 그런 소릴 하는지 짐작이 되지 않았다.

"그 사건을 열심히 수사하고 있다면 담당 형사가 누구야?"

키즈 라이더는 머리를 저었다.

"그건 말할 수 없어요. 단지 선배한테 손 떼라는 말밖엔요."

"이봐, 키즈. 내가 누구야. 내가 자네 화를 좀 돋웠다고 그런 식으로 말해선…."

"그럼 어떻게 말해야 하나요? 해리 선배, 선배에겐 이제 배지가 없어요. 배지를 가진 사람들이 적극적으로 그 사건을 수사하고 있다고요. 적극적으로 말이죠. 아시겠어요? 그들에게 맡겨두라고요."

내가 입을 떼기도 전에 키즈는 2라운드로 들어갔다.

"그리고 나한테는 신경 끄세요, 알겠어요? 난 선배한테 더 이상 악감 없어요. 날 화나고 처량하게 만들었지만 그것도 옛날 일이에요. 오늘 여기 오는 것도 거부했지만 그분이 억지로 가게 만들었죠. 내가 선배를 설득할 수 있다고 생각했나 봐요."

그분이란 국장을 가리키는 것 같았다. 더 할 말이 있는가 하고 잠시 기다렸지만 그녀는 대충 다 지껄인 모양이었다. 그래서 나는 고해성사실에서 신부한테 고백하듯 조용한 목소리로 말했다.

"내가 그만두지 않으면 어쩔 건데? 이 사건과 관계없는 어떤 이유들 때문에 내가 이 일을 할 필요가 있다면 어쩔 거야? 나 자신을 위한 이유들 말이야. 그땐 어떻게 되지?"

키즈 라이더는 고개를 저으며 짜증난 표정으로 말했다.

"그러면 다쳐요. 이 사람들, 장난으로 그러는 거 아니에요. 다른 사건을 찾아보거나 다른 방법으로 선배의 재능을 살려보세요."

"그 사람들이 누군데?"

키즈 라이더는 의자에서 일어났다.

"키즈, 그들이 누구냐니까?"

"너무 많이 지껄였어요, 선배. 메시지는 전달했으니 잘 해보세요."

나는 속이 뒤집어질 것 같았다. 현관으로 향하는 그녀를 뒤따라가며 다시 물었다.

"이 사건을 수사하는 담당자가 누구야? 얘기해 봐."

그녀는 나를 돌아보았지만 계속 문 쪽으로 걸어가며 말했다.

"옛정을 생각해서 말인가요, 선배? 그렇게 말하고 싶은 거예요?"

나는 물러섰다. 나에 대한 분노가 철의 방어막처럼 그녀의 몸을 둘러싸고 나를 밀어냈다. 나는 졌다는 표시로 두 손을 들고 입을 다물었다.

키즈는 돌아서서 다시 걷기 시작했다.

"안녕, 해리 선배."

그녀가 문을 열고 밖으로 나가며 남긴 말이었다.

"안녕, 키즈."

나는 이미 닫힌 문을 향해 나지막이 말했다. 키즈가 가버린 뒤에도 나는 한참 동안 그 자리에 선 채 그녀가 한 말과 하지 않은 말에 대해 골똘히 생각했다. 메시지 속에 다른 메시지가 담겨 있었는데, 나는 아직 간파할 수 없었다. 흙탕물이 너무 더러웠던 탓이다. 나는 문을 잠그며 나 자신에게 속삭였다.

"하이 징고, 베이비."

06 일련번호

자동차로 우드랜드 힐즈까지 가는 데 거의 한 시간이나 걸렸다. 이곳에서는 차량들이 밀려도 그다지 오래 걸리지 않고 목적지까지 갈 수 있었는데, 그것도 옛날 얘기였다. 프리웨이는 이제 때와 장소를 가리지 않고 항상 악몽처럼 느껴졌다. 잠시도 조용할 때가 없었다. 지난 몇 달 동안 장거리 운전을 해오다 지루한 일상으로 돌아오니 짜증나고 당혹스러웠다. 인내의 한계에 도달했을 때, 나는 토팽거 밸리 출입구에서 101번 도로를 벗어나 끝까지 일반도로로만 달렸다. 지체된 시간을 보충한답시고 거주지역의 도로에서 과속하지 않으려고 조심했다. 윗옷 안주머니에 넣어둔 작은 술병 속의 액체가 쏟아지면 문제가 될 수 있기 때문이었다.

15분쯤 지나 멜바 거리에 있는 한 주택에 도착한 나는 밴 뒤에 차를 세우고 내렸다. 그리고 밴 옆문에서 시작되어 집 현관 계단 위로 이어진 목재 승강대를 따라 걸어 올라갔다. 문 앞에서 나를 맞은 대니얼 크로스는 말없이 들어오라고 손짓했다.

“오늘 그 친구 기분은 좀 어떻습니까, 대니?”

“늘 그렇죠 뭐.”

“네.”

달리 또 무슨 말을 해야 할지 생각나지 않았다. 희망과 기대를 걸고 있었던 삶이 하룻밤 사이에 완전히 변해버린 그녀에게 이 세상이 과연 어떻게 비칠지 상상도 되지 않았다. 그녀의 나이가 남편보다 많지 않다는 걸 나는 알고 있었다. 많아야 40대 초반? 그런데 갑자기 폭삭 늙은 것처럼 보였다. 눈 주위는 잔주름이 자글자글하고 굳게 다문 입의 양끝은 아래로 축 처져 있었다.

내가 어디로 들어가는지 알고 있기 때문에 그녀는 내버려 두었다. 거실을 지나 왼쪽에 있는 맨 구석방이었다. 안으로 들어가니 로턴 크로스가 휠체어에 앉아 있었다. 경찰 노조에서 모금한 돈으로 밴과 함께 구입한 것이었다. 그는 천장 모퉁이에 매달린 텔레비전으로 CNN뉴스를 시청하고 있었다. 중동사태에 관한 새로운 소식이었다.

그는 얼굴은 그대로 두고 두 눈알만 움직여 나를 돌아보았다. 눈썹 위를 지난 붕대가 뒤쪽에 있는 쿠션에 그의 머리를 고정시키고 있었다. 오른팔에 연결된 튜브들은 휠체어 뒤쪽에 고정시킨 지지대에 매달린 투명한 액체 주머니로 이어졌다. 안색은 누렇고 몸무게는 60킬로그램도 안 될 것 같았다. 튀어나온 쇄골이 깨진 사금파리처럼 날카로웠다. 바짝 마른 입술은 갈라졌고, 빗지 않은 머리카락은 새둥우리 같았다. 그의 전화를 받고 찾아갔던 나는 그런 모습에 충격을 받았지만 얼굴에 드러내지 않으려고 애써야만 했다.

“어이, 로턴, 어떻게 지내고 있나?”

이런 질문은 던지기 싫어하지만 어쩐지 그래야만 할 것 같은 기분이었다.

"선배가 예상했던 그대로죠 뭐."

"그렇군."

로턴 크로스의 목구멍에서는 사이드라인에서 40년쯤 고함만 지르다 늙은 대학 축구 팀 코치처럼 쉰 소리가 났다.

"너무 일찍 또 찾아와서 미안하네. 하지만 다른 일들이 좀 생겼어."

"제작자를 만났습니까?"

"응, 어제 그 친구를 만나는 것으로 시작했지. 20분 시간을 주더군."

지난주에 왔을 때도 그랬던 것처럼 방 안에는 쉭쉭하는 소리가 나지막하게 들렸다. 크로스의 셔츠 속을 통과해서 칼라 바깥으로 나온 투명한 튜브들이 그의 콧구멍으로 이어져 있었는데, 쉭쉭 소리는 거기서 나는 듯했다.

"뭔가 나왔어요?"

"이름을 몇 개 알려줬네. 모두 아이돌론 프로덕션 사람들인데, 그 돈에 대해서 알고 있었던 것 같아. 아직 그들을 만나보진 못했지만."

"아이돌론이 무슨 뜻인지 그에게 물어봤습니까?"

"아니, 그런 생각은 못했는데. 성씨나 다른 무슨 뜻을 지닌 말인가?"

"유령이란 뜻입니다. 그 사건을 생각하고 있는데 머릿속에 그 말이 불쑥 떠오르더군요. 그 친구한테 물어본 적이 있거든요. 어떤 시에서 따온 말이라고 하더군요. 어둠 속의 왕좌에 앉아 있는 유령에 관한 시라고 했어요. 자기 자신을 유령으로 생각하는 것 같아요."

"희한한 얘기로군."

"그렇죠. 모니터 좀 꺼주세요, 해리. 대니가 신경 쓰지 않아도 되게요."

내가 처음 방문했을 때도 그는 똑같은 부탁을 했었다. 나는 그의 휠체어를 돌아 책상으로 다가갔다. 그 위에는 작은 초록색 불이 깜박이는 플라스틱 기구 하나가 놓여 있었다. 부모가 잠든 아기의 소리를 들을 수 있도록 만든 음성 모니터였다. TV 채널을 바꾸고 싶거나 다른 볼일이 있을 때 그의 아내를 부르기 편리했다. 나는 기구의 스위치를 끄고 그의 휠체어 앞으로 돌아왔다. 이젠 은밀하게 얘기를 나눌 수 있었다.

"좋아요. 이젠 저 문을 좀 닫아 주시죠."

크로스가 문 쪽으로 눈알을 돌리며 말했다.

나는 시키는 대로 했다. 그다음엔 무슨 부탁을 할 건지도 알고 있었다.

"제가 부탁한 거 가져왔어요?"

"그럼, 가져왔지."

"좋아요. 그것부터 시작합시다. 저 욕실에 들어가서 마누라쟁이가 내 술병을 거기 뒀는지 좀 살펴봐요."

욕실로 들어가 보니 세면대 주위로 온갖 종류의 약품들과 기구들이 흩어져 있었다. 나는 비누그릇 위에 놓인 뚜껑 없는 플라스틱 병을 발견했다. 여행용 자전거에 장착되어 있는 병과 흡사했지만 약간 달랐다. 병목이 약간 더 넓고 휘어져 있었다. 마시기 좋으라고 이렇게 만든 모양이군, 하고 나는 생각했다. 안주머니에서 술병을 꺼내어 그 플라스틱 병에 아이리시 위스키 부시밀을 약간 따랐다. 그것을 들고 욕실에서 나오자 크로스의 눈알이 곧 튀어나올 것처럼 커졌다.

"그게 아니에요! 그건 요강인데! 휠체어 아래에 들어가는!"

"이런 젠장! 미안하네."

나는 다시 욕실로 돌아가서 위스키를 세면대에 부었다. 그러자 크로스가 고함을 질렀다.

"버리지 말아요!"

내가 돌아보자 그는 소리쳤다.

"그거라도 마셔야겠어요."

"걱정 마. 또 있으니까."

오줌 병을 물로 헹군 뒤 비누그릇 위에 올려놓고 욕실을 둘러봤지만 술병처럼 생긴 건 어디에도 보이지 않았다.

"로턴, 자네 술병은 없는데, 어떻게 할까?"

"제기랄, 마누라가 치워버린 모양이군. 내가 무슨 짓을 꾸미고 있는지 다 안단 소리예요. 작은 술병에 든 겁니까?"

"응, 여기에."

나는 윗옷 주머니를 툭툭 쳐 보였다.

"꺼내 봐요. 한잔합시다."

술병을 꺼내어 뚜껑을 열고 그의 입안에 한 모금 부어 주었다. 그러자 갑자기 기침이 터져 나오며 술이 뺨과 목으로 흘러내렸다. 크로스는 캑캑거리며 말했다.

"이런, 제기랄!"

"괜찮아?"

"젠장…."

"괜찮겠어? 대니를 불러올게."

내가 문 쪽으로 가려고 하자 그가 붙잡으며 말했다.

"아니, 아니야. 난 괜찮아요. 너무 오랜만에 마셔서 그래. 한 모금만 더 줘 봐요."

"로턴, 우린 얘기할 게 있잖아."

"알아요, 알아. 한 모금만 더 달라니까요."

나는 술병을 들고 그의 입안에 다시 가득 부었다. 이번엔 잘 삼키고 나더니 그는 두 눈을 꼭 감았다.

"블랙 부시밀…. 젠장, 죽여주는군."

나는 미소를 지으며 고개를 끄덕였다.

"약 따윈 소용없어. 나한테는 부시밀이 최고예요, 해리. 언제든 환영이라고요."

로턴 크로스는 몸을 전혀 움직일 수 없는 상태지만, 그래도 술이 들어가자 눈빛이 한결 부드러워졌다. 그 눈으로 그는 내게 말했다.

"마누라는 한 방울도 못 마시게 합니다. 의사의 지시라나요. 선배나 친구들이 와야 겨우 한 모금 맛볼 수 있는데, 자주 와주질 않아요. 하긴, 이런 흉한 꼴을 누가 자꾸 보고 싶겠습니까?"

그는 한숨을 길게 토해낸 뒤 애원조로 말했다.

"그러니까 선배라도 계속 찾아와 줘요. 사건 따윈 해결되든 말든 난 상관 안 해요. 계속 찾아와 주기만 하면."

그의 눈길이 다시 술병으로 가서 멎었다.

"그리고 당신 친구도 주머니에 넣어 오고요. 절대 빠뜨리면 안 돼요."

그제야 나는 어떤 느낌이 왔다. 로턴 크로스는 내게 뭔가를 감추고 있었던 것이다. 나는 알렉산더 테일러를 방문하기 전날 크로스를 찾아왔었다. 수사의 출발점이 그라고 생각했기 때문이다. 그렇지만 크로스는 내가 술병을 감추고 자기를 다시 찾아오게 만들기 위해 뭔가를 감추고 말하지 않았다. 어쩌면 이 모든 것이, 그가 내게 전화를 걸어 그 사건을 일깨웠던 자체가 모두 술 때문이었는지도 모른다는 생각이 들었다.

나는 지갑 크기의 술병을 공중에 쳐들고 그에게 말했다.

"로턴, 나한테 말하지 않은 것이 있지? 이 술병을 들고 오게 만들려고 말이야."

"아니에요. 내가 깜박한 게 있어서 와이프를 시켜 선배한테 전화하게 했죠."

"그래. 그건 나도 알아. 그래서 테일러를 만나 얘기를 나눴는데, 그다음 날 본부에서 사람이 나와 그 사건은 수사 중이니 손 떼라고 나한테 경고하더군. 신경도 쓰지 않던 놈들이 말이야."

굳어버린 크로스의 얼굴에서 두 눈알만 떼굴떼굴 구르는 것 같았다.

"그럴 리가."

"내가 오기 전에 누가 여기 왔었지, 로턴?"

"아무도 안 왔어요. 그 사건 문제론 말예요."

"나한테 전화하기 전에 누구한테 먼저 했어?"

"아무한테도 안 했어요, 해리. 맹세해요."

내 목소리가 좀 커졌던 모양이었다. 갑자기 문이 열리고 크로스의 아내가 들여다보며 물었다.

"무슨 일 있어요?"

"아무 일 없어, 대니. 그러니까 가만히 내버려 둬."

남편이 아내에게 말했다.

대니얼 크로스는 잠시 그대로 선 채 살펴보았다. 나는 그녀의 눈길이 내 술병에 멎는 것을 보았다. 그래서 내가 마시려고 가져온 것처럼 보이기 위해 한 모금 마실까, 하는 생각도 해보았다. 하지만 그녀의 눈빛에서 이미 모든 상황을 파악했다는 걸 알 수 있었다. 그녀는 한참 동안 움직이지 않고 서 있다가 이윽고 내 눈을 바라보았다. 그리곤 뒤로 물러나 문을 닫았다. 나는 로턴 크로스를 돌아보며 말했다.

"여태 모르고 있었다면 방금 들킨 거야."

"신경 안 써요. 지금 몇 십니까? 화면이 잘 안 보여서요."

나는 천장 모퉁이에 매달린 TV를 보았다. CNN은 항상 시간을 내보내고 있다.

"11시 18분이야. 누가 자넬 만나러 왔지, 로턴? 나는 누가 그 사건을 수사하고 있는지 알고 싶네."

"분명히 말씀드리겠는데, 아무도 안 나왔어요. 내가 아는 한 그 사건은 이 빌어먹을 내 두 다리보다 더 죽은 상태라고요."

"그러면 지난번에 내가 여기 왔을 때 말하지 않았던 게 뭐야?"

크로스는 내가 들고 있는 술병을 힐끔 보고도 달라는 말을 하지 않았다. 나는 그의 갈라지고 벗겨진 입술 사이로 술을 부었다. 그는 꿀꺽 삼키고 나더니 지그시 눈을 감았다.

"아아, 맙소사! 나는…."

그의 두 눈이 반짝 열리더니 사슴을 덮치는 늑대들처럼 날아올랐다.

"와이프가 내 명줄을 붙잡고 늘어지려고 해요."

울음 섞인 하소연이 그의 입에서 흘러나왔다.

"내가 이런 꼴로 살고 싶겠어요? 인생 절반을 똥칠갑을 하며 말입니다. 내가 살아 있는 한 아내는 급료 전액과 의료 혜택을 계속 누릴 수 있거든요. 내가 죽으면 미망인 연금밖에 못 받죠. 그런데 내 근무연한이 얼마 안 됩니다. 겨우 14년이에요. 내가 살아 있을 때 받는 금액의 절반밖에 안 나온다는 얘기죠."

나는 그를 한동안 말없이 바라보았다. 그러면서 그의 아내가 문밖에서 엿듣고 있는 건 아닐까, 하고 생각했다.

"그래서 나한테 원하는 게 뭔가? 산소호흡기 플러그라도 뽑아달라고? 난 그럴 수 없어, 로턴. 원한다면 변호사를 데려다줄 수는 있지."

"게다가 아내는 날 학대까지 합니다."

나는 다시 입을 다물었다. 속이 갑자기 뒤집어지는 느낌이었다. 만약 그의 말이 사실이라면, 그는 지금 내가 상상하기조차 어려운 비참한 삶을 살고 있다는 얘기였다. 그래서 목소리를 한껏 낮추어 그에게 물어보았다.

"아내가 자네한테 무슨 짓을 하고 있나, 로턴?"

"화를 내요. 그녀가 한 짓에 대해서는 말하고 싶지 않습니다. 아내 잘

못이 아니니까요."

"이봐, 내가 변호사를 데려오길 바라나? 사회복지부 조사관을 불러올 수도 있어."

"아니, 아닙니다. 변호사나 조사관은 안 돼요. 그러면 끝장이에요. 난 선배를 곤경에 빠뜨리고 싶지 않습니다. 그런데 어쩌면 좋을까요? 내 손으로 저 플러그를 뽑을 수만 있어도…."

로턴 크로스는 긴 한숨을 토해냈다. 그의 육신이 할 수 있는 유일한 몸짓이었다. 그의 끔찍한 절망감을 느낄 수 있었다.

"이건 사는 게 아닙니다, 해리. 삶이라 할 수 없어요."

나는 고개를 끄덕였다. 처음 방문했을 때는 한마디도 내색하지 않았던 얘기였다. 우리는 그 사건에 대해서만 얘기했을 뿐이었다. 사건에 대한 크로스의 기억은 부분적인 것들이었다. 그래서 대화하기가 상당히 힘들었지만, 자기혐오나 절망감 같은 것은 드러내지 않았다. 조울증도 예상외로 심하지 않았다. 이런 얘기가 터져 나온 건 아무래도 술 때문이 아닐까 하는 생각이 들었다.

"정말 유감이로군, 로턴."

내가 할 수 있는 말은 그뿐이었다. 그의 눈길이 내 왼쪽 어깨 위를 지나 천장에 매달린 TV 화면에서 멎었다.

"지금 몇 시죠, 해리?"

이번엔 내 시계를 보고 대답했다.

"20분 지났어. 왜 그렇게 서두르는 거지? 다른 누가 오기로 했나?"

"아니, 그게 아닙니다. 12시에 내가 즐겨 보는 법정 TV(Court TV, 법정 재판을 생중계하는 유선 TV 방송-옮긴이)가 있어서. 리키 클리먼이 출연하는데, 그 여자를 좋아해요."

"그렇다면 아직 나한테 얘기할 시간이 있어. 머리맡에 커다란 시계를 하나 가져다 놓지 그러나?"

"아내가 안 된대요. 시계만 멍하니 보고 있는 건 해롭다고 의사가 그랬다면서."

"와이프 말이 옳을지도 몰라."

말해놓고 나서 속으로 아차 싶었다. 그의 눈에서 노기가 번뜩이는 걸 보자 나는 곧 후회했다.

"미안하네. 그렇게 말하는…."

"시계 보려고 손목도 못 들어 올리는 기분이 어떤지 아세요?"

"몰라, 로턴. 상상도 할 수 없어."

"봉투에 똥을 싸서 와이프에게 치우게 하는 기분은요? 위스키 한 모금을 비롯하여 시시콜콜한 것까지 일일이 부탁해야 하는 건요?"

"미안하게 됐네, 로턴."

"그래요, 미안하겠죠. 다들 미안하다고는 하지만 단 한 사람도…."

그는 말을 끝내지 못했다. 개가 생고기를 물어뜯듯 말꼬리를 물어뜯어 꿀꺽 삼키는 것 같았다. 그가 고개를 돌리고 침묵 속으로 빠져들었기 때문에 나도 입을 꾹 다물고 화가 가라앉길 기다릴 수밖에 없었다. 울컥 치솟았던 분노가 그의 목구멍을 타고 밑바닥도 없는 절망과 자기연민의 깊은 우물 속으로 가라앉길 기다려야만 했다.

"이봐, 로턴."

한참 후에 부르자 그의 눈동자가 나를 향해 돌아왔다.

"왜요, 선배?"

목소리가 차분한 걸 보니 격정의 순간이 지나간 듯했다.

"하던 얘기 계속하자고. 자넨 뭔가 잊어버린 게 있어서 나한테 전화했다고 했잖아. 지난번 내가 여기 와서 그 사건에 대해 얘기했을 때 말이야. 그 잊어버렸다는 게 대체 뭐였나?"

"여기 찾아와 그 사건에 대해 얘기한 사람은 아무도 없었어요. 선배가 유일해요. 정말입니다."

"자네 말을 믿을게. 내가 잘못 생각했던 거야. 하지만 그 이전에 자네가 잊어버렸던 게 뭐지? 왜 나한테 전화하려고 했나?"

로턴 크로스는 잠시 눈을 감았다가 떴다. 눈동자가 맑고 초점이 또렷하게 잡혀 있었다.

"테일러가 그 돈을 보험에 들었단 얘긴 이미 했죠?"

"맞아, 했지."

"그 보험회사 이름은 생각나지 않지만 내가 잊었던 것은…."

"글로벌 언더라이터즈. 지난번엔 기억을 하더니."

"맞아요. 글로벌 언더라이터즈였어. 그 보험회사는 돈을 빌려주는 LA 은행 측에 모든 현찰을 스캔할 것을 계약조건으로 내세웠어요."

"현찰을 스캔하다니, 무슨 소리야?"

"일련번호들을 기록한다고요."

나는 신문 스크랩에 동그라미를 쳤던 기사를 떠올렸다. 그 기사 내용은 분명한 사실이었던 것이다. 나는 머릿속으로 계산하기 시작했다. 200만 달러를 100달러로 나누면 몇 장이나 되지? 얼핏 계산이 나오지 않았다.

"일련번호가 어마어마할 것 같군."

"그렇죠. 은행 측에서는 네 명이 일주일은 매달려야 할 일이라고 난색을 표했대요. 양측이 협의한 결과 표본을 정하기로 했죠. 한 다발에서 열 장만 스캔하기로 말이죠."

나는 〈LA 타임스〉에서 돈은 2만 5천 달러 묶음으로 전달되었다는 기사를 읽은 기억이 났다. 그 정도 산술은 나도 할 수 있었다. 200만 달러를 2만 5천 달러로 나누면 80다발이 나온다. 각 다발에서 열 장씩을 표본으로 스캔하면 모두 800장이 될 것이다.

"그렇다면 800개의 일련번호를 스캔했겠군. 그래도 많은데."

"맞아요. 일련번호를 출력한 것이 여섯 쪽이나 됐으니까요."

"그래, 그것으로 뭘 했나?"

"블랙 부시밀 한 모금 더 마시게 줘요."

나는 다시 그의 입에 술을 부어 주었다. 이제 곧 술병이 빌 것임을 알 수 있었다. 크로스가 알고 있는 것을 빨리 말하게 한 뒤 이곳에서 나가야만 했다. 그의 비참한 세계 속으로 자꾸 빠져드는 것만 같아 싫었다.

"일련번호들을 빼냈어?"

"네, 리스트를 뽑아 연방수사국(FBI)에 넘겼죠. 그리고 강력계 형사들에게 카운티 내의 모든 은행에 그 리스트를 돌리도록 지시했어요. 난 베이거스 메트로 경찰에도 리스트를 보내어 카지노 출입 시 지참하도록 했습니다."

나는 고개를 끄덕이며 다음 말이 나오길 기다렸다.

"하지만 리스트라는 게 그런 거잖아요. 열심히 체크를 해야 쓸모가 있죠. 세상에 흔해 빠진 게 100달러짜리 지폐인데, 적재적소에서 사용한다면 누가 거들떠나 본답니까? 지폐를 받을 때마다 여섯 쪽이나 되는 일련번호와 누가 일일이 대조하겠어요. 그럴 시간도 없고 마음도 없을 겁니다."

옳은 말이었다. 표시된 화폐는 은행 강도 같은 금융 범죄 용의자가 그것을 소지하고 있다가 적발되었을 때는 가장 자주 증거물로 사용되어 왔다. 하지만 나는 표시된 돈이 실제로 용의자 추적에 사용된 사건을 수사한 적이 한 번도 없었고 그런 얘기조차 들어본 기억이 없었다.

"그 얘기를 깜박 잊고 안 해서 나한테 다시 전화하려 했단 말인가?"

"아니, 그뿐만 아닙니다. 또 있어요. 술병에 술이 아직 남았나요?"

나는 술병이 거의 비었음을 알려주기 위해 흔들어 보였다. 그리곤 그의 입안에 마지막 한 방울까지 다 비운 뒤 뚜껑을 닫아 주머니 속에 넣었다.

"다음에 또 사올게. 자, 하던 말을 마저 끝내게."

그의 입안에서 끔찍한 혀가 쏙 나오더니 입술 가에 묻은 술까지 싹싹 핥아 먹었다. 좀 불쌍한 생각이 들어서 나는 고개를 돌리고 그가 눈치채지 못하게 텔레비전에 표시된 시간을 슬쩍 살펴보았다. 화면에서는 금융 기사가 흘러나왔다. 그래프에는 빨간 하강곡선이 걱정스런 표정을 짓고 있는 앵커맨의 피둥피둥한 얼굴 쪽으로 그려져 있었다.

나는 크로스를 돌아보며 기다렸다.

"그러니까 잭과 내가 그 사건을 맡은 후 열 달쯤 지났나, 거의 1년이 가까울 때였어요. 다른 사건들을 조사하고 있던 잭에게 웨스트우드로부터 일련번호에 대한 제보 전화가 들어왔어요. 선배가 이곳을 다녀간 바로 그날 밤 갑자기 생각이 나더라고요."

크로스는 FBI 요원이 잭 도시에게 전화한 것에 대해 얘기하고 있는 것 같았다. LA 경찰국 내에서 수사관들은 자기들보다 한 끗발 더 높은 FBI 요원들을 FBI 요원이라고 부르지 않는 관습이 있었다. 경쟁 관계인 두 기관은 사이좋게 지낼 때가 한 번도 없었다. 그렇지만 로스앤젤레스의 연방 관청이 웨스트우드 윌셔 대로에 있었고, 이 건물 안에 연방의 모든 법집행기관들이 입주해 있었다. 관할권에 따른 편견을 떠나 나는 꼭 확인할 필요가 있기 때문에 크로스에게 물었다.

"제보자가 FBI 요원이었나?"

"네, 여자 FBI 요원이었어요."

"좋아. 그 여자가 뭐라고 말했는데?"

"그 여잔 잭에게 말했고, 난 잭한테서 전해들은 얘긴데, 일련번호들 중 하나가 틀렸다고 하더래요. 그래서 잭이 '정말입니까? 어째서 그렇죠?' 하고 물었더니, 그 여자는 일련번호 리스트가 건물 내에 배포되어 자기 책상 위에도 떨어졌다고 하더랍니다. 그래서 리스트의 일련번호들을 자기 컴퓨터에 입력하고 체크했더니 그중 한 개에 문제가 있다는 걸 발견하게 됐다는 것이었죠."

그는 말을 중단하고 숨을 한 차례 돌렸다. 그리곤 빨간 혀를 내밀고 입술을 핥았는데, 마치 바위틈으로 내민 수중 생물체 같았다.

"그 술병에 한 모금만 더 남아 있으면 좋겠네요, 해리."

"미안해. 다음에 또 사올게. 그 문제라는 것이 뭐였나?"

"내가 기억하기로는 그 여자 요원이 잭에게 자기는 일련번호들을 수집해왔다고 말했대요. 무슨 뜻인지 알겠어요? 일련번호들이 적힌 쪽지가 자기 책상에 도착할 때마다 컴퓨터에 입력해서 데이터 뱅크를 보충해왔단 소리예요. 그러니까 서로 맞춰볼 수 있게 된 거죠. 그것은 그녀가 작업 중인 새 프로그램이었대요. 몇 년 동안 계속해왔기 때문에 박스 안에는 꽤 많은 일련번호들이 수집되어 있었죠. 그런데, 물이라도 좀 마셔야겠어요. 너무 많이 지껄였더니 목이 좀…."

"대니를 불러올게."

"아니, 아니에요. 그냥 그 술병에다 수돗물을 받아와요. 그걸로 마시고 싶어. 그러면 돼요. 대니까지 성가시게 할 것 없어요. 안 그래도 충분히 성가시게 했으니까."

나는 욕실로 들어가 수도꼭지를 열고 술병에다 물을 절반쯤 채웠다. 그리곤 술병을 흔들어 헹군 다음 그의 입안에 부어 주었다. 그는 물을 다 마신 뒤 잠시 쉬었다가 얘기를 계속했다.

"그 여자 요원은 우리 리스트에 있는 일련번호 하나가 다른 사람 리스트에도 올라 있었는데, 그런 일은 있을 수 없다고 말했어요."

"그게 무슨 소리야? 도무지 알아듣질 못하겠네."

"내가 제대로 기억하고 있는지 모르겠지만, 그 여자는 우리 리스트에 있는 100달러 지폐의 일련번호 하나가 다른 은행 강도가 강탈해간 지폐의 일련번호와 일치한다고 했어요. 그 은행 강도 사건은 우리가 맡은 영화촬영장 강도 사건보다 6개월 전에 일어났었고요."

"6개월 전 어디서?"

"마리나 딜레이라고 했던가? 확실하진 않아요."

"좋아, 그런데 뭐가 문제지? 6개월 전에 은행에서 털어간 돈이 순환하다가 은행으로 되돌아와서 영화촬영장의 200만 달러에 섞여 들었을 수도 있잖아?"

"내가 잭에게 그렇게 말했더니 절대 그럴 순 없다는 거였어요. 그 여자 요원의 말에 의하면 마리나 딜레이에서 그 지폐를 강탈했던 놈은 체포되어 감옥으로 갔고, 몸에 지니고 있던 돈뭉치는 압수되어 증거물로 보관 중이라고 했답니다."

나는 고개를 끄덕이며 정황을 파악하려고 애썼다.

"그러니까 그 시점에서는 마리나 딜레이의 은행 강도한테서 압수한 돈이 증거물 보관함에 들어 있었기 때문에 영화촬영장으로 간 200만 달러에는 섞여들 수 없었고, 따라서 일련번호 리스트에도 오를 수 없다고 그 여자가 말했단 말이지?"

"바로 그 얘깁니다. 그 여자 요원은 문제의 100달러짜리 지폐가 실제로 증거물 보관함에 있는지 확인까지 했대요. 분명히 거기 있었답니다."

그렇다면 그게 과연 어떤 의미를 지닐 수 있는지 나는 생각해 봤지만 알 수 없었다.

"그래서 자네와 잭은 어떻게 했나?"

"별로 할 게 없었어요. 여섯 쪽이나 되는 일련번호가 있었는데요 뭐.

그것들 중 하나가 잘못 기재되었나보다 했죠. 기록을 맡은 녀석이 혼란에 빠져 실수했을 수도 있죠. 우린 그때 다른 사건들을 맡고 있었고요. 잭이 해당 은행과 글로벌 언더라이터즈에 전화한다고 했는데, 실제로 했는지는 모르겠어요. 그러고 조금 후에 우린 그 빌어먹을 술집에서 당했으니까요. 모든 것이 다 흘러가 버렸는데… 어느 날 갑자기 안젤라 벤턴이 기억에 떠올라 선배한테 전화한 겁니다. 기억이 차츰 돌아오고 있어요."

"다행이군. 그 여자 요원 이름도 기억나나?"

"미안해요, 해리. 그 여자 이름은 기억나지 않아요. 한 번도 들어보지 못했거나, 잭이 말해주지 않았겠죠. 나는 직접 그 여자와 얘기한 적 없었으니까요."

나는 이것이 추적할 만한 가치가 있는 증거일까 생각하며 침묵 속으로 빠져들었다. 누군가 그 사건을 수사하고 있다는 키즈 라이더의 말도 마음에 걸렸다. 어쩌면 이것이 그 사건을 보는 관점인지도 모른다. 키즈가 말한 사람들이 FBI 요원들일 수도 있었다. 크로스가 다시 지껄이기 시작했다.

"잭의 얘기를 듣고 생각한 건데, 그 여자 요원은 취미 삼아 그 프로그램을 만들었던 것 같아요. 그러니까 공적인 컴퓨터 프로그램이 아니라, 그녀의 개인용으로 말입니다."

"좋아, 그 번호를 발견하기 이전에 다른 일련번호들은 발견된 적이 없었나?"

"한 개 있었지만 별 소용이 없었습니다. 사실 좀 일찍 발견되었죠."

"어디서 나왔는데?"

"은행 예금으로 들어왔죠. 피닉스 은행이었던 같은데 내 기억력이 영… 두뇌가 스위스 치즈처럼 구멍이 숭숭 난 느낌입니다."

"그것에 대해선 아무 기억도 안 난단 말인가?"

"현찰 장사하는 곳에서 들어온 예금이라는 것밖에. 레스토랑 같은 곳 말입니다. 암튼 더 이상 추적할 수 없는 그런 업체였어요."

"강도 사건이 발생하고 얼마 지나지 않았을 때였단 말이지?"

"네, 즉시 달려갔던 생각이 나니까요. 하지만 막다른 골목이었어요."

"사건 후 얼마쯤 지났을 때였는지 기억나?"

"한두 주일 정도겠죠. 확실하진 않지만."

나는 머리를 끄덕였다. 크로스의 기억은 되돌아오고 있었지만 여전히 믿을 수 없었다. 특히 나는 살인 사건 파일을 뒤져볼 수 없기 때문에 아주 불리하다는 사실을 염두에 두지 않을 수 없었다.

"좋아. 고맙네, 로턴. 또 다른 기억이 떠오르면 대니를 시켜 나를 부르게. 그러지 않아도 자넬 만나러 종종 오겠지만."

"올 때는 그걸 꼭…."

그는 말을 끝맺지 않았고 그럴 필요도 없었다.

"당연히 가져오지. 그런데 변호사는 정말 데려오지 않아도 되겠나? 자네 신변 문제를 상의할…."

"아닙니다, 해리. 변호사는 필요 없어요. 아직은."

"대니를 불러줄까?"

"됐어요. 아내한텐 말하지 마세요."

"진심인가?"

"그럼요."

나는 고개를 끄덕여 작별을 고하고 방을 나왔다. 까먹기 전에 잭 도시가 FBI 요원으로부터 받았다는 전화 내용을 수첩에 메모해 두려면 자동차를 세워둔 곳으로 서둘러 가야만 했다. 그런데 거실로 나오자 대니 크로스가 나를 기다리고 있었다. 그녀는 소파에 앉아 저주 담긴 눈으로 나를 바라보았다. 나는 눈길을 그녀의 등 뒤로 던지며 말했다.

"법정 TV를 볼 시간이 다 된 것 같아서요."

"제가 켜줄게요."

"그래요, 난 막 나가려던 참입니다."

"이젠 그만 오시면 좋겠어요."

"글쎄, 부득이 또 와야 할 것 같은데."

"남편은 지금 정신적으로나 육체적으로도 불안해요. 술은 그걸 악화시키고 거기서 회복하려면 며칠씩 걸린다고요."

"내가 보기엔 더 좋아지게 하는 것 같은데요."

"그러면 내일 또 오셔서 어떤가 보세요."

나는 고개를 끄덕였다. 그녀의 말이 옳았다. 나는 크로스와 겨우 반 시간 함께 있었지만, 그녀는 반평생을 그와 함께 살아오지 않았던가. 나는 그녀가 무언가를 벼르고 있는 것 같아 잠시 기다렸다.

"남편은 당신한테도 자기는 죽고 싶은데 내가 돈 때문에 억지로 연명시키려 한다고 주장했겠죠."

나는 한순간 망설였지만 고개를 끄덕였다.

"내가 자기를 학대한다고도 했겠죠."

나는 다시 끄덕일 수밖에 없었다.

"여기 찾아온 모든 사람과 경찰들에게 그렇게 주장했어요."

"사실입니까?"

"죽고 싶다는 얘기 말예요? 가끔은요. 어떤 날엔 정말 죽고 싶어 하고, 다른 날엔 '내가 왜 죽냐?' 그러죠."

"학대한다는 주장은요?"

여자는 고개를 돌렸다.

"남편을 다루기가 곤혹스러워요. 기분이 늘 안 좋거든요. 나한테 풀려고 하죠. 한번은 나도 같이 화를 냈어요. TV를 꺼버렸더니 어린애처럼 엉엉 울더라고요."

그녀는 다시 나를 바라보았다.

"그게 다였지만 그것으로 충분했죠. 그런 짓을 한 내가 싫고, 한순간 그렇게 변했던 나 자신이 미워요. 그보다 더 나쁜 건 없을 거예요."

나는 그녀의 눈과 턱과 입을 통해 진의를 파악하려고 애썼다. 여자는 두 손을 앞으로 모으고 손가락으로 반지를 만지작거리고 있었다. 초조한 동작이었다. 나는 그녀의 턱이 떨리기 시작하며 눈에는 눈물이 고이는 것을 보았다.

"내가 어떻게 해야 할까요?"

나는 고개를 저었다. 난들 알 리가 없었다. 내가 알고 있는 단 한 가지는 거기서 빨리 나가야 한다는 것뿐이었다.

"모르겠어요, 대니. 누가 어떻게 해야 할지 알 수가 없군요."

내가 생각할 수 있는 말은 그게 전부였다. 나는 빠른 걸음으로 현관으로 가서 문을 열고 나가버렸다. 그러자 그들만 집 안에 남겨두고 도망친 비겁자처럼 느껴졌다.

07 OU 파일

가벼운 입은 배도 가라앉힌다. 4년 전 로턴 크로스와 잭 도시가 수사했던 그 사건의 내막은 단순했다. 그들은 안젤라 벤턴이 자기 직업상 그 200만 달러가 영화촬영장으로 전달된다는 사실을 자세히 알고 있었고, 그래서 의도적이든 실수로든 그 돈에 대해 나불거림으로서 강탈과 죽음을 유발했다고 믿었다. 그녀의 가벼운 입이 강도 행위와 자신의 종말을 초래한 원인이었다. 강도들은 자신들의 흔적을 지우기 위해 내부 연결선이었던 그녀를 제거하지 않을 수 없었다. 하지만 강도 사건이 일어나기 나흘 전에 그녀가 살해되었기 때문에, 두 형사는 그녀가 의도적으로 개입했던 건 아니라고 보았다. 안젤라 벤턴은 어쩌다 그런 정보를 제공하게 되었고, 자신이 무슨 짓을 했는지도 모르는 사이에 강도들에게 제거당했을 것이다. 게다가 혹시 나흘 후에 있을 200만 달러 운반과 무슨 관련이 있지 않을까 하는 의심을 사지 않도록 제거할 필요가 있었다. 그래서 현장에 찢어진 옷가지와 자위행위 흔적을 남겨 성폭력으로 인한 살인으로 호도하려고 했던 것이다.

만약 그녀가 자발적으로 계획에 참여했다면, 강도들은 200만 달러를 완전히 강탈한 다음에 그녀를 죽였을 것이라고 형사들은 보았다. 로턴 크로스가 그렇게 말했을 때 나는 아주 그럴듯한 논리라고 생각했다. 내가 그 사건을 계속 맡게 되었다면 나 역시 그런 논리로 접근했을 것 같았다.

하지만 결과적으로 그 논리는 빛을 보지 못했다. 크로스는 도시와 함께 안젤라 벤턴에 대해 전방위 수사를 펼쳤지만 사건 해결을 위한 단서는 하나도 발견하지 못했다고 말했다. 그들은 무려 다섯 달을 그녀에게 쏟아부었다. 그녀의 동선을 추적하고, 개인 취미와 일상생활까지 모조리 조사했다. 그녀의 신용 카드를 체크하고, 은행과 전화 데이터도 수집했다. 그녀의 가족들과 친구, 친지들을 일일이 찾아다니며 면담했다. 그녀의 부모가 살고 있는 콜럼버스에서만 여드레를 보냈고, 100달러짜리 지폐 한 장을 찾아 피닉스까지 내려가기도 했다. 두 형사가 아이돌론 프로덕션에서 살다시피 하자 아치웨이 픽처스에서는 아예 사무실을 내주어 면담하게 했다.

그랬지만 말짱 헛일이었다.

살인 사건이란 것이 종종 그렇듯, 피살자에 대한 정보는 엄청나게 수집되었지만 살인자의 신원을 밝혀줄 결정적 단서는 하나도 발견되지 않았다. 두 형사는 안젤라 벤턴이 대학 시절 함께 잔 남자 친구들의 이름만 알아냈을 뿐, 생의 마지막 날 밤에 함께 잔 남자가 누구였는지는 끝내 밝혀내지 못했다. 또한 위장 속에 콘 코르티야와 콩이 남아 있는 것을 볼 때 그녀의 마지막 식사가 멕시코 요리란 건 알 수 있었지만, 시내에 있는 수백 군데 멕시코 요리점 중 어디서 먹었는지는 밝혀낼 수가 없었다.

사건 발생 6개월이 지나도록 수사관들은 안젤라 벤턴이 200만 달러가 주요 역할로 등장하는 영화를 제작하는 회사의 제작보였다는 표면적 관계 이외에는 강도 사건과 어떤 관련성도 찾아낼 수 없었다.

6개월이 지나자 수사는 막다른 골목에 이르렀다. 증거물로 획득한 것이라곤 총격전 후에 수거한 탄피 마흔여섯 개와 탈출용 밴에서 채취한 혈흔, 살인 현장에서 수집한 정액 정도였다. 탄도와 DNA는 용의자를 범죄와 연결시킬 완벽한 증거가 될 수 있다. O. J. 심슨의 변호사였던 자니 코크런 같은 친구한테 걸리면 얘기가 달라지겠지만. 그러나 이런 증거는 케이크 위에 입힐 당의 같은 거라서, 용의자가 이미 잡혔거나 총기가 수거되었을 경우에나 써먹을 수 있었다. 용의자가 잡히지 않는 한 별 소용이 없었다. 그들은 반년 동안이나 뛰어다녔지만 당의만 구했을 뿐 그것을 입힐 케이크는 아직 만들지 못한 꼴이었다.

수사가 막다른 골목에 이르자 사건은 이제 6개월 단위로 재평가를 받게 되었다. 중대한 결정을 내려야 할 시점이었다. 이 사건의 해결은 이제 두 형사가 다른 사건들에 투입되어 강력계의 짐을 얼마나 덜어주어야 하느냐에 영향을 받을 수밖에 없게 되었다. 계장은 사건을 전담수사에서 해제하고 크로스와 도시를 교대조로 복귀시켰다. 두 형사는 필요할 땐 언제든 벤턴 사건에 뛰어들 수 있지만, 새로운 사건들의 수사에도 적극 참여해야만 했다. 그 결과 예상했던 대로 벤턴 사건에 대한 수사는 그만큼 소홀해질 수밖에 없었다고 크로스는 솔직히 인정했다. 도시가 벤턴 사건을 계속 추적하는 동안 크로스는 자기 조에 할당된 다른 사건들에 매달려야만 했다.

그러다가 두 형사가 할리우드에 있는 냇츠 바에서 총격을 당하고 나자 사건은 완전히 연구 과제가 되었다. 벤턴 사건은 OU 파일(공개된 미해결 사건 파일–옮긴이)에 철해진 다음 외면받았다. 남이 씹다 버린 사건을 좋아할 형사는 없었고, 벤턴 사건이 바로 그런 경우였다. 자기 동료가 틀렸거나 잘못되거나 혹은 무능력하거나 태만한 것을 증명하는 파일을 뒤적거리길 좋아할 형사는 없다. 그것만으로도 꺼림칙한데, 벤텐 사건에는 귀신이 붙었다고까지 했다. 경찰들은 꽤 미신적인 인간들이다. 처음 담당했던 두 형사가 하나는 피살되고 다른 하나는 평생 휠체어 신세가 된 불운이 직접적으로나 간접적으로나 그 사건에 달라붙어 있다고들 생각했다. 이젠 아무도, 정말 아무도 벤턴 사건을 맡으려고 하지 않았다.

나만 빼고. 그런데 나는 공식적인 게임에서 벗어나 있었다.

4년이 지난 후, 나는 크로스와 도시가 안젤라 벤턴의 죽음과 강도 사건과의 관련성에 대한 수사를 성실히 했다고 믿을 수밖에 없었다. 실제로 선택의 여지가 없었다. 그들이 이미 막다른 골목에 이르렀던 기초 과정을 다시 답습하는 건 무의미하다 싶었다. 테일러를 찾아갔던 건 그래서였다. 크로스와 도시의 수사가 약점이 있을지는 몰라도 아주 철저했다고 믿고 나는 다른 각도에서 접근할 생각이었다. 벤턴을 강도 사건과 연결하는 단서는 없었기 때문에, 크로스와 도시가 그것을 하나도 찾아내지 못했을 거라는 믿음 위에서 나는 행동했다. 그녀의 죽음은 치밀하게 계획된 오도(誤導) 속의 오도였다. 이제 내겐 테일러가 자전거로 5킬로미터쯤 달리며 얘기해준 아홉 명의 명단이 있다. 현금 200만 달러를 촬영하는 계획에 관여했던 모든 사람들. 현찰이 오고 있다는 사실과 누가 가져오는지 알고 있었던 사람들이다. 나는 거기서부터 시작할 생각이었다.

그렇지만 지금까지 내겐 커브볼 같은 것만 날아들었다. 크로스는 일련번호들에 대해 얘기하면서 적어도 그중 한 개는 틀린 것이었다고 했다. 그리고 도시에게 그 지폐를 추적하도록 했기 때문에 어떻게 되었는지 모른다고 했다. 그런 직후에 도시가 살해되면서 사건 수사도 함께 가라앉았다. 그렇지만 나는 지금 흥미를 느끼고 있다. 그것은 매우 이례적인 사건이었고 반드시 해결되었어야만 했다. 키즈 라이더의 경고와 "그 사람들"이라는 모호한 언급으로 인해 나는 오랫동안 잠자고 있던 내부의 어떤 것이 꿈틀거리는 걸 느꼈다. 어둠 속으로 약간 끌어당기는 듯한, 한때는 나와 제법 친근했던 감정이었다.

08 무언가 있다

할리우드로 돌아온 나는 '무쏘의 집'에서 늦은 점심을 주문했다. 캐틀원 마티니로 시작해서 크림 시금치를 곁들인 치킨 파이를 먹었다. 멋진 조화를 이루는 음식을 먹었지만, 내 속에는 로턴 크로스와 그가 처한 상황이 돌덩이처럼 무겁게 자리 잡고 있었다. 그것을 달래고 다른 일들에 생각을 모으기 위해 나는 두 잔째의 마티니를 주문했다.

이 '무쏘의 집'에는 내 퇴직 송별회 이후 한 번도 오지 않아 가끔 생각나곤 했던 차였다. 고개를 숙이고 수첩을 읽으며 뭘 열심히 적고 있는데 레스토랑 안에서 귀에 익은 목소리가 들려왔다. 머리를 들자 르밸리 경감이 내가 모르는 한 사내의 뒤를 따라 테이블로 가고 있었다. 그녀는 여기서 한두 블록 떨어진 곳에 있는 할리우드 경찰서 서장이었다. 내 책상 서랍에 경찰 신분증을 넣어두고 나온 지 사흘이 지났을 때, 그녀는 나한테 전화를 걸어 재고를 요청했다. 내가 재고할 거라고 거의 확신하는 듯한 말투였지만 나는 거부했다. 그리고 내 사직서를 접수시키라고 요구했고, 그녀는 그렇게 했다. 서장은 내 퇴직 송별회에 나오지 않았기 때문에 그것이 우리가 나눈 마지막 대화였다.

르밸리는 나를 보지 못했고, 멀찌감치 떨어진 부스에 등을 보이며 앉았기 때문에 그녀가 하는 얘기가 내 귀엔 들리지 않았다. 나는 두 잔째의 마티니를 다 비우지 못하고 조용히 일어나 뒷문으로 빠져나갔다. 종업원을 주차장으로 불러내어 계산을 마친 나는 플로리다로 이사하는 한 친구에게 구입한 중고 메르세데스 벤츠 ML55에 올랐다. 사직한 후 나 자신에게 허락한 최대의 호사였다. ML55가 내겐 "날려버린 5만 5천 달러(Money Lost $55,000)"의 이니셜처럼 자꾸만 느껴졌다. 자동차 값으로 지불한 금액이 그거였다. ML55는 도로 위를 달리는 가장 빠른 스포츠형 다목적 차량(SUV)에 속했다. 하지만 그게 구입 이유는 아니었다. 주행거리가 얼마 되지 않는다는 것도 이유가 되지 못했다. 내가 그 차를 구입한 이유는 검정색이라 좀처럼 튀지 않는다는 것이었다. 로스앤젤레스 차량 다섯 대 중 한 대가 메르세데스라고 할 정도니까. 그리고 메르세데스 다섯 대 중 한 대는 검정색 M 클래스 SUV라고 한다. 아마도 나는 여행을 나서기도 전에 일찌감치 어디로 가는지 알고 있었던 것 같다. 그것이 필요하기 8개월 전에 나는 사립 탐정에게 딱 맞는 자동차를 한 대 구입했다. 스피드도 낼 수 있고 편안할 뿐만 아니라 창문들도 거무스레하게 선팅된 것이었다. LA에서 백미러를 통해 뒤따라오는 다른 차들을 보면 재고의 여지가 없었다.

메르세데스에 익숙해지는 데는 대가를 치러야만 했다. 일상적인 운전과 상태 유지뿐만 아니라 안락함을 누리는 데도 대가가 필요했다. 사실 나는 도로 상에서 가스가 떨어지는 불상사도 두 차례나 겪었다. 경찰신분증을 포기한 대가로 지불해야 했던 사소한 일이었다. 사직하기 전까지 나는 여러 해 동안 팀장인 3급 형사로 근무했기 때문에 관급차를 집으로 몰고 갈 수 있었다. 탱크처럼 달리는 그 차는 포드 크라운 빅토리아라는 폴리스 인터셉터 모델로, 비닐 시트에 내구성 강한 서스펜션과 대형 가스탱크가 내장되어 있었다. 나는 근무 도중 가스를 넣을 필요가 전혀 없었다. 주차장에 세워두면 배차계에서 나온 친구들이 정기적으로 넣어주니까. 그렇지만 일반 시민으로 돌아온 나는 연료계기의 바늘 살피는 일부터 배워야만 했다. 그걸 게을리했다간 갓길에 앉아 있는 나 자신을 발견할 뿐이었다.

나는 가운데 콘솔에서 휴대전화를 꺼내들었다. 휴대전화를 쓸 일은 이젠 거의 없지만 옛날 쓰던 것을 그냥 가지고 다녔다. 혹시 강력반 후배들이 전화를 걸어 사건에 대한 조언을 구할지도 모른다는 생각을 했던 것 같다. 하지만 그런 일은 없었다. 넉 달 동안이나 매일 충전하며 가지고 다녔지만 전화 한 통 걸려오지 않았다. 두 번째로 가스가 떨어져 갓길에 차를 세우고 도움을 요청한 다음부터 나는 휴대전화기를 콘솔 속의 충전기에 꽂아둔 채 방치했다. 다음에 또 도움을 요청할 일이 생길 때나 필요하게 될 것 같았기 때문이다.

그 도움을 요청할 일이 지금 생기긴 했지만 가스 때문은 아니었다. 나는 안내 서비스를 통해 FBI 로스앤젤레스 지국 전화번호를 알아냈다. 그리고 전화를 걸어 은행 팀 감독 요원을 찾았다. 나는 잭 도시가 접촉했다는 FBI 요원이 은행강도 사건을 수사하는 팀에 소속되어 있을 거라고 짐작했다. 가끔 지폐의 일련번호를 취급하는 곳도 바로 은행 팀이었다.

교환을 통해 내 전화를 받은 사내가 말했다.

"뉴네스입니다."

"뉴네스 요원입니까?"

"그런데요. 도와드릴 일이 있습니까?"

FBI 요원을 다루는 일이 영화계 거물의 비서를 다루는 일과 같지 않다는 것 정도는 나도 알고 있었다. 따라서 뉴네스에겐 가급적 솔직하게 말해야만 했다.

“네. 나는 해리 보슈라는 사람입니다. 30여 년간 LAPD에서 근무하다 얼마 전에 퇴직했는데….”

“당신 자신에 대한 얘긴 됐습니다.”

뉴네스는 퉁명스럽게 잘랐다.

“제가 도와드릴 일이 뭡니까?”

“아, 예에, 그걸 지금 말하려던 참이었소. 4년 전 내가 수사하던 한 살인 사건이 거액의 현금 강탈 사건과 연루되어 있었습니다. 그런데 그 지폐 일부의 일련번호를 기록해 두었죠.”

“사건 이름이 뭐요?”

“사건 이름만 듣고는 아실지 모르겠는데, 안젤라 벤턴 피살 사건입니다. 할리우드 영화촬영장에서 있었던 현금 강탈 사건 이전에 일어났던 살인 사건이었는데, 각 신문 방송에서도 크게 떠들어댔죠. 그런데 악당들이 강탈해간 현금 200만 달러 중에서 100달러짜리 지폐 800장의 일련번호를 기록해 두었던 겁니다.”

“기억납니다. 하지만 우린 그 사건을 수사하지 않았어요. 그러니까 아무것도….”

“압니다. 말씀드린 대로 내가 수사했으니까요.”

“그러면 계속하세요. 제가 도와드릴 일이…?”

“수사에 들어간 지 여러 달 지났을 때 거기서 근무하는 한 요원이 LAPD에 연락하여 기록된 일련번호들 중에서 변형이 발견되었다고 보고해왔습니다. 그녀도 우리가 각 관련부처에 보낸 일련번호 리스트를 가지고 있었던 거죠.”

"변형이라니, 그게 뭐요?"

"비정상적인 것 말입니다. 다른 일련번호들과는 달리…."

"그러니까 그게 뭐냐고요? 변형의 뜻을 묻고 있는 게 아니라."

"아, 미안합니다. 그 요원의 설명으로는 일련번호 중 하나가 잘못 찍혔거나 두어 개의 번호가 뒤바뀌었다는 것이었습니다. 하지만 내가 지금 전화한 건 그 때문이 아닙니다. 그녀는 이런 종류의 사건들에서 수집한 일련번호들을 서로 맞춰보고 비교 검토할 수 있는 컴퓨터 프로그램을 구축하고 있다고 했어요. 내 생각엔 그녀 자신의 일을 처리하기 위해 개인적인 프로그램을 구축했던 것 같아요. 이 얘길 듣고 혹 생각나는 이름 없소? 사건 말고 요원 이름 말입니다. 이런 프로그램을 가진 요원. 여자 요원 말이오."

"왜 묻는 겁니까?"

"그녀의 이름을 몰라서요. 그녀가 나를 찾은 것이 아니라, 내 동료들 중 한 명에게 그 얘기를 했거든요. 그래서 가능하다면 그녀와 얘기하고 싶습니다."

"그녀에게 무슨 얘길 하고 싶은데요? 그리고 당신은 은퇴했다고 하지 않았소?"

결국 이런 소리가 나올 줄 알았다. 나의 약점이었다. 이젠 경찰서에 소속되어 있지 않으니 정당성도 없었다. 어느 문이나 열 수 있는 경찰 신분증이 내겐 없었다.

"어떤 사건들은 좀체 지워지지 않습니다, 뉴네스 요원. 그 사건을 아직도 붙잡고 있소. 아무도 거들떠보지 않으니 내가 해결해 볼까 하고요. 그런 기분 이해하시겠죠?"

"아뇨, 모르겠어요. 난 은퇴하지 않았으니까."

정말 엿 같은 놈이었다. 놈은 그렇게 말한 뒤 입을 다물었다. 인력과 자금 부족으로 인한 과중한 업무에 대한 스트레스를 얼굴도 모르는 나한테 풀려는 것처럼 느껴져서 부아가 치밀어 올랐다. 로스앤젤레스는 세계에서 은행강도 사건이 가장 빈번하게 일어나는 도시였다. 사흘에 한 번 꼴이 보통이고, FBI는 그 사건들을 모조리 처리해야만 했다.

"이봐요, 당신 시간을 낭비할 생각은 없소."

나는 분노를 누르고 엿 같은 놈에게 말했다.

"당신은 나를 도와줄 수도 있고 안 도와줄 수도 있습니다. 내가 말하는 여자가 누군지 알 수도 있고 모를 수도 있을 테니까."

"물론 누굴 말씀하시는지 알고 있습니다."

그렇게 대꾸한 뒤 뉴네스 요원은 또 침묵했다. 나는 마지막 방법을 시도하기로 했다. 이 방법을 최후까지 미뤘던 이유는 내가 하는 일에 대해 핵심 인사들이 알게 되는 걸 원치 않았기 때문이었다. 하지만 키즈 라이더의 방문으로 나의 그런 우려는 소용없게 되었다.

"이봐요, 나에 관해 알아볼 만한 사람이 필요합니까? 할리우드 경찰서 형사들에게 전화해서 빌리츠 경사를 바꿔달라고 하시오. 그녀는 나를 보증할 겁니다. 물론 이 건에 대해서는 모르고 있겠지만요. 그녀는 지금쯤 내가 나무 그늘에 매단 해먹에 누워 낮잠을 자고 있을 줄 알 겁니다."

"좋습니다. 그렇게 하죠. 이따 다시 전화하세요. 10분쯤 후에."

"그러죠."

나는 전화를 끊고 시계를 들여다봤다. 3시가 다 되어가고 있었다. 메르세데스를 몰고 선셋 대로로 들어가 동쪽으로 달렸다. 라디오를 틀었지만 내가 싫어하는 퓨전 음악이 흘러나와 꺼버렸다. 10분이 경과했을 때 나는 '화려한 시절'이란 건물 앞에 다시 차를 세웠다. 뉴네스 요원에게 전화하려고 휴대전화를 꺼내자마자 신호가 왔다. 처음엔 뉴네스가 자기 전화기에 기억된 내 전화번호로 전화한 모양이라고 생각했다. 그러자 교환을 통해 그와 연결되었던 것이 생각났다. 그렇다면 그건 아닌데, 하고 나는 대답했다.

"해리 보슈입니다."

"해리, 나 제리야."

제리 에드거였다. 이번 주엔 아무래도 옛집 생각이 자꾸 나는 모양이다. 처음엔 키즈 라이더가 찾아오더니 이번엔 제리 에드거가 나왔다.

"제리, 어떻게 하고 있나?"

"나야 잘하고 있지. 은퇴 생활은 재미있나?"

"아주 편안해."

"해변에 드러누워 있는 것 같진 않은데, 해리."

맞는 말이었다. 실버타운 건물은 할리우드 프리웨이와 불과 몇 미터 떨어진 곳에 있어서 차량들의 소음이 쉴 새 없이 들려왔다. 재즈맨인 내 친구 퀜틴 매킨지는 실버타운의 서쪽 방들은 프리웨이의 소음과 가깝기 때문에 주로 난청이 있는 노인들을 입주시킨다고 나한테 설명한 적 있었다.

"나는 해변 체질이 아니야. 웬일인가? 은퇴한 지 여덟 달이나 된 나한테 설마 무슨 조언을 구하려는 건 아니겠지?"

"아니지. 자네를 체크하고 있는 어떤 녀석이 나한테 전화를 해왔어."

나는 갑자기 창피한 기분이 들었다. 내 자존심은 에드거가 사건 해결에 나를 필요로 하고 있다는 결론에 도달하게 했던 것이다.

"아, 뉴네스라는 연방수사국 요원이었나?"

"그래, 내막은 말하지 않았지만. 새로운 일을 시작했나, 해리?"

"고려 중이야."

"사립 탐정 허가는 취득했잖아?"

"그래, 여섯 달 전에. 서랍 안에 처박아뒀지만. 뉴네스에겐 무슨 얘길 했나? 내가 도덕심이 많고 용기 있는 남자라고 좀 말해주지 그랬어."

"그렇겐 절대 못하지. 난 그 친구에게 사실 그대로 말해줬네. 해리 보슈를 믿느니 당신 똥구멍을 믿는 게 나을 거라고 말이야."

그의 목소리에 웃음기가 섞여 있었다.

"고맙네, 친구. 자넨 진짜 남자야."

"그래도 자네한테 알려줘야겠다는 생각은 들더군. 무슨 일을 벌이고 있는지 나한테 얘기하고 싶지 않나?"

나는 입을 다물고 잠시 생각해 보았다. 내가 하고 있는 일을 에드거에게 얘기하고 싶지 않았다. 그를 믿지 못해서가 아니었다. 나는 그를 신뢰했다. 단지 내가 하는 일에 대해 아는 사람이 적을수록 성공 확률이 높아질 것이라는 내 신념 때문이었다.

"지금은 아니야, 제리. 약속에 늦어서 빨리 가봐야 하거든. 그렇지만 언제 날 잡아 점심이나 같이하는 게 어때? 연금생활자의 멋진 삶에 대해 얘기해줄 테니까."

그 말을 하며 나는 웃었는데, 에드거에겐 그럭저럭 먹혀든 것 같았다. 그는 점심을 같이하는 데는 동의했지만 날짜는 나중에 정해 전화하겠다고 했다. 경험해봐서 아는 일이지만 강력반에 근무하면서 점심 약속을 미리 정하기란 하늘의 별 따기나 다름없다. 그랬다간 그는 아마 십중팔구 약속한 날 아침에 공짜 점심이 있다는 기별을 받게 될 것이다. 일이 항상 그런 식으로 돌아가니까. 우린 계속 서로 연락하자는 말과 함께 전화를 끊었다. 키즈 라이더와는 달리 제리 에드거는 내가 갑자기 사직하고 그와의 파트너 관계를 정리한 것에 대해 분노하고 있는 것 같지 않아 다행으로 느껴졌다.

연방수사국으로 전화했고 곧 뉴네스와 다시 연결되었다.

"전화는 해보셨소?"

"네, 하지만 그녀는 자리에 없었어요. 그래서 당신 파트너였던 사람과 얘기했죠."

"라이더 말이오?"

"아니, 에드거라는 남자였어요."

"아, 제리 말이군요. 그 친구는 어떻게 지낸답니까?"

"모르겠는데요. 물어보지 않아서. 방금 그 친구와 통화하며 물어봤을 텐데요."

"무슨 말씀이신지?"

나는 한 방 먹은 기분이었다.

"꼼수 부리지 말아요, 보슈. 에드거는 당신한테 전화할 의무감을 느낀다고 말했어요. 누가 당신 뒷조사를 하고 있다고 말이죠. 나는 좋을 대로 하라고 했습니다. 다만 내가 진짜 해리 보슈와 얘기하고 있는지 확인하고 싶으니 당신 전화번호를 알려 달라고 했죠. 그래서 몇 분 전에 전화했더니 통화 중이더군요. 에드거와 통화 중인 모양이라고 짐작했죠. 그러니까 그런 시답잖은 꼼수는 사양합니다."

코너에 몰리자 나는 창피하다는 생각보다 성질이 불끈 돋았다. 뱃속에 든 보드카 때문이거나 이젠 내가 아웃사이드라는 생각이 자꾸 드는 탓이겠지만, 이 재수 없는 놈과 더 이상 상대하기가 싫어졌다.

"세상에, 대단한 수사관이군요. 정말 놀라운 추리력입니다. 그런데 그걸 사건 해결에 사용하고 있습니까, 아니면 세상을 위해 뭔가 해보려는 사람들의 손을 묶는 데만 사용합니까?"

"상대에게 정보를 제공할 때는 조심해야 하거든요. 그 정도는 이해하실 텐데."

"네, 이해합니다. 동시에 법집행기관이 왜 존재하는지도 잘 이해하고 있죠."

"이봐요, 보슈. 화내면서 가지 말고 그냥 곱게 가시오."

나는 실망감에 머리를 저었다. 내가 뭘 잘못해서 기회를 날려버렸는지, 처음부터 이 녀석한테서는 아무것도 얻어낼 수 없었던 건지 판단이 서지 않았다.

"그러니까 그게 당신 깜냥인 거요? 내게 딴전을 피운다고 비난하더니, 당신도 줄곧 딴전을 피우고 있었어, 그렇지 않소?"

그는 대답하지 않았다.

"이름 하나 알려주는 것뿐이오, 뉴네스. 아무 해도 없고 위반도 아니에요."

그래도 FBI 요원은 묵묵부답이었다.

"좋소, 내가 얘기하지. 당신은 내 이름과 전화번호를 알았소. 그리고 내가 얘기하는 여자 요원이 누군지도 알고 있을 거요. 그러니까 그 요원에게 알려주고 그녀가 결정하게 해요. 내 이름과 전화번호를 알려주란 말입니다. 당신이 날 어떻게 생각하든 상관하지 않아요, 뉴네스. 에드거가 그랬던 것처럼, 당신도 당신 동료에게 그걸 알려줄 의무가 있소. 내가 그녀에 대해 묻고 다닌다는 사실을 말이오."

정곡을 찌르는 말이었다. 이번엔 뉴네스가 입을 열 때까지 나도 더 이상 말하지 않겠다고 다짐하며 입을 꽉 다물었다.

"이봐요, 보슈. 할 수 있었다면 진작 했을 겁니다. 당신이 그녀를 찾고 있다고 말이죠. 에드거에게 전화하기 전에 그녀에게 먼저 말했을 거라고요. 하지만 의무감이란 것도 거기까지죠. 당신이 찾고 있는 요원? 그 여잔 이제 없습니다."

"없다는 게 무슨 뜻입니까? 그 여자 요원 지금 어디 있죠?"

뉴네스는 대답하지 않았다. 상체를 벌떡 세우다가 팔꿈치로 운전대를 치는 바람에 날카로운 경적 소리가 울렸다. 내 기억에 떠오르는 것이 있었다. 뉴스에서 본 여자 요원 얘기. 그게 무슨 얘기였더라?

"혹시 죽었습니까, 뉴네스?"

"보슈, 이런 얘기 마음에 안 드는데요. 한 번도 만난 적 없는 사람과 전화로 이러긴 싫습니다. 이쪽으로 들어오면 같이 얘기해볼 수도 있을 텐데요."

"해볼 수도 있다고요?"

"기다리죠. 언제 오실 겁니까?"

대시보드의 시계는 3시 5분을 가리키고 있었다. 나는 실버타운 건물의 현관문 쪽을 돌아보았다.

"4시까지 가죠."

"그럼 그때 봅시다."

전화를 끊은 나는 운전석에 꼼짝 않고 앉은 채 오랫동안 기억 속을 헤맸다. 그 사건은 내 기억력이 닿지 않는 곳에 있었다.

나는 다시 휴대전화기를 꺼냈다. 전화번호를 적은 수첩은 가져오지 않았고, 한때 기억하고 있던 번호들은 지난 8개월 동안 해변 모래밭에 새긴 글씨들처럼 씻겨나가고 없었다. 안내 서비스를 통해 〈LA 타임스〉 뉴스룸 전화번호를 알아낸 다음, 사내전화를 통해 케이샤 러셀과 연결되었다. 그녀는 내가 경찰서를 사직한 일이 결코 없는 것처럼 대해 주었다. 우린 사이가 좋았던 것이다. 나는 러셀에게 독점 기사를 여러 차례 제공했고, 그 보답으로 그녀는 내게 과거의 기사들을 찾아주거나 필요한 기사는 계속 띄워주며 도와주었다. 안젤라 벤턴 사건은 그녀가 나를 도와줄 수 없었던 것이었다.

"안녕, 보슈. 어떻게 지내요?"

나는 그녀의 말투에서 자메이카 악센트가 거의 사라졌다는 걸 알았다. 아쉬웠다. 인종 도가니라 불리는 LA에서 10년 이상 살다보니 저절로 그렇게 된 건지, 의도적으로 고치려 애쓴 결과인지는 알 수 없었다.

"잘 지내고 있죠. 아직도 경찰 출입해요?"

"그럼요. 절대 안 변하는 것도 있어요."

케이샤 러셀은 언젠가 나한테 경찰 출입은 신참 기자들이나 하는 일이지만 그녀 자신은 졸업하고 싶은 생각이 전혀 없다고 말한 적 있었다. 시청이나 선거장을 들락거리는 따위는 생과 사, 범죄와 처벌에 대한 기사를 쓰는 일에 비하면 지루할 수밖에 없다는 것이었다. 그녀는 유능하면서도 철저하고 정확했다. 그래서 내 퇴직 송별회에도 초대받았다. 아웃사이더 중에서도 특히 신문기자가 그런 모임에 초대받는 일은 극히 드물었다.

"당신과는 달리 말이죠, 해리 보슈. 난 당신이 할리우드 경찰서 강력반에 말뚝을 박을 줄 알았어요. 오죽하면 1년이 다 되어 가는데도 아직 믿기지 않을까요. 한두 달 전에도 습관적으로 당신 데스크에 전화를 걸었다가 이상한 목소리에 놀라 전화기를 내려놓곤 했어요."

"누가 받았는데요?"

"퍼킨즈라고, 도로교통과에서 왔다고 하더군요."

나는 누가 내 책상을 차지했는지 알아본 적 없었다. 퍼킨즈는 유능하지만 강력반 형사 깜냥으론 좀 달린다. 하지만 그런 얘기를 러셀한테 할 필요는 없었다.

"그래, 무슨 일로 전화했나요, 괴짜 양반?"

그녀가 이따금 옛날 악센트로 속사포처럼 내뱉으면 화제를 돌리거나 초점을 맞추고 싶을 때다.

"바쁜 모양이군."

"약간요."

"그렇다면 방해하고 싶지 않아요."

"아니, 아니에요. 방해는 무슨. 뭘 도와드릴까요, 해리? 사건을 붙잡고 있는 건 아니죠? 사립 탐정 개업한 거예요?"

"그런 얘기가 아니오. 궁금한 게 한두 가지 있어서. 그뿐이에요. 나중에 얘기해도 돼요. 또 전화할게요, 케이샤."

"해리, 잠깐만요!"

"정말 괜찮겠소?"

"난 옛 친구한테 바쁜 체하진 않아요. 잘 아시면서. 궁금해하는 게 뭔데요?"

"얼마 전에 FBI 여자 요원 하나가 사라진 일 기억나요? 밸리에서 있었던 일로 기억하고 있는데, 마지막으로 목격된 건 귀가하던 도중이었지, 아마."

"마서 게슬러."

그 이름을 듣자마자 모든 기억이 되살아났다.

"맞아요. 그 여자한테 무슨 일이 일어났는지 혹 아는 바 있소?"

"제가 알기론 수사 도중 실종되었는데 아마 죽었을 거라는 얘기죠."

"그 여자에 대해 최근 아무 얘기도 없었어요? 기사 말이오."

"아뇨. 그 여자에 대한 기사라면 제가 썼을 텐데, 2년 이상 지나도록 한 줄도 쓴 적이 없었거든요."

"2년이라고? 그게 2년 전이었소?"

"아뇨, 3년 가까이 될 걸요. 1년쯤 지난 후 기사를 썼던 것 같거든요. 소급해서 말이죠. 제가 그 여자에 대해 쓴 마지막 기사였어요. 암튼 기억을 되살려 줘서 고마워요. 다시 한 번 검토해볼 때가 된 것 같거든요."

"이봐요, 그러더라도 며칠만 보류해 주겠소?"

"그러니까 뭔가 작업하고 있다는 말이군요, 해리?"

"약간. 마서 게슬러와 관련이 있는지 어떤지는 아직 몰라요. 암튼 다음 주까지만 시간을 줘요, 알겠죠?"

"나중에 숨김없이 얘기만 해준다면 문제없죠."

"오케이, 전화해요. 그 여자에 관한 기사 스크랩 좀 해줄 수 있죠? 당신이 그 당시 어떻게 썼는지 읽어보고 싶소."

모든 게 컴퓨터로 처리되는 세상에 기사를 스크랩한다는 건 옛날 얘기지만, 나는 그들이 아직도 스크랩이란 말을 사용한다는 걸 알고 있었다.

"그럼요. 팩스나 이메일 주소 있죠?"

내겐 둘 다 없었다.

"그냥 우송해 줘요. 보통 우편으로 말이오."

그녀의 웃음소리가 들렸다.

"해리, 그래가지곤 현대적 사립 탐정이 되긴 어렵겠어요. 당신이 가진 거라곤 트렌치코트밖에 없을 거예요, 필시."

"휴대전화기도 가지고 있어요."

"좋아요. 그걸로 시작할 순 있겠네요."

나는 웃으며 내 주소를 불러주었다. 케이샤 러셀은 당일 오후 우편으로 보내겠다고 약속했다. 그리고 다음 주에 전화하겠다며 내 전화번호를 불러달라고 했다. 나는 불러준 뒤 전화를 끊었다.

운전석에 앉은 채 한동안 이런저런 생각에 잠겨들었다. 그 당시 나는 마서 게슬러 사건에 대해 흥미를 느끼고 있었다. 나는 그 여자를 몰랐지만 내 전처와는 아는 사이였다. 그들은 여러 해 전 FBI 은행강도 팀에서 함께 일한 적 있었다. 게슬러의 실종은 여러 날 뉴스에 오르내렸다. 그러다 기사들이 차츰 뜸해지더니 마침내 완전히 사라져버렸다. 나도 지금까지 그녀에 대해 까맣게 잊고 있었다.

갑자기 가슴 속이 뜨거워져 오는 느낌이었지만 낮에 마셨던 마티니가 치받는 건 아니었다. 무언가에 가까워지고 있는 느낌이었다. 어린아이가 어둠 속에 있는 무언가를 볼 수는 없으면서도 거기에 그것이 있다는 걸 확신하는 것과 똑같았다.

09 재즈

나는 벤츠 트렁크에서 악기 케이스를 꺼내들고 실버타운 건물 현관으로 이어진 보도를 따라 걸어갔다. 카운터 뒤에 앉은 여자에게 고개만 끄덕여 보인 뒤 지나가도 그녀는 나를 불러 세우지 않았다. 이젠 나를 알기 때문이었다. 나는 오른쪽 복도로 내려가서 음악실 문을 열었다. 앞쪽에 피아노와 오르간이 있고 관람자용 의자들도 몇 줄 늘어서 있지만 공연할 기회는 거의 없다는 걸 나는 알고 있었다. 퀜틴 매킨지는 맨 앞줄에 구부정한 자세로 앉아 턱을 떨어뜨린 채 졸고 있었다. 내가 어깨를 살짝 건드리자 그는 즉시 눈을 반짝 뜨고 쳐다보았다.

"늦어서 미안해요, 슈거 레이."

왕년의 예명을 불러주면 그가 좋아할 것 같았다. 업계에서 그는 슈거 레이 맥으로 알려졌는데, 그 이유는 무대 위에서 연주를 할 때 마치 사각 링의 슈거 레이 로빈슨(미국 프로복싱 선수－옮긴이)처럼 돌진하고 빠져나가기 때문이었다.

나는 앞줄에서 의자 하나를 빼내어 그의 앞으로 옮겨 놓고 앉은 뒤 악기 케이스를 바닥에 내려놓았다. 그리고 고리를 따고 케이스를 열어 적갈색 벨벳 안감 속에 담겨 반짝이고 있는 악기를 꺼냈다.

"오늘은 좀 일찍 끝내야 할 것 같아요. 4시에 웨스트우드에서 약속이 있어서."

"은퇴한 주제에 약속은 무슨 얼어 죽을."

슈거 레이가 시큰둥하게 대꾸했다. 목소리가 점점 루이 암스트롱을 닮아가는 것 같았다.

"은퇴한 놈들은 남아나는 게 시간뿐이잖아."

"제가 뭘 좀 시작했거든요. 그래서… 암튼 스케줄은 최대한 지키도록 노력하겠지만, 다음 주는 좀 빡빡할 것 같습니다. 만약 다음 레슨에 참석 못하게 되면 데스크로 전화해서 메시지 남겨놓을게요."

그 레슨이라는 걸 일주일에 두 차례씩 6개월 동안 이어온 참이었다. 내가 슈거 레이의 공연을 처음 본 곳은 남중국해를 항해하던 병원선(病院船) 선상이었다. 그는 봅 호프의 단원으로 1969년 크리스마스 휴가 기간 동안 부상병들을 위한 위문공연에 나섰던 참이었다. 많은 세월이 흐른 뒤 강력반에서 사건들을 수사하던 나는 도난품으로 압수된 색소폰의 마우스에 그의 이름이 새겨져 있는 것을 발견했다. 그것을 들고 슈거 레이가 살고 있는 실버타운까지 물어물어 찾아가 돌려주었건만, 그는 이젠 너무 늙어 색소폰을 불 수 없었다. 폐가 바람을 불어내지 못하기 때문이었다.

그래도 나는 옳은 일을 한 것이었다. 잃어버린 아이를 부모에게 데려다준 셈이었으니까. 그는 나를 크리스마스 만찬에 초대했다. 그 후로도 나는 가끔 그의 안부를 묻곤 했고, 직장을 나온 뒤로는 그의 악기에 먼지가 끼지 않도록 하는 묘안을 하나 들고 그를 다시 찾았던 것이다.

슈거 레이는 교수법을 전혀 모르기 때문에 오히려 멋진 스승이었다. 그는 내게 이야기를 들려주었고, 악기를 사랑하고 그것에서 살아 있는 음을 뽑아내는 방법을 가르쳐주었다. 내가 낼 수 있었던 음 하나하나에 추억과 이야기가 담겼다. 나는 멋진 색소폰 연주자가 될 수 없다는 걸 잘 알고 있었지만, 그래도 일주일에 두 번씩 찾아와서 한 시간쯤 재즈에 대한 이야기를 듣거나 그가 아직도 품고 있는 불멸의 예술에 대한 열정을 느껴보곤 했다. 그런 것들은 내 안으로 들어와 내가 색소폰을 입술에 대었을 때 나 자신의 호흡으로 흘러나왔다.

나는 색소폰을 케이스에서 꺼내 들고 연주 자세를 취했다. 레슨은 언제나 조지 케이블의 자장가(lullaby) 연주로 시작하곤 했는데, 내가 이 음악을 처음 들었던 것은 알토 색소폰 연주자 프랭크 모건의 디스크를 통해서였다. 느린 발라드라 나도 비교적 쉽사리 연주할 수 있었지만 동시에 매우 아름다운 곡이었다. 애조를 띠면서도 흔들림 없이 사람의 마음을 고양시키는 데가 있었다. 길이는 다해야 1분 30초도 안 되는 것 같은데, 그 안에 세상의 모든 고독이 다 담겨 있는 것처럼 내겐 느껴졌다. 어떤 때는 내가 이 곡 하나만 잘 연주할 수 있어도 그동안 노력한 보람이 충분히 있겠다는 생각이 들기도 했다. 그 정도로 만족할 수 있을 것 같았다.

그런데 그 곡이 오늘은 장송곡처럼 느껴졌다. 나는 연주하면서 내내 마서 게슬러를 생각했다. 신문에서 본 그녀의 사진과 11시 TV에서 본 영상이 자꾸만 떠올랐다. 그 당시 FBI 은행강도 팀에는 그녀와 엘리노어 위시만 여자 요원이었다는 얘기도 아내로부터 들은 적 있었다. 지금은 내 전처라고 불러야 하겠지만. 암튼 두 여자는 남자 요원들로부터 끊임없이 성차별을 당하다가 마침내 힘을 합쳐 "투 스탭 강도"라는 별명의 은행 강도를 때려잡고 나서야 능력을 인정받았다. 강도가 그런 요상한 별명을 얻게 된 것은 은행을 털고 나갈 때마다 언제나 춤을 약간씩 추고 사라졌기 때문이었다.

내가 연주하는 동안 손가락의 놀림을 지켜보던 슈거 레이는 알겠다는 듯이 고개를 끄덕였다. 발라드의 중간쯤에 들어가자 그는 눈을 감고 박자에 맞춰 머리를 끄덕이며 들었다. 그것은 굉장한 칭찬이었다. 연주가 끝나자 그는 눈을 뜨고 빙그레 웃으며 말했다.

"다 되어가는군."

나는 고개를 끄덕였다.

"자네 폐 속에 남아 있는 니코틴을 씻어내야 해. 폐활량을 늘리려면."

나는 다시 고개를 끄덕였다. 담배를 끊은 지는 1년이 다 되어가지만, 거의 평생 동안 하루 두 갑씩 피워댔으니 이미 손상은 입은 상태였다. 색소폰 속으로 숨을 불어넣는 것이 언덕 위로 바위를 굴려 올리는 일처럼 느껴질 때도 있었다.

15분쯤 더 연주하는 동안 나는 콜트레인의 스탠더드 곡인 '소울 아이즈(Soul Eyes)'를 무모하게 시도했고, 그다음엔 슈거 레이가 가장 좋아하는 '더 스위트 스팟(The Sweet Spot)'으로 넘어갔다. 이 곡을 연주하여 노인을 좀 즐겁게 해주고 싶었던 것이다.

시간을 단축한 레슨이 끝나자 나는 슈거 레이에게 감사한 뒤 무엇이든 필요한 게 없느냐고 물었다. 그러나 노인은 내가 물을 때마다 언제나 똑같은 대답만 했다.

"음악만 있으면 돼."

나는 색소폰을 케이스에 넣었다. 슈거 레이는 연습을 해야 하니까 악기는 내가 보관해야 한다고 우겼다. 그리고 자기는 항상 음악실에 있겠다고 했다.

건물 현관으로 이어진 복도로 나가는데 반대편에서 멜리사 로열이라는 이름의 여인이 다가왔다. 나는 미소를 지어 보였다.

"안녕, 멜리사."

"안녕하세요, 해리. 레슨은 어땠어요?"

멜리사 로열은 알츠하이머에 걸려 딸 얼굴도 못 알아보는 어머니 때문에 여길 드나들고 있었다. 나와는 크리스마스 만찬장에서 처음 만났는데, 그 이후 가끔 복도에서 마주치면 아는 체하는 정도였다. 그런데 최근 그녀가 자기 어머니 방문 시각을 내 레슨 시간인 오후 3시로 맞추기 시작했다. 말은 안 했지만 그 정도도 눈치 못 챌 내가 아니었다. 그래서 몇 차례 커피를 함께 마시게 되었고, 카탈리나에서 열린 재즈 연주회에도 데려갔다. 그녀는 즐거웠다고 말했지만, 나는 그녀가 재즈를 전혀 모르거나 흥미를 별로 느끼지 못한다는 걸 알았다. 그녀는 단지 외로워서 남자를 찾고 있었던 것이다. 난 아무래도 좋았다. 우린 모두 외로운 존재들이 아닌가.

그렇게 시작된 일이었다. 우리는 서로 상대방의 다음 행동을 기다렸고, 내 레슨 시간에 맞추어 그녀가 나타난 것도 말하자면 그런 행동이었다. 하지만 지금 그녀와 마주친 것은 문제가 있었다. 약속 시간에 맞추어 웨스트우드에 도착하려면 서둘러야만 했다.

"사부님이 '다 되어가는군.' 하셨어요."

그녀는 미소를 지어 보였다.

"멋져요. 언젠가 우릴 위해 여기서 연주할 날도 있겠군요."

"분명히 말하지만 그런 날은 요원해요."

여자는 고개를 끄덕인 뒤 얌전하게 기다렸다. 40대 초반의 아직은 젊은 나이였다. 나처럼 이혼을 당했다. 연한 갈색 머리칼 몇 가닥을 미장원에서 더 연하게 염색했다고 말했다. 미소 하나는 끝내주는 여자였다. 얼굴 가득히 피어나는 그 웃음은 전염성이 있었다. 그녀와 함께 살려면 그 미소를 유지하기 위해 남자는 밤낮없이 일해야만 할 것이다. 내가 그럴 수 있을지는 의문이었다.

"어머님은 좀 어떠신가요?"

"이제 가서 살펴봐야죠. 나가시는 중이에요? 엄마를 살펴본 뒤 식당에서 커피나 한잔 나눌까 했는데."

나는 안타까운 표정을 지으며 시계를 들여다보았다.

"안 돼요. 4시까지 웨스트우드에 가야 합니다."

여자는 알겠다는 듯 고개를 끄덕였다. 하지만 나는 그녀의 눈빛에서 내 말을 거부로 받아들였음을 알 수 있었다.

"이런, 나 때문에 늦겠어요."

"네, 가봐야 합니다."

그러나 나는 걸음을 떼지 못한 채 여자를 바라보고 있었다.

"왜요?"

그녀가 물었다.

"지금은 어떤 사건 때문에 가봐야 하지만, 다음에 만날 생각을 하고 있었어요."

여자는 의아한 눈빛으로 내 색소폰 케이스를 돌아보며 말했다.

"은퇴했다고 하셨잖아요?"

"했죠. 이 사건은 프리랜스로 맡은 겁니다. FBI 요원을 만나러 가야 해요."

"어서 가보세요. 조심하시고요."

"그러죠. 그러면 다음 주나 언제 한 번 만날까요?"

"좋아요, 해리."

"좋습니다, 멜리사."

내가 고개를 끄덕이자 그녀도 고개를 끄덕인 뒤 내 앞으로 다가와 까

치발로 섰다. 그리곤 한 손을 내 어깨에 얹고 내 볼에 가볍게 키스한 뒤 복도를 따라 계속 걸어갔다. 나는 돌아서서 그녀의 뒷모습을 지켜보았다.

내가 지금 무슨 짓을 하고 있는 거지? 건물을 빠져나오며 나는 자문하고 있었다. 내가 줄 수 없는 희망 같은 것을 저 여자에게 심어주고 있는 건 아닐까? 설사 좋은 의도에서 나온 것이라 하더라도 결국 여자에게 상처를 안겨주게 된다면 잘못된 것이다. 메르세데스 운전석에 오르면서 나는 일이 커지기 전에 싹을 잘라야겠다고 마음을 다잡았다. 다음에 멜리사를 만나면 "나는 당신이 찾는 그런 남자가 아니다."라고 분명하게 말해 줘야겠다. 그러면 그 여자 얼굴에서 미소를 계속 보긴 좀 어렵겠지.

10 심문실

웨스트우드에 있는 연방 빌딩에 도착한 시각은 4시 15분이었다. 주차장에 들어가기 위해 경비실이 있는 출입구로 차를 몰고 있을 때 휴대 전화기가 울렸다. 케이샤 러셀이었다.

"알려드릴 것이 있어서요, 해리 보슈. 기사들을 모조리 복사해서 우편으로 보냈는데, 한 가지 오류가 있었어요."

"그게 뭔데요?"

"그 사건을 업데이트한 기사가 있었어요. 두어 달 전에요. 난 휴가 중이었죠. 이 바닥에서 오래 버티면 4주간 유급휴가를 줘요. 난 그걸 몽땅 받아들고 런던으로 날아갔죠. 그 사이에 마서 게슬러의 실종 3주년이 된 거예요. 다른 기자들이 내 영역을 마구 침범했어요. 업데이트 기사를 쓴 기자는 데이비드 페럴이었는데, 새로운 얘긴 없었어요. 게슬러의 행방은 여전히 묘연해요."

"묘연하다고? 당신이나 FBI는 그녀가 아직 살아 있다고 본다는 얘기요? 지난번엔 죽었을 거라고 하더니."

"표현상의 문제예요, 해리. 그녀가 돌아오리라고 기대하는 사람은 아무도 없을 거란 뜻이었죠."

"그랬군. 업데이트한 기사도 물론 함께 우송했겠죠?"

"그럼요. 다 넣었어요. 그걸 보낸 사람이 누군지 잘 기억하세요. 페럴은 훌륭한 기자지만, 당신이 큰 걸 터트리고 그 남자한테 전화하면 난 절대 못 참아."

"그런 일은 없을 거요, 케이샤."

"당신이 뭘 붙잡고 있다는 거 알아요. 그래서 나도 숙제를 했죠."

그녀의 말에 나는 잠시 생각에 빠져들었다. 메르세데스는 이제 연방 건물 앞의 광장을 반쯤 가로지르고 있었다. 케이샤 러셀이 혹시 연방수사국에 조회하여 뉴네스와 얘기를 주고받았다면, 그 요원은 시끄러운 기자와 엮여 있는 나를 탐탁찮게 여길 것이다.

"무슨 뜻이오? 무슨 짓을 한 거죠?"

나는 조용히 물었다.

"내가 스크랩이나 하고 끝낼 줄 알았어요? 당연히 새크라멘토 면허청에 전화해서 당신이 사립 탐정 허가를 요청했고 면허증을 발부했다는 것까지 확인했죠."

"그게 뭐? 은퇴한 경찰이면 모두 하는 일이오. 경찰 신분증을 떠나보내는 한 과정이지. 당신은 내가 사립 탐정이 됐으니까 나쁜 놈들을 계속 잡아들이겠구나, 생각한 모양이지만 내 면허증은 지금 옷장 서랍 안에 있다고. 아직 장사를 시작하지 않았고, 누구한테서도 의뢰받은 사건이 없어요, 케이샤."

"알았어요, 알았어."

"스크랩 고마워요. 난 가봐야 해요."

"안녕, 해리."

전화를 끊고 나는 미소를 지었다. 그녀와의 입씨름은 언제나 즐거웠다. 10년쯤 경찰과 상대하고 나더니 첫날 나와 얘기할 때보다는 한결 덜 냉소적이 된 것 같았다. 기자가 그렇게 변했다는 건 놀라운 일에 속했고, 특히 흑인 여기자라면 희귀한 사례라 할 만했다.

나는 건물을 쳐다보았다. 거대한 콘크리트 덩어리가 해를 반쯤 가리고 있었다. 건물 입구까지 10미터쯤 남은 지점에서 나는 오른쪽으로 방향을 틀어 벤치로 걸어가서 앉았다. 시계를 보니 뉴네스와의 약속 시간을 많이 초과해 있었다. 문제는 내가 저 건물 안으로 걸어 들어가고 싶은지 모르겠다는 것이었고, 그래서 문을 열고 들어가기가 망설여졌다. FBI는 항상 상대방을 흔드는 법을 알고 있었고, 그곳은 그들의 세계이며 상대방은 초대받은 손님일 뿐임을 분명히 인식시킬 줄 알았다. 경찰 신분증도 없는 나는 그나마 초대조차 받지 못한 손님 취급을 받을 것만 같았다.

휴대전화기를 꺼내어 내가 아직 기억하고 있는 파커 센터 전화번호 하나를 눌렀다. 국장실의 키즈 라이더를 부탁하자 교환을 통해서 그녀가 금방 나왔다.

"키즈, 나 해리야."

"안녕, 해리 선배."

말투에서 무슨 낌새를 알아채려 했지만 착 내려 깐 음성이었다. 아침에 내게 느꼈던 분노와 적대감이 얼마나 남아 있는지 알 수 없었다.

"이젠 기분이 좀 나아졌어?"

"제 메시지 못 보셨어요, 선배?"

"메시지? 못 봤는데. 뭐라고 했어?"

"조금 전에 선배 집으로 전화했어요. 미안하다고요. 내가 거기서 나왔다고 해서 개인적인 감정을 섞어선 안 되는 거였어요. 죄송해요."

"아니야, 괜찮아, 키즈. 나도 미안해."

"정말이에요? 왜죠?"

"그런 식으로 그만두는 게 아니었던 것 같아. 자네나 에드거가 그런 대접을 받을 이유는 없었지. 특히 자네한테 미안해. 파트너들과 먼저 상의했어야만 했어. 그게 파트너지. 그때 나는 좋은 파트너가 못 되었던 같아."

"그런 말씀 마세요. 메시지에 남긴 말도 그런 내용이었어요. 이미 지난 일이니까 잊고 이젠 친구가 되자고요."

"나도 그러고 싶어. 하지만…."

나는 그녀가 미끼를 물길 기다렸다.

"하지만 뭐죠, 선배?"

"자네가 싫어할 것 같은 질문을 하나 해야 하는데, 그걸 듣고 나서도 나와 친구가 되고 싶어 할지 잘 모르겠어."

그녀가 전화기에 대고 하도 요란하게 신음을 토해내는 바람에 나는 휴대전화를 귀에서 잠시 떼어내야만 했다.

"선배, 정말 얄미워 죽겠군요. 무슨 질문인데요?"

"난 지금 웨스트우드에 있는 연방 건물 바깥에 앉아 있어. 뉴네스라는 이름을 가진 사내를 만나러 저 안으로 들어갈 생각이야. 연방 요원이지. 그런데 이건 아니란 느낌이 들거든. 혹시 안젤라 벤턴 건을 수사하고 있다고 자네가 나한테 경고했던 자들이 이 친구들이야? 뉴네스란 이름을 가진 사내 말이야. 그리고 몇 년 전 실종된 마서 게슬러 요원과도 연결되어 있는 건가?"

긴 침묵이 뒤따랐다. 너무 긴.

"키즈?"

"어디 안 갔어요, 선배. 그건 선배 집에서 얘기했던 그대로예요. 사건에 대해서는 난 얘기할 수 없어요. 선배한테 내가 얘기할 수 있는 건 다 했다니까요. 그 사건은 공개적으로 수사하고 있는 중이니까 선배는 손 떼고 물러서야만 해요."

이번엔 내가 침묵 속으로 빠져들었다. 키즈 라이더가 생판 낯선 사람처럼 느껴졌다. 1년 전까지만 해도 그녀와 나는 서로를 믿고 등 뒤를 맡긴 채 전투 속으로 뛰어들곤 했다. 그런데 이젠 그녀가 나한테 진실을 말하고 있는지 믿을 수가 없었다. 그녀는 6층에 있는 상사의 허락을 먼저 받기 전에는 어떤 얘기도 할 수 없을 터였다.

"선배, 듣고 있어요?"

"응, 듣고 있어. 그런데 할 말이 딱 없네, 키즈. 본부에서 나한테 솔직하게 말해줄 사람이 있다면 그건 자네라고 생각했는데 말이야."

"선배, 지금 프리랜서로 하는 일 때문에 불법을 저질렀나요?"

"아니, 그렇지만 물어봐줘서 고마워."

"그렇다면 뉴네스에 대해 걱정할 필요는 없어요. 들어가서 그들이 원하는 게 뭔지 물어봐요. 마서 게슬러에 대해서는 난 아무것도 몰라. 내가 말해줄 수 있는 건 그게 다예요."

"오케이, 고마워, 키즈."

나는 그렇게 말한 뒤 목소리를 착 깔았다.

"자네도 거기 6층에서 몸조심해. 결과는 나중에 보고할게."

그녀가 마지막 한마디를 던지기 전에 나는 재빨리 전화를 끊었다. 그리곤 벤치에서 일어나 건물 현관으로 걸어갔다.

안으로 들어간 나는 금속탐지기를 통과하고, 신발을 벗고, 두 팔을 쳐든 채 스캔으로 몸수색을 당해야만 했다. 탐색봉을 든 사내가 나한테 두 팔을 들어 올리라고 말했을 때는 도무지 이해할 수가 없었다. 나보다 그 사내가 더 테러리스트처럼 보였지만, 그의 요구를 거부할 순 없는 노릇이었다. 전쟁도 상대를 가려서 해야 한다. 마침내 나는 엘리베이터를 타고 12층을 눌렀다. 로비 층은 계산하지 않았으니 실제로는 13층인 셈이었다. 대기실로 들어가자 일반 지역과 FBI 사무실을 격리하고 있는 방탄 유리창이 나타났다. 마이크에 대고 내 이름과 만날 사람 이름을 대자 유리창 반대편의 여인이 나에게 앉으라고 권했다.

나는 의자에 앉는 대신 거대한 유리벽 앞으로 걸어가 윌셔 대로 건너편에 있는 참전용사 추모공원을 내려다보았다. 그러자 12년쯤 전에 한 여자를 처음 만났던 바로 그 자리에 서 있다는 것을 알았다. 그녀는 후에 내 아내가 되었고, 그리고 내 전처가 되었고, 영원히 꺼지지 않는 열정이 되었다.

유리벽에서 돌아서서 플라스틱 긴 의자에 앉았다. 낡아빠진 커피 테이블 위에 여배우 브렌다 바스토의 사진이 표지에 실린 잡지가 한 권 놓여 있었다. 사진 아래 찍힌 "브렌다, 미국의 연인"이란 활자가 눈길을 끌었다. 잡지를 잡으려고 손을 뻗는 순간 사무실로 통하는 문이 열리고 하얀 셔츠에 넥타이를 맨 사내가 나왔다.

"보슈 씨?"

나는 의자에서 일어나 고개를 끄덕였다. 사내는 보안문이 닫혀서 잠기지 않도록 왼손으로 붙잡은 채 오른손을 내밀며 말했다.

"켄 뉴네스라고 합니다. 와주셔서 감사합니다."

악수를 재빨리 끝내고 그는 나를 안으로 인도했다. 걸어가는 동안엔 말도 하지 않았다. 뉴네스는 내가 예상했던 타입은 아니었다. 전화로 얘기할 때는 세상일을 두 차례씩은 다 거친 아주 피로한 베테랑처럼 들리더니, 이제 겨우 서른한두 살쯤 먹어 보이는 새파랗게 어린 사내였다. 복도도 차분하게 걷는 것이 아니라 성큼성큼 걸었다. 그 자신이나 다른 사람들에게 뭔가를 증명해 보이고 싶은 의욕으로 가득 찬 애송이일 뿐이었다. 하긴 나도 애송이가 다루기 좋을지 베테랑이 상대하기 편할지 알 수 없었다.

애송이는 왼쪽에 있는 문을 하나 열고 나를 들어가게 했다. 나는 그 문이 바깥쪽으로 열리고 감시구멍까지 있는 것을 발견하고, 내가 심문실로 들어가고 있다는 걸 알았다. 그리고 이 만남이 다정하고 예의바른 것이 되진 않을 것임도 알았다. 그보다는 엉덩이를 걷어차일 것만 같았다. 그것도 FBI 방식으로.

11 옛 친구

현관 안으로 들어서자 심문실 한가운데 놓여 있는 사각 테이블이 먼저 눈에 들어왔다. 검정 티셔츠에 청바지를 입은 한 사내가 등을 보이며 앉아 있었다. 짤막하게 친 금발과 우람한 어깨 근육이 인상적이었다. 사내는 테이블에 펼쳐 놓은 수사 파일을 읽고 있었다. 내가 테이블을 돌아 맞은편 의자로 가자 그는 파일을 덮고 쳐다보았다.

로이 린델이었다. 내가 놀란 표정을 짓자 그는 씩 웃으며 말했다.

"오랜만이군, 해리 보슈."

나는 잠시 멍한 표정을 짓다가 테이블 아래서 의자를 하나 뽑아내어 앉았다. 그 사이 뉴네스는 나를 린델에게 맡기곤 문을 닫고 사라졌다.

로이 린델의 나이도 이제 마흔 살쯤 되었을 것이다. 나보다 한참 어리지만 함부로 대할 순 없었다. 내가 기억하고 있던 그의 우람한 근육은 지금도 여전히 셔츠를 팽팽하게 했다. 라스베이거스에서 태운 검은 피부와 표백한 것 같은 하얀 이빨도 그대로였다. 내가 그를 처음 만났던 곳은 라스베이거스였고, 사건 수사 도중에 FBI의 첩보작전 속으로 뛰어든 때문이었다. 공조수사 압력을 받아 관할권이나 FBI에 대한 적대감을 잠시 접어두고 수사하여 사건은 우리가 해결했지만, 그 공로는 물론 연방수사국 차지가 되었다. 그게 벌써 6~7년 전 얘기였다. 그 이후 LA에서 터진 한 사건에서 그와 조우한 적이 있긴 있지만, 그 외엔 한 번도 서로 연락하지 않았다. 경찰과 FBI는 원래 같은 물에서 놀지 않기 때문이다.

"조랑말 꼬리가 없으니 알아보기 힘들군, 로이."

린델이 커다란 손을 테이블 위로 내밀어서 나는 천천히 그것을 잡고 흔들었다. 거구의 사내들이 대개 그러하듯 그의 태도는 항상 자신만만했다. 게다가 이따금씩 악당의 미소를 날리는가 하면, 조랑말 꼬리를 묶은 머리끈은 정말 압권이었다. 그런데 린델을 처음 만났을 당시에는 비밀리에 침투한 첩보요원인 줄 몰랐기 때문에, 나는 주머니칼로 그의 뒤통수에서 달랑거리는 조랑말 꼬리를 멋대로 싹둑 잘라버렸던 것이다.

"어떻게 지냈지? 뉴네스에게 은퇴했다고 하셨다면서? 그런 소식은 못 들었는데."

나는 고개를 끄덕이는 둥 마는 둥했다. 이건 그가 벌이는 게임이었다. 모든 첫 동작은 그가 취하도록 하고 싶었다.

"그래, 조직에서 은퇴하니 어때?"

"불만은 없어."

"우리도 좀 알아봤지. 사립 탐정이 되셨다고, 그렇지?"

오늘따라 새크라멘토는 바빴겠군.

"아, 면허증을 따뒀지. 그냥 장난 삼아 말이야."

나는 케이샤 러셀에게 그랬듯 그건 은퇴한 경찰 모두가 하는 일이고, 경찰 신분증을 떠나보내는 한 과정이라고 말하려다 신경 끄기로 했다.

"조그마한 사무실을 하나 열어놓고 자기 시간을 즐기면서 마음에 드는 고객만을 위해 일하는 것도 좋을 것 같군."

그만하면 예비운동은 충분하다고 생각하고 나는 그에게 말했다.

"자, 이제 내 얘긴 그만하고 요점으로 들어가자고."

린델은 지당한 말씀이라는 듯 고개를 끄덕였다.

"그러니까 은퇴한 어떤 형사가 어느 날 느닷없이 전화해서 이전에 여기서 근무했던 한 요원에 대해 질문했다는 것 아닌가? 그런 행위는 우리한테 비상을 건 것과 진배없거든."

"마서 게슬러였지."

"맞아. 마티 게슬러라고도 불렀지. 그러니까 뉴네스에게 누군지 모른다고 말했을 때도 실은 알고 있었다는 얘기군?"

나는 고개를 저었다.

"아니지. 그의 반응을 보고 유추해 냈을 뿐이야. 흔적 없이 사라진 여자 요원에 대해서는 기억하고 있었거든. 시간이 조금 걸렸지만 이름을 떠올렸지. 그녀의 마지막 상황은 어땠나? 사라졌지만 잊히진 않았겠지."

린델은 상체를 앞으로 기울이고 우람한 두 팔을 사건 파일 위에 올려놓았다. 손목이 테이블 다리만큼 굵었다. 그 손목에 수갑을 채우느라 버둥거렸던 생각이 되살아났다. 라스베이거스에서 첩보요원 노릇을 하고 있는 줄 아직 몰랐던 때의 일이었다.

"해리, 난 당신을 옛 친구처럼 생각해. 우린 한동안 교류하지 않았지만 일종의 전투 같은 것을 한두 번 같이 치렀고, 그래서 여기서 당신을 심하게 다루고 싶지가 않아. 그러지만 이 문제는 내가 질문하고 당신이 대답하는 식으로 진행하고 싶어, 어떨까?"

"어느 정도까진."

"우린 여기서 근무하던 요원의 실종에 대해 얘기하고 있어. 여자 요원."

"장난은 치지 않는 게 좋을 거야."

키즈 라이더의 경고를 인용한 거지만, 린델은 달가워하지 않는 것 같았다.

"당신이 전화한 이유부터 알아보지. 무슨 일을 꾸미고 있지?"

나는 일을 어떻게 풀어갈 것인가 생각하면서 한참 뜸을 들였다. 나는 나 자신을 위해 이 사건에 손을 대고 있을 뿐, 의뢰인이 있는 것도 아니었다. 비밀유지계약서도 없었다. 그렇지만 FBI가 휘두르는 횡포에 나는 항상 저항감을 느껴왔다. LA 경찰국의 풍토도 그런 감정을 약간 부추겼다. 지금 와서 갑자기 달라질 리는 없었다. 로이 린델의 인격을 나는 존중했다. 그의 말대로 우린 한때 한 참호에서 같이 뒹굴었고, 따라서 그가 궁극적으로 공정하게 나를 대할 것임을 알고 있었다. 하지만 그가 몸담고 있는 연방수사국은 표시된 카드로 노름하기를 좋아하는 곳이었다. 나는 그 점을 잊지 말고 조심해야만 했다.

"뉴네스에게 전화할 때 다 얘기했는데. 몇 년 전에 내가 담당했던 어떤 사건을 좀 뒤져보고 있어. 그게 늘 마음에 걸려서 말이야. 문제될 것이 있나?"

"의뢰인은 누구지?"

"없어. 은퇴한 뒤 혹 쓸모 있을지 몰라 사립 탐정 면허는 받아놨지만, 이 사건 조사는 순전히 나 자신을 위한 거네."

그는 내 말을 믿지 않았다. 그의 눈빛에서 그것을 읽을 수 있었다.

"영화촬영장 강도 사건은 당신 담당도 아니었잖아?"

"처음 나흘간은 내 담당이었어. 빼앗겼지. 아직도 그 여자가 기억나. 피살자 말이야. 이젠 아무도 신경 쓰지 않는 것 같아 내가 나선 거야."

"그렇다면 연방수사국에 전화하라고 시킨 사람은 누구지?"

"그런 사람은 없어."

"당신 스스로 생각해낸 거란 말이군?"

"그건 아니지. 당신은 전화하라고 시킨 사람이 누구냐고 물었잖아. 그런 사람은 없었단 얘기야. 나는 게슬러가 사건 담당 형사 한 사람에게 전화한 적이 있다는 걸 알았어. 그건 새로운 정보였고, 누가 그것을 검토한 적이 있었는지 확인할 수 없었어. 어쩌면 해결의 실마리가 될지도 모른다는 생각에서 전화했던 거야. 그땐 이름을 몰랐지. 그래서 뉴네스에게 전화했고, 결국 여기까지 오게 된 거네."

"게슬러가 담당 형사한테 전화한 사실은 어떻게 알았나?"

그것에 대한 대답은 명백할 것 같았다. 또한 로턴 크로스가 나한테 자유롭게 얘기했던 내용을 내가 린델에게 옮긴다고 해서 크로스에게 불리할 것도 없어 보였고, 그런 내용은 수사 파일에도 이미 포함되어 있을 것 같았다.

"로턴 크로스한테 들었어. LAPD 강력계 형산데, 사건이 확대되자 나한테서 빼앗아 갔지. 그가 한 말에 의하면 자기 파트너였던 잭 도시가 게슬러의 전화를 받았다고 했어."

린델은 파일에서 빼낸 서류에 그 이름들을 기입했다. 나는 얘기를 계속했다.

"게슬러가 그에게 전화했을 때는 수사한 지 여러 달 지났을 무렵이었어. 크로스와 도시는 그 사건에만 전적으로 매달릴 수도 없었지. 그래서 게슬러가 제공한 정보에 별로 관심이 가지 않았던 모양이야."

"도시한테 직접 들었나?"

"아니, 로이. 도시는 죽었어. 할리우드에 있는 술집에서 강도한테 당했지. 크로스도 총에 맞았어. 튜브를 팔과 코에 연결하고 휠체어에 앉아 있어."

"언제 그랬지?"

"3년쯤 전. 큰 사건이었지."

린델이 머리를 열심히 굴리고 있는 것을 그의 눈빛을 통해 알 수 있었다. 그는 날짜를 체크하고 계산하는 것 같았다. 그것을 보자 내가 사건을 재구성하기 위해 시간표를 작성하던 생각이 났다. 일이 점점 더 어려워지고 있었다.

"게슬러에 대해서는 어떻게들 생각하고 있나? 죽은 건가, 살아 있는 건가?"

"대답할 수 없어, 해리. 당신은 경찰도 아니고, 배지나 무기도 지닐 수 없는 민간인이야. 그런 당신을 이 일에 끌어들일 수 없어."

"좋아. 그렇다면 하나만 대답해 줘. 다른 곳에 옮기지 않을 테니 걱정 말고."

린델은 어깨만 으쓱해 보였다. 질문을 들어본 후에 대답하겠다는 뜻 같았다.

"오늘 내가 한 전화가 촬영장 강도 사건과 게슬러 실종을 연결한 첫 번째 전화였나?"

린델은 다시 어깨만 으쓱했고, 그런 질문을 받은 것이 오히려 놀랍다는 표정이었다. 그보다는 약간 더 난감한 질문을 기대했던 듯했다.

"연결이란 말은 입에 올린 적도 없는데. 하지만 당신 전화가 처음인 건 맞아. 그래서 우리한테 맡기고 물러나라는 거고. 그렇게 해, 해리."

"그런 말은 들었어. 나한테 그 말을 한 사람도 FBI 요원이었던 것 같은데."

린델은 고개를 끄덕인 뒤 말했다.

"우리하고 충돌할 생각은 마. 후회할 테니까."

내가 뭐라고 대꾸하기도 전에 그는 의자에서 일어났다. 그리고 주머니에서 담배와 노란 플라스틱 라이터를 꺼내들고 말했다.

"내려가서 담배 한 대 피우고 오지. 그동안 잘 생각해보고, 우리한테 아직 말하지 않은 게 있는지 기억도 좀 더듬어 봐."

그는 테이블 위에 사건 파일을 그대로 내버려 둔 채 돌아서서 나가버렸다. 나는 그가 의도적으로 그런 행동을 하고 있다는 걸 직감했다. 나에게 사건 파일을 읽을 시간을 주려는 것이었다. 그리고 그제야 우리들이 주고받은 얘기가 도청되고 있었다는 것도 알았다. 지금까지 린델이 나한테 지껄였던 말들은 자기 상사한테 들려주기 위한 것이었고, 실제로 그가 나한테 허락하는 것은 다르다는 얘기였다.

"천천히 다녀와. 생각할 것이 좀 많으니까."

"빌어먹을 건물. 담배 한 대 피우려면 아래층까지 내려가야 해."

문을 열고 나가면서 그는 내게 윙크를 슬쩍 날렸다. 나는 문이 닫히자마자 사건 파일을 앞으로 끌어당겨 펼쳤다.

12 사건 파일

파일 표지에는 마서 게슬러의 이름이 기재되어 있었다. 나는 수첩을 꺼내어 새로운 페이지를 열고 맨 위에 그 이름을 적었다. 그런 다음 약 2.5센티 두께의 파일 폴더를 열고 린델이 내게 남긴 것을 살펴보았다. 내게 주어진 시간은 길어야 15분 정도일 거라고 나는 계산했다. 그 안에 파일 검토를 끝내야만 했다.

파일 안에 철해진 서류 뭉치 맨 위에 전화번호만 하나 적힌 낱장 종이가 놓여 있었다. 린델이 나를 위해 넣어둔 거라고 판단한 나는 주저 없이 종이를 접어 주머니 속에 넣었다. 나머지 대부분의 서류는 린델이 작성한 수사 보고서들이었고, 서류마다 그의 이름들이 서명되어 있었다. 린델은 OPR 소속으로 되어 있었는데, 나는 그것이 연방수사국의 내부감사실이란 것을 알았다.

파일에 담긴 보고서들은 FBI 특수 요원 마서 게슬러가 2000년 3월 19일 흔적도 없이 사라진 것에 대한 수사 내용을 자세하게 기술하고 있었다. 이 날짜는 즉시 내게 중요한 의미를 제공했다. 안젤라 벤턴이 1999년 5월 16일 밤에 피살되었다는 것을 알고 있기 때문이었다. 그렇다면 게슬러는 벤턴이 피살된 지 열 달쯤 후에 사라졌다는 얘기고, 그 시간은 크로스가 말했던 대로 그 여자 요원이 도시에게 전화하여 지폐의 일련번호에 대해 설명했다는 때와 대강 일치했다.

수사 파일에 의하면 마서 게슬러는 실종 당시 현장 요원으로 뛴 것이 아니라 범죄분석가로 근무하고 있었다. 내 아내와 알게 되었던 은행강도 팀에서 사이버 팀으로 옮겨온 지 오래된 시점이었다. 그녀는 인터넷 수사 기법과 범죄 패턴을 추적하는 컴퓨터 프로그램을 개발하던 중이었다. 나는 크로스가 얘기했던 그 프로그램이 게슬러의 이 작업에서 나온 것이라고 짐작했다.

2000년 3월 19일 저녁, 게슬러는 긴 하루를 마치고 웨스트우드 사무실을 나섰다. 동료 요원들은 그녀가 오후 8시 반이 지나서야 퇴근했던 것으로 기억하고 있었다. 하지만 셔먼 옥스에 있는 자기 집으로 돌아가지 않았다는 건 분명했다. 아직 미혼인 여자였다. 게슬러의 실종이 확인된 것은 그녀가 다음 날 사무실에 출근하지 않았을 뿐만 아니라, 전화도 받지 않고 호출에도 전혀 응답하지 않았기 때문이었다. 동료 한 명이 그녀의 집으로 달려가 확인해 봤지만 행방이 묘연했다. 방 안을 뒤진 듯한 흔적이 있었지만, 나중에 확인해 보니 그녀의 애완견 두 마리가 굶주림 끝에 닥치는 대로 물어뜯고 발광한 결과였다. 나는 사건보고서에서 그녀의 집을 방문하여 이런 것들을 발견한 동료 요원이 공교롭게도 로이 린델임을 알았다. 그것이 어떤 의미를 지니고 있는지 현재로선 알 수 없었다. 내부감사실 소속 요원으로서 동료 요원의 안전을 체크했을 수도 있었다. 그렇지만 나는 내 수첩에 적힌 마서 게슬러란 이름 밑에 로이 린델이라고 적어 넣었다.

게슬러의 개인 승용차인 1998년도 포드 토러스도 집에 없었다. 그것은 8일 후 LA 국제공항 장기 주차장에서 발견되었다. 키는 뒷바퀴 위에 올려져 있었다. 뒷 범퍼에 난 6센티가량의 긁힌 자국과 깨어진 미등은 새로 생긴 것이라고 데미지 검사 요원들은 기술했고, 그 요원들 명단 맨 위에 린델이 또 올라 있었다.

자동차 트렁크는 비어 있어서 게슬러가 어디 갔었는지, 그녀에게 무슨 일이 일어났는지에 대한 어떤 단서도 발견할 수 없었다. 퇴근할 때 들고 나간 걸로 알려진 랩톱 컴퓨터를 담은 서류가방도 어디론가 사라져버렸다.

자동차 전체에 대한 법과학적 분석 결과 범행에 대한 어떤 증거도 발견하지 못했다. 게슬러가 LA 국제공항에서 다른 어떤 곳으로 비행했다는 기록도 없었다. FBI 요원들은 버뱅크, 롱비치, 온타리오, 오렌지카운티 공항 등의 탑승자 명단도 모조리 조사했지만 마서 게슬러란 이름은 끝내 나오지 않았다. 그녀는 현금자동입출 카드 한 장과 연료 주입용 신용 카드 두 장, 아메리칸 익스프레스 카드와 비자 카드를 소지한 것으로 알려졌다. 그녀는 실종된 날 밤 게티 박물관 부근 세풀베다 대로에 있는 주유소에서 가솔린 주입과 다이어트 콜라를 구입하고 셰브런 카드를 사용했다. 영수증에는 오후 8시 53분에 중급 무연 휘발유 약 50리터를 구입한 것으로 찍혀 있었다. 그녀의 자동차에 장착된 탱크에 휘발유를 가득 채울 경우 60리터까지 가능했다.

거기서 휘발유와 콜라를 구입했다는 사실이 중요했다. 왜냐하면 게슬러가 웨스트우드의 사무실을 떠나 셔먼 옥스에 있는 집으로 가는 정상 코스인 세풀베다 고개에 있었음을 말해주기 때문이었다. 셰브런의 야간근무 출납원도 포토 라인업을 통해 게슬러가 3월 19일 밤에 가솔린을 주입했던 단골이었음을 확인했다. 게슬러는 매력적인 여성이었고,

직원은 그녀를 기억하고 있었다. 그녀에게 “다이어트 콜라를 마실 필요가 없겠는데요.”라고 했더니 칭찬으로 듣고 좋아했다는 말까지 했다.

이 목격자 증언은 여러 이유에서 중요했다. 우선 게슬러가 웨스트우드에서 LA 국제공항으로 가는 중이었다면, 가솔린을 주입하기 위해 북쪽으로 차를 몰아 세풀베다 고개를 넘어가지 않았을 것이었다. 그런데도 그녀의 차는 공항 주차장에서 발견되었고, 그곳은 연방 건물에서 남서쪽에 위치하고 있었다. 주유소는 정북쪽이었다.

그다음 주목할 점은 게슬러의 셰브런 카드가 북쪽 카운티 114번 고속도로에 있는 셰브런 주유소에서 같은 날 밤 두 번째로 사용되었다는 것이다. 그런데 게슬러의 자동차나 다른 대부분의 차들이 장착하고 있는 연료 탱크의 한계를 훨씬 초과하는 110리터나 주유한 것으로 나타났다. 114번 고속도로는 북동쪽 카운티의 사막지역으로 가는 주도로였다. 동시에 중요한 교역로이기도 했다.

마지막으로 결코 간과할 수 없는 사실 하나는 게슬러가 지녔던 다른 신용 카드들은 한 번도 사용된 적이 없다는 점이었다.

내가 훑어본 수사보고서들은 요약이나 결론이 없었다. 그것은 담당 수사관인 로이 린델이 자기 혼자 나름대로 결론을 속으로만 간직하고 있다는 뜻이었다. 자기 동료의 죽음에 대한 결론을 보고서에 기록하기가 싫은 것이다. 분명한 사실을 입에 올리기 싫고 실종된 요원에 대해 현재 시제로만 기술하고 있었다.

그렇지만 보고서들을 다 읽고 나니 린델이 어떤 결론을 내렸을지 분명해 보였다. 게슬러는 세풀베다 고개 주유소에서 기름을 넣고 얼마쯤 가다가 정차되어 납치를 당한 뒤 돌아오지 못한 것 같았다. 뒷 범퍼를 보면 납치범은 그녀의 차를 뒤에서 들이박았을 것이고, 그녀는 파손 상태를 확인하고 보험 문제를 상대방과 의논하기 위해 차를 갓길에 세웠을 것이었다.

그다음에 어떤 일이 일어났는지는 알 길이 없었다. 하지만 게슬러는 완력에 의해 납치당했던 것 같고, 그녀의 차는 LA 국제공항 주차장에 버려져 있었다. 그런 곳에 버려두면 발견될 때까지 여러 날이 걸릴 것이고, 그동안에 납치 흔적이나 목격자의 기억은 아주 희미해질 것이다.

두 번째의 가솔린 주입은 의문사항이었다. 납치범이 실수를 했던 걸까? 그 주유 영수증은 게슬러를 납치한 범인들이 도주한 방향을 가리키는 단서일 수도 있었다. 그게 아니면 납치범들이 경찰의 수사 방향을 다른 곳으로 돌리기 위해 꾸며낸 짓일까? 그런데 주입한 가솔린 양이 여러 가지 의문들을 제기했다. 수사진은 어떤 종류의 차량을 찾고 있었을까? 견인 트럭? 픽업? 이삿짐 트럭?

FBI 요원들이 주유소를 찾아가서 살펴봤지만 부근에 감시 카메라도 설치되어 있지 않았고, 셀프 주유소라서 신용 카드를 사용하는 사람을 본 믿을 만한 목격자도 찾을 수 없었다. 마치 레이더에 잠시 깜박하고 사라진 불빛이나 마찬가지였다.

그래도 어쨌거나 FBI 요원 한 명이 실종되었다. 찾아내야만 했다. 수사 파일에는 그 당시 사흘 동안이나 비행기로 북동부 카운티의 사막 일대를 수색한 결과를 기술한 요약문이 포함되어 있었다. 건초더미 속에서 바늘 찾기나 마찬가지였고, 결국 무위로 끝났다.

요원들은 또 게슬러가 귀가할 때 세풀베다 고개를 통과할 만한 코스들을 모조리 탐문수사하는 데도 여러 날을 소비했다. 그 고개는 샌타모니카 산맥을 통과했다. 남쪽 비탈은 405번 프리웨이와 세풀베다 대로 외에는 다른 도로가 없지만, 북쪽 비탈은 50년 넘도록 러시아워를 겪으며 개척된 지름길들이 거미줄처럼 어지럽게 얽혀 있었다. 요원들은 그 도로들을 일일이 찾아다니며 파란 포드 토러스와 관계된 사건을 목격했거나, 겉으론 평범해 보이지만 실은 FBI 요원인 여자를 납치하는 현장을 목격한 사람이 있는지 탐문했다.

목격자는 나타나지 않았다.

세풀베다 고개는 과거에도 유사한 범죄들이 가끔 일어났던 곳이었다. 불과 몇 년 전에도 인기 연예인 빌 코스비의 아들이 야간에 도로 어두운 곳에서 강도를 만나 살해되기도 했다. 지난 10년 사이에도 자동차 꽁무니를 들이받거나 못 움직이게 만든 뒤 여자들을 납치하여 강간하거나, 도로 아래로 끌고 내려가 칼로 찔러 죽인 사건도 있었다. 이런 사건들은 어느 한 놈이 저지른 범행처럼 보이진 않았다. 세풀베다 고개와 어두컴컴한 기슭을 돌아가는 구불구불한 도로들이 포식자들을 끌어들이는 것 같았다. 사자들이 물구덩이를 지키고 있는 것처럼, 인간 포식자들은 세풀베다 고개 길목만 지키고 있으면 되었다. 샌타모니카 산맥을 통과하는 고갯길은 세계에서 가장 붐비는 교통로였다.

게슬러는 그녀 자신이 분류하고 해석하려고 했던 바로 그 무작위성 범죄의 희생자가 되었을 가능성도 있었다. 주유소에서 신용 카드를 꺼낼 때 지갑을 너무 크게 여는 바람에 포식자의 눈길을 끌었거나, 다른 모르는 이유로 약점을 보였을 수도 있었다. 게슬러는 매력적인 여성이었다. 주유소 직원이 그녀의 몸매를 보고 그런 농담을 건넬 정도였다면, 포식자도 그녀에게서 어떤 욕망을 느낄 수 있었을 터였다.

그렇지만 사건 수사에 투입된 요원들은 게슬러가 세풀베다 고개에서 피살된 다른 희생자들의 전철을 밟았을 거라곤 보기 어렵다고 했다. 그녀가 몰고 다닌 자동차가 특별히 부티 나는 것도 아니었고, 무엇보다도 절대 호락호락한 여자가 아니었다. 여자이긴 하지만 고난도의 훈련을 받은 연방수사국 특별요원 아닌가? 180센티 가까운 키에 몸무게가 63킬로그램이나 나가는 데다, 세풀베다에 있는 LA 헬스클럽에서 정기적으로 신체를 단련하고 여러 해 동안 태보 훈련을 해왔다. 클럽에 있는 그녀의 차트를 보니 체지방이 4퍼센트로 나와 있었다. 온몸이 거의 근육으로 이뤄져 있었고, 그녀는 그것을 사용할 줄도 알았다.

게슬러는 퇴근 후에도 무기를 휴대하는 것으로 알려졌다. 실종된 날 밤에는 검정색 바지 위에 하얀 블라우스를 입고 블레이저를 걸친 차림이었다. 스미스 앤 웨슨 9밀리 권총은 오른쪽 엉덩이에 차고 있었다. 게슬러가 셀프 주유기에서 자동차에 기름을 넣을 때는 블레이저를 벗고 있었기 때문에, 주유소 직원도 그 권총을 봤다고 증언했다. 그 블레이저는 나중에 토러스 운전석 뒤 옷걸이에 걸린 채 발견되었다.

이런 모든 점을 감안할 때 게슬러는 그날 밤 고갯길 어딘가에서 뒷범퍼를 들이받히고 엉덩이에 찬 권총을 훤히 드러낸 채 차에서 내렸을 것이었다. 상당한 신체단련과 기술을 지닌 데다 권총까지 찬 자신만만한 여자. 어떤 공격에도 대처할 준비가 되어 있는 그녀를 보는 순간 웬만한 포식자라면 재빨리 포기하고 다른 사냥감을 찾아 나설 터였다.

그래서 FBI는 게슬러가 무작위로 선택된 희생자일 가능성엔 전혀 무게를 두지 않았다. 린델은 그녀가 FBI 요원이란 직업 때문에 특별한 목표물이 되었을 가능성에도 똑같은 무게를 두고 수사를 진행했다.

내 앞에 놓인 파일 속의 보고서 절반 이상이 그럴 가능성에 대한 수사 내용이었다. 파일 안에 완벽한 수사 보고서가 철해져 있진 않다는 걸 알 수 있었지만, 사건 담당 요원들이 게슬러의 실종과 관계되는 것이면 남김없이 다 조사한 것만은 분명했다. 조사는 그녀가 로스앤젤레스 현장에서 담당했던 처음 몇 년 동안의 사건들까지 확대되었다. 그 당시 함께 뛰었던 파트너들과 동료들에게도 혹시 게슬러를 적으로 보거나 그녀에게 위협을 가한 자들이 없었는지 일일이 질문했다. 그 보고서들 가운데는 라스베이거스에서 근무했던 전직 FBI 요원이자 나의 전처 엘리노어 위시에 대한 면담 요약문도 포함되어 있었다. 그녀는 게슬러와 대화한 지는 10년이 가까우며, 게슬러를 위협하거나 적대시하는 인물에 대해서는 들어본 기억이 없다고 진술했다.

게슬러가 체포하거나 감옥에 처넣은 범죄자들을 모조리 체크해 보았지만 용의자로 보이는 놈은 없었다. 대부분 알리바이가 탄탄했다.

보고서에 의하면 요원들이 컴퓨터 관련 검색이나 수사에 대한 질문이 있을 때마다 LA 현장 사무실의 게슬러를 찾았던 것으로 되어 있었다. FBI 같은 거대한 관료집단에서는 얼마든지 있을 수 있는 일이었다. 그때까지 LA에서 근무하는 요원들이 제기한 컴퓨터에 관한 전문적인 질문들은 모두 워싱턴과 콴티코 사무실로 전달되었고, 문제가 해결되어 피드백 되기까지는 며칠씩 혹은 몇 주일씩 걸릴 때도 있었다. 그런데 게슬러는 컴퓨터 기술도 상당할 뿐만 아니라 그런 일을 하기 좋아했다. 이것을 안 LA 지국장은 은행강도 팀에서 여러 해 동안 근무해온 그녀를 빼내어 새로 구성한 컴퓨터 팀에 배치했다. 거기서 그녀는 현장 요원들의 질문에 대답해 주면서 독자적인 컴퓨터 프로그램을 개발하고 있었던 것이다.

이것은 게슬러가 실종되기 직전까지 수많은 과거의 사건들을 손가락으로 찔러대고 있었다는 뜻이었다. 나는 시계를 체크한 뒤 그녀가 실종되기 전월에 세부작업을 했던 보고서 여남은 건을 재빨리 훑어보았다. 린델과 그의 동료들은 게슬러의 실종 이유를 밝혀줄 단서를 찾아 그녀의 작업을 역추적했다. 그들이 발견한 가장 가망 있어 보이는 사건은 웹사이트에 여자 채용 광고를 게재한 에스코트 서비스 업체에 대한 수사 건이었다. 게슬러의 작업은 로스앤젤레스의 매춘업계와 연결되어 있는 조직범죄단에 대한 부분이었다.

내가 읽은 보고서에 의하면, 게슬러는 10여 개 이상의 도시에서 웹사이트 광고 여성들 사이의 인터넷 연결을 찾아낼 수 있었던 것 같았다. 여자들은 도시에서 도시로, 고객에서 고객으로 옮겨 다니고 있었다. 에스코트 서비스로 벌어들인 돈이 플로리다로 흘러갔다가 뉴욕으로 흘러가기도 했다. 게슬러가 실종되기 7주 전에 대배심은 남자 아홉 명을 조직범죄단속법 위반으로 기소했다. 실종되기 꼭 일주일 전 그녀는 사건 예심에 참석하여 수사 과정에서 자신이 참여한 부분에 대해 증언했다. 그 증언은 유효했던 것으로 기록되었지만, 그녀는 중요한 증인이 아니었다. 그녀의 증언은 웹사이트와 피고들 사이를 연결하는 한 부분처럼 보였다. 주요 증인은 중형을 모면하기 위해 매춘부들과 타협한 조직단원 중 한 명이었다.

게슬러가 증인이었기 때문에 그들의 목표물이 되었을 가능성은 아주 낮지만 다른 뚜렷한 이유가 없는 상태에서 그것은 그나마 가장 유력했다. 린델이 그 부분을 집중적으로 수사했다는 것은 그의 보고서가 양적으로나 내용으로나 압도적인 것만 봐도 알 수 있었다. 하지만 아무것도 나오지 않았다. 조직범죄 사건과 관련한 파일 속의 마지막 보고서에서 담당 수사팀은 "공개적으로 수사를 진행하고 있지만 아직까지 실질적 증거가 없음."이라고 기술하고 있었다. 이것은 지극히 관료적인 수사일 뿐, 실제적으로 수사는 막다른 골목에 봉착했다는 뜻이었다.

나는 파일을 덮고 시계를 다시 보았다. 린델이 나간 지 17분이 경과했다. 파일에는 게슬러가 상사나 동료들에게 올린 보고서는 한 줄도 없었다. 크로스와 도시 형사가 돌린 리스트에 포함된 지폐의 일련번호들을 그녀의 컴퓨터로 크로스 체크했으며, 그 결과 일련번호들 중 하나가 틀렸다는 것을 발견하고 보고하기 위해 LAPD로 전화했다는 얘기를 어디서도 찾아볼 수 없었다.

수첩을 주머니에 넣고 의자에서 일어난 나는 허리를 펴며 방 안을 잠시 오락가락했다. 문을 밀어 보니 잠그지도 않았다는 걸 알았다. 좋은 징조였다. 그들이 나를 용의자로 취급하지 않았다는 뜻이니까. 아직까지는. 몇 분쯤 더 기다리자 지겨운 생각이 들었다. 복도로 나가 양쪽을 살펴보았지만 아무도 없었다. 뉴네스까지도 보이지 않았다. 다시 방으로 들어가 파일을 집어 들고 맨 처음 들어왔던 곳으로 걸어 나갔다. 대기실까지 나가는 동안 나를 붙잡거나 어디 가는지 묻는 사람도 없었다. 나는 창문을 통해 접수원에게 고개를 끄덕여 보인 뒤 엘리베이터를 타고 내려갔다.

13 의뢰인

로이 린델은 내가 건물에 들어가기 전에 잠시 앉았던 그 벤치에 앉아 있었다. 그의 앞 땅바닥에 발로 짓이긴 담배꽁초 세 개가 흩어져 있었고, 네 번째 꽁초는 그의 손가락 사이에 끼워져 있었다.

"즐거운 시간을 가졌던 모양이군."

빙긋 웃으며 그가 말했다.

나는 그의 옆에 앉으며 파일을 사이에다 놓았다.

"당신을 감사실에 넣은 건 여우를 닭장 안에 넣은 꼴이잖아?"

나는 6년 전 그와 처음 만나게 되었던 사건을 떠올렸다. 당시엔 린델이 FBI 요원인 줄도 몰랐다. 라스베이거스에서 스트립 클럽을 운영하면서 두세 명의 스트립걸과 동시에 동거하고 있었기 때문이다. 그의 위장은 너무나 완벽했기 때문에, 나는 그가 잠입한 첩보 요원이란 걸 알고 난 뒤에도 틀림없이 변심했을 거라고 생각하곤 했다. 결국 그것은 완전한 착각이었다.

"한 번 첩자는 영원한 첩자다, 이건가?"

"대강 그런 얘기지. 위에서 우리 얘기를 엿들은 사람은 누구지?"

"녹음해서 제출하라는 지시를 받았어."

"누구한테?"

그는 대답하지 않았다. 아직도 완전히 결정을 내리지 못하고 있는 듯했다.

"말해 봐, 로이. 나한테 단서를 주고 싶은 것 아닌가? 당신 파일은 다 훑어봤지만 너무 빈약해서 별로 도움이 안 될 것 같아."

"그게 내가 백업 파일로 보관하고 있던 하이라이트라 할 수 있는데. 진짜 파일은 서랍에 온통 넘치곤 했지."

"넘치곤 했다고?"

린델은 그제야 자신이 시카고 서부의 어느 곳보다 더 많은 요원들이 들어차 있는 건물 바깥에 앉아 있다는 걸 의식한 것처럼 주위를 돌아보았다. 그는 우리 사이에 놓인 파일을 잠시 내려다보더니 말했다.

"여기 앉아 얘기하긴 좀 그런데. 차가 어디 있지? 드라이브나 좀 하지."

우리는 입을 다문 채 주차구역으로 걸어갔다. 린델의 행동에 불안해진 나는 상급 기관이 사건에 개입하고 있다는 키즈 라이더의 경고가 다시 떠올랐다. 나는 파일을 벤츠 뒷자리에 던지고 시동을 걸며 린델에게 물었다.

"어디로 가고 싶나?"

"아무 데라도 상관없어. 그냥 달리기만 해."

나는 서쪽 윌셔 대로로 향하며 샌비센테를 지나 브렌트우드를 한 바퀴 돌기로 마음먹었다. 가로수들이 죽 이어지고 조깅하는 사람들이 자주 눈에 띄는 멋진 거리였다. 우리 두 사람이 주고받는 대화 내용에 비하면.

"방 안에서 한 얘기는 진짠가?"

린델이 불쑥 물었다.

"의뢰인도 없이 이 일을 하고 있다는 얘기 말이야."

"그럼, 진짜지."

"그렇다면 뒤를 조심해야 할 거야, 형씨. 이 일엔 힘센 자들이 움직이고 있으니까."

"장난 아닌 줄은 나도 알아. 그런데 그 힘센 자들이 누군지, 그들이 왜 게슬러와 연결되어 있고 4년 전 영화촬영장에서 일어났던 현금 강탈 사건과는 어떤 관련이 있는지 나한테 설명해준 사람은 아무도 없었어."

"그런 건 나도 모르니까 말해 줄 수 없어. 다만 오늘 당신 전화를 받고 나도 몇 군데 전화를 넣어봤는데, 사방 벽이 무너져 내리는 줄 알았어. 아주 세게 나오더라고. 그 사람들 말이야."

"워싱턴 얘기?"

"아니, 바로 여기 얘기야."

"누구야, 로이? 그걸 얘기 안 해 주면 드라이브가 무슨 소용 있나? 상대가 누군데? 조폭인가? 게슬러의 조직범죄 건에 대한 보고서는 읽었어. 당신은 그것만 끈질기게 파고든 것 같던데."

정곡을 찔린 사람처럼 린델은 껄껄 웃었다.

"조직범죄라. 젠장, 차라리 조폭을 상대하는 게 낫겠군."

나는 샌비센테 갓길에 차를 세웠다. 이 도시의 영원한 스캔들이자 미스터리인 메릴린 먼로가 마약 과다복용으로 죽은 곳에서 두어 블록 떨어진 지점이었다.

"그러면 누구야, 로이? 같은 소리 자꾸 하자니 입이 다 아프네."

린델이 고개를 끄덕이더니 나를 쳐다보며 말했다.

"국토안보부."

"무슨 소리야, 그게? 이 사건이 테러리스트와 연결되어 있다고 생각하는 사람이 있는 건가?"

"그들이 무슨 생각을 하는지는 나도 몰라. 나한테는 얘기해주지 않았으니까. 내게 내려온 명령은 당신 입을 봉하고 녹음테이프를 9층으로 보내라는 것뿐이었어."

"9층이라…."

나는 혼잣말처럼 중얼대며 생각에 잠겼다. 머릿속으로는 타일 바닥에 쓰러져 있던 안젤라 벤턴의 모습, 총을 휘두르며 쏴대던 강도들, 그들 중 한 놈(최소한 남자였을 거다)이 내가 쏜 총알을 몸에 맞고 밴 속으로 벌렁 자빠지던 장면이 빠르게 지나갔다. 어느 것 하나도 린델이 얘기하고 있는 내용과는 맞지 않는 것 같았다.

"리액트 팀을 배치한 곳이지."

린델의 말에 나는 현실로 돌아왔다.

"그들은 강타자들이야, 보슈. 누가 앞을 막아선다고 멈추지 않아. 브레이크조차 밟지 않지."

"리액트 팀이 뭐지?"

"대테러 신속대응 팀(REACT)이란 뜻이야."

"그건 워싱턴 D.C.의 국장실에서 나온 게 분명한데, 무슨 꿍꿍이가 있었던 모양이군."

"재미있어. 여러 기관들이 뛰어들어 돌림빵을 놓은 거야. 검찰국, 마약단속국과 모두가 말이야."

나는 마지막에 말한 "모두가"에는 자신들의 이니셜이 항간에 떠도는 것을 싫어하는 모든 기관들이 포함되어 있음을 알았다. 일테면 NSA(국가안보국), CIA, DIA(국방부 정보국), 같은 기관들.

자전거를 탄 사내가 밴츠의 사이드미러를 세게 탁 치고 지나가는 바람에 린델이 깜짝 놀랐다. 사내는 장갑 낀 손을 들고 가운뎃손가락으로 "이거나 먹어라!" 하는 손짓을 해보이며 계속 달려갔다. 나는 차를 자전거 전용도로에 세웠다는 걸 깨닫고 차도로 몰고 나왔다.

"저 망할 자식들은 도로가 온통 자기들 차지인 줄 아는 모양이야."

린델이 투덜거린 뒤 내게 말했다.

"저 자식 옆으로 따라가. 한 방 날려줘야지, 안 되겠어."

나는 그의 말을 무시하고 자전거 사내와는 멀찌감치 거리를 두고 추월했다.

"난 이해를 못하겠어, 로이. 9층에서 내 사건으로 뭘 하려는 걸까?"

"첫째, 그 사건은 이제 당신 것이 아냐. 둘째, 나는 몰라. 그들은 나한테 질문할 수 있지만, 난 그들에게 질문할 수 없거든."

"언제부터 그들이 질문하기 시작했나?"

"오늘부터. 당신이 전화해서 마서 게슬러에 대해 묻고 그것이 영화촬영장 현금 강탈 사건과 관련 있다고 말했지. 나는 뉴네스에게 당신을 들어오게 하라고 지시했어. 그 사이에 체크해봤더니 영화촬영장 강도 사건이 우리 컴퓨터에 입력되어 있더라고. 리액트 팀 깃발이 꽂혀 있었고. 그래서 9층으로 전화해서 '무슨 일이야, 친구들?' 하고 물었지. 2초 후에 돌아온 반응이 엄청나더군."

"내가 뭘 알고 그러는지 알아낸 다음 입 닥치게 만들라고 했단 말인가? 아, 그리고 녹음테이프를 들어보고 당신이 시키는 대로 얌전하게 잘했는지 확인하겠다고 했겠군."

"뭐, 그런 셈이야."

"그런데 왜 나한테 파일을 읽게 하고 가지게 했지? 그리고 왜 함께 드라이브하며 얘기하고 있는 건가?"

린델은 대답하기 전에 생각을 좀 해보는 것 같았다. 우리는 샌타모니카 오션 대로로 들어가는 커브 길을 돌아가고 있었다. 나는 태평양과 해변이 내려다보이는 절벽 위에 다시 차를 세웠다. 수평선이 뿌옇게 흐려 보였다. 퍼시픽 파크 부두의 페리 호는 네온사인을 끈 채 정박해 있었다.

"왜냐하면 마티 게슬러는 내 친구였거든."

"그 정도는 파일에서 감지할 수 있었어. 가까운 사이였나?"

내 말의 뜻은 분명했다.

"가까웠지."

"당신이 수사를 주도한 것도 그런 갈등 때문이었고?"

"나와 그녀의 관계는 수사가 본격적으로 시작되기 전까진 알려지지 않았던 걸로 해두지. 그 이후 나는 수사에 전력을 다 기울였지만 결과는 신통찮았어. 이제 3년도 더 지났지만 아직도 난 그녀에게 무슨 일이 일어났는지 모르고 있고. 그런데 당신이 갑자기 전화해서 내가 한 번도 들어본 적 없었던 얘기를 한 거야."

나는 바짝 다그쳤다.

"그러니까 솔직하게 털어놔야지. 그녀가 도시 형사에게 얘기했다는 지폐의 일련번호에 대한 기록은 없었어?"

"발견하지 못했어. 게슬러는 자기 컴퓨터에 많은 것들을 보관해왔는데, 그게 모조리 없어졌더군. 백업한 자료도 없고. 규정상 직원들은 퇴근하기 전에 백업데이터를 하게 되어 있지만, 다들 그럴 시간이 없거든."

나는 고개를 끄덕이며 생각에 잠겼다. 정보들은 많이 수집되고 있는데, 그것들을 분석할 시간이 없었다. 린델을 만나 여기까지 나온 김에 필요한 모든 것을 물어봐야만 했다.

"난 아직 갈피를 못 잡겠는데. 심문실에서 한 얘기와 여기서 하는 말이 왜 다르지, 로이? 나한테 파일을 보여주며 이런 얘길 하는 이유가 뭐야?"

"리액트는 수단 방법을 가리지 않아, 보슈. 대테러 신속대응 팀 말이야. 2001년 9월 11일 이후부터는 규칙도 없어졌어. 세상이 변했으니 연방수사국도 변했지. 국가도 물러앉아 방관하고 있어. 그들은 아프가니스탄 전쟁을 지켜보며 이곳 룰을 모조리 바꾸고 있어. 국토안보부가 다 해먹고 나머지는 모두 뒷짐 지고 있는 셈이야. 마티 게슬러 건을 포함해서 말이야. 당신은 요원 하나가 실종됐기 때문에 9층에서 이 사건을 접수했다고 생각해? 그들은 관심도 없어. 뭔가 다른 이유가 있고, 그녀가 무슨 일을 당했는지 알아내는 건 그들에게 중요하지 않다고. 하지만 난 달라."

린델은 정면을 응시한 채 얘기하고 있었다. 난 그제야 사태를 조금 이해하게 되었다. 연방수사국은 린델에게 수사를 중단하라고 명령했던 것이다. 그리고 린델을 계속 감시할 수 있을 것이었다. 하지만 나는 이제 자유로운 몸이다. 따라서 그는 기회만 있으면 최대한 나를 도와줄 수 있을 것이다.

"그러니까 당신은 그들이 이 사건의 어떤 점에 유의하고 있는지 모른단 말이지?"

"전혀."

"그렇지만 나한테는 계속 수사하라고?"

"그 질문을 다시 하면 난 부인하겠어. 하지만 그 대답은 '예스'야. 난 당신의 의뢰인이 되고 싶어, 형씨."

나는 벤츠를 몰고 도로로 나와 웨스트우드로 방향을 돌렸다.

"물론 수고비를 지불할 수도 없고."

린델이 이어 말했다.

"아마 오늘 이후로는 당신과 연락을 취할 수도 없게 될 거야."

"그 형씨 소리 좀 집어치워. 그러면 수고비는 받은 걸로 할 테니."

린델은 내 말이 농담 아닌 줄 알았다는 듯 고개를 끄덕여 동의를 표했다. 침묵이 한참 이어졌다. 나는 캘리포니아 내리막길을 달려 해안 고속도로로 들어간 뒤 샌타모니카 협곡을 지나 샌비센테로 올라갔다. 이윽고 린델이 물었다.

"사건 파일을 읽고 어떤 생각이 들었지?"

"당신은 모든 걸 제대로 한 것 같았어. 그날 밤 게슬러를 목격한 주유소 직원은 어땠나? 체크해 봤겠지?"

"그럼. 일요일까지 여섯 방향으로 조사해 봤지만 깨끗했어. 그곳은 번잡한 데다 그 친구는 자정까지 근무했더군. 감시카메라도 체크해 봤는데, 게슬러가 왔다 가기 전엔 부스를 떠난 적도 없었어. 자정 이후의 알리바이도 조사해 봤고."

"비디오에서 다른 건 안 나왔어? 파일엔 그런 내용이 한 줄도 없던데."

"그 테이프는 무용지물이었어. 게슬러가 찍힌 걸 제외하면 말이야. 그게 그녀의 마지막 모습이었어."

그는 창밖을 내다보았다. 3년도 더 지났지만 린델은 아직도 그 사건에서 헤어나지 못하고 있었다. 나는 그 점을 기억할 필요가 있었다. 또한 그가 한 말들은 모두 프리즘을 통해 일단 걸러서 봐야만 했다.

"수사 파일 전체를 보여줄 수는 없나?"

"가능성이 제로야."

"9층에 있기 때문에?"

린델은 고개를 끄덕이며 말했다.

"그들이 올라와 서랍째 가져가버린 후론 구경도 할 수 없었어. 서랍도 아직 돌려받지 못했다니까."

"왜 그들이 직접 날 압박하지 않고 당신한테 시켰을까?"

"내가 당신을 아니까. 아니, 그보다는 당신이 그들을 모를 테니까."

나는 고개를 끄덕였다. 핸들을 윌셔 방향으로 꺾자 연방 건물이 눈앞에 나타났다.

"로이, 난 그 두 사건이 꼭 연결되어 있다곤 보지 않아, 무슨 뜻인지 알겠어? 마서 게슬러의 실종과 안젤라 벤턴의 피살 사건 말이야. 마서가 전화를 한 통 했다고 해서 그 두 사건이 서로 관련되었다는 뜻은 아니지. 나는 다른 사건들을 추적하려고 하는데, 이건 그것들 중 하나일 뿐이라고, 알겠어?"

로이 린델은 다시 창밖을 돌아보며 뭐라고 중얼거렸다.

"뭐라고?"

"실종되기 전까진 아무도 그녀를 마서라고 부르지 않았다고. 그런데 신문과 TV에서 그렇게 떠들기 시작했어. 그녀는 마서라는 이름을 싫어했어."

나는 달리 대꾸할 말이 없어 고개만 끄덕였다. 핸들을 연방 건물 주차장 쪽으로 꺾은 다음 그를 내려주기 위해 상가로 굴러갔다.

"파일 안에 있는 전화번호, 거기로 연락하면 되는 건가?"

"그래, 언제든지. 걸기 전에 당신 전화가 안전한지만 확인해."

나는 그 말에 대해 생각하며 상가 앞 연석 아래 차를 세웠다. 린델은 상가 쪽을 살펴보며 차에서 내려도 안전한지 가늠하는 듯했다.

"요즘도 라스베이거스에 자주 가나?"

그는 상가와 건물의 창문들을 계속 하나하나 살펴보며 대답했다.

"틈만 나면 가. 날 싫어하는 놈들이 많아 변장을 해야 하지만."

"알 만하군."

그의 마피아 잠입 작전은 우리 강력반 수사와 겹쳐지면서 거대한 지하조직을 붕괴시켰지만 그의 끄나풀들도 대부분 희생되었다.

"한 달쯤 전에 당신 부인을 거기서 봤어."

린델이 엉뚱한 얘기를 꺼냈다.

"포커를 하고 있더군. 벨라지오였던 것 같은데, 그녀 앞에 칩이 수북이 쌓여 있었어."

라스베이거스에서 있었던 그 사건을 통해 그는 엘리노어 위시를 알게 되었다. 그녀와 내가 결혼한 것도 그때 그곳에서였다.

"전처야, 이젠."

내가 바로잡은 뒤 말했다.

"내가 물은 건 그게 아니잖아."

"알아."

마침내 안전하다고 판단했는지 그가 차문을 열고 내렸다. 그리곤 나를 뒤돌아보며 내가 무슨 말을 하길 기다렸다. 나는 고개를 끄덕이며 말했다.

"당신 사건을 맡지, 로이."

"그렇다면 언제든지 전화해. 그리고 몸조심하고, 형씨."

린델은 '감 잡았다'는 듯 미소를 지어 보이곤 내가 뭐라 대꾸하기도 전에 차문을 닫았다.

14 감시 카메라

LA 경찰국 소속의 많은 경찰서들 중에서도 특히 아이다호 주 경찰서 강력반을 우리는 우울한 천국(Blue Heaven)이라 부른다. 많은 형사들이 25년쯤 근무한 후 도달하여 정산에 들어가는 골라인쯤 되는 곳이다. 내가 듣기로는 LAPD 출신 전직 경찰들이 옹기종기 모여 이웃을 이루며 산다고 했다. 쿠르덜레느와 샌드포인트 출신 부동산업자들은 경찰 조합 뉴스레터의 이슈마다 명함만 한 광고를 싣곤 했다.

물론 경찰 배지를 반납하고 네바다 사막으로 들어가 카지노에서 파트타임으로 뛰는 사람들도 있었다. 북부 캘리포니아로 사라지는 친구들도 있었다. 훔볼트 카운티 숲 속에는 대마초 재배인보다 은퇴한 경찰들이 더 많다고 하는데, 그 사실을 모르는 사람은 재배인들뿐이란 얘기도 있었다. 멕시코로 내려가는 친구들도 있었다. 거기서는 아직 LAPD 연금만으로도 바다가 내려다보이는 지점에 냉방설비가 된 농장 주택을 구입하여 생활할 수 있었다.

문제는 진득하니 붙어 있는 사람이 없다는 점이었다. 그들은 이곳을 이해하고 작은 질서를 부여하는 데 자신들의 시간을 투자하지만, 일단 그런 일들이 다 이루어지고 나면 더 이상 머물지를 못했다. 그런 일들은 성취한 것을 즐기는 능력을 그들로부터 훔쳐갔다. 일을 완성해도 보상이 없었다.

경찰 배지는 반납했지만 로스앤젤레스를 떠나지 못한 몇 명 중에는 버넷 비거란 친구가 있었다. LAPD 25년 경력의 후반부를 남부 강력계에서 근무했던 이 사내는 은퇴한 뒤 아들과 함께 공항 근처에다 조그마한 사무실을 열었다. '비거&비거 보안전문회사'란 간판을 단 그 사무실은 라 티헤라 대로와 가까운 세풀베다 거리에 있었다. 건물은 별 특징이 없었고, 사무실도 간소했다. 비거의 사업은 주로 국제공항 주위에 산재해 있는 창고업체들에게 보안시설을 제공하고 순찰을 대행하는 일이었다. 2년쯤 전에 내가 전화했을 때, 그는 50명 넘는 직원들을 거느리고 사업을 잘 하고 있다고 말했었다.

그런데도 불구하고 다른 한편으로는 '진짜 일다운 일'이 그립다고 고백한 적도 있었다. 그는 누구든 꼭 해야만 하는 일, 변화를 가져오는 그런 일을 하고 싶다고 말했다. 물론 태국에서 만든 청바지를 가득 보관하고 있는 창고를 지키는 일도 중요하긴 하다. 그렇지만 악명 높은 살인자를 체포하여 손목에 수갑을 채울 때 느끼는 희열에 비하면 새 발의 피였다. 아니, 비교할 수조차 없었다. 비거가 그리워하는 것은 바로 그런 희열이었다. 내가 그에게 접근하여 로턴 크로스와의 일을 도와달라고 부탁해 볼 수 있겠다고 생각한 것도 그런 감정 때문이었다.

커피 기계가 설치되어 있는 조그마한 대기실에 앉아 잠시 기다리자 버넷 비거가 들어와서 자기 사무실로 나를 안내했다. 자기 이름과 걸맞게 덩치가 큰 사내였다. 나는 그와 나란히 걷는 게 아니라 뒤를 졸졸 따라가는 형국이었다. 머리카락을 면도기로 깨끗이 밀어버려서 그런지 그의 얼굴이 새로워 보였다.

"신수가 훤하군, 빅."

비거는 번쩍이는 정수리를 손바닥으로 문지르며 말했다.

"밀 수밖에 없었네, 해리. 머리가 세기 시작했거든."

"누구 머리는 안 세나."

그의 사무실 안으로 들어갔다. 크지도 작지도 않은 사무실이었다. 목재 패널에는 LAPD 시절에 받은 표창장과 사진이나 기사 스크랩을 담은 액자들이 죽 걸려 있었다. 그것들은 고객들에게 매우 인상적으로 보일 것이었다.

비거는 어수선한 책상 뒤로 돌아가서 앉은 뒤 그 앞에 놓인 의자를 가리켰다. 그 의자에 앉자 그의 등 뒤 벽에 걸린 슬로건이 내 눈길을 사로잡았다. "Biggar&Biggar is Better&Better." 자신들의 성을 비교급 음률로 맞춘 모양인데, 부자가 경영하는 회사가 점점 좋아지고 있다는 그런 뜻인 듯했다.

아버지 비거가 두 팔을 책상 위에 접고 상체를 앞으로 기울이며 말했다.

"해리 보슈, 자네를 다시 보게 될 줄은 전혀 예상하지 못했네. 그 의자에 앉아 있는 걸 보니 아주 즐거운데그래."

"나도 즐겁네, 빅. 자넬 다시 찾게 될 줄은 꿈에도 몰랐지."

"일거리를 찾아 왔나? 작년에 그만뒀다는 소린 들었네. 그런 생각을 하는 것도 자네가 마지막이었지."

"끝까지 해먹는 놈은 없지. 물어봐줘서 고맙네만 난 할 일이 있어. 약간의 도움이 필요할 뿐이야."

비거는 눈가의 피부를 팽팽하게 펴며 미소 지었다. 흥미를 느낀다는 뜻이었다. 내가 경비업체에나 뛰어들 타입은 아니란 걸 그는 이미 알고 있었다.

"자네가 도움을 요청하는 건 처음 보는군. 그래, 원하는 게 뭐야?"

"전자감시기를 설치하는 일이야. 방 안에 카메라가 있는 줄 아무도 모르게."

"방이 얼마나 큰데?"

"보통 침실이야. 가로세로 4~5미터쯤 되는."

"해리, 이 친구야, 그쪽으론 가지 말게. 남을 염탐하기 시작하면 자신의 모습을 잃어버리게 될 거야. 나랑 같이 일해. 내가 자리를 만들어 볼 테니."

"아니, 그런 얘기가 아닐세. 실은 살인 사건과 관련된 일이야. 그 방에 있는 사내는 휠체어에 앉아 하루 종일 TV만 보고 있어. 내가 확인하고 싶은 건 그의 안전뿐이야. 무슨 얘긴지 알겠지? 그 마누라가 무슨 짓을 꾸미고 있는 것 같아. 내 생각엔 말이지."

"신체적 학대 같은 걸 말하는 거야?"

"어쩌면. 나도 잘은 몰라."

"그 친구는 자네가 이럴 거라는 걸 알아?"

"아니."

"그 방엔 들어가 봤어?"

"여러 번. 도와줄 수 있겠나?"

"카메라야 있지. 그렇지만 우리가 사용하는 건 산업용이야. 커다란 것들. 자네가 찾는 건 무선실에서 쓰는 소형 같은데."

"분명하게 드러나는 건 안 돼. 그 친구도 경찰이었거든."

비거는 무슨 말인지 재빨리 알아듣고 머리를 끄덕이며 일어났다.

"암튼 기계실로 가서 장비들을 한 번 둘러보게. 안드레가 자넬 도와

줄 수 있을 거야."

그는 나를 데리고 복도를 지나 건물 뒤쪽으로 갔다. 차고 두 개 넓이의 기계실로 들어가자 작업대들과 온갖 전자 장비들이 빼곡한 선반들로 어지러웠다. 작업대 한 곳에 세 사내가 둘러서서 작은 TV 화면을 들여다보고 있었다. 선명하지 않은 흑백 감시 테이프를 하나 돌리는 중이었다. 나는 그들 중에서 가장 덩치가 큰 사내를 한눈에 알아볼 수 있었다. 버넷의 아들 안드레 비거였다. 한 번도 만난 적이 없지만 덩치나 생김새가 자기 아버지를 그대로 빼닮았다. 머리를 박박 민 것까지.

소개가 끝나자 안드레는 고객의 창고를 턴 도둑놈을 테이프로 분석하고 있다고 설명했다. 내가 찾고 있는 것에 대해 아버지가 설명하자, 아들은 장비들을 살펴보고 시험해볼 수 있는 다른 작업대로 나를 안내했다. 그는 화병이나 램프, 그림 액자, 시계 속에 숨겨진 카메라까지 보여주었다. 로턴 크로스가 TV로 시간 확인하기가 어렵다고 투덜대던 생각이 나서, 나는 시계를 선택했다. 지름이 25센티미터쯤 되는 것이었다.

"이거면 될 것 같네. 어떻게 작동하나?"

"이건 교실용 시계예요. 이걸 침실 벽에다 걸어두시게요? 그러면 젓꼭지처럼 톡 튀어나와서…."

"안드레."

그의 아버지가 막았다. 내가 그에게 설명했다.

"침실이라기보다는 TV룸이라고 말할 수 있네. 환자가 CNN 화면에 뜨는 시각이 잘 보이지 않는다고 투덜댔거든. 이걸 가져가면 좋아할 것 같은데."

안드레는 고개를 끄덕였다.

"그렇겠군요. 사운드와 컬러는 어떻게 할까요?"

"사운드는 좋아. 컬러는 필요 없을 것 같고."

"알겠습니다. 송신형으로 하시겠어요, 내장형으로 하시겠어요?"

내가 멍한 표정으로 바라보자 그는 설명했다.

"두 가지 모델이 있어요. 하나는 시계 안에 카메라를 넣고 사진과 음성을 수신기와 비디오로 송신하는 거죠. 이 경우 수신기를 안전하게 놓아둘 장소를 반경 30미터 안에서 확보해야 합니다. 집 바깥에 세워둔 밴 안에 계실 겁니까?"

"아직 그런 계획은 안 세웠네."

"좋습니다. 두 번째 모델은 시계 속에 디지털 테이프와 메모리 카드를 모두 내장한 거예요. 문제는 용량입니다. 디지털 테이프는 두 시간 정도밖에 안 가니까 계속 갈아줘야 해요. 카드는 그보다 더 짧고요."

"그건 좀 곤란하군. 난 며칠에 한 번밖에 살펴볼 수 없는데."

나는 수신기를 집 안에다 숨겨두는 방법에 대해 생각하기 시작했다. 차고 속이라면 어떨까? 뭘 버리는 척하고 슬쩍 들어가서 크로스 부인이 발견할 수 없는 곳에 수신기를 감춰둘 수 있을 것 같았다.

"필요하면 수신기의 속도를 늦출 수도 있습니다."

"어떻게?"

"여러 가지 방법이 있죠. 카메라를 시계와 연결하여 자정부터 오전 8시까지는 정지시킨다거나, FPS를 늦추어 길게…."

"FPS가 뭔가?"

"초당 촬영율을 말합니다. 늦추면 이미지가 튀죠."

"사운드는? 같이 빨라지나?"

"아뇨, 사운드는 별도예요. 제대로 들으실 수 있습니다."

나는 고개를 끄덕였지만 완전한 영상 기록을 얻을 수 없다는 점은 마음에 들지 않았다.

"동작감지기에 걸 수도 있습니다. 휠체어에 계시다는 분, 많이 움직입니까?"

"아니, 온몸이 마비된 환자야. 아마 대부분의 시간을 휠체어에 앉아 TV만 보고 있을걸."

"애완동물은요?"

"못 봤어."

"그렇다면 방 안에서 움직임은 환자를 돌보는 사람이 들어왔을 때뿐이고, 그 사람을 감시하겠다는 말씀이군요?"

"맞았네."

"그러면 문제없습니다. 이거면 돼요. 동작감지기와 2기가 메모리 카드를 내장하면 이틀쯤은 늘일 수 있어요."

"그 정도면 될 거야."

나는 고개를 끄덕이며 버넷 비거를 돌아보았다. 그의 아들에게 감명을 받았기 때문이었다. 안드레의 덩치는 미식축구 쿼터백이나 하면 딱 맞을 것 같은데, 의외로 전자회로와 마이크로프로세서 전문가로 재능을 발휘하고 있었다. 그 아버지 되는 자의 눈에서 자랑스러움이 빛나는 것을 나는 보았다.

"15분만 기다리세요. 제가 다 조립한 뒤 가져와서 메모리 카드 설치와 회수 방법을 설명해드릴게요."

"알겠네."

나는 버넷의 사무실에 앉아 옛날 LAPD 시절과 그와 함께 수사했던 사건들에 대해 이런저런 얘기를 나누었다. 그중에는 한 살인청부업자가 남부 LA에 살고 있던 한 남자를 살해한 뒤, 합의한 잔금을 지불하지 않았다는 이유로 할리우드에 살고 있던 의뢰인마저 살해한 사건도 있었다. 우리 팀과 비거의 팀은 한 달 동안이나 매달렸다. 비거와 그의 파트너였던 마일즈 맨리가 목격자를 찾아낸 덕분에 사건 해결의 돌파구가 열렸다. 살해된 남자의 이웃이었던 그 목격자는 총격이 있었던 당일에 목격한 백인 남자와 빨간 가죽으로 내장한 검은색 콜벳 승용차를 기억하고 있었다. 그 차에 대한 진술은 피살된 의뢰인의 이웃 사내가 목격한 콜벳과 일치했다. 이 사내는 처음엔 그런 차를 본 적 없다고 딱 잡아떼다가, 나와 비거가 교대로 집요하게 추궁하자 마지못해 자백했다.

"항상 그런 하찮은 것에서 실마리가 풀린다니까."

비거가 의자 등받이에 몸을 기대며 말했다.

"그래서 내가 그 짓을 좋아했던 것 같아. 그런 작은 돌파구가 어디 있는지 처음엔 도무지 알 수 없거든."

"무슨 얘긴지 잘 알지."

"자넨 그 맛이 그리운 건가?"

"그럼. 그래서 되찾을 걸세. 지금 시작하고 있잖아."

"직업이 아니라 그 느낌 말이겠지."

"맞아. 자넨 어떤가? 아직도 그 맛이 그리워?"

"난 여기서 필요 이상의 돈을 벌고 있어. 하지만… 그래, 그 맛이 그립네. 그 짓을 할 땐 그런 맛이 있었지. 카메라를 설치하고 경비원을 돌리는 일에는 그런 맛이 없어. 몸조심하게, 해리. 나처럼 무사히 끝내고 옛날 얘기하며 그 시절이 그래도 좋았다고 추억이라도 할 수 있어야 하지 않겠나."

"조심하겠네, 빅."

비거는 그런 조언을 해줄 수 있어 진심으로 기쁘다는 표정으로 머리를 끄덕였다.

"내키지 않으면 대답하지 않아도 좋아, 해리. 하지만 난 휠체어에 앉아 있다는 그 친구가 로턴 크로스라고 짐작하네만, 아닌가?"

나는 잠시 망설였지만 곧 별 문제가 없을 거라고 판단했다.

"그래, 그 친구야. 내가 무슨 일을 시작했는데 그 친구가 걸리더군. 그래서 찾아가 얘기를 좀 나눴지. 난 단지 뭘 좀 확인하고 싶을 뿐이라네."

"잘되길 바라겠네. 그 친구 아내라면 두어 번 만난 적이 있지. 좋은 여자로 기억하고 있네."

나는 머리를 끄덕였다. 그런 말을 하는 이유를 이해할 수 있었다. 그는 크로스가 자기 마누라한테 희생당하는 일이 없기를 바라는 것이다. 나는 그에게 약속했다.

"사람은 변한다네. 내가 잘 알아보겠네."

안드레 비거가 연장통과 랩톱 컴퓨터, 상자에 든 카메라를 들고 들어왔다. 그리곤 내게 전자 감시에 대해 가르치기 시작했다. 시계를 조작하자 준비가 끝났다. 내가 할 일은 그것을 벽에 걸고 플러그를 꽂는 것뿐이었다. 시간을 조정한 뒤 다이얼을 누르면 감시기가 작동할 것이었다. 메모리 카드를 교체할 때는 시계 뒷면을 열고 카메라에서 빼내면 끝. 간단했다.

"잘 알았네. 그런데 카드를 빼낸 뒤 거기 담긴 내용을 보려면 어떻게 하나?"

그러자 안드레는 메모리 카드를 랩톱 컴퓨터 옆에 삽입하고 키보드 명령을 통해 화면에 띄우는 방법을 가르쳐주었다.

"아주 간단해요. 장비들만 무사히 돌려주세요. 이걸 개발하느라고 돈을 많이 투자했으니까요."

나한테는 그렇게 간단하지가 않다고 안드레에게 말하긴 싫었다. 기계에 대해 너무 둔감한 것을 들키고 싶지 않아 화제를 바꾸기로 했다.

"그래서 말인데, 랩톱 컴퓨터는 여기 두고 메모리 카드만 들고 왕래하면 어떨까? 괜히 비싼 장비들을 잃어버리면 안 될 것 같고, 난 가볍게 돌아다니는 걸 좋아하거든."

"좋으실 대로 하세요. 그렇지만 이 장치의 백미는 신속성에 있습니다. 카드를 뽑자마자 그 사람 집 바깥에 세워둔 아저씨 차 안에서 볼 수 있는데 왜 여기까지 일부러 오시겠다는 겁니까?"

"그렇게 다급한 상황은 벌어지지 않을 것 같거든. 랩톱은 여기 두고 카드를 뽑아 가지고 오겠네. 그래도 되지?"

"그러세요, 그럼."

안드레는 시계를 박스에 담아 연장통과 함께 놓아두고 나와 악수를 교환한 뒤 랩톱만 들고 물러갔다. 나는 버넷을 돌아보았다. 돌아가야 할 시간이었다.

"아들이 자넬 도와주는 정도가 아닌 것 같은데."

"안드레가 이곳 주인이야."

그는 사무실을 가리키며 말했다.

"난 고객들을 데려와서 감동시킨 뒤 계약서에 서명하도록 하지. 나머지는 안드레가 다 해. 고객의 욕구를 파악하여 만족시키는 일 말일세."

나는 고개를 끄덕인 뒤 자리에서 일어났다.

"이것들에 대해 나한테 얼마를 청구할 텐가?"

시계와 연장통을 집어 들며 내가 묻자 비거는 싱긋 웃었다.

"사용한 뒤 돌려주면 사용료는 받지 않겠네."

그리곤 진지한 표정으로 다시 말했다.

"이게 로턴 크로스를 위해 내가 할 수 있는 최소한의 일이야."

"고맙네."

그의 기분을 이해할 수 있었다. 난 그와 악수를 나눈 뒤 사무실을 나왔다. 하지만 나는 내가 설치할 이 감시 카메라에 정말 상상하기조차 싫은 추악한 장면이 찍히지 않기를 바라는 마음이 간절했다.

15 단발이론

'비거&비거 보안전문회사'에서 나온 나는 엄청난 러시아워의 파도를 헤치고 세풀베다 고개를 넘어 밸리로 돌아왔다. 멀홀랜드 드라이브에 진입하는 데만 한 시간 가까이 걸렸다. 거기서 프리웨이로 뛰어들어 산마루를 따라 서쪽으로 달렸다. 말리부 너머로 지는 해가 하늘을 시뻘겋게 물들이고 있었다. 낮은 각도로 비추는 해는 밸리에 갇힌 스모그를 눈부신 오렌지색과 핑크색, 보라색으로 바꾸었다. 그것은 하루 종일 매연에 찌든 공기를 호흡해야만 했던 인간들에 대한 일종의 보상처럼 느껴졌다. 오늘 저녁엔 특히 하얀 조각들이 섞인 부드러운 오렌지색으로 빛났다. 나의 전처는 집 뒤쪽 베란다에서 석양을 바라보며 그런 색깔의 하늘을 크림시클(Creamsicle, 겉과 속의 컬러가 다른 아이스크림 – 옮긴이) 스카이라 부르곤 했다. 그리고 색깔 정도에 따라 품질을 따로따로 매겨 나를 매번 웃게 만들었다.

엘리노어 위시에 대한 기억은 이젠 내 인생의 다른 한 부분이었던 것처럼 아스라하게 느껴졌다. 나는 로이 린델이 라스베이거스에서 그녀를 봤다고 했던 말을 떠올렸다. 내가 아무리 아니라고 해도 엘리노어의 소식을 듣고 싶어 한다는 걸 린델은 알고 있었다. 매일은 아니라 하더라도 적어도 일주일 이상 그녀를 생각하지 않고 지나가는 일은 없었다. 그 생각이란 당장이라도 라스베이거스로 달려가서 그녀에게 다시 시작하자고 말하는 것이었다. 당신이 하자는 대로 할 테니 우리 다시 시작해 보자고. 이젠 나를 LA에 붙잡아둘 직업도 없다. 내 마음대로 어디든 갈 수가 있다. 그러니까 이번엔 그녀에게로 가서 죄악의 도시 라스베이거스에서 함께 사는 것이다. 엘리노어는 카지노의 파란 펠트천이 깔린 포커 테이블에서 필요한 걸 계속 구해도 괜찮다. 매일 밤 내가 기다리는 집으로 돌아오기만 한다면. 나야 뭐, 닥치는 대로 일하면 되지. 라스베이거스는 나 같은 경력을 가진 사람을 항시 필요로 할 테니까.

한번은 과감하게 짐을 싸서 벤츠 트렁크에 싣고 리버사이드 시티까지 달려갔지만, 또다시 가슴속에 차오르기 시작한 낯익은 두려움 때문에 프리웨이 갓길에 차를 세우고 말았다. 결국 인앤아웃에 들러 햄버거만 하나 먹고 집으로 돌아왔다. 그 짐은 풀지도 않고 침실 바닥에 던져두었다가, 그다음 두 주일 동안 갈아입을 옷이 필요할 때마다 꺼내 입다 보니 저절로 빈 상자만 남게 되었다. 그리고 다음에 또 그런 충동이 일어나 짐을 꾸릴 때를 대비해서 아직도 침실 바닥에 그대로 놓여 있다.

낯익은 두려움. 그것은 항상 거기 웅크리고 있었다. 거부에 대한 두려움, 짝사랑과 희망사항으로만 끝나지 않을까 하는 생각, 내 안에 여전히 내재되어 있는 두려운 느낌. 이런 것들이 모두 섞여 밀크셰이크처럼 내 잔을 가득 채워, 한 걸음만 옮겨도 위로 넘칠 지경이었다. 그래서 난 움직일 수가 없었다. 온몸이 마비된 것처럼 멈춰 서고 말았다. 나는 집으로 돌아가서 주저앉았고, 상자의 옷을 하나씩 꺼내 입으며 이전의 삶을 이어나갔다.

나는 단발이론(單發理論)의 신봉자다. 우리는 누구나 사랑에 빠져 여러 번의 정사를 가질 수도 있지만, 자기 이름이 새겨진 사랑의 총알에 피격될 기회는 딱 한 번뿐이다. 이 총알에 맞은 행운아는 영원히 아물지 않는 영광의 상처를 누린다는 것. 이것이 소위 단발이론이다.

어쩌면 로이 린델도 마서 게슬러의 이름이 새겨진 총알에 피격되었을지 알 수 없는 일이었다. 내가 알고 있는 건 엘리노어 위시가 나에겐 그 사랑의 총알이었다는 것. 그녀는 나를 깊숙이 관통했다. 그녀 이전에도 다른 여자들이 있었고 이후에도 여자들이 있었지만, 엘리노어가 내게 남긴 상처는 아직도 아물지 않고 피를 흘리고 있다. 나는 그것이 영영 아물지 않을 것임을 알았다. 그런 식으로 계속 피를 흘릴 수밖에 없다는 것을. 마음속에 있는 것들은 다함이 없다.

16 가석방 없는 종신형

우드랜드 힐즈로 들어가는 길목에서 나는 방돔 주류상회에 잠시 들렀다가 멜바 거리에 있는 주택으로 향했다. 로턴 크로스에겐 미리 전화하지도 않았다. 그 친구는 항상 집에 있을 수밖에 없다는 걸 알고 있으니까.

노크를 세 차례 했을 때 대니얼 크로스는 문을 열었다. 긴장해 있던 그녀의 얼굴이 나를 보는 순간 잔뜩 찌푸려졌다. 열린 문틈을 몸으로 꽉 막은 채 그녀는 말했다.

"남편은 자고 있어요. 어제 피곤이 아직 안 풀렸다고요."

"그러면 깨워요, 대니. 크로스와 할 얘기가 있습니다."

"이봐요. 억지로 밀고 들어올 수는 없어요. 이젠 경찰도 아니잖아요. 그럴 권리 없어요."

"남편이 누굴 만나야 할지 결정할 권리가 당신한테 있나요?"

그 말에 여자는 화를 좀 억누르는 것 같았다. 그녀는 내가 들고 있는 연장통과 겨드랑이에 낀 박스를 보고 물었다.

"그건 다 뭐예요?"

"친구한테 줄 선물이에요. 이봐요, 대니. 그 친구한테 해줄 얘기가 있다니까요. 사람들이 그를 만나러 올 겁니다. 그것에 대해 내가 얘기를 해줘야 크로스도 준비를 하죠."

여자는 수그러들었다. 더 이상 대거리 않고 문을 활짝 열더니 들어오라고 팔을 쳐들었다. 나는 거실을 지나 침실 쪽으로 걸어갔다.

로턴 크로스는 휠체어에 앉은 채 잠들어 있었다. 약물처럼 보이는 액체가 헤벌린 입에서 볼로 흘러내렸다. 그런 얼굴은 더 이상 보고 싶지 않았다. 그에게 닥쳐올 것이 무엇인지 심란하게 일깨워주는 몰골이었다. 나는 연장통과 시계 상자를 침대 위에 놓았다. 그리고 돌아가서 문을 세게 닫으며 그 소리에 놀라 크로스가 잠에서 깨어나길 바랐다. 그를 깨우기 위해 몸에 손을 대기가 싫었던 것이다.

휠체어 앞으로 돌아와 보니 크로스의 눈꺼풀이 꿈틀거리고 있었다. 아직도 잠에서 덜 깨어난 듯했다.

"어이, 로? 나야 나, 해리 보슈."

그때 책상 위에서 반짝이는 초록색 램프를 발견했다. 모니터 불빛이었다. 나는 휠체어 뒤로 돌아가서 모니터를 꺼버렸다.

"해리? 어디 있어요?"

크로스가 웅얼거렸다. 나는 휠체어 앞으로 돌아와 그의 얼굴을 내려다보며 억지 미소를 지어 보였다.

"여기 있네, 친구. 이제 정신이 좀 돌아와?"

"어어, 네. 깨어났어요."

"좋아. 자네한테 얘기할 게 있어. 줄 것도 있고."

나는 침대로 가서 안드레 비거가 준 시계 상자를 열기 시작했다.

"블랙 부시밀?"

크로스의 목소리가 또렷해졌다. 나는 그에게 '시계'라고 밝히지 않고 '줄 것도 있고'라는 식으로 애매하게 말한 것을 후회했다. 시계를 꺼내어 그에게 보여주며 설명했다.

"이 시계를 벽에다 걸어주려고. 그러면 시간을 알고 싶을 때 볼 수 있잖아."

그가 한숨을 훅 토해내곤 말했다.

"마누라가 금방 치워버릴 텐데요 뭐."

"내가 말할 테니 걱정하지 마."

나는 연장통에서 망치를 꺼낸 뒤 여러 가지 용도의 못이 담긴 플라스틱 통에서 콘크리트 벽에 박는 강철못을 하나 꺼내 들었다. 그리고 TV 왼쪽 벽을 살펴보다가 전기 콘센트 바로 위쪽의 한 지점을 적당한 장소로 결정했다. 나는 강철못이 절반쯤 벽에 들어가도록 망치로 때려 박았다. 마침내 시계를 걸고 있을 때 문이 열리며 대니가 머리를 디밀었다.

"뭐 하시는 거예요? 남편은 시계가 필요치 않아요."

나는 시계를 건 뒤 그녀를 돌아보며 말했다.

"나한테는 시계가 필요하다고 말했어요."

그녀와 나는 동시에 크로스를 바라보았다. 그는 자기 부인을 쳐다보다가 눈을 몇 차례 끔뻑이곤 나를 잠시 돌아본 뒤 다시 그녀를 돌아보며 말했다.

"당분간 걸어놓도록 하지. 가끔 시계를 봐야 TV 쇼를 안 놓칠 것 같으니까."

"좋아, 당신 멋대로 해요."

대니 크로스는 삐딱하게 말하고는 방문을 닫았다. 나는 벽시계의 플러그를 콘센트에 꽂고 내 손목시계와 시간을 맞춘 뒤 카메라를 작동시켰다. 작업이 다 끝나자 망치를 연장통에 넣고 고리를 채웠다.

"해리?"

"왜?"

그가 무슨 소릴 할 줄 뻔히 알면서 나는 시침을 뚝 떼고 물었다.

"그거, 가져왔어요?

"조금 가져왔어."

나는 연장통을 다시 열고 방돔 주류상회 주차장에서 채운 작은 술병을 꺼냈다.

"대니는 자네가 숙취 상태에 있다고 했는데, 정말 괜찮겠어?"

"당연히 괜찮죠. 한 모금 줘요, 해리. 난 마셔야 해."

나는 전날 했던 것과 똑같은 행동을 반복한 뒤, 위스키에 물을 탄 것을 그가 과연 알아차리기나 할까 하고 기다렸다.

"아, 맛이 정말 죽이는군요, 해리. 한 모금만 더 주세요."

나는 그의 입에 한 모금 더 부어준 뒤 술병 뚜껑을 닫았다. 전신 마비가 된 사내의 삶에 유일한 낙으로 남은 술을 그의 목구멍에 부어 주면서 나는 묘한 죄책감을 느껴야만 했다.

"로, 자네한테 주의를 주기 위해 왔네. 나도 이런 일은 좀 꺼림칙한 기분이 들어."

"무슨 일인데요?"

"잭 도시한테 전화해서 지폐의 일련번호에 대해 말했다는 그 연방 요원을 내가 추적해봤네. 문제가 뭔지 자넨 알고 있나?"

"네, 알아요. 그 여자에 대해 뭐가 나왔습니까?"

"아니야, 찾아내지 못했어. 이름이 마서 게슬러라는 것밖엔. 그 이름을 듣고 뭐 떠오르는 게 없나?"

그의 눈길이 천장으로 향했다. 마치 기억창고를 천장에다 감춰둔 사람처럼.

“없는데요. 있어야 합니까?”

“난 모르지. 여자가 실종됐어. 잭한테 전화한 후부터 근 3년 동안이나 말이야.”

“지랄 같군요, 해리.”

“그러게. 그래서 여자의 전화를 추적하려고 하다가 연방 건물에 들어가게 됐네.”

“그들이 나를 찾아올 거란 얘깁니까?”

“모르겠어. 하지만 사전경고를 해주는 거야. 혹시 찾아올지도 모르니까. 어쩐 셈인지 그들은 이 모든 것을 테러리즘과 결부시키고 있었네. 지금은 9 · 11 사건 이후의 요원들 중 하나가 담당하고 있어. 그들은 박살부터 먼저 낸 뒤 법규는 나중에 따진다고 하더군.”

“그 자식들이 여기 찾아오는 건 싫어요, 해리. 대체 무슨 일을 벌인 겁니까?”

로턴 크로스는 짜증난 얼굴을 했다.

“그 점에 대해선 미안하네, 로. 그들이 찾아와 뭐든 물어보면 자넨 아는 대로만 대답하면 돼. 그들의 이름을 기억하고 있다가 돌아간 뒤에 나한테 전화해 주게.”

“그러죠. 난 혼자 있고 싶을 뿐이에요.”

“알아, 로.”

나는 휠체어 앞으로 다가가서 술병을 그의 눈앞에 쳐들어 보였다.

“한 모금 더 하고 싶어?”

“그걸 질문이라고 하세요?”

나는 그의 입에 가득 따라준 뒤 그가 삼키고 나자 연거푸 또 따라주었다. 그리곤 목구멍으로 넘어간 술이 위장과 혈관을 거쳐 눈으로 돌아오기를 기다렸다. 마침내 그의 두 눈이 게슴츠레해졌다.

"괜찮아?"

"그럼요."

"자네한테 두어 가지 더 묻고 싶은 게 있네. FBI 요원을 만나본 후에 생긴 의문들이야."

"일테면 어떤?"

"잭이 받았다는 전화 말이야. FBI에서는 게슬러가 지폐의 일련번호에 대해 전화한 기록이 없다고 주장하고 있어."

"그건 간단한 얘기죠. 그 여자가 아니었을지도 몰라요. 전에도 말했지만 잭은 나한테 이름을 말해주지 않았어요. 아니면 말해줬는데 내가 까맣게 잊어버렸거나."

"난 그 여자라고 거의 확신해. 자네가 설명한 모든 것이 그 여자와 딱 들어맞거든. 그녀의 랩톱에는 자네가 설명했던 그 프로그램이 담겨 있었어. 그런데 그 랩톱도 여자와 함께 사라져버렸단 말이야."

"그럴 줄 알았어요. 그 여자가 전화한 기록도 함께 사라졌겠죠."

"그런 것 같아. 전화한 시각은 어떤가? 언제쯤 전화를 걸었는지 좀 더 자세히 기억해낼 수 없나?"

"오, 맙소사. 난 몰라요, 해리. 무수한 통화 중의 한 통화였을 뿐인데. 잭은 기록부에 틀림없이 기재했을 겁니다."

크로스가 얘기하는 기록부는 사건 연대기를 의미했다. 거긴 모든 사항을 기재하게 되어 있다. 원칙상 그렇다는 얘기다.

"그건 나도 당연히 알지만 기록부를 볼 수가 없어. 난 이제 경찰이 아니니까."

"그렇지 참."

"그 전화가 걸려온 것은 사건이 터지고 열 달쯤 지났을 때라고 자넨 나한테 말했어. 기억나? 자넨 그때 다른 사건들을 맡았고, 안젤라 벤턴 건은 잭이 전담하고 있었다고 했지. 그녀가 살해된 것은 1999년 5월 16일. 마서 게슬러가 실종된 것은 그 이듬해 3월 19일. 거의 열 달쯤 지났을 때였지."

"그렇다면 내가 제대로 기억한 거네요. 그 이상 뭘 원하세요?"

"다만…."

난 입을 다물었다. 무엇을 물어봐야 할지, 어떻게 말해야 할지 알 수가 없었다. 시간별 기록이 맞지 않았다.

"다만 뭐요?"

"모르겠어. 만약 잭이 최근에 이 요원과 통화했다면 그녀가 실종되었을 때 그 얘기를 했을 것 같아. 그건 큰 사건이었잖아? 각 신문과 TV에서 저녁마다 떠들어댔을 정도로. 그 전화가 더 일찍 왔을 수도 있었을까? 사건 초기와 더 가까운 시기에? 그렇다면 그녀가 뉴스에 떴을 무렵엔 잭도 그녀와 그 일을 까맣게 잊어버렸을 수도 있지."

크로스도 말없이 생각에 잠겼다. 나는 다른 가능성에 대해서도 생각해 보았지만 금방 논리적 모순에 봉착하곤 했다.

"그거 한 모금만 더 줄래요, 해리?"

그는 한꺼번에 너무 많이 마시려다가 사레가 들었는지 목이 시뻘게졌다. 다시 입을 열었을 때는 쉰 목소리가 새어 나왔다.

"그건 아닌 거 같아요. 내 생각엔 열 달 뒤가 맞아요."

"잠시 눈을 감아 보게, 로."

"왜 그래요?"

"그냥 눈을 감고 그 당시를 기억해 봐. 어떤 기억이든 정신을 집중해 보라고."

"나한테 최면을 걸려는 겁니까, 해리?"

"자네의 생각을 집중시키려는 거야. 잭이 말한 걸 기억할 수 있게 돕는 거지."

"효과 없을 걸요."

"그런 생각을 버려야 돼. 긴장을 풀게, 로. 느긋한 기분으로 모든 걸 잊어버려. 자네 마음을 칠판이라 생각하고 다 지워버리라고. 그 전화에 대해 잭이 했던 말만 기억해."

그의 눈동자가 얇고 창백한 눈꺼풀 아래서 분주히 움직이다 차츰 느려지더니 잠시 후엔 멎었다. 나는 그의 얼굴을 내려다보며 기다렸다. 사건이나 용의자의 시각적 묘사를 이끌어내는 데 사용했던 최면술을 여러 해 만에 처음으로 시도할 생각이었다. 내가 지금 크로스에게 얻고자 하는 것은 시간과 장소와 주고받은 대화 내용이었다.

"칠판이 보이나, 로?"

"네, 보입니다."

"좋아, 칠판에다 잭의 이름을 써. 그 아래 다른 걸 적을 수 있게 맨 위에다 쓰라고."

"해리, 이건 쓸데없는 짓이에요. 난…."

"그냥 하라는 대로 해줘, 로. 칠판 꼭대기에 잭의 이름을 적어 봐."

"알았어요."

"좋아, 로. 이젠 칠판을 보며 잭의 이름 밑에 '전화 호출'이라고 적어. 알겠나?"

"네. 적었어요."

"좋아. 이제 그 단어들을 뚫어지게 노려보며 정신을 집중해. 잭. 전화 호출. 잭. 전화 호출."

내 말에 뒤이은 침묵은 새 시계의 들릴 듯 말 듯한 초침 소리로 끝났다.

"자, 로, 이제 그 단어들 주위에 있는 칠판에 정신을 집중해. 글자들 주위에. 글자들 속으로 들어가라고, 로. 칠판 속으로. 글자들 속으로."

나는 그의 눈꺼풀을 바라보며 기다렸다. 그러자 망막의 움직임이 다시 시작되었다.

"잭이 자네한테 얘기하고 있어, 로. 그 요원에 대해서. 잭은 그 여자가 영화촬영장 강도 사건에 대해 새로운 정보를 알려왔다고 말하고 있어."

나는 게슬러라는 이름을 언급해야 할지 고민하며 한참을 기다리다 하지 않는 쪽이 낫겠다는 판단을 내렸다.

"잭이 무슨 말을 하고 있지, 로?"

"일련번호가 틀리답니다. 서로 맞지 않대요."

"여자가 잭에게 전화했나?"

"그녀가 전화했어요."

"잭이 이런 얘기를 할 때 자넨 어디 있지, 로?"

"우린 차 안에 있어요. 법원에 왔죠."

"재판이 있어?"

"네."

"누구에 대한 재판이지?"

"멕시코 아이예요. 서부에서 한국인 보석상을 죽인 폭력배죠. 알레한드로 펜헤다. 배심원단 평결이에요."

"펜헤다가 피고야?"

"맞아요."

"그렇다면 평결을 듣기 위해 법원에 가기 전에 잭은 그 요원의 전화를 받았겠군."

"그렇죠."

"좋아, 로."

난 원하던 것을 얻었다. 다른 질문이 없는지 잠시 생각해 보았다.

"로, 잭이 그 여자 이름을 말했어?"

"아뇨. 말하지 않았어요."

"그 여자가 제공한 정보를 체크해보겠다는 말은 안 했어?"

"체크해보겠다고 말했지만 잭은 그것을 허위 정보로 생각했어요. 아무 의미도 없다고 말했죠."

"자넨 그 말을 믿었나?"

"네."

"좋아, 로. 잠시 후 난 자네한테 눈을 뜨라고 말할 거야. 그리고 자넨 잠에서 깨어난 기분일 거야. 그렇지만 우리가 지금 주고받은 얘기들은 기억하고 있으면 좋겠어. 알겠지?"

"알았어요."

"그리고 기분도 좋아지길 바라. 자네의 삶이 최대한 행복해지길 바란다고, 로. 알겠지?"

"알겠어요."

"좋아. 이제 눈을 뜨게, 로."

눈꺼풀이 한 차례 떨리더니 두 눈이 반짝 떠졌다. 시선이 천장을 한 차례 훑고 난 뒤 내게로 향했다. 눈빛이 전보다 환해진 것 같았다.

"해리…."

"기분이 어때, 로?"

"좋은데요."

"우리가 얘기한 것들이 기억나?"

"네, 그 멕시코 녀석 펜헤다. 우린 핀헤다라고 불렀죠. 놈은 검사의 양형거래 제의를 받아들이지 않았어요. 가석방이 있는 종신형을 제의했는데 말이죠. 위험을 무릅쓰고 배심원단 평결에 기대를 걸었다가 황을 잡았어요. 가석방 없는 종신형을 받았죠."

"살아가며 하나씩 배우겠지 뭐."

크로스의 목구멍 깊숙한 곳에서 웃음으로 여겨지는 소리가 쿨렁쿨렁 비어져 나왔다.

"최면은 아주 좋았어요. 연방 건물에서 걸려온 전화에 대해 잭이 말했던 때가 바로 법원으로 가던 그날이었던 걸로 기억나네요."

"맞아. 펜헤다에게 평결이 내려졌던 때가 기억나?"

"2월 말에서 3월 초였어요. 나의 마지막 재판이었죠. 한 달 후에 그 똥구멍 같은 술집에서 총을 맞고 물러났으니까. 평결을 듣고 자신이 가석방 없는 종신형을 받았다는 것을 알게 된 펀헤다의 얼굴을 바라보던 일이 기억납니다. 그 개자식은 그런 꼴을 당해도 쌌죠."

그의 목구멍에서 다시 쿨렁쿨렁 웃음소리가 비어져 나왔다. 나는 그의 눈빛이 어두워진 것을 발견하고 물었다.

"왜 그래, 로?"

"그 녀석 지금도 코코란 감옥 마당에서 핸드볼을 하고 있거나, 멕시코 마피아들에게 시간당 얼마씩 엉덩이를 세놓고 있을 겁니다. 그런데 여기 있는 나도 가석방 없는 종신형을 살고 있는 거나 다를 바 없죠."

그의 두 눈이 나를 응시했다. 나는 달리 할 말이 없어 고개만 끄덕여 보였다.

"이건 공정하지 못해요, 해리. 삶은 공정하지 않습니다."

17 미행자

시립 도서관은 플라워 거리와 피게로아 거리 모퉁이에 있었다. 이 도시에서 가장 오래된 건물에 속했다. 그래서 유리와 철근으로 지은 현대식 건물들에 에워싸여 난쟁이처럼 보였다. 하지만 내부는 아름다웠다. 돔을 얹은 원형 건물을 중심으로 360도 모자이크를 새겼는데, 신부들(padres)이 도시를 세우는 장면을 묘사한 그림이었다. 이 건물은 방화범에 의해 두 차례나 불타서 여러 해 동안 폐쇄되어 있다가 다시 복구되어 원래의 아름다움을 되찾았다. 복구가 완료된 후 나는 어린 시절에 와본 이후로는 처음으로 이곳을 찾아왔었다. 그 후로도 계속 찾아왔다. 이곳은 내가 기억하고 있는 로스앤젤레스와 아주 가까웠고, 내게 편안한 느낌을 주었다. 나는 열람실이나 테라스에서 사건 파일을 읽고 수첩에 메모하면서 점심을 먹곤 했다. 경비원과 사서들도 몇 명 알게 되었다. 그리고 책을 빌리는 일은 좀체 드물지만 도서 카드도 소지하고 있다.

〈LA 타임스〉 기자 케이샤 러셀에게 더 이상 신문기사 검색을 부탁하긴 어렵게 되었으므로, 나는 로턴 크로스와 헤어진 뒤 곧바로 도서관을 찾았다. 마서 게슬러에 대한 기사 검색을 부탁했을 뿐인데도 그 여자는 재깍 새크라멘토 면허청에 전화해서 내가 사립 탐정 면허를 취득했는지 확인하지 않았던가. 조심할 필요가 있다. 편리하다고 이런저런 부탁을 했다가 기자의 호기심을 자극하여 내가 원치 않았던 곳까지 찌르고 다니게 만들 우려가 있었다.

중앙 안내 데스크는 2층에 있었다. 카운터 뒤에 앉아 있는 여자와는 아직 한 번도 얘기를 나눈 적이 없지만 얼굴은 익히 알고 있었다. 내가 다가가자 그녀도 나를 알아본 표정이었다.

나는 경찰 신분증 대신 도서 카드를 내밀었다. 여자가 내 이름을 보고 아는 체하며 물었다.

"유명한 화가의 이름과 같다는 걸 아세요?"

"네, 압니다."

여자는 얼굴을 붉혔다. 나이는 30대 중반쯤으로 보였고, 헤어스타일은 별로였다. 가슴에 달린 이름표에는 미시즈 몰리라고 새겨져 있었다.

"물론 아시겠죠. 아셔야만 하고요."

몰리가 다시 물었다.

"그런데 뭘 도와드릴까요?"

"3년쯤 전에 〈LA 타임스〉에 실렸던 기사들을 좀 찾아보려고요."

"키워드로 검색하시려고요?"

"그런 것 같은데, 그게 뭐죠?"

여자는 미소를 지었다.

"우리 컴퓨터에는 〈LA 타임스〉가 1987년도부터 입력되어 있어요. 당신이 찾는 기사가 그 안에 있다면 온라인으로 들어가서 그 기사의 주요 단어나 문장, 예를 들면 이름 같은 것을 입력시켜야 검색할 수가 있죠.

신문 아카이브에 접속하는 요금은 시간당 5달러예요."

"알았어요. 내가 하려는 일이 바로 그겁니다."

몰리는 다시 미소 지은 뒤 카운터 아래로 손을 넣었다. 그리곤 30센티쯤 되는 하얀 플라스틱 도구를 꺼내어 내게 건넸다. 지금까지 한 번도 본 적이 없는 컴퓨터 같았다.

"이걸 어떻게 사용하죠?"

여자가 쿡 하고 웃었다.

"그건 호출기예요. 컴퓨터들이 지금 모두 사용 중이라 좀 기다리셔야 하거든요. 자리가 나면 즉시 연락드릴게요."

"아하."

"건물 밖에서는 호출기가 작동 안 해요. 또 소리 대신 진동으로만 알려드리니까 몸에 꼭 지니고 계셔야 합니다."

"알겠소. 그런데 얼마나 기다려야 할지 혹시 알아요?"

"한도를 한 시간으로 정해놨거든요. 그래서 앞으로 30분 이내에는 자리가 나지 않을 거예요. 하지만 가끔 일찍 끝내는 사람도 있으니까요."

"좋아요. 고마워요. 가까운 데서 기다리죠."

열람실에서 빈자리를 하나 발견한 나는 거기 앉아 사건 시간표를 작성하기로 했다. 수첩을 꺼내어 새 페이지를 열고 우선 내가 알고 있는 세 가지 중요한 사건과 날짜를 적었다.

안젤라 벤턴-피살-1999년 5월 16일

영화촬영장 강도 사건-1999년 5월 19일

마서 게슬러-실종-2000년 3월 19일

그런 다음 내가 놓치고 있던 것들을 첨가하기 시작했다.

게슬러/잭 도시–전화 호출–?????

그리고 잠시 후 나는 내 신경을 긁고 있는 것을 설명해 줄 만한 또 다른 생각을 떠올렸다.

잭 도시/로턴 크로스–피살/피격–?????

나는 혹 휴대전화를 사용하는 사람이 있는지 주위를 둘러보았다. 전화를 하고 싶은데, 도서관 안에서 그것이 허용되는지 알 수가 없었다. 뒤를 돌아보자 한 사내가 재빨리 돌아서며 잡지대 위에서 아무 잡지나 급히 한 권 집어 드는 것이 눈에 띄었다. 청바지에 플란넬 셔츠 차림으로, FBI처럼 보이지는 않았다. 그렇지만 내가 돌아보기 직전까지 나를 응시하고 있었던 것처럼 보였다. 반사적인 동작이 아주 재빠르고 은밀했다. 눈도 마주치지 않았고, 접근해올 기미도 전혀 없었다. 사내는 자기가 나를 지켜보고 있었다는 사실을 들키고 싶지 않은 게 분명했다.

나는 수첩을 집어넣고 테이블에서 일어나 잡지대가 있는 곳으로 걸어갔다. 사내 옆을 지나가면서 그가 집어 들었던 잡지가 〈오늘날의 육아법〉이란 걸 알았다. 또 하나의 결정적 증거였다. 사내를 아무리 뜯어봐도 육아 따위에 신경 쓸 놈으로는 보이지 않았다. 나를 감시하고 있었다는 의심이 이젠 확신으로 변했다.

안내 데스크로 돌아간 나는 카운터에 손을 얹고 상체를 앞으로 숙이며 몰리 부인에게 나지막이 속삭였다.

"하나 물어봐도 될까요? 도서관 안에서 휴대전화를 사용할 수 있습니까?"

"아니, 안 돼요. 일반 전화기를 쓰면 신경 쓰이는 사람이 있나요?"

"아닙니다. 규칙이 어떤지 알고 싶었을 뿐이에요. 감사합니다."

내가 돌아서기도 전에 그녀는 마침 컴퓨터 자리가 하나 나서 호출하려 했다고 말했다. 나는 호출기를 반납하고 그녀를 따라 컴퓨터가 켜져 있는 칸막이 안으로 들어갔다.

"행운을 빌어요."

자기 데스크로 돌아가며 여자가 내게 말했다.

"잠깐만요."

나는 여자를 손짓해 불렀다.

"실은 〈LA 타임스〉 기사들을 찾는 방법을 모르거든요."

"데스크톱에 아이콘이 있어요."

나는 책상 주위를 돌아보았다. 컴퓨터와 키보드, 마우스밖엔 보이지 않았다. 사서는 내 뒤에서 손으로 입을 가리고 웃었다.

"죄송해요."

그녀가 그렇게 말하곤 또 웃었다.

"컴퓨터에 대해선 기초도 없는 것 같군요?"

"기초도 없고 중간 실력도 없고 끝내주는 실력도 없어요. 그러니 시작하는 방법만이라도 좀 가르쳐주겠어요?"

나는 여자에게 매달렸다.

"잠시만 기다리세요. 데스크에서 기다리는 분이 없는지 보고 오죠."

"고마워요."

몰리 부인은 30초쯤 후에 돌아왔다. 그리고 내 어깨 너머로 손을 뻗어 마우스를 잡고 스크린에 클릭하더니 〈타임스〉 아카이브로 들어가 키워드 검색란을 찾았다.

"자, 이제 여기에다 찾으려는 기사의 키워드를 입력하시면 돼요."

거기까진 이해했다는 뜻으로 고개를 끄덕인 뒤 나는 검색란에 "알레한드로 펜헤다"란 이름을 찍어 넣었다. 몰리 부인이 다시 손을 내밀어 엔터키를 치자 그제야 검색이 시작되었다.

그리고 5초쯤 지나 검색 결과가 화면에 떠올랐다. 신문 기사는 모두 다섯 개였다. 처음 두 개는 1991년과 1994년도 기사였고, 나머지 세 개는 2000년도 기사들이었다. 처음 두 기사는 내가 흥미를 느끼는 알레한드로 펜헤다와는 아무 관계없어서 제외했다. 나머지 세 개는 모두 2000년 3월에 실렸던 기사들이었다.

나는 첫 번째인 2000년 3월 1일자 기사로 커서를 이동하여 "보기" 버튼을 눌렀다. 기사가 화면 상단 절반을 채웠다. 알레한드로 펜헤다에 대한 재판 개정을 알리는 짤막한 기사였다. 그는 박경원이란 한국인 보석상을 살해한 혐의로 기소되었다.

두 번째 기사도 짤막했지만 내가 원했던 내용이었다. 펜헤다 사건의 평결에 대한 기사로 3월 14일자 신문이었다. 기사 내용엔 그 전날 있었던 사건들도 언급되어 있었다. 나는 주머니에서 수첩을 꺼내 펼쳐놓고 새로 입수한 정보로 사건 시간표를 보완했다.

안젤라 벤턴–피살–1999년 5월 16일

영화촬영장 강도 사건–1999년 5월 19일

게슬러/잭 도시–전화 호출–2000년 3월 13일

마서 게슬러–실종–2000년 3월 19일

보완한 내용을 가만히 들여다보았다. 마서 게슬러는 잭 도시에게 지폐 일련번호 리스트에서 이상을 발견했다고 전화했던 날로부터 엿새 후에 실종되었고 아마 살해된 것 같았다.

"다른 일이 없으시면 전 이제 자리로 돌아갈게요."

내 뒤에 서 있던 몰리 부인이 말했다. 그녀의 존재를 깜박 잊고 있었다는 걸 알았다. 나는 일어나서 그녀에게 의자를 내주며 말했다.

"차라리 당신이 해주시는 편이 더 빠를 것 같은데요. 검색할 게 한두 가지 더 있거든요."

"우리는 검색을 해주는 사람이 아니에요. 이런 작업을 하시려면 컴퓨터를 잘 다룰 줄 아셔야죠."

"알아요, 알아. 그래서 배우고 있는 중입니다. 하지만 지금은 서툴고 이 검색 작업은 아주 급하고 중요한 일이라서."

몰리 부인은 나를 계속 도와줘야 할지 말아야 할지 망설이는 눈치였다. 이럴 때 면허청에서 발급한 사립 탐정 면허증이라도 있으면 좋으련만. 작은 지갑 크기의 그것으로 여자를 감동시킬 수 있을지도 모르는데. 여자는 상체를 내밀고 칸막이들 너머로 안내 데스크를 살펴보았다. 〈오늘날의 육아법〉을 손에 든 사내가 누굴 기다리는 사람처럼, 혹은 도움을 필요로 하는 사람처럼 데스크 앞을 오락가락하고 있었다.

"저분께 도움이 필요한지 여쭤보고 오겠습니다."

몰리는 그렇게 말한 뒤 내 반응을 기다리지 않고 돌아서서 나갔다. 나는 그녀가 〈오늘날의 육아법〉을 손에 든 사내에게 '여쭤보는' 것과 사내가 고개를 젓는 것, 그녀가 다시 나를 돌아본 뒤 걸어오는 모습을 지켜보고 있었다. 칸막이들 사이로 난 복도를 따라 돌아온 몰리는 컴퓨터 앞에 앉았다.

"이번엔 뭘 검색하실 건데요?"

그녀는 마우스를 재빨리 움직여 키워드 검색란으로 가져갔다.

"잭 도시를 찾아봐요. 거기에 '냇츠 바'를 추가하여 범위를 좁힐 수 있을까요?"

몰리는 정보를 입력한 뒤 검색에 들어갔다. 모두 열세 개의 기사가 떠올랐다. 나는 그녀에게 첫 번째 기사를 불러올리도록 했다. 2000년 4월 7일자 기사로, 그 전날 있었던 일들을 담고 있었다.

경찰 1명 사망, 1명 부상

할리우드 바에서 총격 사건

케이샤 러셀, 〈타임스〉 스탭 기자

어제 할리우드 바에서 점심 식사를 하고 있던 로스앤젤레스 경찰국 형사 두 명과 바텐더가 그곳을 털려고 뛰어든 강도가 발사한 총에 맞아 쓰러졌다.

오후 1시경 체로키 거리의 냇츠 바에서 발생한 총격 사건으로 존 H. 도시(49) 형사는 몸에 여러 발의 총탄을 맞고 사망했으며, 그의 파트너 로턴 크로스 주니어(38)도 머리와 목에 치명상을 입었다. 라운지에서 일하고 있던 바텐더 도널드 라이스(29)도 여러 군데 총상을 입고 현장에서 숨졌다.

검정색 스키마스크를 쓴 범인은 금전등록기에서 액수 미상의 현금을 챙겨 달아났다고 경찰연루총격사건 팀(OIS)의 제임스 메이시 경위는 말했다. "기껏해야 몇 백 달러 정도일 겁니다."라고 그는 냇츠 바 바깥에서 가진 기자회견에서 말했다.

"범인이 사격을 시작한 이유가 아직 밝혀지지 않았습니다." 하고 경위는 계속했다. 도시와 크로스가 강도를 저지하려다가 그의 총격을 유발했는지 분명하지 않다는 것이다. 두 형사는 바의 침침한 구석에 있는 부스에 앉아 있었고, 둘 다 권총을 뽑지 않았다고 한다.

메이시 경위의 말에 의하면 형사들은 냇츠 바 부근에서 탐문수사를 하던 중 점심을 먹으러 바에 들렀던 것으로 알려졌다. 그들이 바에서 술을 마시고 있었다는 정황은 없었다. "그들은 단지 편리했기 때문에 거기 들렀던 겁니다. 불운하기 짝이 없는 결정이었죠."라고 메이시는 말했다.

사건이 터졌을 때 바 안에 다른 손님이나 직원은 없었다. 바 바깥에 있던 한 사람이 총격 후 도망치는 범인을 목격하고 대강의 인상착의를 경찰에 설명할 수 있었다. 신변 안전을 위해 경찰은 목격자의 신분을 밝히지 않았다.

나는 기사 읽기를 중단하고 사서에게 그것을 복사할 수 있느냐고 물었다.

"장당 50센트예요. 현금만 되고요."

"좋아요, 해주세요."

몰리는 프린트 명령을 내린 뒤 상체를 뒤로 젖히고 안내 데스크 쪽을 돌아보았다. 서 있는 내가 더 잘 보였다.

"아무도 없어요. 부탁 하나 더 할까요?"

"빨리요. 뭐죠?"

나는 그다음에 하려는 일에 도움이 될 만한 이름이나 단어를 떠올리려고 머리를 쥐어짰다.

"테러리즘이란 단어는 어때요?"

"농담하시는 거예요? 지난 2년 동안 얼마나 많은 기사에 그 단어가 사용되었는지 아세요?"

"맞아요, 맞아. 내가 뭘 생각하는 거지? 그건 관둡시다. 검색어가 한 문장처럼 연결되어야 하는 건 아니죠?"

"그럼요. 그런데 내 자리로 돌아가야 할 것 같은데…."

"좋아요, 잠시만요. FBI와 테러 용의자, 알카에다, 세포 같은 단어는 어때요? 검색해봐 주시겠어요?"

"그것도 데이터 뱅크를 깨트릴 거예요."

몰리는 그러면서도 내가 불러준 단어들을 입력했다. 잠시 기다리자 컴퓨터는 해당 기사가 총 467개라고 보고했고, 여섯 개를 제외한 대부분이 2001년 9월 11일 이후의 기사라고 알려주었다. 그 숫자 아래 각

기사들의 헤드라인이 나와 있었다. 42페이지씩 잘린 첫 번째 헤드라인 리스트가 화면에 떠올랐다.

"이것들을 살펴보는 일은 당신이 직접 하세요. 난 이제 데스크로 돌아가야 하니까."

몰리는 그렇게 말하며 일어났다. 나는 마지막 검색을 아주 수월하게 시작했다. 내가 도서관을 떠난 뒤엔 〈오늘날의 육아법〉을 손에 든 사내가 몰리에게 직접 꼬치꼬치 캐묻거나, 그 일을 다른 요원에게 맡기고 계속 나를 미행할 것 같았다. 나는 문제를 풀어내기 위해 검색 내용에 테러리즘 시각을 부여하고 싶었다. 그리고 연방수사국이 하고 있는 일이 무엇인지 이젠 알아낼 수 있을 것 같았다.

"좋아요, 여러 가지로 도와주셔서 고마워요."

그러자 몰리는 내게 주의를 주었다.

"오늘 밤엔 9시에 문을 닫아요. 이제 25분쯤 남았네요."

"알았어요. 그런데 복사한 건 어디 있죠?"

"제 데스크에 있어요. 복사한 건 모두 저한테 요금을 내고 찾아가시면 돼요."

"아주 기계적이군요."

여자는 그 말엔 대꾸 않고 나를 컴퓨터에 혼자 남겨두고 가버렸다. 그녀의 데스크 쪽을 힐끗 돌아봤지만 〈오늘날의 육아법〉을 손에 든 사내는 보이지 않았다. 나는 컴퓨터 화면에서 기사 리스트를 죽 훑어 내려갔다. 이따금씩 클릭해서 기사 내용을 읽어보았지만, 로스앤젤레스와도 아무 관련 없는 것들이라 중간에 그만두곤 했다. 검색어에 로스앤젤레스를 포함시켜야겠다는 생각이 들었다. 의자에서 일어나 안내 데스크 쪽을 살펴보았지만 몰리의 모습은 보이지 않았다. 안내 데스크는 비어 있었다.

기사 리스트를 다시 훑어 내려가던 나는 3페이지에 있는 한 헤드라인에 눈길이 멎었다.

테러 자금 운반책

국경에서 체포

나는 보기 버튼을 눌러 전체 기사를 불러 올렸다. 기사 위쪽의 박스에는 그것이 한 달 전 신문 A13페이지에 게재되었다고 찍혀 있었다. 그리고 곱슬곱슬한 금발에 피부를 짙게 태운 한 사내의 사진도 함께 실려 있었다.

조시 메이어, 〈타임스〉 스탭 기자

글로벌 테러리즘 후원자들의 자금 운반책으로 보이는 한 용의자가 어제 칼렉시코(Calexico, 캘리포니아와 멕시코 경계에 있는 마을—옮긴이)에서 현금 가방을 들고 멕시코 국경을 넘으려다 체포되었다고 법무부는 발표했다.

FBI 감시자 명단에 4년 동안이나 올라 있었던 무수와 아지즈(39)는 미국에서 멕시코로 잠입하려다가 국경순찰대원들에 의해 체포되었다.

국제 테러 조직인 알카에다의 필리핀 세포라고 FBI가 주장하는 아지즈는 거액의 미국 지폐를 담은 가방을 운전석 밑에 감추고 국경을 넘어가려다 발각되었다. 차에 혼자 타고 있던 아지즈는 아무 저항 않고 체포되었다. 그리고 연방수사국의 가이드라인에 따라 적 전투병처럼 모처에 감금되었다.

대원들의 말에 의하면 아지즈는 머리카락을 금발로 물들이고 그동안 기르고 있던 수염도 밀어 변장하고 있었다고 한다.

"이번 체포는 아주 중요합니다."라고 로스앤젤레스 대테러 부대 소속 검사보 에이브러햄 클라인은 말했다. “전 세계 테러분자들의 자금줄을 차단하려는 우리의 노력이 시작되었습니다. 이번에 체포된 용의자는 미국과 해외에서 활동하는 테러리스트들에게 자금을 공급하는 일에 깊숙이 관여했던 것으로 믿어집니다.”

클라인과 다른 제보자들은 미국의 이익을 해치기 위한 장기 테러활동의 혈액인 자금의 이동을 차단하는 노력에서 아지즈가 주요 인물일 가능성이 있다고 말했다.

“이자를 체포함으로서 우리는 거액의 현금을 압수했을 뿐만 아니라, 그보다 더 중요한 것은 테러리스트들에게 자금을 전달하는 자를 그들로부터 빼냈다는 사실일 것입니다.”라고 익명을 전제로 법무부의 한 제보자가 말했다. 이 제보자는 아지즈가 오하이오 주 클리블랜드에서 고등학교를 다닌 요르단 국적의 사내로, 영어를 유창하게 구사한다고도 말했다. 또 여권과 앨라배마 운전면허증을 소지하고 있으며, 그 양쪽 모두 프랭크 애일로란 이름으로 되어 있었다.

아지즈의 이름은 4년 전에 FBI 감시자 명단에 올랐다. 아프리카 미국 대사관들을 폭파한 테러범들에게 전달된 자금이 아지즈와 관련 있다는 정보를 입수했기 때문이었다. 연방 요원들은 무수와 아지즈를 “마우스”라는 별명으로 불렀는데, 무수와라는 그의 이름을 발음하기가 어렵기도 했지만 자그마한 체구로 최근 몇 개월 동안 쥐새끼처럼 잘도 숨어 다녔기 때문이었다.

2001년 9월 11일 테러분자들의 습격을 받은 이후, 자살 공격을 감행한 19명의 테러리스트들과 아지즈를 연결하는 직접적인 증거는 없었지만 그에 대한 경계태세는 한층 강화되었다.

“이자는 자금운반책입니다.”라고 법무부 제보자는 말했다. “이자의 임무는 돈을 A지점에서 B지점으로 옮기는 것이죠. 돈은 테러분자들이 작전계획을 짜며 생활하기 위해 폭탄과 화기, 물자들을 구입하는 데 쓰입니다.”

아지즈가 미국 화폐를 밀반출하려 한 이유는 분명히 밝혀지지 않았다.

“미국 달러는 어디서나 환영이거든요.” 하고 클라인은 말했다. “실제로 그런 테러분자들이 있는 나라들의 어떤 화폐보다 강합니다. 미국 달러는 훨씬 멀리까지 갑니다.

이 용의자는 작전을 지원하기 위해 그 돈을 필리핀으로 운반하는 중이었을 수도 있습니다."

클라인은 또 그 돈이 미국으로 침투할 계획을 꾸미고 있는 테러리스트들에게 전달되던 중이었을 수도 있다고 했다. 그는 아지즈가 운반하던 돈의 액수가 얼마나 되는지, 또 어디서 나온 돈인지는 밝히길 거부했다. 최근 연방 수사관들은 테러리스트들의 거액 자금은 미국 내의 불법 활동을 통해 나온 것이라고 말한 적이 있었다. 예를 들면 FBI는 작년에 펼쳤던 애리조나 마약 작전을 테러리스트 자금줄과 연결시켰다. 또한 연방수사국 제보자는 작년 〈LA 타임스〉에 멕시코의 황무지가 알카에다와 연결된 테러분자들의 훈련장일 것이라고 말했다. 그러나 클라인은 어제 아지즈가 그런 훈련장으로 가고 있었는지에 대해서는 밝히길 거부했다.

나는 FBI에 잽을 한 방 날리는 정도보다 훨씬 더 심각한 일에 뛰어든 것이 아닐까 하는 생각을 하며 화면을 한참 동안이나 멍하니 바라보았다. 그리고 방금 읽은 기사들이 내가 하려는 수사와 어떤 식으로든 관련이 있을 가능성에 대해서도 생각해 보았다. 웨스트우드 연방 건물 9층에 있는 친구들은 영화촬영장에서 강탈당한 돈이 테러리스트와 관련있다고 생각했던 걸까?

15분 후 도서관 문을 닫겠다는 확성기 소리에 내 생각은 흩어졌다. 나는 복사 버튼을 누른 뒤 기사 리스트로 돌아갔다. 아지즈 체포에 관한 추가 기사들을 찾아 헤드라인들을 쭉 훑어 내려갔다. 첫 번째 기사가 발표된 지 이틀 후에 나간 기사가 딱 하나 있었다. 불러 올렸더니 아주 짤막한 기사였다. 연방수사국에서 아지즈를 계속 심문하는 중이기 때문에, 그에 대한 기소사실인부절차(起訴事實認否節次)는 연기되었다는 내용이었다. 분명하게 명시하진 않았지만, 기사의 톤으로 봐서 아지즈가 수사에 협조적임을 알 수 있었다. 9월 11일 테러 사건 이후 변경된 연방법은 수사 당국으로 하여금 테러 용의자들을 적군처럼 다룰 수 있도록 운신의 폭을 넓혀주었다. 그 나머지 기사 내용은 첫 번째 기사에서 이미 써먹은 배경 정보에 지나지 않았다.

나는 리스트의 헤드라인들을 다시 훑어 내려갔다. 모두 살펴보는 데 10분쯤 걸렸지만 무수와 아지즈에 대한 다른 기사는 발견하지 못했다.

도서관 문을 닫는다는 소리가 확성기에서 울려 퍼졌다. 안내 데스크 쪽을 돌아보니 몰리 부인도 돌아와 있었다. 퇴근하려고 책상 위의 물건들을 서랍 속에 집어넣고 있는 것 같았다. 나는 이제 컴퓨터에서 지금까지 찾아본 내용들을 〈오늘날의 육아법〉 사내에게 알리고 싶지 않았다. 적어도 지금 당장은. 그래서 도서관 문을 닫는다는 확성기 소리가 다시 흘러나올 때까지 기다리기로 했다.

마침내 몰리가 내 책상까지 걸어와서 이젠 나가야 한다고 말했다. 손에는 내가 의뢰한 복사물을 들고 있었다. 나는 요금을 지불하고 복사물을 받아 잘 접어 수첩과 함께 주머니 속에 넣었다. 그리고 몰리에게 감사한 뒤 열람실을 나섰다.

나가는 길에 혹시 미행자가 있는지 살펴보기 위해 건물의 건축술과 모자이크를 감상하는 척하며 원형 홀을 여러 바퀴 돌았다. 아무리 살펴봐도 그 사내가 보이지 않자, 혹시 내가 너무 신경과민이 아닐까 하는 의심이 들기 시작했다.

일반인 출입문으로 나가는 이용객으로는 내가 마지막인 것 같았다. 직원용 출입구에서 몰리를 기다렸다가, 그녀에게 내가 검색한 내용에 대해 물어본 사람이 없었느냐고 확인해보고 싶었다. 하지만 괜히 그녀를 놀라게 할 것 같아 그만두기로 했다.

지하 3층 주차장에서 내 자동차를 향해 걸어갈 때 써늘한 공포감이 내 척추를 훑고 내려갔다. 누가 미행을 하든 않든, 그 순간 나는 완전히 두려움에 사로잡혔다. 발걸음을 빨리 하여 거의 뛰다시피 메르세데스 문까지 걸어갔다.

18 무력감

편집증이 노상 나쁘기만 한 건 아니다. 편집증은 사람을 예민하게 만들고, 가끔 특이한 장점으로 작용하기도 한다. 도서관을 나온 나는 브로드웨이로 나가 도심으로 향했다. 전직 경찰이 LA 경찰국으로 차를 몰고 가는 건 얼마든지 정상적으로 보일 것이었다. 이상할 게 없었다. 그러나 〈LA 타임스〉 건물 앞에 이르자 나는 브레이크도 밟지 않고 깜박이도 켜지 않은 채 핸들을 왼쪽으로 확 꺾어 달려오는 차량들을 무찌르고 더 서드 스트리트 터널 속으로 들어갔다. 가속페달을 콱 밟자 메르세데스가 요란한 폭음과 함께 수상 보트처럼 앞대가리를 쳐들고 세 블록 길이의 터널로 뛰어들었다.

미행하는 차량이 있는지 확인하기 위해 나는 백미러를 최대한 자주 살펴보았다. 반원형의 터널 벽에 붙인 타일 때문에 전조등 불빛이 후광처럼 빛났다. 그런 이유로 영화사들이 시의 승인을 받아 항상 이곳을 이용하고 있었다. 나를 미행하는 차가 있다면 전조등을 끄지 않는 한 드러날 것이고, 내 백미러에 분명히 잡히게 되어 있었다.

나는 미소를 짓고 있었다. 이유는 나도 모른다. FBI를 꼬리에 달고 다니는 것이 반드시 행복해할 일도 아닌데. 게다가 FBI도 대개 미행이라면 별로 재미있어 하지 않는다. 그렇지만 나는 메르세데스를 제대로 몰았음을 직감했다. 차가 날듯이 달렸다. 운전석이 과거 내가 몰았던 어떤 경찰차보다 높아서 백미러로 뒷차들을 아주 잘 볼 수 있었다. 처음부터 이런 요량이 있어 이 차를 구입했던 것처럼 효과를 톡톡히 보는 느낌이었다. 그래서 웃음이 비어져 나왔다.

터널을 거의 빠져나오자 나는 힘껏 브레이크를 밟으며 핸들을 오른쪽으로 확 꺾었다. 넓은 타이어 면이 도로를 긁으며 차는 터널 입구를 벗어나자마자 정지했다. 나는 백미러를 주시하며 기다렸다. 터널을 빠져나온 차들 중에서 나를 따라 오른쪽으로 핸들을 꺾은 차는 없었다. 그것들은 브레이크도 밟지 않고 곧장 교차로 속으로 뛰어들었다. 미행 차량이 있었다면 내가 이미 따돌렸거나, 아니면 미행자가 나한테 들키기보다는 나를 포기할 만큼 노련했다는 얘기가 될 것이었다. 후자라면 도서관에서 자신을 금방 드러냈던 〈오늘날의 육아법〉 사내와는 다른 타입이었다.

내가 걱정하는 세 번째 가능성은 전자감시기였다. 연방수사국은 내 자동차에 언제라도 그런 걸 설치할 수 있었다. 도서관 주차장에 기술요원이 슬쩍 들어가 쉽사리 내 차에 도청 장치를 할 수도 있었을 터였다. 마찬가지로 그 기술요원이 연방 건물에서 나를 기다리고 있을 수도 있었다. 이것은 물론 내가 로이 린델 요원과 시내를 드라이브한 사실을 그들도 이미 알고 있다는 뜻이었다. 린델에게 전화로 경고해주고 싶었지만, 내 휴대전화로 그와 접촉해서는 안 된다는 생각이 들었다.

나는 머리를 저었다. 결국 편집증은 그다지 좋은 게 아닐지도 몰랐다. 사람을 예민하게 만들지만 동시에 마비시킬 수도 있었다. 나는 다시 차량들 속으로 섞여들어 할리우드 프리웨이로 향했다. 그리고 가급적 백미러를 보지 않으려고 애썼다.

프리웨이는 할리우드를 관통하며 오르막길로 변해 카후엥가 고개로 이어진다. 내가 경찰로 대부분의 세월을 보낸 이 지역은 아름다운 풍광을 자랑한다. 한 번 힐끗 돌아보기만 해도 내가 사건을 수사했던 건물들을 가려낼 수 있었다. 레코드판을 쌓아놓은 것처럼 설계한 캐피털 레코드 빌딩. 할리우드 중심부의 재설계와 개발에 따라 고급 아파트 단지로 개조하고 있는 어셔 호텔. 나는 비치우드 캐니언의 기슭과 휘틀리 하이츠의 어둠 속에 불을 밝히고 있는 집들을 볼 수 있었다. 10층짜리 건물 벽면에 그려놓은 그 지역의 전설적인 농구 선수 이미지도 눈에 들어왔다. 별로 특징 없는 건물이 그것으로 살아났다. 그보다 작지만 건물의 한 면을 덮고 있는 말보로맨 상은 강인한 이미지 대신 축 늘어진 담배를 입에 문 발기부전의 상징으로 변해 있었다.

할리우드는 항상 야경이 장관이었다. 어둠 속에서만 그 신비로움을 간직할 수 있었다. 햇빛 속에서는 커튼이 올라가고 은밀함이 사라지는 대신 숨겨진 위험에 대한 자각이 그 자리를 메웠다. 점유자와 사용자, 깨어진 보도와 꿈이 어우러진 자리였다. 인간들은 사막에다 도시를 세우고 그릇된 희망과 그릇된 우상들을 심지만, 결국은 이런 일이 일어난다. 사막은 건조하고 황폐한 원래의 모습으로 돌아가길 원하는 것이다. 잡초더미 굴러가듯 인간들이 그 거리를 가로질러 가고, 바위들 틈에는 포식자들이 숨어 있다.

멀홀랜드 출구로 나가 프리웨이를 건너간 다음 갈림길에서 우드로 윌슨으로 들어가 산기슭을 올라갔다. 내 집은 캄캄했다. 간이차고 문으로 들어갔을 때 눈에 들어온 유일한 불빛은 부엌 카운터 위에 있는 자동응

답기의 빨간 램프였다. 나는 불을 켜고 전화기의 재생 버튼을 눌렀다.

메시지는 두 개였다. 첫 번째 메시지는 키즈민 라이더가 보냈는데, 이미 내게 말했던 내용이었다. 두 번째 메시지는 로턴 크로스가 보낸 것이었다. 내게 얘기하지 않은 게 또 있다면서 정전기 소리처럼 전화기에 대고 가르랑거렸다. 전화기를 그의 입에 대고 있을 그의 아내가 떠올랐다.

그 메시지는 두 시간 전에 남긴 것이었다. 늦은 시각이었지만 나는 전화를 걸었다. 휠체어에 앉아 살아가고 있는 사내다. 늦은 시각이 그에게 무슨 의미가 있겠는가? 없을 것 같았다.

대니 크로스가 전화를 받았다. 발신자 번호 확인 서비스를 본 게 분명했다. 목소리에 날이 서고 악감정이 묻어났다. 내가 너무 민감하게 들었나?

"대니, 해리예요. 방금 당신 남편 메시지를 들었어요."

"지금 자는데요."

"좀 깨워주시겠소? 중요한 일 같은데."

"남편이 당신한테 하고 싶었던 말을 제가 전해줄 수 있어요."

"좋습니다."

"남편은 사건을 수사할 때 파일 사본들을 남겼대요. 그것들을 이 집 사무실에 보관하고 있었고요."

그의 집에서 사무실처럼 생긴 방을 본 기억이 없었다.

"파일 전부를 복사한 겁니까?"

"모르겠어요. 암튼 캐비닛 안에 가득했으니까."

"아직도 있습니까?"

"거실을 사무실로 사용하고 있었는데 모두 치워야만 했어요. 그래서 지금은 차고에 모두 쌓아 놓았죠."

나는 그녀의 입에서 흘러나오는 정보를 거기서 중단시킬 필요가 있다고 생각했다. 이미 너무 많은 것을 전화로 얘기해 버린 느낌이었다. 편집증이란 괴물이 다시 흉측한 머리를 쳐들고 있었다.

"지금 그쪽으로 갈게요."

"안 돼요, 너무 늦었어요. 난 곧 자야 해요."

"30분이면 됩니다, 대니. 조금만 기다려줘요."

나는 여자가 거절하기 전에 전화기를 내려놓았다. 그리곤 부엌에서 바로 돌아서서 밖으로 나갔다. 다만 이번엔 불을 끄지 않고 그대로 두었다.

밸리에는 가랑비가 내리기 시작했다. 프리웨이 표면에 기름이 방울졌고 모든 차량들은 속력을 줄였다. 멜바 거리에 있는 주택까지 가는데 30분을 다 소비했는데도 모자랐다. 진입로로 차를 몰아넣자마자 차고 문이 올라가기 시작했다. 대니 크로스가 지켜보고 있었다. 나는 메르세데스에서 내려 차고 안으로 들어갔다.

차량 두 대를 주차할 수 있는 공간이 상자들 무더기와 가구들로 채워져 있었다. 낡은 셰비 말리부 한 대가 엔진을 수리하다 잠시 덮어둔 것처럼 보닛이 약간 열려 있었다. 로턴 크로스가 60년대 고출력 자동차를 몰고 다닌다는 얘기를 들었던 것 같았다. 그런데 자동차에 먼지가 두껍게 쌓였고, 지붕 위엔 상자들을 수북이 쌓여 있었다. 그가 차를 다시 고치려 하거나 몰고 나갈 일이 없을 것만은 분명했다.

집으로 들어가는 문이 열렸다. 긴 목욕가운을 입고 가느다란 허리를 벨트로 단단히 맨 대니가 서 있었다. 언제나 그래서 이젠 나도 익숙해져버린 불퉁한 표정이었다. 정말 안됐다는 생각이 들었다. 아름다운 여자였는데, 적어도 과거엔.

"대니."

나는 그녀에게 고개를 끄덕여 보이며 말했다.

"어디 있는지만 말해주면 금방 끝날 거요."

"세탁기 옆에 있어요. 파일 캐비닛 말예요."

여자는 말리부 앞쪽에 있는 세탁기 놓는 자리를 손으로 가리켰다. 자동차를 돌아가서 보니 이중 서랍이 달린 캐비닛 두 개가 세탁기와 건조기 옆에 세워져 있었다. 자물쇠가 달렸던 자리에는 구멍만 숭숭 뚫려 있었다. 보아하니 로턴이 마당 세일에서 집어온 물건인 듯했다.

네 개의 서랍 외부에는 수색에 도움을 줄 만한 어떤 딱지도 붙어 있지 않았기 때문에, 나는 왼쪽 첫 번째 서랍부터 열어보았다. 그 안에는 파일이 들어 있지 않았다. 책상 위에 올려놓았던 물건들을 모조리 쓸어 담았던지 누렇게 변한 전화 카드들이 꽂힌 명함꽂이, 대니와 로턴의 행복했던 한순간을 찍은 사진을 담은 액자, 이단 결제서류함 따위가 들어 있었다. 미결함에 담긴 서류라곤 서너 겹으로 접은 그리피스 공원(로스앤젤레스 도심의 시립공원 – 옮긴이) 지도뿐이었다.

크로스의 파일들은 그다음 서랍에 담겨 있었다. 손가락으로 식별표를 넘기며 내가 수사 중인 사건과 관련 있는 것이나 이름들을 찾아봤지만 보이지 않았다. 두 번째 캐비닛의 첫 번째 서랍을 열었더니 그 안에도 파일들이 들어 있었다. 마침내 "아이돌론 프로덕션"이라 적힌 파일을 찾아냈다. 나는 그것을 뽑아 캐비닛 꼭대기에 올려놓았다. 그리고 어떤 사건은 여러 개의 폴더를 양산하게 된다는 걸 알기 때문에 다른 파일들을 계속 뒤져나갔다.

"안토니오 마크웰"이라 적힌 파일을 발견하자 난 그 사건을 기억에 떠올렸다. 5~6년쯤 전에 매체들을 뜨겁게 달궜던 사건이었다. 마크웰은 채스워드의 자기 집 뒤뜰에서 사라졌던 아홉 살짜리 소년으로, LAPD 강력계는 FBI와 공조 수사했다. 일주일 걸려 용의자를 잡고 보니 이동식주택에서 사는 소아성애(小兒性愛) 병자였다. 그는 소년의 시체를 버린 그리피스 공원으로 로턴 크로스와 잭 도시를 안내했다. 시신은 브론슨 캐니언 동굴 옆에 파묻혀 있었다. 살인자의 마음을 돌리지 못했다면 결코 찾아낼 수 없었을 것이다. 그 언덕들 일대에는 시신을 감출 수 있는 곳들이 너무 많았다.

그것은 담당 형사들을 경찰국에서 유명하게 만들었을 만큼 큰 사건이었다. 그 사건 해결로 금메달리스트처럼 우쭐해졌을 크로스와 도시를 상상할 수 있었다. 그들은 자기들 앞에 어떤 것이 기다리고 있는지 몰랐다.

나는 서랍을 닫았다. 내 수사와 관련된 파일들은 더 이상 없는 듯했다. 마지막 서랍인 아래쪽 것은 텅 비어 있었다. 나는 뽑아낸 파일을 말리부로 가져가서 후드 위에 내려놓고 펼쳐보았다. 그냥 옆구리에 끼고 그곳을 떠났어야만 했다. 그런데 흥분했다. 무언가를 기대하고 있었던 것이다. 새로운 단서. 어떤 돌파구. 나는 로턴 크로스가 파일 속에 뭘 감추고 있었는지 알고 싶었다.

파일을 열자마자 나는 그것이 불완전하다는 걸 알았다. 크로스는 집이나 노상에서 사용할 목적으로 수사 중인 사건 서류의 일부만 복사했던 것이다. 기초 보고서들은 빠져 있었고, 특히 안젤라 벤턴 피살 사건 수사와 관련 있는 서류들은 하나도 보이지 않았다. 파일에 담긴 서류들은 대부분 영화촬영장에서의 현금 강탈과 총격 사건에 대한 것이었다. 나를 포함한 목격자들의 진술서도 포함되어 있었다. 도둑맞은 영화사의 밴에서 발견된 혈액과 안젤라 벤턴의 시신에서 발견된 정액의 DNA를 비교한 보고서에는 '불일치' 판정이 내려져 있었다. 면담 요약서들과 사건에 중요한 여러 사람들이 있었던 장소와 시간들을 일목요연하게 정리한 시간 및 위치(T&L) 보고서도 있었다. 이 T&L 보고서는 알리바이 서류라고도 부르며, 사건과 관련된 다수의 사람들을 샅샅이 조사하여 용의자에게 다가가는 방법이었다.

서류를 재빨리 훑어본 나는 크로스와 도시가 열한 명에 대한 T&L 보고서를 작성했으며, 그들 중에는 내가 모르는 이름들도 있다는 걸 알았다. 이런 보고서를 발견한 건 다행이라고 생각하며 옆으로 치워두었다. 검토가 다 끝나면 파일 무더기 맨 위에 올려놓을 생각이었다.

조사를 계속하던 나는 도난당한 지폐에서 임의 추출한 일련번호들이 담긴 보고서 카피를 집어 들었다. 그때 등 뒤에서 대니의 목소리가 들려왔다. 그녀가 현관에 서서 계속 지켜보고 있었다는 걸 나는 몰랐다.

"찾던 게 나왔어요?"

나는 그녀를 돌아보았다. 가장 먼저 눈에 띈 것은 꼭 졸라매고 있던 벨트가 풀려서 벌어진 목욕가운 사이로 파르스름한 잠옷이 보인다는 점이었다.

"아, 예에, 여기 있네요. 잠시 들여다보고 있는 중인데, 불편하시면 당장 돌아가 드리죠."

"서두르실 건 없어요. 로턴은 아직 자고 있고, 내일 아침까진 못 일어날 거예요."

그 말을 하며 여자는 내 눈길을 잡고 놓지 않았다. 나는 이제 도대체 무슨 수작인지 파악하려고 애썼다. 내가 뭐라고 대꾸하기도 전에 진입로로 빠르게 들어서는 자동차 소리와 불빛이 분위기를 깨뜨렸다.

돌아보니 관용차 크라운 빅토리아가 열린 차고 문으로 전조등 불빛을 비추고 있었다. 차에 타고 있는 두 사내 중 조수석에 앉은 놈을 나는 알아보았다. 최대한 표시나지 않게 작은 동작으로 들고 있던 지폐 일련번호 보고서를 T&L 보고서 위에 살며시 내려놓았다. 그리곤 두 서류를 말리부의 후드와 펜더 사이로 살짝 밀어 넣었다. 엔진 칸막이 속으로 종이 떨어지는 소리가 났다. 나는 나머지 파일들은 후드 위에 그대로 남겨둔 채 자동차에서 물러나 차고 앞쪽으로 돌아 나왔다.

두 번째 크라운 빅이 진입로로 들어왔다. 첫 번째 차에서 내린 두 사내는 이미 차고 안으로 들어오고 있었다.

"FBI입니다."

〈오늘날의 육아법〉으로 내가 알고 있는 사내가 말했다. 배지가 박힌 신분증을 열어 보였지만 재빨리 다시 닫고 집어넣었다.

"아이들은 잘 있소?"

내가 그에게 물었다.

사내는 멀뚱해져서 잠시 걸음을 멈췄다가 내 앞으로 다가왔다. 신분증을 제시하지 않은 그의 파트너는 내 오른쪽으로 두어 걸음 떨어진 곳에 섰다.

"보슈 씨, 우리와 함께 좀 가주셔야겠소."

〈오늘날의 육아법〉 사내가 말했다.

"지금은 좀 바쁜데요. 이 차고를 정리하려는 중이라서."

FBI 요원은 내 뒤쪽에 서 있는 대니 크로스를 쳐다보며 말했다.

"부인, 문을 닫고 들어가 주시겠습니까? 우린 금방 사라져드릴 테니까요."

"여긴 내 집이고 내 차고예요."

대니가 저항했다.

저항해도 아무 소용없다는 걸 잘 알지만, 나는 그래도 그러는 그녀가 좋았다.

〈오늘날의 육아법〉 사내가 다시 말했다

"부인, 이건 경찰 공무입니다. 부인과는 상관없어요. 안으로 들어가 주시죠."

"우리 차고 안에서 일어나는 일이라면 나도 상관있죠."

"부인, 또 부탁하진 않을 겁니다."

잠시 침묵이 흘렀다. 나는 FBI 요원에게서 눈을 떼지 않았다. 등 뒤에서 문 닫히는 소리가 들려온 순간 나는 목격자를 잃어버렸다는 걸 알았다. 동시에 내 오른쪽에 서 있던 연방 요원이 다가와 두 손으로 나를 말리부 옆구리로 왈칵 떠밀었다. 그 바람에 내 팔꿈치가 자동차 지붕 위로 미끄러지며 상자 하나를 쳐서 반대쪽으로 떨어지게 했다. 바닥에 떨어질 때의 소리로 보아 상자 안에는 유리그릇들이 들어 있었던 모양이었다.

요원은 잘 훈련되어 있었고, 나는 저항하지 않았다. 저항은 실수가 될 것이고, 상대가 바라는 것일 터였다. 그는 내 가슴을 거칠게 자동차에 밀어붙인 뒤 두 손을 뒤로 돌리게 했다. 뒤이어 손목에 수갑이 찰칵 채워졌고, 사내의 손이 무기를 찾아 내 몸을 훑고 내려가더니 주머니들 속으로도 들어왔다.

"뭐하는 거예요? 무슨 일이죠?"

대니의 목소리였다. 유리그릇 깨지는 소리를 들은 모양이었다.

"부인, 문 닫고 들어가세요."

〈오늘날의 육아법〉 사내가 단호하게 말했다.

다른 요원은 나를 차에서 돌려세운 뒤, 차고 밖으로 밀고 나가 두 번째 크라운 빅으로 끌고 갔다. 나는 대니 크로스를 돌아보았다. 그녀는 요원이 시킨 대로 문을 닫고 있었다. 내가 노상 봐왔던 마뜩찮은 표정은 사라지고, 대신 걱정의 빛이 얼굴에 어려 있었다. 나는 그녀가 목욕 가운 벨트도 다시 단단히 맸다는 걸 알았다.

그동안 입을 꼭 다물고만 있던 요원은 두 번째 크라운 뒷문을 열고 나를 밀어 넣으며 비로소 한마디했다.

"머리 조심해."

그는 내 목덜미를 잡고 차 안으로 사납게 쑤셔 박았다. 나는 뒷자리로 기어 들어갔다. 요원이 문을 쾅 닫았을 때, 내 발목은 간발의 차이로 치이지 않았다. 사내의 탄식 소리가 창문을 통해 들려오는 듯했다. 그가 주먹으로 차 지붕을 치자 운전자는 곧 기어를 넣고 가속페달을 밟았다. 차가 갑자기 후진하는 바람에 내 몸은 좌석에서 바닥으로 굴러떨어졌다. 결국 끈적끈적한 바닥에 옆얼굴을 찧고 말았다. 등 뒤로 두 손에 수갑을 찬 채 나는 간신히 좌석으로 다시 올라갔다. 그렇지만 분노와 수치로 인해 내 동작은 빨라졌다. 이번엔 차가 앞으로 급발진해서 나를 뒤쪽으로 내동댕이쳤다. 집을 빠져나가는 자동차 뒷유리를 통해 차고를 보니, 〈오늘날의 육아법〉 사내가 로턴 크로스의 파일을 옆구리에 끼고 나를 지그시 응시하고 있었다.

나는 숨을 거칠게 몰아쉬며 점점 작아지는 FBI 요원을 바라보았다. 자동차 바닥의 매트 찌꺼기가 얼굴에 묻어 찝찝하게 느껴졌지만 어찌 해볼 방법이 없었다. 얼굴이 화끈거렸다. 통증 때문이 아니고 분노나 수치감 때문도 아니었다. 지금 나를 불태우고 있는 것은 철저한 무력감이었다.

19 FBI 감방

웨스트우드로 오는 도중 나는 FBI 요원들과의 대화를 중단했다. 아무 소용없는 줄 알면서도 그들에게 온갖 질문들을 던져대며 20분이나 보냈고, 그렇게 내 공포심을 가렸다. 하지만 내가 어떤 말을 하든, 요원들은 일절 대꾸하지 않았다. 마침내 연방 건물에 도착하자 그들은 지하 주차장으로 차를 몰고 내려갔다. 그리곤 나를 차에서 끌어내려 "보안 관계자 전용" 표시가 된 엘리베이터로 밀어 넣었다. 두 요원 중 하나가 카드키를 꺼내어 컨트롤 패널 구멍에 밀어 넣고 9번 버튼을 눌렀다. 스테인리스스틸 엘리베이터가 올라가는 동안 나는 경찰 신분에서 아주 멀어진 나 자신을 실감했다. 나는 그들에게 어떤 영향력도 행사할 수 없었다. 그들은 연방 요원인데, 난 아무것도 아니었다. 그들은 나를 꼴리는 대로 취급할 수 있었고, 우리 모두는 그걸 알고 있었다.

"손가락에 감각이 없소. 수갑을 너무 세게 채워서."

내 하소연에 요원 하나가 그날 저녁 처음으로 대꾸했다.

"잘됐네."

엘리베이터 문이 열리자 두 요원은 내 양쪽 팔을 잡고 복도로 밀어냈다. 어느 문 앞에 도착하자 요원 하나가 카드키로 문을 열었다. 우리는 다시 복도를 내려가서 이번엔 번호조합식 시건장치가 설치된 문 앞에 도달했다.

"돌아서."

요원 하나가 말했다.

"뭐라고?"

"문에서 돌아서라고."

지시에 따라 돌아서자 다른 요원이 자물쇠 번호를 눌러댔다. 그들을 따라 안으로 들어가자 희미한 불빛의 복도를 따라 머리 높이에 사각형의 작은 창문이 달린 문들이 나 있었다. 처음엔 면회실들이라고 생각했는데, 곧 방들의 수가 너무 많다는 걸 알았다. 감방들이었다. 지나가면서 창문들을 살펴보다가 그중 두 군데서 바깥을 내다보고 있는 사람들을 발견했다. 덥수룩한 턱수염을 기른 검은 피부의 중동 사람들이었다. 세 번째 창문으로 내다보는 사내는 키가 작아 눈높이가 낮았고 창문 아래쪽에 겨우 닿을 지경이었다. 빛바랜 금발 머리의 밑둥치에는 1센티미터가량의 검은 머리가 자라 있었다. 도서관 컴퓨터 속의 사진에서 본 사내였다. 알카에다 자금운반책 무수와 아지즈.

우리는 "29"라고 새겨진 문 앞에 멈춰 섰다. 보이지 않는 손에 의해 전자식 문이 찰칵 열렸다. 요원 하나가 내 뒤로 다가오더니, 열쇠로 수갑을 따는 소리가 났다. 손이 마비되어 감각이 없었다. 수갑이 풀리자 나는 손을 앞으로 돌려 문지르기 시작했고, 그제야 피가 다시 순환되었다. 두 손이 비누처럼 하얗게 변해 있었고, 두 손목엔 빨간 수갑 자국이 깊숙이 나 있었다. 용의자에게 수갑을 너무 세게 채우는 것은 정말 개

같은 짓이라고 나는 항상 생각해왔다. 차문에 머리를 부딪치게 만드는 짓도 마찬가지였다. 쉽게 할 수 있고 쉽사리 모면할 수 있지만 언제나 개 같은 짓이었다. 용의자를 못살게 구는 짓. 학교 운동장에서 저보다 어린 아이들을 골려먹기 좋아했던 놈들이 나중에 커서 그런 악당이 된다.

두 손에서 얼얼한 느낌이 되살아나자 망막 뒤로 분노가 타오르며 눈앞이 아득해왔다. 그러자 복수하라고 다그치는 목소리가 내 안에서 들려왔다. 나는 그 감정을 억지로 추스렸다. 그것은 힘을 언제 행사하느냐는 문제였고, 이 요원들은 아직 그것을 모르고 있을 뿐이었다.

요원이 나를 감방 안으로 떠밀자, 나는 본능적으로 버티었다. 감방 안으로 들어가고 싶지 않았던 것이다. 그러자 요원은 내 왼쪽 오금을 발로 세게 걷어찼다. 내 다리가 꺾이자 이번엔 완강한 팔이 내 등을 왈칵 떠밀었다. 나는 작은 감방을 가로질러 맞은편까지 떠밀려 갔고, 두 팔을 들어 올려 벽을 짚고서야 멈춰 섰다.

"네 집같이 생각해, 똥강아지."

요원이 내 등에 대고 말했다.

감방 문은 내가 미처 돌아가기도 전에 탕 하고 닫혀버렸다. 나는 문까지 걸어가서 사각형의 작은 창문으로 내다보았다. 그제야 나는 복도를 지나오며 본 수인들이 자신들의 모습을 보고 있었다는 걸 알게 되었다. 창문엔 일방투시용 유리가 끼워져 있었던 것이다.

나를 발길로 찬 요원 놈도 지금 밖에서 나를 보고 있다는 걸 알았다. 나는 고개를 끄덕여 '네놈을 잊지 않겠다'는 메시지를 보냈다. 놈은 아마 밖에서 나를 보며 웃고 있을 것이었다.

감방의 불은 계속 켜져 있었다. 나는 마침내 문에서 물러나 방 안을 둘러보았다. 벽에서 달아낸 선반식 침대 위에 2.5센티 두께의 매트리스가 깔려 있었다. 반대쪽 벽에는 조합형 개수대와 변기가 내장되어 있었다. 천장 한 모퉁이에 설치된 철제 상자의 5센티미터 정사각형 유리를 통해 카메라 렌즈가 보였다. 나는 감시당하고 있었다. 변기를 사용하는 것까지 다 보고 있을 것이다.

시간을 확인하려고 했지만 손목에 시계가 없었다. FBI 요원들이 가져간 모양인데, 수갑을 풀 때 손목에 감각이 전혀 없었으므로 시계를 빼가는 줄도 몰랐다.

감방에 갇힌 뒤 한 시간 정도는 그 좁은 공간을 오락가락하며 분노를 날카롭게 벼리되 억제하려고 애썼다. 그냥 아무 패턴 없이 그 좁은 공간 전체를 오락가락하다가 카메라가 설치된 구석에만 오면 왼손을 쳐들고 가운뎃손가락을 내밀어 보였다. 엿 먹어라, 개자식들.

그다음 한 시간 동안은 매트리스에 앉아 있었다. 괜히 시간이나 추산하며 방 안을 오락가락하느라 기력을 소진할 필요가 없다고 판단했던 것이다. 이따금씩 카메라를 향해 가운뎃손가락을 내밀면서도 귀찮아 그쪽은 쳐다보지도 않았다. 시간을 보내기 위해 심문실에서 있었던 일들을 생각하기 시작했다. 마약판매 용의자로 끌려 들어왔던 한 사내가 떠올랐다. 우리는 사내를 심문실에 혼자 앉혀 놓고 진땀 좀 흘리게 한 다음에 들어가서 자백을 받아낼 계획이었다. 그런데 심문실에 들어간 사내는 곧 바지를 벗어 두 다리 부분으로 자기 목을 맨 다음 천장의 전등 고리에 매달았다. 사람들이 제때 발견하여 풀어냈기 때문에 목숨은 건졌지만, 사내는 심문실에 갇혀 있느니 차라리 자살하고 말겠다고 항거한 것이었다. 겨우 20분 동안 가둬놨을 뿐이었는데.

나는 혼자 낄낄대다가 또 다른 일을 떠올렸다. 별로 재미있는 일은 아니었다. 강도 사건을 주위에서 목격한 사내가 심문실로 불려 와서 자신이 목격한 것에 대해 질문을 받았다. 금요일 늦은 시각이었다. 용의자는 아니지만 사내는 범법자였기 때문에 겁을 잔뜩 먹고 있었고, 그를 멕시코로 돌려보내려면 전화로 확인할 것도 많고 서류도 여러 가지가 필요했다. 담당 형사가 필요로 하는 것은 목격자가 가진 정보뿐이었다. 그런데 정보를 얻기도 전에 형사는 심문실에서 불려나갔다. 형사는 사내에게 곧 돌아올 테니 꼼짝 말고 앉아 있으라고 말했다. 문제는 그가 돌아오지 않았다는 데 있었다. 사건 해결의 열쇠가 보이자 정신없이 현장으로 달려 나갔고, 심문실에 남겨둔 목격자에 대해서는 그만 까맣게 잊어버리고 말았다. 다음 날인 일요일 아침에 밀린 서류작업이나 하려고 출근한 다른 형사가 심문실 문을 두드리는 소리를 듣고 들여다보니 목격자가 아직도 거기 있었다. 그는 쓰레기통에서 빈 커피 컵들을 꺼내어 오줌으로 채우며 주말을 보낸 것이었다. 그렇지만 잠그지도 않은 심문실 안에서 "꼼짝 말고 앉아 있으라."는 지시를 그는 끝까지 어기지 않았다.

그런 생각을 하고 나자 기분이 우울했다. 잠시 후 나는 윗옷을 벗고 매트리스에 누워버렸다. 불빛을 차단하기 위해 윗옷으로 얼굴을 가렸다. 제깟 놈들이 나를 두고 무슨 수작을 꾸미든 개의치 않겠다는 인상을 주고 싶었다. 그렇지만 나는 잠들진 않았고, 그들도 그걸 알고 있었다. 나도 전에 창문 바깥에 있을 때 다 들여다봤던 것이다.

마침내 사건에 집중할 수 있게 되었을 때, 나는 최근 일어났던 일들을 머릿속으로 굴리며 상호관련성을 따져보았다. 연방수사국이 왜 개입했을까? 내가 로턴 크로스의 사건 파일 복사본을 입수했기 때문에? 그건 아닐 것 같았다. 아무래도 도서관에서 무수와 아지즈의 기사들을 찾아본 것이 그들의 신경을 건드렸던 것 같았다. 사서에게 물어봤거나 컴퓨터를 체크했겠지. 새로운 법은 그들에게 그런 걸 허락하고 있었다. 무수와 아지즈의 기사들을 검색한 것이 그들을 불러냈다. 그들이 알고 싶어 했던 것도 그것이었던 모양이다.

네 시간쯤 지났을 거라고 추산하고 있을 때 전자식 감방 문이 찰칵 소리를 내며 열렸다. 얼굴에서 윗옷을 걷어내고 일어나 앉자, 이전에 본 적도 없는 요원 하나가 들어왔다. 손에는 파일 하나와 커피 컵이 들려 있었다. 그의 뒤에는 내가 〈오늘날의 육아법〉으로 알고 있던 요원이 철제의자를 들고 서 있었다.

"일어서지 마시오."

초면인 요원이 말했다.

그래도 나는 일어서며 말했다.

"도대체 무슨 짓거리를…."

"일어서지 말라고 했잖소. 다시 앉지 않으면 난 나갔다가 내일 다시 올 거요."

나는 잠시 머뭇대다 성난 표정 그대로 매트리스에 털썩 주저앉았다. 〈오늘날의 육아법〉이 철제의자를 문 앞에 놓고 복도로 나간 뒤 문을 닫았다. 감방에 남은 요원은 의자에 앉더니 김이 모락모락 나는 커피 컵을 바닥에 내려놓았다. 향긋한 커피 냄새가 방 안을 채웠다.

"나는 연방수사국의 존 피플즈 특수 요원입니다."

"당신 얘긴 됐소. 내가 왜 여기 있는 거요?"

"우리 말을 귀담아 듣지 않았기 때문이죠."

피플즈 요원은 방금 자기가 한 말을 내가 제대로 알아들었는지 확인하려고 내 눈을 빤히 들여다보았다. 나와 동갑내기이거나 한두 살쯤 더 많은 것 같았다. 머리카락은 아직 빠지지 않은 것 같은데 FBI 기준으로 약간 길어 보였다. 그의 스타일이 그런 게 아니라 이발할 시간이 없을 정도로 바빴을 뿐이었다.

그의 두 눈이 물건이었다. 코, 흉터, 턱의 패인 부분 등, 얼굴 전체가 사람을 잡아끄는 데가 있었다. 피플즈와 함께 있으면 모든 것이 그의 눈 속으로 빨려 들어갔다. 깊숙한 검은 눈동자에 근심이 어려 있었다. 은밀한 부담감도 담겨 있는 듯했다.

"그만 접으란 말을 들었을 거 아닙니까, 보슈 씨."

그가 입을 열었다.

"그대로 두라고 분명히 말씀드렸는데 듣질 않으시니 여기로 모실 수밖에요."

"한 가지 대답해 주시겠소?"

"애써 보죠. 비밀만 아니라면."

"내 시계가 비밀이오? 어디 있습니까? 퇴직 기념으로 받은 건데 돌려주시오."

"보슈 씨, 지금은 시계 따윈 잊어버려요. 난 지금 당신의 그 둔감한 머리에 뭘 집어넣으려 애쓰고 있는데, 그걸 거부하고 싶습니까?"

존 피플즈는 바닥에서 커피를 집어 올려 한 모금 마셨다. 그러다 입을 데었는지 얼굴을 찌푸리며 컵을 바닥에 내려놓았다.

"당신의 개인적 수사와 100달러짜리 퇴직 기념 손목시계보다 더 중요한 것은 여기서 하고 있는 일입니다."

나는 놀란 표정을 지어 보이며 그에게 물었다.

"수십 년 근무한 내게 정부가 준 기념품이 고작 그 정도란 말이오?"

피플즈는 이마를 찌푸리며 고개를 저었다.

"그래봤자 좋을 게 없어요, 보슈 씨. 당신은 이 나라에 아주 중요한 사건의 수사를 방해하고 있습니다. 그런 잔꾀까지 부려가며 말이죠."

"이건 국가 안보에 관한 혐의겠지, 안 그렇습니까? 그러니까 피플즈 특수 요원, 이건 다음으로 미룰 수도 있소. 난 살인 사건 수사를 하찮게 생각하진 않습니다. 살인자와 타협할 순 없는 일이니까."

피플즈는 의자에서 일어나 앞으로 걸어오더니 나를 똑바로 바라보았다. 그리곤 한 쪽 팔을 뻗어 벽을 짚고 침대 위로 상체를 기울이며 소리쳤다.

"히에로니머스 보슈."

아주 정확한 발음이었다.

"당신은 무단침입자요. 일방통행로를 역주행하고 있다고! 무슨 얘긴지 알겠소?"

그리고는 돌아서서 자기 의자로 돌아갔다. 나는 그의 신파조 행동에 하마터면 웃음을 터트릴 뻔했지만, 그 순간 내가 이런 방에서 25년 동안이나 일했다는 사실을 그가 알 리 없다는 생각이 들어서 참았다.

"이제 무슨 소린지 알아들었소?"

피플즈가 다시 조용한 목소리로 물었다.

"당신은 경찰이 아니야. 배지도 없잖소? 소속도 지위도 사건도 없어."

"이 나라는 자유 국가였던 것 같은데. 그것으로 지위는 충분했고요."

"예전의 그 나라가 아니오. 세상이 변했소."

그는 손에 든 파일을 내밀며 말을 이었다.

"이 여자 피살 사건은 중요해요. 물론 중요하지. 그렇지만 여기선 다른 일들이 진행되고 있소. 더 중요한 일들이죠. 그러니까 당신은 물러서요, 보슈 씨. 이제 마지막 경고입니다. 포기하시라고. 안 하면 우리가 하게 해주겠소. 그러면 기분이 나쁘실걸."

"그랬다간 다시 여기로 끌려오겠죠. 마우스나 다른 사내들처럼. 적전투병들이라고 부르던가요? 이런 곳이 있다는 걸 다른 사람들도 알고 있습니까, 피플즈 요원? 당신들의 그 잘난 타격대 외부에 있는 사람들도 말입니다."

내가 그런 것까지 알고 있다는 사실에 그는 깜짝 놀란 듯했다.

"나를 이리 끌고 들어올 때 마우스를 봤소. 윈도 쇼핑을 하고 있었거든."

"그 정도로 여기서 벌어지는 일을 알았다고 생각하는 거요?"

"당신들은 그자를 심문하고 있소. 그건 분명하고도 좋은 일이지. 하지만 그자가 안젤라 벤턴을 살해한 범인이라면 어떻게 될까? 그자가 은행 경비원을 죽인 자라면 또 어떻게 되는 거요? 그리고 FBI 요원도 죽였다면 어떻게 됩니까? 당신들은 마서 게슬러에게 일어난 일에 대해 걱정하지도 않소? 그 여잔 당신들 중 하나였소. 세상이 그 정도로 변한 겁니까? 당신들의 새로운 룰 아래서는 특수 요원도 더 이상 특수하지 않나요? 아니면 편의에 따라 그 노선도 변하는 거요? 내가 적 전투병입니까, 피플즈 요원?"

내 말이 그에게 상처를 입혔음을 알 수 있었다. 묵은 상처를 건드리지 않았다면 적어도 묵은 시비라도 이끌어냈다. 그렇지만 단호한 결심이 그의 표정에 떠올랐다. 그는 손에 들고 있던 파일을 열고 내가 도서관에서 뽑은 복사물을 집어 들었다. 아지즈의 얼굴 사진이었다.

"이걸 어떻게 알았소? 어떻게 이것과 연결할 수 있었죠?"

"당신들 덕분이죠."

"무슨 소릴 하는 거요? 여긴 당신한테 그런 소릴 지껄일 자가…."

"지껄일 필요도 없었죠. 도서관에서 날 미행하는 당신 부하를 봤소. 유념하세요. 그 친군 좀 엉성했거든. 다음엔 〈스포츠 일러스트레이티드〉를 들고 있으라고 말해줘요. 뭔가 있다는 걸 알고 신문 파일들을 검색해서 찾아냈소. 그걸 프린트 아웃하면 당신들을 쫓아낼 수 있겠다 싶었는데, 정말 그렇더군요. 당신들 같은 부류는 예측하기가 쉽거든."

나는 그에게 끼어들 틈을 주지 않고 얘기를 계속했다.

"어쨌든 그들과 복도를 걸어올 때 난 마우스를 발견했고, 그러자 몇 가지 사실을 꿰맞출 수 있었죠. 당신들이 그자를 체포했을 때 강도들이 강탈해간 현금이 그의 운전석 밑에 감춰져 있었어요. 하지만 당신들은 그 사실이나 둘 혹은 세 명의 살인자들이 그것과 관련되어 있을지 모른다는 생각 따윈 하지 않았소. 그 돈이 어디로 가고 있었는지 그것만 알고 싶어 했지. 그리고 그 과정에서 죽은 사람들을 위한 정의 실현에도 전혀 관심이 없었소."

피플즈는 출력물을 천천히 파일 안에 다시 끼워 넣었다. 나는 그의 눈 주위가 거무스레해지고 안색이 변한 것을 볼 수 있었다. 내가 한 말들이 그의 신경을 제대로 긁어놓았던 것이다. 그가 마침내 반박했다.

"당신은 저 바깥세상이 어떤지, 우리가 이 안에서 뭘 어떻게 하고 있는지 알지 못합니다. 여기 앉아 우쭐대며 정의가 어떠니 떠들어댈 순 있죠. 그렇지만 저 바깥일에 대해선 쥐뿔도 몰라요."

그 말에 나는 미소로 답해 주었다. 대답이 입에서 저절로 술술 흘러나왔다.

"그런 연설은 아껴뒀다 당신들의 법을 마르고 닳도록 고쳐주는 정치가들한테나 하쇼. 살해되고 폭행당한 여자들을 위한 정의가 균등화에 아무 보탬도 안 되는 것처럼, 바로 그런 일들이 저 바깥에서 벌어지고 있소."

피플즈는 상체를 앞으로 기울였다. 기밀을 흘리려는 것이었고, 내가 이미 알고 있는지 확인하고 싶은 것이었다.

"아지즈가 그 돈을 가지고 어디로 가고 있었는지 아시오? 우리도 아직 모르지만 내 생각을 말해줄 수는 있지. 훈련 캠프장이오. 테러리스트 훈련 캠프장. 그런데 아프가니스탄 얘기가 아닙니다. 우리 국경에서 150킬로미터 안팎에 있는 훈련장을 말하는 거요. 거기서 테러분자들을 훈련시키고 있소. 우리 건물, 우리 비행기 안에서 잠자고 있는 우리를 죽이려고 말이죠. 그들은 국경을 넘어와 우리가 누구든, 무슨 종교를 믿든 가리지 않고 죽일 겁니다. 우리가 그런 곳을 찾아내어 대책을 강구

하는 것이 잘못되었다고, 그래선 안 된다고 말하고 싶은 거요? 필요한 정보를 아지즈로부터 빼내기 위해 어떤 수단이든 사용해서는 안 된다는 겁니까?"

나는 매트리스 너머로 상체를 젖혀 벽에 등을 기댔다. 나한테도 커피 한 잔이 주어졌다면 피플즈처럼 무시하진 않았을 것이다.

"난 그런 말 한 적 없습니다. 모든 사람들은 각자 해야 할 일이 있죠."

내 대답에 그는 냉소했다.

"아주 멋지군. 지혜의 말이야. 내 사무실 명판에 그대로 새겨두도록 하겠소."

"한번은 법정에 나갔더니 상대방 변호인이 이런 말을 하더군요. 내가 항상 기억하고 싶은 말인데, 그 철학자 이름이 생각나지 않네요. 암튼 그 철학자가 이런 말을 했답니다. 우리 사회에서 괴물들과 싸우고 있는 사람들은 그들 자신도 괴물이 되지 않도록 조심해야 한다. 그렇게 되면 모든 것을 잃어버리게 되니까. 우리 사회도 없어져 버리니까. 난 항상 이 말을 명언이라고 생각합니다."

"니체죠. 대체로 정확하게 인용했소."

"정확한 인용은 별로 중요하지 않습니다. 그 뜻을 기억하는 일이 중요하죠."

피플즈는 자기 외투 주머니에 손을 집어넣었다. 그리곤 내 시계를 꺼내어 던져주었고, 나는 그것을 내 손목에 차기 시작했다. 시계 문자판을 살펴보니 시청과 금장 형사 배지를 배경으로 바늘들이 박혀 있었다. 시간을 계산해 보니 예상했던 것보다 오래 갇혀 있었단 생각이 들었다. 새벽이 가까웠다.

"나가시오, 보슈."

특수 요원이 말했다.

"또다시 우리 영역을 침범하면 당신이 상상도 할 수 없을 만큼 빨리 이곳으로 돌아오게 될 겁니다. 그리고 당신이 여기 있는 줄은 아무도 모를 거고요."

분명하고 확실한 협박이었다.

"그러면 나도 실종자 명단에 끼게 되는 거요?"

"어떤 이름을 붙여도 좋소."

피플즈가 손가락을 들어 카메라를 향해 한 바퀴 휘젓자, 문에 장착된 전자식 자물쇠가 찰칵 소리를 내며 열렸다. 나는 침대에서 일어났다.

"가시오. 밖에서 누가 기다릴 거요. 이번 한 번만 봐주는 거요, 보슈. 잊지 마시오."

나는 문 쪽을 향해 그를 지나쳐 가다가 잠시 머뭇거렸다. 아직도 내 파일을 들고 있는 그를 바라보며 말했다.

"당신은 내 파일들을 보고 다 확인했을 텐데요. 로턴 크로스의 파일도 그럴 테고."

"그것들은 돌려줄 수 없소."

"맞아, 이해합니다. 국가 안보를 위해서죠. 내가 하려는 말은 그 사진들을 살펴보라는 거요. 타일 바닥에 누워 있는 안젤라의 사진을 찾아요. 그녀의 손들을 보시오."

내가 열린 문을 향해 걸음을 떼어놓자 그가 뒤에서 물었다.

"그 여자의 손이 어떻다는 거요?"

"그냥 보기만 해요. 우리가 발견했던 그대로. 그러면 내 말 뜻을 알게 될 겁니다."

〈오늘날의 육아법〉이 복도에서 나를 기다리고 있었다.

"이쪽으로 오쇼."

통명스러운 말투였다. 내가 풀려난 게 실망스러운 모양이었다.

복도를 거슬러 오며 나는 사각형 창문들 가운데서 무수와 아지즈의 얼굴을 찾았으나 보이지 않았다. 그러자 내가 찾고 있던 살인자의 얼굴을 우연히 들여다보게 되었고, 그렇게 얼핏 본 것만으로 끝나고 마나 싶었다. 아지즈가 이 안에 갇혀 있는 한 합법이든 불법이든 내가 그를 만나볼 방법은 없을 것이었다. 그는 내게서 멀어졌다. 실종자에 속했다. 막다른 골목이었다.

전자식 문을 두 개 통과하자 그는 나를 엘리베이터로 데려갔다. 버튼이 한 개도 보이지 않았다. 〈오늘날의 육아법〉은 천장 모퉁이에 설치된 카메라를 향해 손가락 하나를 폈다가 오그려 보였다. 엘리베이터가 출발하는 소리가 들렸다.

엘리베이터 문이 열리자 그가 나를 안내했다. 우리는 지하실로 내려갔지만 자동차로 가진 않았다. 그는 차고 담당에게 문을 열라고 소리친 뒤 나를 램프로 끌고 갔다. 문이 열리자 햇볕이 나를 강타했다. 나는 두 눈을 찌푸리고 그에게 소리쳤다.

"내 자동차가 있는 곳까지 태워주지 않겠단 뜻이로군."

"당신 꼴리는 대로 가쇼. 그럼 안녕."

그는 나를 램프 위에 남겨둔 채 문이 다시 닫히기 전에 돌아서서 내려가 버렸다. 나는 그가 사라지고 셔터 문이 내려가는 것을 지켜보았다. 놈의 뒤통수에 던져줄 멋진 말을 생각해내려고 애썼지만 너무 기진맥진해서 포기하고 말았다.

20 걸어가기

연방수사국 요원들이 내 집을 다녀갔다. 예견되었던 일이었다. 그런데 한 짓들이 좀 기묘했다. 집 안을 뒤죽박죽으로 만들어 내가 다시 정리하도록 하지 않고, 아주 체계적으로 수색하여 대부분의 물건들이 원래의 자리에 그대로 있었다. 안젤라 벤턴 피살 사건 관련 파일들을 늘어놓았던 식당 테이블은 깨끗이 치워져 있었다. 뿐만 아니라 수색을 끝낸 뒤 플레지로 표면의 빈자리를 박박 문질러 닦은 것 같았다. 이제 내겐 아무것도 남지 않았다. 나의 수첩과 파일, 보고서들까지 다 가져가자 사건 자체도 사라진 것처럼 보였다. 나는 오래 고민하지 않았다. 반짝이는 테이블 표면에 비친 희미한 내 얼굴을 잠시 들여다본 뒤, 다음 행동에 들어가기 전에 수면부터 취할 필요가 있다고 판단했다.

냉장고에서 물병을 하나 꺼내 들고 미닫이문을 통해 뒤쪽 데크로 걸어 나갔다. 산꼭대기 위로 떠오르는 해를 보기 위해서였다. 라운지체어 쿠션에 아침 이슬이 맺혀 있었다. 나는 그것을 휙 뒤집어 놓고 앉았다.

두 다리를 위에 걸치고 부드러운 쿠션 속으로 기대고 누웠다. 아침 공기가 약간 차가웠지만 나는 아직 윗옷을 걸친 채였다. 물병을 의자 팔걸이에 올려놓고 두 손을 윗옷 주머니에 넣었다. 감방에서 밤을 보내고 난 뒤라 그런지 집이 아늑하게 느껴졌다.

해는 마침내 카후엥가 고개 맞은편 산마루를 기어오르기 시작했다. 햇살이 공기 속에 떠 있는 무수한 미세한 분자들 속에서 굴절하자 하늘은 현란한 빛으로 가득했다. 선글라스가 곧 필요해질 것 같았지만 몸이 축 늘어져 일어날 수가 없었다. 눈을 감자 나는 곧 잠들어버렸다. 꿈속에 안젤라 벤턴이 나타났다. 한 번도 본 적 없었던 그 여자가 내 꿈속으로 살아와서 두 손을 내밀었다.

두 시간쯤 후 햇볕이 눈썹을 뜨겁게 달구기 시작했을 때 나는 잠에서 깨어났다. 그러자 머릿속에서 들린다고 생각했던 쿵쿵 하는 소리가 현관문에서 들려오고 있다는 것을 알았다. 몸을 일으키는 순간 라운지체어 팔걸이에 놓아두었던 물병을 건드려 떨어뜨렸고, 재빨리 손을 뻗었지만 놓치고 말았다. 물병은 데크 아래로 떼굴떼굴 굴러 덤불 속으로 떨어졌다. 나는 난간으로 걸어가 아래쪽을 내려다보았다. 철제 기둥들이 계곡 위의 내 집을 외팔보로 떠받치고 있었다. 물병은 보이지도 않았다.

현관문에 있는 사람이 다시 노크를 했고, 내 이름을 부르는 듯한 소리도 들려왔다. 나는 거실을 지나 현관으로 나갔다. 노크 소리가 다시 들렸을 때 내가 문을 열었다. 로이 린델이었다. 그는 웃지도 않고 말했다.

"일어나서 환하게 웃어, 보슈."

나를 밀치고 들어오려는 그의 가슴을 손으로 떠밀며 나는 고개를 저었다. 재빨리 눈치를 챈 그가 집 안쪽을 가리키며 눈을 찡긋했다. 나는 고개를 끄덕이며 바깥으로 나온 뒤 문을 닫았다.

"내 차로 가지."

그가 나지막한 목소리로 말했다.

"좋아. 내 차는 우드랜드 힐즈에 있으니까."

린델이 몰고 온 연방수사국 차량은 도로가에 불법 주차되어 있었다. 우리는 차를 타고 우드로 윌슨으로 올라가서 멀홀랜드로 돌아가는 곡선 도로에 당도했다. 날 어딘가로 데려가려는 건 아닌 듯했다. 그냥 드라이브를 하고 있을 뿐이었다.

"무슨 일 있었나? 어젯밤 달려갔다는 소문이 있던데."

린델이 물었다.

"맞아. 당신들의 타격대가 날 달아갔다고 할 수 있지."

린델은 나를 한 번 힐끗 돌아본 뒤 말했다.

"많이 시달린 것 같진 않은데. 두 볼이 발그레한데 뭐."

"알아봐 줘서 고맙군, 로이. 그래, 무슨 용무지?"

"그들이 당신 집에 도청 장치를 했다고 생각해?"

"그럴걸. 체크해볼 겨를은 없었지만. 그런데 어디 가는 거야?"

그렇지만 미루어 짐작할 수 있었다. 멀홀랜드에서 산을 돌아 올라가면 스모그 정도에 따라 샌타모니카 베이에서 다운타운 첨탑들까지 멋진 광경을 내려다볼 수 있었다.

예상했던 대로 로이 린델은 조그마한 주차 구역 안으로 들어가더니 30년쯤 묵은 폴크스바겐 옆에 차를 세웠다. 짙은 스모그로 인해 캐피털 레코드 빌딩 너머로는 보이지 않았다.

"본론으로 들어가지."

린델이 운전석에서 돌아보며 말했다.

"내가 묻겠어. 수사는 어떻게 되어가고 있지?"

나는 그를 한참 동안 응시하며 그가 마티 게슬러 때문에 그러는지,

아니면 내가 완전히 사건에서 손을 뗐는지 확인하려고 보낸 피플즈의 졸개인지 가늠하려 애썼다. 물론 린델과 피플즈는 연방 건물의 각기 다른 층에서 근무하는 다른 짐승들이었다. 그렇지만 양쪽 모두 같은 배지를 달고 있었다. 그리고 린델에게 어떤 압력을 가했는지 알 수 없는 일이었다.

"어떻게 되어가긴. 수사 따윈 없어."

나는 퉁명스럽게 대답했다.

"뭐? 나한테 사기 치려는 건가?"

"당신한테 사기 치려는 게 아니라, 내가 깨달았다는 뜻이야. 깨닫도록 만들어주더군."

"그래서 어쩔 셈이지? 손 털고 말 건가?"

"그래. 내 자동차를 찾아와 휴가나 떠날 참이야. 라스베이거스가 좋겠군. 그래서 오늘 아침 일광욕을 시작한 거야. 돈도 좀 잃게 될지 모르지."

"웃기고 있네."

린델은 그딴 말에 속아 넘어가진 않는다는 듯 싱긋 웃었다.

"수작이 빤히 들여다보여. 내가 확인 차 나왔다고 생각하는 거지, 아닌가? 젠장, 웃기지 마."

"그만하자고, 로이. 이제 나를 집에 데려다주겠어? 여행가방을 꾸려야 해."

"무슨 일을 벌이고 있는지 얘기하기 전엔 어림도 없어."

나는 문을 열며 말했다.

"좋아. 걸어가면 되지 뭐. 운동도 필요하니까."

차에서 내려 멀홀랜드를 향해 터덜터덜 걷기 시작하자, 린델이 운전석 쪽 문을 획 열었다. 문 가장자리가 낡은 밴에 탁 부딪치는 소리가 났다. 그가 서둘러 쫓아오며 소리쳤다.

"잠깐만, 보슈. 내 말 좀 들어봐!"

그가 쫓아와 앞을 가로막는 바람에 나는 걸음을 멈추지 않을 수 없었다. 그는 불끈 쥔 두 주먹을 자기 가슴 위로 들어 올려 마치 몸에 감긴 쇠사슬이라도 끊어버릴 듯이 부르르 떨었다.

"해리, 난 나 자신을 위해 여기 왔어. 어떤 놈 지시도 안 받았다고, 알겠어? 포기하지 마. 거기 있는 놈들은 당신한테 겁을 한 번 준 것뿐이야."

"그런 말은 거기 있는 놈들한테나 해. 난 실종되고 싶지 않아, 로이. 그게 무슨 뜻인지 알지?"

"빌어먹을! 당신은 원래 그딴 개소리엔 눈도 깜짝하지 않는…."

"이봐! 멍청이들!"

갑자기 들려온 소리에 나는 뒤를 돌아보았다. 폴크스바겐 밴의 슬라이딩 문을 열고 두 사내가 내려섰다. 긴 머리에 텁수룩한 수염을 하고, 히피 밴보다는 할리 스트리트(런던 중심부 개인 병원 밀집 거리 – 옮긴이)가 더 잘 어울릴 모습들이었다.

"차문을 망가뜨렸잖아!"

두 번째 사내가 소리쳤다.

"망가뜨리긴 누가 망가뜨렸다고 그래?"

린델이 반박했다.

또 시작이로군, 하고 나는 생각했다. 다가오는 두 거구 너머로 폴크스바겐 밴을 힐끗 살펴보았다. 조수석 문이 10센티미터쯤 찌그러져 있었다. 그렇게 만든 린델의 차문은 아직 열린 채 밴에 닿아 있었다. 명백한 증거.

"내가 농담하고 있다고 생각해?"

첫 번째 덩치가 린델에게 말했다.

"우리가 네놈 낯짝을 망가뜨려주면 어떨 것 같나?"

린델의 손이 등 뒤로 돌아가더니 윗옷 밑에서 재빨리 권총을 빼들었다. 그리곤 다른 손으로 첫 번째 덩치의 멱살을 잡아당기는 과정에서 턱수염도 한 움큼 거머쥐었다. 자기보다 키가 더 큰 사내의 목을 총구로 누르며 그가 말했다.

"데이비드 크로스비처럼 생긴 저 친구와 함께 네놈들의 똥차로 돌아가는 게 어때? 여기서 얌전히 꺼지는 게 좋을 거야."

"진정해, 로이."

내가 말했다.

마침 밴에서 마리화나 냄새가 풍겨왔다. 린델의 눈이 첫 번째 덩치의 눈을 노려보는 동안 긴 침묵이 이어졌다. 두 번째 덩치가 가까이서 지켜보고 있었지만, 권총 때문에 꼼짝도 못했다. 마침내 첫 번째 덩치가 말했다.

"좋소. 쿨하게 끝내지. 우리가 깨끗이 물러날 테니까."

린델은 사내를 밀어내고 총구를 아래로 내렸다.

"잘 생각했어, 꼬맹이. 어서 꺼지라고. 대마초 따윈 다른 데 가서 피우고."

우리는 두 덩치가 밴으로 돌아가는 걸 조용히 지켜보았다. 두 번째 덩치가 린델의 자동차 문을 사납게 닫고는 밴의 조수석으로 올라갔다. 시동 걸리는 소리가 나고, 밴이 뒤로 빠졌다가 멀홀랜드 쪽으로 굴러갔다. 두 사내 모두 우리에게 "엿 먹어라!"는 손짓을 남기곤 시야에서 사라졌다. 몇 시간 전 내가 감방에서 카메라를 향해 엿 먹이던 생각이 났다. 그러자 밴에 탄 두 사내가 느꼈을 무력감을 이해할 수 있었다.

내게 다시 주의를 돌린 린델에게 나는 말했다.

"아주 잘했어, 로이. 그런 기술을 지닌 당신에게 9층 친구들이 일을 맡기지 않았다는 게 아주 놀랍군."

"그 새끼들, 엿이나 먹으라지."

"맞아, 그게 내가 몇 시간 전에 느꼈던 기분이야."

"그래서 어떻게 될 것 같아, 보슈?"

조금 전 낯선 두 사내에게 권총을 빼들고 폭발 직전까지 갔던 그가 어느새 차분한 상태로 돌아와 있었다. 표면적으론 고요했다. 사내들과의 충돌은 그의 레이더 화면에 단 한 차례의 파장을 일으키고 물러갔을 뿐이었다. 그런 성정은 과거에 사이코패스들한테서 종종 목격했던 것이었다. 나는 린델을 한 번 믿어보고 싶었다. 그래서 이전에도 목격했던 연방정부의 오만 같은 것을 FBI 요원들의 유전적 특성쯤으로 치부했다.

"주저앉을 건가, 계속 뛸 건가?"

그가 물었다.

그 말에 화가 치밀었지만 나는 드러내지 않으려고 애썼다. 그래서 씨익 웃으며 대답했다.

"둘 다 아니지. 난 지금 걷고 있으니까."

나는 그에게서 돌아섰다. 그리고 멀홀랜드를 걸어 올라가 우드로 윌슨과 집이 있는 방향으로 향했다. 그가 뒤에서 욕을 퍼부었지만 나는 걸음을 멈추지 않았다.

21 메모리 카드

로턴 크로스의 주택 차고문은 열려 있었다. 밤새 그런 상태였던 것처럼 보였다. 나는 택시 운전사에게 나의 메르세데스 옆에 내려달라고 부탁했다. 요원들이 수색을 했겠지만 차를 움직인 것 같지는 않았다. 메르세데스는 내가 잠그지 않았던 상태 그대로 있었다. 들고 온 작은 가방을 뒷좌석에 던져 넣고 운전석에 올라 시동을 걸었다. 차를 차고의 빈 공간으로 살살 몰아넣었다.

차에서 내린 다음 현관문 버튼을 눌렀다. 집 안에 벨이 울리거나 차고 문이 닫히겠지, 생각했는데 역시 차고 문이 닫혔다. 나는 낡은 셰비 말리부로 다가가 후드 아래로 손가락을 집어넣어 걸쇠를 더듬어 찾았다. 후드를 쳐들자 강철 스프링들이 요란한 하품을 토해냈다. 먼지가 앉긴 했지만 크롬 에어필터 덮개를 씌운 말짱한 엔진과 빨간 페인트칠을 한 블록 위에 올린 팬이 내려다보였다. 로턴은 차를 애지중지하여 외장뿐만 아니라 내부도 꼼꼼히 정비했던 게 분명했다.

전날 밤 내가 수사 파일에서 빼내어 후드 아래로 슬쩍 밀어 넣었던 서류들은 FBI 수색에서 발견되지 않고 살아남았다. 그것들은 아래로 떨어져 블록 왼쪽의 점화 플러그 와이어 망에 의해 보호되고 있었다. 서류들을 꺼내던 나는 자동차 배터리가 끊어진 것을 발견하고 언제 그렇게 되었을까, 하고 생각했다. 당분간 사용할 일이 없는 자동차라면 그렇게 해두는 게 현명했다. 하지만 로턴이 그런 생각을 했더라도 자기 손으로 할 순 없었을 터였다. 아내인 대니에게 하나하나 시켜야만 했을 것이다.

"무슨 일이에요? 여기서 뭐 하는 중이죠, 해리?"

뒤를 돌아보았다. 대니 크로스가 집 현관에 서 있었다.

"안녕, 대니. 잊어버린 게 있어서 다시 왔죠. 로의 연장도 좀 사용하고 싶고. 내 차가 고장 난 것 같아서요."

나는 말리부 옆에 벽을 따라 늘어선 작업대와 연장걸이 쪽으로 몸짓을 해보였다. 연장들과 자동차 용품들이 죽 진열되어 있었다. 여자는 내가 마땅히 설명해야 할 것을 잊고 있다는 듯 머리를 저었다.

"지난밤에 괜찮았어요? 그들이 당신을 체포했잖아요. 수갑을 채우는 걸 봤는데. 여기 남았던 요원은 당신이 돌아오지 않을 거라고 말했다고요."

"겁만 준 거예요, 대니. 그게 전부라고요. 보시다시피 이렇게 돌아왔잖소."

나는 한 손으로 후드를 눌러 약간 올라와 있던 원래 상태로 해두었다. 그리곤 메르세데스로 걸어가서 열린 조수석 창문으로 서류를 집어넣었다. 그러자 더 좋은 생각이 났다. 그래서 차문을 열고 바닥의 매트를 들어 올려 그 밑에다 서류를 감추었다. 그다지 은밀한 곳은 아니지만 당분간은 괜찮을 것 같았다. 차문을 닫고 대니를 돌아보며 물었다.

"로는 좀 어떻습니까?"

"안 좋아요."

"왜요?"

"어젯밤 그들과 함께 있었어요. 그들은 나를 들어오지 못하게 하고 모니터도 꺼버렸죠. 그래서 아무 소리도 들을 수 없었어요. 그들은 남편에게 겁을 줬고 나한테도 겁을 줬죠. 난 당신이 가면 좋겠어요. 가서 다시는 오지 마세요."

"그자들이 어떤 식으로 겁을 주던가요? 뭐라고 말했습니까?"

여자는 망설였다. 그 부분에 대해서도 겁을 준 모양이었다.

"그들이 말하지 말라고 했군요, 그렇죠? 나한테 얘기하지 말라고."

"맞아요."

"좋아요, 대니. 당신을 곤경에 빠뜨리고 싶진 않아요. 로는 어때요? 그 친구하곤 얘기할 수 있습니까?"

"당신하고 더 이상 얘기하고 싶지 않다고 했어요. 골치 아픈 일이 너무 많이 일어나니까요."

나는 고개를 끄덕이며 작업대를 돌아보았다.

"그러면 여기서 곧 나가드리죠."

"그들이 당신을 고문했나요, 해리?"

나는 여자를 돌아보았다. 내 입에서 어떤 대답을 듣게 될지 정말 겁내고 있음을 알 수 있었다.

"아뇨, 난 괜찮소."

"다행이군요."

"그런데 대니, 로의 방에서 뭘 좀 가지고 나와야 하는데. 내가 가져올까요, 당신이 대신 갖다 주겠소?"

"그게 뭔데요?"

"벽시계요."

"벽시계요? 왜죠? 남편한테 선물했잖아요."

"했죠. 그런데 돌려받고 싶어요."

여자의 얼굴에 짜증이 묻어났다. 벽시계 때문에 남편과 다툰 듯했다. 그런데 이제 내가 그것을 회수하려 하고 있었다.

"내가 가져오죠. 하지만 당신이 원한다고 남편한테 말하겠어요."

나는 고개를 끄덕였다. 그녀가 집 안으로 들어가자 나는 말리부를 돌아 나왔다. 작업대에 바퀴 달린 짐수레가 하나 기대어져 있었다. 연장걸이에서 펜치와 스크루드라이버를 벗겨 들고 내 메르세데스로 갔다. 윗옷을 벗어 자동차 안으로 던져 넣은 뒤 짐수레를 타고 차 밑으로 밀고 들어갔다. 블랙박스를 발견하는 데는 1분도 걸리지 않았다. 연료 탱크에 하드커버 책 크기의 위성추적장치가 리본형 자석으로 단단히 부착되어 있었다. 블랙박스에 이전에 보지 못했던 트위스트가 달려 있었다. 거기서 배기관으로 이어진 와이어가 열감지기로 연결되어 있었다. 배기관이 가열되면 열감지기가 위성추적장치의 스위치를 작동시키고, 차가 움직이지 않을 때는 기구의 배터리를 아낄 수 있었다. 9층에 있는 녀석들은 좋은 물건들을 사용하는군.

나는 블랙박스를 그대로 두기로 하고 차 밑에서 기어 나왔다. 대니가 벽시계를 들고 서 있었다. 그런데 시계 뒷부분을 열고 카메라를 드러낸 상태였다.

"벽시계치곤 너무 무겁다 싶었어요."

그녀가 말했다.

나는 일어나며 변명하려고 했다.

"이봐요, 대니…."

"당신은 우릴 훔쳐보고 있었어요. 날 믿지 못했던 거죠, 아닌가요?"

"대니, 내가 그러고 싶어 그랬던 건 아니오. 어젯밤 여기 왔던 자들이…."

"그걸 벽에 건 사람이 당신이잖아요. 테이프는 어디 있죠?"

"뭐요?"

"테이프 말이에요. 이걸 어디서 지켜보고 있었죠?"

"지켜보긴 뭘. 이건 디지털이에요. 시계 안에 다 들어 있죠."

그게 실수였다. 내가 손을 내밀자 그녀는 벽시계를 머리 위로 들어 올려 콘크리트 바닥에 패대기쳤다. 유리가 박살 나고 시계 속에 장착되어 있던 카메라가 튀어나와 메르세데스 아래로 굴러갔다.

"제기랄! 그건 내 것이 아니오, 대니."

"누구 것이든 상관없어요. 당신들은 이런 짓을 할 권리가 없어."

"이봐요, 로는 당신이 자기를 학대한다고 말했어요. 내가 어떻게 해야 할 것 같소? 당신이 하는 말만 믿어야 합니까?"

나는 바닥에 엎드려 차 밑을 살펴보았다. 카메라는 손이 닿는 곳에 있었다. 외부가 심하게 긁혀 있었지만 내부의 메커니즘이 어떤지는 판단할 재간이 없었다. 안드레 비거가 가르쳐준 대로 메모리 카드를 빼내어 살펴보니 별 이상은 없어 보였다. 나는 대니에게 그것을 보여주며 말했다.

"어쩌면 이것이 그자들을 여기 못 오게 만들 유일한 무기일 수도 있어요. 이게 무사하길 당신도 빌어야 할 겁니다."

"상관 안 해요. 당신이나 실컷 보고 즐겨요. 그걸 보고 당신 자신이 아주 자랑스럽게 느껴지길 바라겠어요."

나는 그 말에 아무 대꾸도 하지 않았다.

"다시는 여기 오지 마세요."

여자는 돌아서서 집 안으로 들어가며 벽의 버튼을 찰싹 때렸다. 그러자 내 뒤쪽에서 차고 문이 위로 올라가며 열렸다. 여자는 나를 돌아보지도 않고 현관문을 닫았다. 나는 여자가 다시 나타나 무슨 욕이든 퍼부을 거라고 예상하며 잠시 기다렸지만 그녀는 그러지 않았다. 나는 메모리 카드를 주머니에 넣고 쪼그리고 앉아 박살 난 시계 조각들을 줍기 시작했다.

22 파라다이스 로드

버뱅크 공항에 도착한 나는 장기 주차장에 차를 세웠다. 가방 하나만 달랑 들고 차에서 내려 터미널로 가는 전차에 올랐다. 사우스웨스트 항공 카운터에서 한 시간 내로 출항하는 라스베이거스행 왕복 티켓을 신용 카드로 구입했다. 돌아올 시각은 미정으로 해두었다. 다른 사람들과 함께 줄서서 기다리다 보안검색대를 통과했다. 가방을 컨베이어에 올려놓고 시계와 자동차 열쇠, 카메라의 메모리 카드를 플라스틱 바구니에 담았다. 금속 탐지기에 걸리지 않기 위해서였다. 그러자 휴대전화를 메르세데스에 두고 왔다는 걸 알았다. 동시에 그들이 나의 위치를 삼각측량 하는 데 그것을 이용할 거라는 생각도 들었다.

출국장 게이트 부근에서 나는 10달러짜리 전화카드를 한 장 사들고 가까운 공중전화로 갔다. 그리곤 전화카드에 적힌 설명문을 두 차례나 읽었다. 내용이 복잡해서가 아니라, 전화 걸기가 망설여졌기 때문이었다. 마침내 수화기를 들고 장거리 전화를 걸었다. 기억 속에만 담아두고

1년 가까이나 걸지 않았던 번호였다.

그녀는 신호음이 두 번 울리자마자 전화를 받았지만 자다 깨어났다는 걸 알 수 있었다. 발신자 확인 장치가 있어도 내가 전화한 줄 모를 거라는 생각이 들자, 그만 수화기를 놓아버리고 싶은 충동을 느꼈다. 하지만 그녀의 두 번째 "여보세요?" 하는 목소리를 듣자 대답하고 말았다.

"엘리노어, 나야, 해리. 내가 당신을 깨웠어?"

"괜찮아. 당신도 괜찮지?"

"그럼, 멀쩡해. 요즘 늦게까지 게임해?"

"우린 5시까지만 하고 아침 식사 하러 나가. 지금은 계속 자고 싶은 생각밖에 없어. 몇 시야?"

10시가 지났다고 하자 그녀는 앓는 소리를 냈다. 나는 계획했던 대로 밀고 나갈 자신이 없어졌다. 또한 그녀가 말한 "우리"가 누군지 너무 궁금했지만 물어볼 수도 없었다. 그 생각 때문에 너무 지체한 듯했다. 그녀가 침묵을 깨며 물었다.

"해리, 무슨 일이야? 정말 괜찮은 거지?"

"그렇다니까. 나도 그맘때까지 잠을 자지 못했을 뿐이야."

좀 더 긴 침묵이 끼어들었다. 내가 탈 비행기 승객들이 탑승을 시작했다.

"그래서 전화했다고? 당신 수면 습관에 대해 얘기하려고?"

"아니, 그게 아니라… 실은 당신 도움이 필요해. 그곳 라스베이거스에서."

"도움? 무슨 뜻이야? 사건 같은 거? 은퇴했다고 했잖아."

"했지. 하지만 어쩌다 뭘 하나 하게 됐어. 한 시간쯤 후 공항에서 당신을 만날 수 있을까? 지금 비행 중이거든."

내 요청과 그것의 의미를 가늠하는 듯 잠시 침묵이 이어졌다. 대답을 기다리는 내 가슴은 긴장되면서도 한편으론 무거웠다. 내가 단발이론에 대해 생각하고 있을 때 그녀가 마침내 입을 열었다.

"나갈게. 어디까지 갈 건데?"

나는 그동안 숨을 죽이고 있었다는 걸 깨닫고 비로소 안도의 한숨을 토해냈다. 마음속 깊숙한 곳에서는 엘리노어가 그렇게 나올 줄 알고 있었지만, 막상 커다란 목소리로 대답을 듣고 나자 지금까지 품어온 확신이 가슴 속에 가득 차오르는 느낌이었다. 나는 전화선 맞은편에 있을 그녀의 모습을 그려보았다. 침대 탁자 위에 놓인 전화기를 들고 침대에 누워 있는 그녀. 볼 때마다 나를 흥분시키고 함께 침대 속에 머물고 싶게 만드는 그녀의 헝클어진 머리. 그러자 그녀가 들고 있는 것이 휴대전화란 생각이 들었다. 엘리노어에겐 일반전화가 없었다. 적어도 내가 번호를 알고 있는 일반전화는 없었다. 그러자 그녀가 말한 "우리"는 누구누구를 가리키는 것인지 다시 궁금해졌다. 그녀는 지금 누구의 침대에 누워 있는 걸까?

"해리, 듣고 있어?"

"응, 듣고 있어. 렌터카 회사까지만 부탁해. 아비스라고 기억되는데."

"해리, 거기까진 공항에서 5분 간격으로 버스가 다녀. 정말 내가 왜 필요한 거야? 무슨 일 있어?"

"응, 도착하면 얘기해 줄게. 탑승이 시작됐어. 나올 수 있는 거지, 엘리노어?"

"나간다고 했잖아."

내겐 너무 익숙하면서도 동시에 망설이며 순종하는 듯한 목소리로 그녀는 대답했다. 나는 더 이상 생각할 것도 없었다. 필요한 것을 얻었으니까. 그대로 두면 된다.

"고마워. 사우스웨스트 바깥에서 만나지. 아직도 토러스를 몰고 다녀?"

"아니, 해리. 실버 렉서스 포 도어로 바꿨어. 전조등을 켜고 있다가 먼저 발견하면 깜박깜박 할게."

"알았어. 그때 봐. 고마워, 엘리노어."

나는 전화를 끊고 게이트로 향했다. 렉서스라, 하고 나는 걸어가며 생각했다. 중고 메르세데스를 구입하며 렉서스 가격도 알아본 적 있었다. 놀랄 정도의 고가도 아니지만 싼 편도 아니었다. 그녀의 형편이 나아진 게 분명했다. 그것에 대해 나는 마땅히 행복해야만 했다.

내가 탑승했을 때는 가운데 좌석들만 남아 있었고, 머리 위 물품보관함들도 빈 데가 없었다. 하는 수 없이 하와이언 셔츠 차림에 굵은 금줄을 목에 건 사내와 얼굴이 하도 창백해서 네바다 햇볕에 닿으면 성냥처럼 확 타오를 것만 같은 여자 사이를 비집고 들어갔다. 그리곤 두 팔꿈치를 가슴에 바짝 붙이고 눈을 감은 채 그 짧은 비행시간 대부분을 자버렸다. 생각해야 할 것도 많고 메모리 카드에 담긴 내용이 궁금해 주머니에 불이 난 느낌이었지만, 나는 본능적으로 쉴 수 있을 때 쉬어야 한다는 것도 알았다. LA로 돌아온 후로는 그런 휴식을 그다지 기대하지 않고 있었다.

이륙 후 한 시간도 안 되어 나는 매캐런 공항 터미널의 자동문을 걸어 나왔다. 뜨겁고 건조한 바람이 여기가 라스베이거스임을 알려주었지만, 나는 끄떡도 하지 않았다. 자동차들이 대기하고 있는 곳을 살피던 나는 전조등을 켜고 있는 은빛 승용차를 발견했다. 열린 선루프 위로 운전자의 손이 나와 휘젓고 있었다. 전조등 불빛도 깜박거렸다. 엘리노어였다. 나도 손을 휘젓고는 그쪽으로 걸어갔다. 차문을 열고 가방을 뒷좌석에 던진 뒤 조수석에 올라탔다.

"안녕, 나와 줘서 고마워."

우린 잠시 망설인 뒤 서로에게 키스했다. 가볍지만 멋진 키스였다.

그녀를 오랫동안 보지 못했고, 두 사람 사이로 세월이 그렇게 빨리 흘러가버렸다는 사실이 새삼 충격으로 다가왔다. 해마다 생일이나 크리스마스 때는 서로 통화하긴 했지만 실제로 그녀를 보고, 만지고, 함께 있는 것은 근 3년 만이었다. 그러자 갑자기 기분이 황홀해지면서 동시에 우울해졌다. 왜냐하면 나는 가야 하니까. 이것은 우리가 매년 생일 때마다 전화로 나눴던 대화보다 더 빨리 끝날 것이었다.

"헤어스타일을 바꿨네. 보기 좋은데."

내가 말했다. 목덜미 중간까지 깨끗하게 잘라 지금까지 내가 본 가운데서 가장 짧아 보였다. 그렇지만 내 칭찬은 거짓이 아니었다. 엘리노어는 멋져 보였다. 하기야 그녀가 머리카락을 발목까지 길렀거나 나보다 더 짧게 잘랐더라도 내 눈엔 여전히 멋져 보였을 것이다.

엘리노어는 왼쪽으로 고개를 돌리고 차량들의 흐름을 살펴보았다. 내 눈에 그녀의 하얀 목덜미가 보였다. 차를 도로로 빼낸 뒤 방향을 잡은 그녀는 한 손을 뻗어 선루프를 닫는 버튼을 눌렀다.

"고마워, 해리. 당신은 별로 달라진 게 없네. 그래도 여전히 멋져."

나는 그녀에게 고맙다고 말한 뒤 너무 많이 웃지 않으려고 애쓰며 지갑을 꺼내들었다.

"그런데, 전화로는 얘기할 수 없다고 한 그 대단한 비밀이 뭐야?"

엘리노어가 다시 물었다.

"대단할 것까진 없고, 다만 어떤 사람들이 내가 라스베이거스에 있다고 생각해주길 바랄 뿐이야."

"지금 라스베이거스에 있잖아."

"오래 있진 않을 거거든. 렌터카를 빌린 다음 즉시 돌아갈 거야."

엘리노어는 무슨 소린지 알겠다는 듯 고개를 끄덕였다. 나는 지갑에서 ATM 카드와 아메리칸 익스프레스 카드를 뽑아들었다. 비자카드는 렌터카와 다른 용도를 위해 남겨두었다.

"앞으로 사나흘 동안 이 카드들을 좀 사용해 줘. ATM 비밀번호는 0613이야. 기억하기 쉽지."

6월 13일은 우리들의 결혼기념일이었다.

"이상하네."

그녀가 말했다.

"확인해 보니 금년엔 금요일이던데. 불운하다잖아, 해리."

13일에 금요일이 어쩐지 딱 어울린단 생각이 들었다. 어쨌거나 그녀가 이미 실패한 우리 결혼의 기념일을 달력에서 미리 확인했다는 사실이 어떤 의미를 지니고 있는지에 대해 생각하느라 나는 잠시 혼란스러웠다. 하지만 곧 그 생각을 접고 현실로 돌아왔다.

"그러니까 사나흘 동안만 사용하면 되잖아. 일테면 저녁을 먹는다든가, 당신과 함께 있으면 선물을 사줄 수도 있겠지. 그러니까 ATM에서 현금을 인출해서 뭐든 갖고 싶은 걸 사란 말이야. 또 아멕스 카드는 아직도 내 풀네임을 쓰고 있어. 당신한텐 문제될 것 없겠지."

내 이름 히에로니머스가 남성인지 여성인지 아는 사람은 거의 없었다. 우리가 결혼했을 때 엘리노어는 내 신용 카드를 노상 사용했지만 아무 문제도 없었다. 지금 일어날 수 있는 유일한 문제는 구입 시점에서 신분증을 요구할 경우였다. 하지만 레스토랑에선 그런 일이 거의 없고, 특히 돈부터 받아 챙기고 질문은 나중에 하는 라스베이거스에선 있을 수 없는 일이었다.

내가 내민 카드들을 받지 않고 그녀는 물었다.

"해리, 무슨 일이야? 당신한테 무슨 일이 있는 거야?"

"말했잖아. 어떤 사람들이 내가 이곳 라스베이거스에 있다고 생각해 주길 바란다고."

"신용 카드로 구입한 것과 ATM 사용 내역을 모니터링 할 수 있는 사람들이겠군?"

"원한다면 그렇겠지. 하지만 안 할지도 몰라. 이건 단지 예방 차원에서…."

"그렇다면 경찰이나 FBI라는 얘긴데, 어느 쪽이야?"

나는 싱긋 웃었다.

"어쩌면 양쪽 모두일 수도 있지. 하지만 내가 아는 한 FBI 쪽이 더 몸달아 있는 것 같아."

"오, 해리…."

또 시작이구나, 하는 말투였다. 나는 엘리노어에게 마티 게슬러가 연루된 사건이라고 얘기해줄까 생각했지만, 더 이상 끌어들이지 않는 편이 낫겠다는 판단을 내렸다.

"대단한 일 아니야. 묵은 사건 하나를 뒤지고 있었는데, 연방 요원 한 녀석의 비위를 건드렸나봐. 나는 그자가 내게 겁을 제대로 줬다고 생각하게 하고 싶어. 사나흘 동안만 말이야. 알겠지, 엘리노어? 그렇게 좀 해줄 수 있지?"

나는 카드들을 다시 내밀었다. 한참 시간이 흐른 다음에야 그녀는 말없이 카드들을 받았다. 우리는 곧 렌터카 회사들이 늘어서 있는 공항로에 도착했다. 난 뭔가 다른 얘기를 하고 싶었다. 우리들에 대한 이야기. 이런 구질구질한 일들이 끝나면 돌아오고 싶다는 얘기. 그녀가 원하기만 한다면. 그러나 엘리노어 위시는 아비스 주차장에 차를 몰아넣은 뒤 창문을 내리고 경비원에게 나를 거기 내려주기 위해 들어왔다고 말했다.

그것도 대화라고 친다면 그로써 대화의 흐름은 끊어졌다. 동력을 잃어버린 나는 우리의 미래에 대해 얘기할 어떤 생각도 할 수 없었다. 그녀가 아비스 픽업 사무실에 차를 세우자 나는 내려야만 했다. 그러나 나는 내리지 않고 그녀를 바라보며 그대로 앉아 있었다. 마침내 고개를 돌리고 나를 쳐다보는 그녀에게 나는 말했다.

"내 부탁 들어줘서 고마워."

"어려울 것 없는데 뭐. 청구서는 당신이 받게 될 테니까."

나는 미소를 지어 보였다.

"LA에 가끔 가? 카드 룸이든 어디든."

엘리노어는 고개를 저었다.

"가본 지 오래됐어. 이젠 돌아다니기 싫어."

나는 고개를 끄덕였다. 더 이상 할 얘기가 없는 것 같았다. 나는 상체를 기울여 이번엔 그녀의 볼에만 키스했다.

"내일이나 모레쯤 전화할게, 오케이?"

"알았어, 해리. 조심해. 안녕."

"조심할게. 안녕, 엘리노어."

차에서 내린 나는 그녀가 주차장을 빠져나가는 걸 지켜보았다. 그녀와 함께 좀 더 많은 시간을 보내고 싶었고, 시간이 있어서 함께 보내자고 청했다면 그녀가 과연 응해 줬을지도 의문이었다. 나는 그런 생각들을 털어버리고 사무실 안으로 들어갔다. 그리고 내 운전 면허증과 신용카드를 제시하고 렌터카 키를 받아들었다. 포드 토러스였다. 나는 다시 땅바닥에 납작하니 달라붙어 있는 일에 익숙해져야만 했다. 렌터카 줄에서 빠져나오는 길에 화살 표시와 함께 "파라다이스 로드"라고 적힌 표지판이 서 있었다. 누구에게나 저런 표지판이 필요하지, 하고 나는 생각했다. 그만큼 수월하다면 좋으련만.

23 정말 멋진 세상이야

사막을 논스톱으로 가로지르는 네 시간의 질주 끝에 나는 '비거&비거 보안전문회사' 기술연구소에 도착했다. 그리고 주머니에서 메모리 카드를 꺼내어 안드레 비거에게 건네주었다. 버넷의 아들은 그것을 받아들고 자세히 살펴보더니, 마치 내가 씹던 껌을 자기 손바닥에 올려놓은 듯한 표정으로 돌아보았다.

"케이스는 어디 있죠?"

"케이스라고? 벽시계 말인가? 아직 벽에 걸려 있지."

벽시계뿐만 아니라 카메라까지 박살 났을지도 모른다는 얘기를 그에게 어떻게 해야 할지 난 아직 결심하지 못하고 있었다.

"벽시계 말고 카드용 플라스틱 케이스 말예요. 이 카드를 빼낼 때 제가 드린 스페어 카드를 벽시계에 다시 장착했을 거 아니에요?"

나는 고개를 끄덕였다.

"그랬지."

"그때 이 카드를 그 스페어 카드 케이스에 담았어야죠. 이건 아주 민감한 물건이거든요. 주머니에 넣고 다니면 변할 수도 있고, 면직물은 이것을 보관하기에…."

옆에서 듣고 있던 버넷 비거가 지원사격에 나섰다.

"안드레, 그 카드가 쓸모 있는지 그것부터 확인하자꾸나. 메모리 카드를 조심스레 보관해야 한다는 교육을 안 시킨 것은 이 애비의 실수야. 이 친구가 그 정도로 구닥다리란 사실을 깜박 잊었거든."

안드레는 머리를 절레절레 흔들며 컴퓨터가 설치된 작업대로 걸어갔다. 내가 버넷에게 감사의 표시로 고개를 끄덕이자, 그는 한쪽 눈을 찡긋해 보였다. 우리는 안드레를 따라 작업대로 이동했다.

버넷의 아들은 치과에서 사용하는 것 같은 공기압축기로 메모리 카드에 달라붙은 먼지와 이물질을 날려 보낸 뒤 컴퓨터에 꽂았다. 그리고 명령어를 몇 개 두들기자 로턴 크로스의 침실 풍경이 컴퓨터 화면에 떠올랐다. 그가 말했다.

"동작감지기를 사용하기 때문에 약간 흔들릴 거예요. 모퉁이에 보이는 시계를 주시하면 진척을 알 수 있겠네요."

화면에 맨 처음 떠오른 이미지는 내 얼굴이었다. 벽시계의 시간을 조정하면서 카메라를 응시하고 있었다. 내가 물러서자 뒤쪽 휠체어에 앉아 있는 로턴 크로스의 모습이 드러났다.

"오, 세상에, 차마 눈 뜨고 못 보겠군!"

버넷이 옛 동료의 모습과 처지를 보자 탄식했다.

"점점 나빠지고 있어."

나는 감시에 들어가기 전에 생각했던 것에 대한 확신을 느끼면서 말했다.

컴퓨터 스피커를 통해 크로스의 잠긴 목소리가 흘러나왔다.

"해리?"

"왜?"

내가 그에게 묻는 소리였다.

"그거, 가져왔어요?"

"조금 가져왔어."

화면에서는 내가 연장통을 열고 그 안에서 술병을 꺼내고 있었다.

나는 버넷의 아들에게 물었다.

"이 부분은 빨리 넘어갈 수 없나?"

안드레는 고개를 끄덕인 뒤 마우스를 이용하여 화면의 "빨리 감기" 버튼을 클릭했다. 그러자 화면이 흑백 상태로 잠시 깜박이다가 다시 켜졌다. 대니 크로스가 방 안으로 들어오는 장면이었다. 안드레가 정상속도 버튼을 다시 눌렀다. 시간을 확인해 보니, 내가 그 방에서 나간 몇 분 후로 밝혀졌다. 대니는 팔짱을 낀 자세로 서서 쓸모없는 자기 남편을 못된 짓 하다 들킨 아이처럼 노려보고 있었다. 그녀가 무어라고 말하기 시작했지만 텔레비전 소리 때문에 알아듣기 어려웠다. 안드레가 나를 돌아보며 물었다.

"이건 아마추어 솜씬데요. 시계를 왜 텔레비전 옆에다 걸었어요?"

옳은 지적이었다. 나도 그 생각은 못했던 것이다. 카메라의 마이크는 방 안에 있는 사람들 목소리보다 텔레비전에서 나는 소리들을 더 잘 잡아냈다. 버넷이 아들을 살살 달랬다.

"안드레, 잡음을 좀 줄여 봐."

안드레가 마우스로 소리를 조정한 뒤 영상을 되돌려서 다시 플레이 버튼을 눌렀다. 텔레비전 소리가 여전히 방해했지만 그래도 방 안의 대화를 알아들을 순 있었다. 대니 크로스가 날카로운 소리로 남편에게 말하고 있었다.

"그 사람 여기 오는 거, 난 싫어요! 당신한테도 좋지 않아."

"좋은 친구야. 날 걱정하고 있어."

"걱정은 무슨. 당신을 이용하고 있어. 당신한테 술을 먹여 필요한 정보를 빼내려는 거지."

"그게 뭐가 나빠? 난 좋은 거래라고 생각하는데."

"맞아요. 다음 날 아침 통증이 찾아올 때까진 좋겠죠."

"대니, 내 친구들이 찾아오면 무조건 내 방에 들여."

"이번엔 그 사람한테 뭐라고 했어요? 내가 밥을 굶긴다고 했나요? 밤에 당신을 방치한다고? 이번엔 무슨 거짓말을 했죠?"

"지금은 얘기하고 싶지 않아."

"좋아요. 하지 마세요."

"난 꿈을 꾸고 싶어."

"그러시든지. 적어도 우리 둘 중 하나는 아직 꿈을 꿀 수 있군요."

여자는 돌아서서 나가버렸다. 화면엔 움직일 수 없는 로턴의 모습만 비쳤다. 곧이어 그의 눈이 감겼다.

"60초쯤 중단됐어요."

안드레가 설명했다.

"동작이 그친 후 카메라가 1분간 대기 상태로 들어간 거죠."

"'빨리 감기'를 해보게."

내가 그에게 말했다. 10분쯤 '빨리 감기'를 한 뒤 다시 플레이하자 가슴 아픈 일상사가 화면에 펼쳐졌다. 대니가 남편을 먹이고 씻기는 장면이었다. 첫 번째 날 마지막엔 아내가 남편의 휠체어를 밀고 방에서 나갔다. 그들이 방으로 다시 돌아온 여덟 시간 동안 카메라는 캄캄하게 꺼져 있었다. 여자가 남편을 다시 먹이고 씻기기 시작했다.

보기 끔찍한 광경이었는데, 벽시계를 텔레비전 바로 왼쪽에 걸었기 때문에 더 끔찍하게 보였다. 로턴 크로스는 대부분의 시간을 텔레비전만 보며 보냈고, 시계와의 거리가 너무 가까워 카메라를 통해 우리를 똑바로 바라보고 있는 것처럼 보였다.

"불쌍하군요."

마침내 안드레가 입을 열었다.

"그리고 아무것도 없잖아요. 저 여잔 남편에게 잘해주고 있어요. 생각보단 말이죠."

"끝까지 보고 싶나, 해리?"

버넷이 물었다.

나는 고개를 끄덕이며 안드레에게 말했다.

"자네 말이 옳아. 저 여잔 깨끗해. 하지만 뒤쪽에 뭔가 있을 거야. 어젯밤에 방문객들이 있었거든. 그걸 보고 싶네. '빨리 감기'를 해도 좋아. 자정 가까운 때였어."

안드레가 토글 키를 조작하자, 감시용 벽시계가 밤 12시 10분을 가리키고 있을 때 두 사내가 방 안으로 들어왔다. 나는 〈오늘날의 육아법〉을 들고 있던 사내와 그의 파트너 얼굴을 알아보았다. 〈오늘날의 육아법〉이 가장 먼저 한 일은 로턴의 뒤로 걸어가서 책상 위에 놓인 베이비 모니터를 꺼버린 것이었다. 그리고는 파트너에게 문을 닫으라는 신호를 보냈다. 로턴은 눈을 뜨고 놀란 표정을 지었다. 그들이 들어오기 전에 잠에서 깨어났던 탓에 카메라는 이미 작동하고 있었다. 등 뒤로 돌아간 FBI 요원을 보려고 로턴의 눈동자가 퀭한 눈구멍 속에서 뱅글뱅글 돌아갔다.

"크로스 씨, 우리 얘기 좀 해야겠는데요."

〈오늘날의 육아법〉이 말했다. 그는 크로스의 휠체어 앞을 지나가더니 손을 뻗어 텔레비전을 꺼버렸다.

"저건 신께 감사해야겠군요."

안드레가 말했다.

"당신들은 누구요?"

화면에서 크로스가 말을 더듬었다. 〈오늘날의 육아법〉이 돌아서서 그를 바라보았다.

"우리는 FBI 요원들이오. 그러는 당신은 누구지?"

"무슨 소리요? 이거야 원…."

"당신이 뭔데 우리 수사를 방해하느냐 이 말이오."

"내가 언제…. 뭣 때문에 이러는 거요?"

"보슈한테 무슨 소릴 했기에 꽁무니에 불붙은 놈처럼 설쳐대는 거냐 이 말이오."

"무슨 소린지 못 알아듣겠네. 보슈가 나한테 왔지, 내가 그에게 가지 않았소."

"당신은 아무 데도 못 갈 것 같군, 안 그렇소?"

잠시 침묵이 이어졌다. 나는 로턴의 눈빛을 통해 그의 생각을 읽을 수 있었다. 비록 사지를 전혀 움직일 수 없는 처지이긴 하지만, 그의 두 눈은 필요한 모든 신체 언어를 표현하고 있었다. 그가 용감하게 말했다.

"당신들은 FBI가 아니야. 배지와 신분증 좀 봅시다."

〈오늘날의 육아법〉이 크로스 앞으로 두 걸음 다가서며 휠체어 전체를 등으로 가렸다. 그가 최상의 멕시코 발음으로 말했다.

"배지? 우린 그런 고리타분한 거 안 키우는데?"

"여기서 꺼져."

크로스가 말했다. 내가 그를 처음 만난 이후 들어본 가장 분명하고 강한 어조였다.

"내가 해리 보슈에게 이 얘기를 하면 당신들은 조심해야 할걸."

〈오늘날의 육아법〉은 파트너를 돌아보며 히죽 웃었다.

"해리 보슈? 그 친구에 대해선 염려 붙들어 매시지. 우리가 잘 보살피고 있으니까. 당신 걱정이나 하셔, 크로스 씨."

그가 허리를 숙이고 크로스의 얼굴에 자기 얼굴을 바짝 디밀었다. 이제 FBI 요원의 눈을 들여다보고 있는 크로스의 눈을 볼 수 있었다.

"왜냐하면 당신은 지금 곤경에 처해 있거든. 연방 사건을 침범하고 있잖소. 대문자 F로 시작되는 연방(FBI) 말이야."

"엿 먹어라(Fuck you). 그것도 대문자 F로 시작되지."

나는 미소 짓지 않을 수 없었다. 로턴은 최선을 다해 요원에게 저항하고 있었다. 총알이 그의 육신을 마비시켰지만 그의 뼈대와 배짱까지 앗아가진 못했다.

화면에서 〈오늘날의 육아법〉이 휠체어 왼쪽으로 이동했다. 카메라가 그의 얼굴을 잡았을 때, 나는 그의 눈에 담긴 분노를 볼 수 있었다. 그는 화면에서 살짝 벗어난 곳에 있는 책상에 기대서며 말했다.

"당신의 영웅인 해리 보슈는 갔어. 못 돌아올지도 몰라. 문제는 당신도 그 친구가 간 곳에 따라가고 싶냐는 거지. 지금 그 꼴로는 어렵지 않을까? 당신 같은 사내가 감방에 들어오면 그들이 어떻게 하는 줄 알아? 휠체어를 구석으로 처박아 놓고 하루 종일 구강성교를 하게 만들 거다. 그러면 그 자리에 앉아 꼼짝없이 당할 수밖에 없어. 거기 들어가고 싶나, 크로스? 원하는 게 그거야?"

크로스는 잠시 눈을 감았지만 곧 강력하게 되살아났다.

"그럴 수 있다고 생각하면 꼴리는 대로 해봐, 이 돼지야."

"그으래?"

〈오늘날의 육아법〉은 책상을 떠나 크로스의 등 뒤로 다가갔다. 그리곤 그의 귀에 대고 속삭이는 것처럼 오른쪽 어깨 너머로 상체를 기울이며 말했다.

"여기서 꼴리는 대로 해버리면 어때? 응? 어떨 것 같아?"

FBI 요원은 두 손을 크로스의 얼굴 위에 올려놓았다. 그리곤 크로스의 양쪽 콧구멍으로 연결된 비닐 호흡관을 잡더니 손가락으로 꺾어 공기 공급을 차단했다.

"이봐, 밀턴…."

다른 요원이 당황하며 말했다.

"닥쳐, 카니. 이 친구는 자기가 엄청 영리한 줄 알아. 연방정부에 협조할 필요 없다고 생각하고 있다고."

크로스가 눈을 커다랗게 치뜨고 공기를 마시기 위해 입을 벌렸다. 하지만 전혀 마실 수가 없었다.

"니미랄 새끼, 이 자식 누구야?"

화면을 보고 있던 버넷이 화를 벌컥 냈다. 나는 대답하지 않았다. 속에서는 분노가 치밀어 올랐지만 말없이 지켜보기만 했다. 경찰들이 사용하는 욕설 중에서도 "니미랄 새끼"는 최악이다. 가장 더러운 공격자와 악질적인 적을 향해 내뱉는 욕설이었다. 나도 그렇게 욕해 주고 싶었지만 목구멍에 딱 걸려 나오질 않았다. 화면에서 본 것들 때문에 너무 기진맥진한 탓이었다. 그들이 내게 했던 짓들은 로턴 크로스에게 가하는 위협과 모욕에 비하면 아무것도 아니었다.

크로스는 말을 하려고 했지만 허파 속의 공기가 다 빠져나가 아무 소리도 나오지 않았다. 이제야 그의 이름이 밀턴이란 것을 내가 알게 된 〈오늘날의 육아법〉이 경멸하는 표정으로 크로스를 다그쳤다.

"어때? 맛이 어떠냐고? 이젠 얘기할 거야?"

크로스는 다시 소리를 지르려고 했지만 실패했다.

"얘기하고 싶은 생각이 들면 머리만 까닥까닥해. 아참, 그렇지. 당신은 머리를 움직일 수 없다고 했지."

그가 마침내 쥐고 있던 비닐 호흡관을 놓자, 크로스는 15미터 물속에서 수면 위로 솟구친 사람처럼 가쁜 숨을 몰아쉬었다. 가슴이 격심하게 오르내리고 콧구멍에서는 피리 소리가 날 지경이었다. 밀턴이 휠체어 앞으로 돌아 나와 희생자를 내려다보며 고개를 끄덕였다.

"이젠 알겠어? 그러긴 아주 쉬워. 이젠 협조할 생각나?"

"원하는 게 뭐야?"

"보슈에게 무슨 말을 했나?"

크로스의 눈길이 카메라 쪽을 잠시 향했다가 밀턴에게 돌아갔다. 그 순간 그가 시간을 체크한 것 같지는 않았다. 그래서 어쩌면 크로스가 카메라에 대해 알고 있었던 게 아닐까 하는 생각이 번쩍 들었다. 그도 왕년엔 유능한 형사였다. 어쩌면 내가 하던 일을 처음부터 알고 있었을지도 몰랐다.

"사건에 대한 얘기지 뭐. 그뿐이야. 그가 찾아와서 아는 대로 얘기해줬을 뿐이라고. 다 기억하지도 못해. 난 총에 맞았잖아. 그래서 기억력이 별로 좋지 못해. 겨우 조금씩 떠오르기 시작할 뿐이라고."

"어젯밤엔 그가 왜 왔나?"

"내가 파일들을 몇 개 가지고 있다는 걸 깜박했거든. 마누라가 전화를 걸어줘서 내가 메시지를 남겼지. 해리 보슈는 그 파일을 가지러 왔던 거고."

"그 밖에는?"

"없어. 원하는 게 뭔데?"

"강탈당한 돈에 대해서 뭘 알고 있나?"

"몰라. 거기까진 접근하지 않았어."

밀턴이 손을 뻗어 비닐 호흡관을 다시 잡았다. 하지만 이번엔 튜브를

꺾진 않았다. 위협만으로도 충분했던 것이다.

"난 사실대로 말했어."

크로스가 항의했다.

"더 잘할 수도 있잖아."

FBI 요원은 비닐 튜브를 놓으며 말했다.

"보슈와는 앞으로 더 이상 얘기할 수 없어, 알겠나?"

"그래."

"뭘 알아?"

"보슈와는 더 이상 얘기할 수 없다고."

"협조해줘서 고마워."

밀턴이 휠체어에서 물러났을 때, 나는 크로스의 눈길이 아래로 향하고 있는 것을 보았다. 두 요원 중의 하나가—아마도 밀턴—방에서 나가며 벽의 스위치를 탁 때리자 방 안과 화면이 캄캄해졌다.

우리는 그대로 선 채 화면을 응시하고 있었다. 그러자 카메라가 작동을 멈추기 전에 로턴 크로스의 울음소리가 흘러나왔다. 상처 입은 무력한 동물의 깊은 흐느낌이었다. 나는 함께 있는 비거 부자의 얼굴을 쳐다볼 수 없었고, 그들도 나를 보지 않으려고 했다. 우리는 그저 캄캄한 화면을 응시하며 귀를 기울이고 있었다.

카메라가 마침내 고맙게도 꺼져 주었다. 그러나 곧이어 방에 불이 켜지고 대니가 들어오면서 화면이 다시 살아났다. 시간을 확인해 보니 FBI 요원들이 나가고 3분 정도 지난 때였다. 그녀의 남편 얼굴은 눈물로 얼룩져 있었다. 그로서는 눈물을 감출 수도 없었다.

아내는 방을 가로질러 남편에게 다가가더니, 아무 말 없이 그의 휠체어 위로 기어 올라갔다. 그리곤 두 무릎을 그의 여윈 허벅지 바깥쪽에 꿇고 앉아 목욕가운을 열고 남편 얼굴을 끌어당겨 자기 젖가슴에 묻었다. 크로스는 아내 젖가슴에 대고 또 울기 시작했다. 처음엔 아무 말도 들리지 않았다. 여자는 조용히 부드럽게 "쉬, 쉬." 하며 남편을 달래기만 했다. 그러더니 남편에게 노래를 불러주기 시작했다.

나도 아는 노래였는데, 그녀는 아주 잘 불렀다. 그 노래의 원래 목소리는 세상 고뇌를 다 품어 안은 듯 거칠고 걸걸하지만, 그녀의 목소리는 산들바람처럼 부드러웠다. 나는 루이 암스트롱에 미칠 자가 아무도 없다고 생각했지만, 대니 크로스의 노래 솜씨는 확실히 경지에 이른 것 같았다.

푸른 하늘을 보네
하얀 구름들도
환하고 은혜로운 낮
어둡고 신성한 밤
그래서 난 생각하지
정말 멋진 세상이야

그것이 감시 과정에서 가장 힘들었던 부분이었다. 그 부분은 나를 거의 침입자처럼 느끼게 만들었고, 나 자신 속에 그은 품위의 선을 넘어버린 기분이었다.

"이젠 그만 꺼주게."

마침내 나는 안드레에게 말했다.

24 대리인

경관으로서의 나의 본질을 확인하게 된 것은 거리에서나 내가 수사하던 사건 속에서가 아니었다. 그 일은 1991년 3월 5일에 일어났다. 오후에 나는 할리우드 경찰서 형사과에서 겉으론 서류업무를 하는 척하고 있었다. 그렇지만 다른 사람들과 마찬가지로 나도 기다리고 있었다. 다들 자기 책상을 떠나 텔레비전 앞으로 모여들기 시작하자 나도 서류를 덮고 일어났다. 텔레비전은 경위의 사무실에 한 대, 절도반 옆의 벽에 한 대가 걸려 있었다. 그 당시 나는 경위와 사이가 좋지 않았기 때문에 절도반 쪽으로 걸어갔다. 우린 벌써 그 얘기를 들었지만 실제로 테이프를 본 사람은 거의 없었다. 그런데 그 테이프를 돌리고 있었다. 화면이 거친 흑백 영상이지만 사태가 변할 것임을 알기에는 충분할 만큼 선명했다. 정복 경관 네 명이 바닥에 주저앉은 한 사내를 둘러싸고 있었다. 전과자이자 상습적 속도 위반자인 로드니 킹이었다. 경관 둘은 그에게 고함을 지르며 경찰봉을 휘둘렀다. 세 번째 경관은 발길질을 해댔고, 네 번째 경관은 흥분을 자제하며 테이저 건을 쏠 준비를 하고 있었다. 정복 차림의 경관들이 더 큰 원을 그리며 둘러서서 지켜보았다. 형사실에서 화면을 바라보며 우리들은 대부분 입을 딱 벌렸다. 가슴이 철렁하는 기분이었고, 어떤 면에서는 배신당한 느낌도 들었다. 우리들 모두는 LA 경찰국이 그 테이프를 결코 극복할 수 없을 것임을 알았다. 그것은 변화를 초래할 것이었다. 로스앤젤레스 경찰국의 업무는 달라질 것이었다.

물론 그것이 좋은 쪽으로 달라질 건지 나쁜 쪽으로 달라질 건지는 아직 알 수 없었다. 그때는 정치적 동기나 인종 분쟁이 밀물처럼 경찰국을 덮치고, 마침내는 치명적인 폭동과 사회 조직의 완전한 파괴를 초래하게 될 줄은 몰랐다. 그렇지만 화면이 조악한 비디오를 바라보며 우리 모두는 무언가가 닥쳐오고 있다는 걸 알았다. 단지 샌퍼낸도 밸리의 가로등 아래 펼쳐진 한순간의 분노와 좌절감으로 인해.

시내 법률사무소 대기실에 앉아 기다리면서 나는 그 순간에 대해 생각했다. 내가 느꼈던 분노를 기억에 떠올리자 그것이 시간을 거슬러 되살아난 것을 느낄 수 있었다. 로턴 크로스가 고문당하는 장면이 담긴 내 메모리 카드는 로드니 킹의 테이프와는 달랐다. 그것이 법집행기관이나 지역사회 관계를 몇 세대씩 되돌려놓지는 못할 것이었다. 그리고 경찰을 바라보는 시민들의 시각도 바꿀 수 없고, 협조와 거부의 결정도 바꾸지 못할 것이다. 그렇지만 권력 남용의 역겨울 정도로 순수한 묘사 안에는 분명한 연대감이 담겨 있었다. 한 도시를 변화시킬 만큼의 에너지는 아닐지라도, 연방수사국 같은 관료조직을 바꿀 수는 있었다. 내가 원하기만 한다면.

하지만 나는 원하지 않았다. 내가 원하는 건 따로 있었고, 메모리 카드는 그것을 얻기 위해 사용할 생각이었다. 적어도 당분간은. 앞으로 그것이 어떻게 될지, 혹은 내가 어떻게 될지에 대해서는 아직 생각하고 있지 않았다.

내가 비거&비거를 나와 한 시간 동안 앉아 있었던 법률 서재에는 체리목 패널과 가죽 장정의 법률 서적들로 가득한 서가들이 즐비했다. 벽에 남은 약간의 공간에는 법률사무소의 파트너들을 그린 유화들이 조명을 받으며 걸려 있었다. 나는 한 유화 앞에 서서 화가의 멋진 화풍을 감상했다. 갈색 머리에 짙게 그을린 피부에 대비되는 날카로운 초록색 눈동자를 가진 장신의 미남이었다. 마호가니 액자 위에 부착된 금장식 판에는 제임스 포먼이란 이름이 새겨져 있었다. 성공한 남자의 모든 면을 지닌 것처럼 보였다.

"보슈 씨?"

나는 뒤를 돌아보았다. 나를 서재로 안내했던 통통한 부인이 문간에서 손짓을 하고 있었다. 내가 다가가자 그녀는 두꺼운 초록색 카펫이 깔린 복도로 나를 데리고 갔다. 부드러운 카펫을 밟을 때마다 발 아래서 돈이 속삭이는 것 같았다. 그녀가 안내한 사무실에는 내가 모르는 여자가 책상 뒤에 앉아 기다리고 있었다. 그녀는 내게 손을 내밀며 말했다.

"안녕하세요, 보슈 씨. 전 랭와이저 변호사님의 조수인 록센입니다. 물이나 커피나 뭐 마실 거 드릴까요?"

"아니, 괜찮습니다."

"그러면 들어가 보세요. 기다리고 계십니다."

록센은 자기 책상 옆에 있는 문 쪽을 가리켰고, 나는 그곳으로 걸어가 노크를 한 번 한 뒤 열고 들어갔다. 버넷 비거에게서 빌린 서류가방 하나를 손에 든 채였다.

재니스 랭와이저가 앉아 있는 거대한 책상은 두 대용 차고를 연상시켰다. 게다가 천장 높이는 4미터쯤 되어 보였고, 체리목 패널과 책장들로 에워싸여 있었다. 그녀의 체구는 작은 편이 아니었다. 키가 크고 날씬한 여자인데 사무실이 그녀를 왜소하게 보이게 했다. 나를 보자 쌩긋 미소를 지었고, 나도 따라서 미소를 지어 보였다.

"지방검사 사무실로 당신을 만나러 갔을 때는 아무도 나한테 물이나 커피를 권하지 않았는데요."

"맞아요, 해리. 시대가 확실히 변했죠."

그녀는 일어나서 책상 너머로 손을 내밀었다. 나와 악수하기 위해 그녀는 상체를 많이 숙여야만 했다. 그녀가 신입 검사서기였던 시절 시내 형사법원에서 우리는 처음 만났다. 나는 그녀가 성장하는 것과 점점 더 크고 힘든 사건들을 다루는 걸 지켜보았다. 그녀는 유능한 검사였다. 지금은 유능한 피고 변호인이 되려 애쓰고 있었다. 검사로 자기 경력을 마감하는 사람은 드물었다. 책상만 바꿔 앉으면 보수가 엄청 좋았다. 내가 들어간 사무실을 놓고 판단할 때, 재니스 랭와이저는 바꿔 앉은 책상에 멋지게 앉아 있었다.

"앉으세요."

그녀가 의자를 권하며 말했다.

"안 그래도 당신을 찾아 전화하려던 참이었어요. 오늘 이렇게 척 나타나 주니 정말 잘됐군요."

나는 어리둥절했다.

"나를 왜 찾아요? 혹시 내가 감방에 처넣은 놈을 변호하고 있는 건 아니겠죠?"

"아니, 그런 게 아니에요. 당신한테 일자리를 제의하려고요."

나는 한쪽 눈을 치켜떴다. 그녀는 내게 LA로 들어가는 열쇠라도 제공하는 듯 환한 미소를 지어 보였다.

"우리에 대해 얼마나 알고 있는지 모르겠군요, 해리."

"당신을 찾아내기가 꽤 어렵다는 건 알고 있죠. 전화번호부에도 없더군요. 검사 사무실에 있는 내 친구한테 물어서 간신히 알아냈소."

재니스 랭와이저는 고개를 끄덕였다.

"맞아요. 우린 전화번호부에 없어요. 그럴 필요가 없거든요. 극소수의 고객들만 받아들여 그들의 삶에서 발생하는 모든 법적인 일들을 취급하니까요."

"그중에서 당신은 형사 사건을 다루겠죠."

랭와이저는 망설였다. 내가 어디서 오는 중이었는지 가늠하고 있는 듯했다.

"맞아요. 회사의 형사 사건 전문가죠. 그래서 당신한테 연락하려 했던 거예요. 당신이 은퇴했다는 소식을 듣자 이건 완벽하다고 생각했죠. 풀타임도 아니고 사건에 따라 가끔 뛰면 되고, 화끈하고 재미도 있잖아요. 우린 당신이 지닌 기술을 십분 활용할 수 있을 테고 말예요, 해리."

나는 잠시 어떻게 대답하면 좋을까 하고 생각했다. 그녀의 기분을 상하게 하고 싶지 않았다. 나는 그녀를 고용하고 싶었다. 그래서 그녀의 제안을 받아들일 수 없다고는 말하지 않기로 했다. 돈 문제를 떠나서 나는 다른 책상으로 옮겨 앉을 수 없는 놈이라고, 나한테는 그런 자질이 없다고 말하기로 했다. 은퇴를 했든 안 했든, 내 인생에는 주어진 사명이 있었다. 피고 변호인의 뒤치다꺼리를 하는 일은 거기 포함되어 있지 않았다.

"재니스, 난 일자리를 찾아 온 게 아니에요."

나는 그녀에게 말했다.

"이미 난 일거리가 있는지도 몰라요. 여기 찾아온 이유는 당신을 고용하기 위해서요."

그녀는 깔깔 웃곤 말했다.

"농담이시겠죠. 무슨 문제 있어요?"

"아마도. 하지만 그것 때문에 당신을 고용하려는 건 아니오. 나는 날 위해 무언가를 보관해 주고, 필요할 땐 그것으로 적절한 행동을 취해줄 신뢰할 만한 변호사가 필요해요."

재니스 랭와이저는 책상 위로 상체를 쑥 내밀었다. 그래도 나와는 여전히 2미터 떨어진 거리였다.

"해리, 점점 더 이상한 말을 하는군요. 무슨 일이에요?"

"우선, 당신들의 정식 의뢰비가 얼마요? 일단 고객 자격으로 시작합시다."

"해리, 우리들의 변호 의뢰비는 최소한 2만 5천 달러예요. 그러니까 잊어버려요. 당신이 나한테 가져왔던 빵빵한 사건들로 난 당신한테 빚을 졌잖아요. 그러니까 내 고객이라 생각하세요."

나는 놀란 표정으로 물었다.

"정말이오? 파일 하나 여는 데만 2만 5천 달러라고?"

"그렇다니까요."

"그렇다면 그들은 제대로 임자를 만났군요."

"고마워요, 해리. 그래, 나한테 시키고 싶은 일이 뭐죠?"

나는 버넷 비거가 빌려준 서류가방을 열었다. 그 안에는 벽시계 감시 내용을 복사한 시디 석 장과 메모리 카드, 버넷에게 빌린 두 번째 장비가 들어 있었다. 시디는 안드레가 만들어 준 것이었다. 나는 메모리 카드와 시디들을 재니스 랭와이저의 책상 위에 올려놓았다.

"이것들은 내가 감시한 내용을 담고 있습니다. 오리지널 메모리 카드를 당신이 안전한 곳에 좀 보관해줬으면 하고요. 그리고 내가 쓴 편지와 함께 이 시디 한 장이 담긴 봉투를 따로 보관해 주기 바랍니다. 매일 자정 무렵 당신한테 전화해서 내가 무사하다는 메시지를 남기겠소. 당신이 아침에 출근해서 그 메시지가 있으면 아무 일 없는 겁니다. 만약 메시지가 없으면, 당신은 즉시 그 봉투를 〈LA 타임스〉 조시 메이어 기자에게 전해 줘요."

"조시 메이어란 이름 귀에 익은데요. 법원 출입 기자예요?"

"지역 형사 사건들을 가끔 담당했던 걸로 아는데, 지금은 테러리즘 담당이에요. 현재는 워싱턴 D.C. 외부에서 일하고 있을 거요."

"테러리즘이라고요, 해리?"

"설명하자면 깁니다."

그녀는 시간을 체크했다.

"시간 있어요. 컴퓨터도 있고."

나는 내 개인적인 수사와 로턴 크로스의 전화를 갑자기 받고 옷장 선반에서 묵은 사건 파일들 상자를 끌어내린 이후 벌어졌던 모든 일들에 대해 그녀에게 설명하느라고 15분을 소비했다. 그다음엔 시디를 그녀의 컴퓨터에 연결하여 감시 비디오를 보게 했다. 랭와이저는 내가 얘기해주기 전까진 로턴 크로스를 알아보지 못했다. 그녀는 밀턴과 카니 요원이 크로스에게 하는 못된 짓을 보자 당연히 분노했다. 나는 대니 크로스가 방 안으로 들어와서 남편을 위로하는 장면이 나오기 전에 비디오를 끄도록 했다.

"첫 번째 질문, 저자들 진짜 요원들이었어요?"

컴퓨터가 디스크를 밀어내기 전에 그녀가 내게 물었다.

"그럼요. 둘 다 웨스트우드에서 근무하는 대테러 신속대응 팀 요원들입니다."

랭와이저는 불쾌한 표정으로 머리를 흔들었다.

"이게 〈타임스〉와 TV 방송국에 전해지면…."

"난 그러고 싶지 않아요. 지금으로선 그게 최악의 시나리오예요."

"왜죠, 해리? 저자들은 깡패 요원들이에요. 적어도 저 밀턴이란 자는요. 그리고 동료가 저런 짓을 하는 걸 옆에서 구경만 했던 자도 똑같이 유죄예요."

변호사는 자기 컴퓨터 화면을 가리키며 말했다. 감시 비디오디스크를 밀어낸 컴퓨터 화면은 보호기능에 의해 바다를 내려다보는 절벽 위의 집과 해변으로 끝없이 몰려오는 파도 풍경으로 돌아와 있었다.

"9 · 11 이후 법무장관과 의회가 연방법과 기구들을 바꾸고 간소화하는 법안을 제정한 것은 바로 이것 때문이라고 생각하세요?"

"그건 아닙니다."

내가 대답했다.

"하지만 그들은 어떤 일이 일어날 수 있는지 알았어야만 했죠. 절대 권력은 절대로 부패한다던가요? 바로 그런 겁니다. 암튼 이런 일은 반드시 일어나게 되어 있습니다. 그들도 알아야만 해요. 차이점이 있다면 여기엔 중동의 테러리스트가 없다는 점이죠. 저 친구는 미국 시민입니다. 더구나 근무 도중 총을 맞아 사지가 마비된 전직 경관이에요."

랭와이저는 침울한 표정으로 고개를 끄덕였다.

"그러니까 이걸 반드시 내보내야죠. 모두에게 알려야만…."

"재니스, 내 대리인이 되겠소, 아니면 이걸 들고 다른 변호사를 찾아가야 합니까?"

그녀는 두 손을 번쩍 들며 말했다.

"좋아요, 당신 대리인이 될게요, 해리. 난 단지 이건 절대 그냥 지나쳐선 안 된다는 뜻이었어요."

"그냥 지나치겠다고 말한 적 없어요. 아직은 내보내고 싶지 않다는 거죠. 이걸 지렛대로 쓸 일이 있거든요. 그래서 먼저 얻어내고 싶은 게 있습니다."

"그게 뭔데요?"

"그걸 얘기하려는데 당신이 먼저 랠프 네이더(미국 변호사, 소비자 보호 반공해운동 지도자-옮긴이)처럼 떠들어댔소."

"알았어요, 미안해요. 이제부터 조용할 테니 계획을 말해 봐요, 해리."

그래서 나는 그녀에게 자초지종을 얘기했다.

25 우리

월셔 가에 있는 케이트 만틸리니에는 시내 어느 스트립 클럽의 랩댄스 방들보다 칸막이가 높아 고객의 프라이버시를 보호해 주는 부스들이 마련되어 있었다. 내가 그 레스토랑을 미팅 장소로 정한 이유는 그 때문이었다. 매우 은밀하면서도 동시에 매우 공개적인 장소였다. 나는 약속 시간 15분 전에 나가서 월셔 거리를 바라보는 창가의 부스에 자리 잡고 앉아 기다렸다.

FBI 특수 요원 존 피플즈도 약간 일찍 도착했다. 그는 나를 찾기 위해 부스마다 들여다봐야만 했다. 그리곤 뚱한 표정으로 내 맞은편 좌석에 조용히 앉았다.

"피플즈 요원, 이렇게 나와 주셔서 기쁩니다."

"선택의 여지가 없던 것 같았소."

"아마 그랬을 겁니다."

그는 테이블 위에 놓인 메뉴판을 확 열었다.

"여긴 한 번도 와본 적 없는데, 괜찮은 음식이 있소?"

"나쁘지 않죠. 목요일에 나오는 치킨 포트파이가 괜찮습니다."

"오늘은 목요일이 아니잖소."

"식사하러 온 게 아니지 않습니까."

요원은 메뉴판에서 고개를 들고 살기 어린 눈으로 나를 노려봤지만 이번엔 씨도 먹히지 않았다. 이번엔 내가 든 패가 더 높다는 걸 그도 알고 있었다. 나는 창밖으로 눈을 돌리고 월셔 거리 아래위를 훑어보았다.

"부하들을 바깥에 풀어놓았소, 피플즈 요원? 날 기다리고 있습니까?"

"당신 변호사가 지시한 대로 나 혼자 왔소."

"아, 그러셨다면 아무 일 없습니다. 하지만 당신 부하들이 나를 다시 체포하거나 내 변호사를 건드리면 당신이 이메일로 받아본 감시 테이프가 곧바로 언론매체와 인터넷에 유포될 겁니다. 내가 사라지면 금방 알아챌 사람들이 있죠. 그들이 지체 없이 유포할 거요."

피플즈는 머리를 살래살래 흔들며 말했다.

"계속 '사라진다'는 말씀을 반복하시는데, 여긴 남미가 아니오, 보슈. 우리가 나치스도 아니고요."

나는 옳은 말씀이라는 듯 고개를 끄덕였다.

"이런 멋진 레스토랑에 앉아 있으면 그럴 일이 전혀 없을 것 같죠. 하지만 내가 그 건물 9층 감방에 갇혀 있었을 때, 그리고 아무도 내가 거기 있는 줄 몰랐을 때는 얘기가 달랐어요. 당신들이 거기 가둬놓은 마우스 아지즈와 다른 사내들은 지금도 캘리포니아와 칠레의 차이가 뭔지 모를 걸요."

"그래서 지금 그들을 변호하는 겁니까? 이 나라를 몽땅 불사르고 싶어 하는 놈들을 말이오."

"그들을 변호하는 것이 아니라…."

나는 여종업원이 다가오는 것을 보고 말을 중단했다. 자기 이름을 캐시라고 밝힌 그녀는 주문할 준비가 되었는지 물었다. 피플즈는 커피를 주문했고, 나는 커피와 거품크림이 없는 아이스크림선디를 주문했다. 캐시가 돌아서자 피플즈 요원은 요상하다는 표정으로 날 쳐다보았다.

"난 은퇴했으니까 선디를 먹어도 돼요."

"대단한 은퇴로군."

"여긴 늦게까지 문을 여는 데다 아주 맛있는 선디를 만들거든요. 멋진 콤비네이션이지."

"기억해 두겠소."

"〈히트(Heat)〉란 영화 봤어요? 경찰로 나온 알파치노가 강도로 나온 드니로를 만났던 곳이 바로 여깁니다. 이곳에서 서로에게 그런 상황이 오면 주저 없이 쏴버리겠다고 말하죠."

피플즈는 고개를 끄덕였고, 우린 한참 동안 서로의 눈을 노려보았다. 메시지는 전해졌다. 나는 본론으로 들어가기로 했다.

"그래, 내가 보낸 벽시계 카메라에 대해 어떻게 생각했습니까?"

피플즈는 허세를 벗어던지고 갑자기 상처받은 표정을 지었다. 마치 사자 우리에 던져진 놈 같았다. 그는 감시 테이프가 공표되면 자기 미래가 어떻게 될지 잘 알고 있었다. 밀턴은 그의 부하이기 때문에 동반 추락은 불가피할 것이었다. 로드니 킹 테이프는 LA 경찰국 최고위층까지 깊은 상처를 냈다. 피플즈는 이 문제를 덮지 않으면 자신이 짓뭉개질 것임을 알아차릴 만큼은 영리했다.

"그걸 보고 몹시 불쾌했소. 우선 당신한테 사과하고, 로턴 크로스란 그 남자한테도 직접 찾아가 사과할 생각입니다."

"그건 참 좋은 생각입니다."

"우리 조직이 그런 식으로 운용되고 있다곤 절대 생각하지 마시오.

현재 상황이 그렇다거나, 내가 그것을 용납할 거라고도 생각지 마시오. 밀턴 요원은 끝났소. 모가지라고. 테이프를 보는 순간 알았어요. 밀턴을 기소하겠다고 약속하진 못하지만, 배지를 오래 지니고 다니도록 하진 않을 겁니다. FBI 배지 말이오. 내가 그렇게 만들겠소."

나는 고개를 끄덕였다.

"맞아요. 당연히 그러셔야지."

내가 너무 냉소적으로 말했는지, 피플즈의 얼굴이 분노로 벌겋게 달아올랐다.

"만나자고 전화했잖소, 보슈. 원하는 게 뭐요?"

드디어 나왔군. 내가 기다리고 있던 질문이었다.

"잘 아실 텐데요. 날 그만 좀 괴롭혀요. 내 파일과 수첩도 돌려주고. 로턴 크로스의 파일을 돌려달란 말입니다. 그리고 LA 경찰국 살인 사건 수사기록부 복사본도 원합니다. 당신들이 분명 가지고 있을 테죠. 아지즈와 그의 자료들도 보고 싶습니다."

"그에 관한 자료는 기밀입니다. 국가 안보사항이오. 우린 그럴 수…."

"기밀에서 제외해요. 영화촬영장 현금 강탈 사건과 얼마나 깊은 관련이 있는지 알고 싶으니까. 그리고 이틀 밤 동안의 그의 행방에 대해서도 알고 싶고. 그런 다음엔 그와 얘기하고 싶습니다."

"누구와 말이오? 아지즈와? 어림도 없는 소리요."

나는 테이블 위로 상체를 숙이며 말했다.

"어림도 없다고? 있지. 그걸 거부하면 TV나 컴퓨터 통신망을 가진 모든 사람들은 당신 부하 밀턴이 휠체어를 탄 무력한 사내에게 어떤 짓을 저질렀는지 보게 될 테니까. 더군다나 그 사내가 근무 도중 총을 맞아 사지가 마비되고 삶을 송두리째 빼앗긴 은퇴한 전직 경찰이라고 해 봐요. 로드니 킹 테이프가 LA 경찰국에 큰 타격을 입혔다고 생각하죠? 이건 그것에 비할 바가 아닙니다. 그 밀턴이란 자는 말할 것도 없고, 당신과 9층에 있다는 그 타격대까지 몽땅 조직에서 잘려나갈 거요. 그리고 법무장관과 당신들보다 행동이 더 빠른 모든 사람들이 민권 침해로 기소하려 할 겁니다. 이해가 됩니까, 피플즈 특수 요원?"

나는 대답할 시간을 주었지만 그는 아무 반응도 보이지 않았다. 눈길을 창밖으로 향한 채 윌셔 거리만 응시하고 있었다.

"만약 단 1분간이라도 내가 그런 일을 벌이진 못할 거라고 생각했다면, 당신은 나에 대한 조사를 게을리한 거요."

이번엔 나도 그가 대꾸할 때까지 기다렸다. 마침내 그의 눈길이 창밖에서 내게로 돌아왔다. 여종업원이 와서 커피를 내려놓고 내 선디는 만드는 중이라고 했다. 피플즈도 나도 고맙다는 말을 하지 않았다.

"내 분명히 말해두겠소."

피플즈가 내게 말했다.

"당신이 그럴 수 있다는 걸 압니다, 보슈. 그러고도 남을 사람이죠. 당신 같은 부류를 잘 알아요. 더 큰 선(善)보다 자기 이익을 우선시하는 사람이지."

"더 큰 선? 개똥 같은 소리 말아요. 이건 그런 얘기가 아냐. 당신이 내가 원하는 걸 주고 밀턴 모가지만 날리고 나면 아무 일도 없었던 것처럼 흘러갈 거요. 테이프는 공표되지 않아. 그게 더 큰 선 아닙니까?"

피플즈는 상체를 앞으로 숙이고 커피를 마셨다. 그리곤 9층 감방에서 그랬던 것처럼 또 입을 데었는지 얼굴을 찌푸렸다. 그는 커피 잔과 접시를 테이블에서 밀치고 부스 가장자리로 미끄러져 간 다음 나를 쳐다보았다.

"연락드리겠소."

"24시간 드리지. 내일 밤 이맘때까지 아무 연락 없으면 나도 손 털겠소. 테이프를 공표하겠단 소리지."

그는 냅킨을 손에 든 채 일어나더니 부스 바깥에서 나를 내려다보았다. 그리곤 동의한다는 뜻으로 머리를 끄덕였다.

"한 가지 물어봅시다."

그가 불쑥 말했다.

"당신은 오늘 밤 여기 있는데, 라스베이거스의 커맨더즈 팰리스에서 당신 신용 카드로 저녁을 사고 있는 사람은 누구요?"

나는 미소를 지었다. 그들은 나를 추적하고 있었던 것이다.

"내 친구죠. 커맨더즈 팰리스가 멋진 곳입니까?"

요원은 고개를 끄덕였다.

"최고에 속하죠. 가본 적 있어요. 검보(해물 스튜)에 담근 새우가 마시멜로처럼 부드럽소."

"맛있겠군요."

"비싸기도 하죠. 당신 친구는 당신 아멕스로 100달러 이상은 긁었을 거요. 2인분 저녁 값처럼 보이던데."

그는 손에 들고 있던 냅킨을 테이블에 던지곤 말했다.

"연락하겠소."

그가 나간 잠시 후 여종업원은 내가 주문했던 선디를 가져왔다. 계산서를 달라고 하자 그녀는 곧 가져오겠다고 말했다.

나는 스푼으로 아이스크림을 찔러대기만 했지 맛도 보지 않았다. 머릿속으로는 조금 전에 피플즈가 했던 말들을 생각하고 있었다. 누군가가 내 신용 카드를 사용하고 있다는 사실을 알고 있다는 그의 말에 위협이 내포되어 있는지는 알 수 없었다. 어쩌면 누구인지 이미 알고 있는지도 몰랐다.

하지만 무엇보다도 내가 더 골똘히 생각하고 있는 것은 커맨더즈 팰리스에서 식사한 사람이 두 명인 것 같다는 그의 말이었다. “우리”라는 문제가 다시 대두한 것이었다. 엘리노어에 관한 한 결코 간과할 수 없는 문제였다.

26 주사위

라스베이거스 계략을 더 이상 써먹을 수 없게 되었기 때문에, 나는 버뱅크 공항으로 달려가서 렌터카를 반납한 뒤 전차를 타고 장기 주차 구역으로 내 차를 찾으러 갔다. 그 전에 로턴 크로스한테 바퀴 달린 짐수레를 빌려 메르세데스 뒤에 실어두었다. 차에 오르기 전에 그것을 꺼내어 타고 메르세데스 아래로 미끄러져 들어갔다. 그리곤 위성추적장치와 열감지기를 떼어내어 바로 옆자리에 주차되어 있는 픽업트럭 아래로 굴러 들어갔다. 그 도구들을 픽업트럭 밑바닥에 단단히 부착한 뒤 다시 메르세데스 아래로 돌아갔다. 밖으로 나와 픽업트럭을 살펴보니 애리조나 번호판을 달고 있었다. 만약 피플즈가 연방수사국 장비를 회수하러 부하를 빨리 보내지 않는다면 애리조나 주까지 쫓아가야 할 것이다. 주차요금을 지불하기 위해 부스로 운전하며 그런 생각을 하자 웃음이 절로 나왔다.

"아주 멋진 비행을 하신 모양이군요."

내 주차권을 받으며 여자가 말했다.

"네, 그런 것 같소. 이렇게 무사히 돌아왔으니까요."

집으로 돌아온 나는 문 안으로 들어서기 바쁘게 재니스 랭와이저의 휴대전화 번호를 눌러댔다. 그녀는 내 계획을 약간 변경시켰다. 자기 사무실 전화에 내가 매일 밤 메시지를 남길 것이 아니라, 그녀의 휴대전화로 직접 전화해 주길 바랐던 것이다.

"어떻게 됐어요?"

"그대로 밀어붙였소. 이젠 기다려야지 뭐. 그 친구에게 내일 밤까지라고 못 박았어요. 그때까진 우리도 알게 되겠죠."

"그자가 어떻게 받아들이던가요?"

"우리가 예상했던 대로예요. 좋아하진 않았죠. 하지만 마지막엔 그도 희망을 발견한 것 같았어요. 내일 전화할 걸로 봅니다."

"그러길 바라야죠."

"그쪽은 다 끝났어요?"

"그런 것 같아요. 메모리 카드는 사무실 금고에 있고, 난 당신 연락을 기다릴 거예요. 연락이 없으면 어떻게 해야 할지 알게 되겠죠."

"좋아요, 재니스. 고마워요."

"잘 자요, 해리."

전화를 끊고 나는 이런저런 생각에 잠겨들었다. 모든 준비가 끝난 것 같았다. 다음 동작을 취해야 할 사람은 피플즈였다. 나는 다시 전화를 집어 들고 엘리노어를 불렀다. 그녀는 즉시 받았고, 목소리에 졸음기는 없었다.

"미안, 해리야. 지금 게임 중이야?"

"그렇기도 하고 아니기도 해. 게임이 잘 안 풀려 좀 쉬고 있어. 벨라지오 호텔 바깥에 나와 분수를 보는 중이야."

나는 고개를 끄덕였다. 그곳 난간에 서서 춤추는 분수를 바라보는 그녀의 모습을 떠올릴 수 있었다. 수화기를 통해 음악 소리와 물소리가 들려왔다.

"커맨더즈 팰리스는 어땠어?"

"거기 간 걸 어떻게 알았어?"

"오늘 밤 FBI 요원이 다녀갔거든."

"빠르군."

"응. 멋진 레스토랑이라 하더군. 새우가 마시멜로 같다면서, 좋았어?"

"맛있었어. 뉴올리언스에서 먹은 게 더 좋았지만. 같은 요리라도 원조라는 게 있잖아."

"그렇지. 게다가 혼자 먹으면 맛이 좀 별로지."

나는 속이 빤히 들여다보이는 서툰 짓에 대해 하마터면 욕을 내뱉을 뻔했다.

"혼자 먹지 않았어. 같이 게임하던 여자 친구를 하나 데려갔지. 지출 한도를 말하진 않았잖아, 해리."

"않았지. 한도 따윈 없었어."

나는 화제를 바꾸고 싶었다. 내가 뭘 묻고 있는지 우린 모두 알고 있었고, 그러자 창피한 생각이 들었다. 특히 누군가가 엿듣고 있을지 모른다고 생각하니 더욱 그랬다.

"그러니까 당신은 누군가가 지켜보고 있는 줄도 몰랐단 말이군?"

엘리노어는 잠시 생각한 뒤 대답했다.

"응, 몰랐어. 날 곤경에 빠뜨리지 말았으면 해, 해리."

"그럼, 당신은 안전해. 그들을 속이는 일은 끝났다는 걸 알려주려고 전화한 것뿐이야. 요원들은 내가 여기 있는 걸 알아."

"에이, 그러면 쇼핑도 끝났고 당신이 약속한 선물도 구입하기 틀린 거네."

나는 미소를 지었다. 그녀가 장난으로 그런다는 걸 알기 때문이었다.

"그건 괜찮아. 쇼핑도 하고 갖고 싶은 선물도 사."

"아무 일 없어, 해리?"

"그럼. 난 괜찮아."

"그 일에 대해 얘기하고 싶어?"

이 전화로는 안 돼, 하고 생각했지만 입 밖에 내진 않았다.

"다음에 만나 얘기해 줄게. 지금은 너무 피곤해서."

"좋아, 봐줄게. 당신 카드는 어떻게 할까? 그리고 당신 가방도 내 차 뒷좌석에 두고 내렸더군."

그녀는 내가 일부러 그랬다는 걸 다 안다는 말투였다.

"당분간 좀 보관해 줘. 지금 하고 있는 일이 끝나면 찾으러 갈게."

한참을 망설인 끝에 그녀가 말했다.

"오늘보다는 좀 더 자세히 얘기해 줘. 그래야 나도 준비를 하지."

"그러지. 그럴게."

"좋아, 해리. 난 들어가 봐야겠어. 당신하고 얘기해서 내 행운이 돌아와 있을지도 모르지."

"그랬으면 좋겠어, 엘리노어. 나 대신 신용 카드 사용해 줘서 고마워."

"별말씀을. 안녕, 해리."

"안녕."

그녀가 전화를 끊었다.

"그리고 행운을 빌어."

나는 이미 끊어진 전화기에 대고 말했다. 그리고 우리가 나눈 대화를 떠올리며 그녀가 무슨 뜻으로 "오늘보다는 좀 더 자세히 얘기해 줘. 그래야 나도 준비를 하지."라고 말했을까, 하고 생각하기 시작했다. 마치 나더러 불쑥 나타나지 말고 사전에 주의를 달라는 뜻으로 들렸다. 그래서 뭐 하려고? 뭘 준비해야 한다는 것일까?

그런 생각이나 하며 걱정하다간 멍청이가 되기 딱 알맞겠다는 기분이 들었다. 엘리노어와 다른 일들을 모두 밀쳐내고 냉장고에서 맥주 하나를 꺼내어 뒤쪽 데크로 나갔다. 시원하고 맑은 밤이었고, 멀리 내려다보이는 프리웨이의 가로등들이 다이아몬드 목걸이처럼 반짝거렸다. 아래쪽 산기슭 어딘가에서 여자의 웃음소리가 들려왔다. 나는 대니 크로스와 그녀가 자기 남편에게 불러주던 부드러운 노래가 생각났다. 사랑과 상실감 속에서 밤은 항상 신성하다. 인간이 그렇게 만들 수 있을 때에만 멋진 세상이 될 수 있다. "파라다이스 로드"를 가리키는 표지판은 없다.

나는 이번 일만 끝나면 라스베이거스로 가서 다시는 돌아오지 않겠다고 결심했다. 나도 주사위를 한 번 던져 봐야지. 엘리노어를 찾아가서 기회를 잡을 것이다.

27 행운이 필요하다

다음 날 아침 나는 로턴 크로스의 자동차 엔진 칸막이에서 건져낸 서류들을 테이블 위에 펼쳐놓았다. 그리고 커피를 끓이기 위해 부엌에 들어갔다가 커피가 떨어졌다는 걸 알았다. 언덕 아래 가게로 내려가 사올 수도 있지만 전화기 곁을 잠시도 떠나고 싶지 않았다. 재니스 랭와이저가 일찍 전화할 수도 있었다. 그래서 물병을 갖다놓고 테이블에 앉아 4년쯤 전에 크로스가 복사해서 자기 집에 보관해 왔던 보고서들을 읽기 시작했다.

내가 입수한 것은 영화사에 현금을 대출했던 은행이 작성한 현금보고서 사본, 그리고 로턴 크로스와 잭 도시가 다른 사건들 때문에 스케줄이 복잡해지기 전까지 작업하고 있었던 T&L 보고서였다.

현금보고서는 모두 네 쪽으로, 영화촬영장으로 운송되었던 현금 중 임의로 선택한 100달러짜리 지폐들의 일련번호를 타이핑한 것이었다. 작성자는 라이너스 사이먼슨과 조슬린 존스로 기입되어 있었다. 그리고 서명자는 부행장 고든 스캑스란 이름이었다.

사이먼슨은 내가 알고 있던 이름이었다. 영화촬영장에서 현금 강탈 사건이 일어난 날 현장에 있었던 은행 직원들 중 한 명이었다. 총격이 벌어진 와중에 부상을 입었다. 나는 이제야 그가 왜 거기 있었는지 알아차렸다. 현금 운송 준비를 돕고 영화촬영이 끝날 때까지 돈을 지키려 했던 것 같았다.

스캑스 역시 귀에 익은 이름이었다. 영화제작자 알렉산더 테일러에게 현금이 촬영장으로 운송되어 오는 것을 알고 있었던 사람들이 누구냐고 내가 물었을 때 그가 대답한 이름들 중에 스캑스도 끼어 있었던 것이다. 그때 테일러에게 들은 이름들을 적은 명단은 지금 내게 없다. 내 집을 수색한 FBI 놈들이 가져갔다. 그렇지만 스캑스란 이름은 아직 분명히 기억에 남아 있었다.

그 사건에 대해 내 손이 미치는 모든 것들을 집중 검토하는 한편, 혹시 무언가 튀어나올지도 모른다는 생각에서 지폐의 일련번호들도 자세히 살펴보았다. 그렇지만 아무것도 나오지 않았다. 그것들은 사건으로 접근하는 비밀 통로를 막아버린 풀리지 않는 암호 같았고, 특별한 연속성이 없는 일련번호들을 모아놓은 네 쪽의 서류일 뿐이었다.

마침내 나는 일련번호 서류들을 한쪽으로 밀어두고 알리바이 서류인 T&L 보고서를 집어 들었다. 우선 스캑스와 사이먼슨, 존스라는 이름을 체크해 보니 크로스와 도시가 그 은행 직원 세 명의 위치와 시간을 철저히 조사했음을 알 수 있었다. 도시가 사이먼슨을 추적하는 동안 크로스는 스캑스와 존스를 조사했던 모양이었다. 그들의 위치는 안젤라 벤턴의 피살과 뒤이어 일어난 영화촬영장 현금 강탈 사건의 주요 시간대에 견주어 체크되었다.

세 명은 모두 사건 현장에 몸을 드러냄으로서 알리바이가 증명되었다. 사이먼슨은 현금 강탈 현장에 있었지만, 어디까지나 은행을 대표하고 있었다. 강도들이 쏜 총에 맞아 부상을 당했다는 사실도 그의 결백성에 무게를 실어 주었다. 물론 그것이 강탈 행위에 보조 역할을 담당하지 않았다는 증거는 되지 못했다. 그들 중 누구라도 계획이 진행되는 동안 배후에서 사건을 지휘했을 수 있었다. 아니면 적어도 그들 중 하나가 영화촬영장으로 현금이 수송된다는 정보를 제공했을 가능성도 있었다.

T&L 보고서에 있는 다른 여덟 명에게도 똑같은 혐의를 적용할 수 있었다. 모두가 사건 현장에서 행동하고 있었기 때문에 알리바이는 분명했다. 하지만 그들이 배후에서 범행에 관여하고 있었다면, 어떤 일을 했는지를 설명한 다른 보고서나 파일이 있을 텐데 내겐 그런 게 없었다.

나는 헛수고를 하고 있다는 걸 알았다. 모자라는 카드로 혼자 놀이를 하고 있었다. 에이스들이 빠진 카드로 내가 이길 수 있는 방법은 없었다. 카드들이 모두 있는 완전한 한 벌을 손에 넣어야만 했다. 나는 물을 한 모금 꿀꺽 마시곤 이것이 커피라면 좋겠다고 생각했다. 그리고 피플즈와 벌인 게임의 중요성에 대해 생각하기 시작했다. 그게 먹혀들지 않으면 난 손을 털어야 할 판이었다. 안젤라 벤턴이 내뻗은 손이 죽을 때까지 나를 따라다니겠지만, 내가 할 수 있는 일은 결국 아무것도 없을 터였다.

이때라는 듯이 전화벨이 울렸다. 나는 부엌으로 들어가서 전화기를 들었다. 재니스 랭와이저는 이름을 밝히지 않고 말했다.

"나예요. 얘기할 게 있는데."

"오케이. 지금 뭘 좀 하는 중이니까 이따 전화하겠소."

"알았어요."

그녀는 군소리 없이 전화를 끊었다. 내 집과 전화기가 도청되고 있다는 내 말을 그녀가 이젠 믿고 있다는 신호였다. 또한 내가 원했던 방향으로 피플즈가 행동하고 있다는 신호이기도 했다. 나는 카운터 위에 놓아둔 열쇠꾸러미를 들고 밖으로 나갔다.

차를 몰고 언덕을 내려갔다. 멀홀랜드가 반대쪽 산기슭으로 돌아 카후엥가에서 우드로 윌슨과 만나는 지점에 이르렀을 때였다. 맞은편에서 신호등을 기다리고 있는 노란 구닥다리 코르벳을 발견했다. 운전자는 내가 좀 아는 사내였다. 이따금씩 조깅을 하거나 차를 몰고 내 집 앞을 지나가곤 했는데, 나와는 반대쪽 기슭에 살고 있는 사설탐정이었다. 내가 한쪽 팔을 창밖으로 내밀고 인사를 건네자 그도 따라했다. 순탄한 항해를 비네, 형제. 나한테도 그게 필요하다네. 신호등이 바뀌자 그는 카후엥가 남쪽으로, 나는 북쪽으로 달려갔다.

편의점에서 커피를 한 컵 산 뒤 뽀끼또 마스(Poquito Mas, 멕시칸 음식점) 옆 공중전화기로 갔다. 랭와이저의 휴대전화 번호를 누르자 그녀가 즉시 받았다.

"당신이 예상했던 대로 어젯밤 그들이 다녀갔어요."

"카메라에 잡혔소?"

"네, 완벽해요! 아주 선명하게 잡혔어요. 벽시계 카메라에 잡혔던 바로 그 사내였어요. 밀턴이라는 사내."

나는 고개를 끄덕였다. 전날 밤 재니스가 내 집으로 전화해서 메모리카드를 회사 금고에 보관했다고 한 말은 미끼였는데, 밀턴이 그걸 덥석 문 것이었다. 재니스의 사무실을 떠나기 전에 나는 라디오 속에 감춘 또 한 대의 비거&비거 카메라를 그녀의 책상 위에 놓고 렌즈 방향을 금고를 숨겨둔 책장 쪽으로 조준해 놓았다.

"그자는 여기저기 뒤지다 금고를 찾아냈어요. 벽에서 빼내어 통째로 가져갔나 봐요."

전날 밤 그녀는 금고 속의 것을 모두 꺼내어 따로 보관해두었다. 그리고 나는 금고 속에다 "엿이나 처먹어라, FBI 놈아!"라고 적은 쪽지를 접어서 넣어두었다. 밀턴이 금고를 열고 안에서 그 쪽지를 꺼내어 읽는 모습을 상상해 보았다.

"사무실 안의 다른 것들은 건드리지 않았나요?"

"서랍들을 몇 개 빼내어 흩어놓고 커피 룸의 주전자를 패대기쳐 놓았더군요. 좀도둑처럼 보이고 싶었던가 봐요."

"경찰에 신고한 사람은 없었습니까?"

"있었어요. 하지만 아직 아무도 출동하지 않았어요. 으레 그렇죠."

"감시 장비를 이젠 치워주세요."

"알아요. 이젠 난 뭘 해야 하죠?"

"피플즈의 이메일 주소를 아직 가지고 있습니까?"

"그럼요."

전날 밤 그녀는 검찰국에서 근무했던 옛 동료를 통해 어렵잖게 그의 이메일 주소를 입수할 수 있었다.

"좋아요, 피플즈에게 다른 이메일을 보내세요. 최근 감시 기록을 첨부하고 내가 마감시간을 오늘 정오로 변경했다고 통보해요. 그 시각까지 나한테 연락하지 않으면 그 결과를 CNN에서 보기 시작할 거라고요. 최대한 빨리 보내세요."

"지금 보내고 있어요."

"좋습니다."

그녀가 자판을 두들기는 소리를 들으며 나는 커피를 홀짝였다. 안드레 비거는 내가 빌린 서류가방 속에 컴퓨터 어태치먼트까지 넣어주어 랭와이저가 라디오 카메라에서 빼낸 메모리 카드를 볼 수 있게 했다. 덕분에 그녀는 지금 이메일에 감시 기록을 첨부할 수 있게 된 것이다.

"다 보냈어요, 해리. 행운을 빌어요."

"고마워요. 난 정말 행운이 필요해요."

"오늘 밤 자정까지 전화하는 거 잊지 말아요. 연락 없으면 지시한 대로 해버릴 테니까."

"알았소."

나는 전화를 끊고 두 잔째의 커피를 사기 위해 편의점으로 돌아갔다. 랭와이저의 보고에 벌써 흥분되었지만, 하루를 마감하기 전에 더 많은 카페인이 필요하겠다는 생각이 들었다.

집에 돌아와 보니 전화기가 울리고 있었다. 나는 문도 잠그지 않고 뛰어 들어가 부엌 카운터에서 전화기를 집어 들었다.

"네?"

"보슈 씨? 존 피플즈요."

"좋은 아침입니다."

"안 좋은 아침이오. 언제 들어올 수 있소?"

"지금 곧 가죠."

28 면회

FBI 특수 요원 피플즈는 웨스트우드 연방 건물 1층 로비에서 나를 기다리고 있었다. 그런데 의자에 앉아 있는 것이 아니라 서 있었다. 보아하니 나한테 전화를 건 후 줄곧 서성거리고 있었던 것 같았다.

"따라오시오. 재빨리 끝내야 할 거요."

그가 미리 재촉했다.

"암튼 좋습니다."

정복 차림의 경비원에게 고개를 끄덕여 보인 뒤 그는 카드키로 보안문을 열고 나를 안내했다. 이젠 내 눈에도 익은 엘리베이터를 타는 데도 그 카드키가 필요했다.

"당신들은 전용 엘리베이터까지 없는 게 없군요. 아주 멋집니다."

내가 한마디 해주었다.

피플즈는 마뜩찮은 표정으로 나를 돌아보았다.

"나도 선택의 여지가 없어서 이러는 거요. 내가 이곳에서 이루려는 더 큰 선을 위해 당신의 억지요청을 들어주기로 결심한 겁니다."

"그래서 어젯밤 밀턴을 내 변호사 사무실로 보냈소? 당신이 말하는 더 큰 선이란 게 대충 그런 겁니까?"

그는 대답하지 않았다.

"이봐요, 당신이 날 미워하는 건 좋습니다. 당신 맘이니까. 그렇지만 피차 사기를 치진 맙시다. 그딴 명분 뒤에 숨진 말라고요. 여기서 무슨 일이 벌어지고 있는지는 우리 둘 다 알고 있으니까요. 당신 부하들은 한계를 넘다가 잡혔소. 이제 그 대가를 치러야 할 때지. 그래서 이렇게 된 거요. 아주 단순한 얘기죠."

"하지만 그러는 동안 수사는 방해를 받고 수많은 생명이 위험에 처하게 될지도 몰라요."

"그건 두고 봐야죠. 안 그래요?"

엘리베이터는 9층에서 열렸다. 요원은 아무 대꾸 없이 나를 엘리베이터 밖으로 인도했다. 언제나 편리한 카드키가 또 하나의 문을 열자 여러 요원들이 책상에 앉아 근무하고 있는 커다란 방이 나타났다. 우리가 지나가자 다들 하던 일을 멈추고 나를 쳐다보았다. 내가 누군지, 혹은 무슨 일을 하고 있는지 설명을 들었거나, 요원이 아닌 민간인이 그들의 내부 성소에 들어온 것이 흥미로운 모양이었다.

사무실을 중간쯤 지나가고 있을 때 뒤쪽 책상에 앉아 있는 밀턴의 모습이 눈에 띄었다. 의자 등받이에 기대어 마냥 느긋한 척하고 있었다. 그렇지만 속으로는 분노가 부글부글 끓고 있음을 감지할 수 있었다. 나는 그에게 윙크를 한 번 해주고는 눈길을 돌려버렸다.

피플즈는 책상과 의자 두 개가 놓인 조그마한 방으로 나를 데리고 들어갔다. 책상 위에 마분지 상자가 하나 놓여 있었는데, 그 안에는 내 수첩과 안젤라 벤턴에 대해 조사해온 파일이 담겨 있었다. 또한 로턴 크로스의 차고에서 가져온 파일과 두께가 5센티쯤 되는 검정색 바인더도 보였다. 바인더의 서류들은 LA 경찰국 살인 사건 수사기록부 복사본으로 짐작되었다. 그것을 보기만 해도 나는 흥분이 되었다. 내가 찾고 있었던 완전한 한 벌의 카드였다.

"나머지는 어디 있소?"

내 질문에 피플즈는 책상을 돌아가더니 가운데 서랍을 열었다. 그리곤 파일 하나를 꺼내어 책상 위에 올려놓으며 말했다.

"그 안에 당신이 요구한 이틀 밤 동안의 용의자 위치보고서가 들어있을 거요. 그것들이 당신한테 도움이 될 거라곤 보지 않지만, 당신이 원하니까 보여주는 거요. 여기서만 볼 수 있고 사무실 밖으로 가지고 나갈 순 없습니다. 아시겠소?"

나는 더 이상 밀어붙이지 않기로 작정하고 고개를 끄덕였다.

"아지즈는 어떻습니까?"

"당신이 준비되면 그의 방으로 데려다 주겠소. 하지만 그는 입을 열지 않을 겁니다. 시간만 낭비하게 될 거요."

"낭비해도 내 시간입니다."

"그러면 여기서 나가기 전에 당신 변호사한테 전화해서 어젯밤과 그젯밤에 녹화한 감시 테이프 원본과 복사본을 모두 넘겨주라고 지시하시오."

나는 고개를 저었다.

"미안하지만 그런 약속은 한 적 없습니다."

"분명히 약속했소."

"아뇨. 감시 기록들을 넘겨준다는 말은 한 적 없습니다. 그것들을 공표하지 않겠다고만 했죠. 그건 다른 얘깁니다. 난 내가 가진 유일한 지렛대를 넘겨줄 생각이 없습니다. 그 정도로 어리석진 않아요, 존."

"우린 거래를 했소."

그의 두 볼이 분노로 부들부들 떨리기 시작했다.

"나도 거래에 따르고 있습니다. 정확히 내가 제시했던 대로 말이죠."

나는 주머니에서 카세트테이프를 하나 꺼내어 그에게 건네주었다.

"내 말을 믿지 못하겠다면 당신이 직접 들어 보시오. 어젯밤 부스에서 녹음한 겁니다."

그는 이제 내가 그 자신까지도 엮어 넣었다는 사실을 깨달은 듯했다.

"받아요, 존. 당신에 대한 나의 호의니까. 원본 테이프고 복사본은 만들지 않았소."

그는 천천히 손을 내밀어 그것을 받았다. 나는 책상을 돌아가며 그에게 말했다.

"내가 파일을 살펴보는 동안 당신은 나가서 아지즈나 잘 단속하는 게 좋을 것 같군요."

피플즈는 고개를 끄덕이며 테이프를 주머니에 넣었다.

"10분 후에 돌아오겠소. 만약 누가 들어와서 당신한테 뭘 하고 있느냐고 물으면 그 파일을 덮고 나한테 물어보라고 하시오."

"마지막으로 한 가지만 물어봅시다. 돈은 어떻게 됐소?"

"어떻게 되다니."

"영화촬영장에서 강탈당한 돈 중 얼마만큼을 아지즈가 자기 자동차 좌석 밑에 감추고 있었습니까?"

피플즈의 얼굴에서 희미한 미소가 스치는 것을 보았다고 생각한 순간 금방 지워졌다.

"100달러였소. 강탈당한 지폐 한 장이었지."

그는 실망한 내 얼굴을 충분히 확인한 후 문 쪽으로 돌아섰다.

그가 방을 나간 후 나는 책상에 앉아 파일을 열었다. 그 안에는 보안

스탬프가 찍힌 서류 두 쪽이 들어 있었는데, 중간중간에 검정색 잉크로 단어들과 문장들이 새까맣게 지워져 있었다. 피플즈는 내게 보여줄 필요가 없거나 갈취당하고 싶지 않은 부분은 일절 보여주지 않으려는 것이 분명했다.

두 페이지의 서류는 더 큰 파일에서 가져온 것 같았다. 상단 왼쪽 모퉁이에 작은 활자체로 코드 번호가 찍혀 있었다. 나는 마분지 상자를 열고 내 파일을 꺼냈다. 거기서 메모 용지 한 장을 빼내어 두 쪽의 서류에 찍혀 있는 코드 번호를 옮겨 적었다. 그리곤 피플즈가 지우지 않고 남겨둔 부분을 읽기 시작했다.

첫 번째 페이지에는 날짜를 밝힌 두 문단이 적혀 있었다.

> 1999년 5월 11일 – 용의자는 함부르크에서 (　)시에 (　)와 (　)와 함께 있었던 것으로 확인되었음. 용의자는 대략 20:00시부터 23:30시까지 (　) 옆 레스토랑에서 목격되었음. 더 세부적인 내용은 없음.
>
> 1999년 7월 1일 – 14:40시에 용의자의 여권이 히스로 공항에서 검색되었음. 확인 결과 프랑크푸르트발 루프트한자 698기로 밝혀짐. 더 세부적인 내용은 없음.

이 두 문단을 전후한 다른 문단들은 전부 새까맣게 지워져 있었다. 내가 보고 있는 것은 연방수사국이 여러 해 동안 수집해온 아지즈에 대한 정보를 기록한 일지였다. 그는 감시대상자 명단에 올라 있었다. 이것은 그 결과물로, 정보제공자와 FBI 요원들, 공항 여권심사원들에 의해 목격된 정보들이었다.

그리고 위의 두 날짜 사이에 안젤라 벤턴 피살 사건(1999년 5월 16일)과 영화촬영장 강도 사건(1999년 5월 19일)이 발생했음을 알 수 있었다. 그것은 아지즈가 직접적이든 배경으로든 그 범죄들에 결코 관여하지 않았음을 밝혀주진 않았다. 하지만 이 서류가 진짜라면, 아지즈는 내가 수사하고 있던 두 사건이 일어나기 전이나 그 후에도 유럽에 있었다는 얘기였다. 그게 알리바이가 될 순 없었다. 내가 읽은 〈LA 타임스〉 기사에는 아지즈가 가짜 신분으로 여행한다고 했다. 그렇다면 위장한 신분으로 이 나라에 들어와 그런 범죄들을 저지른 뒤 슬쩍 빠져나갔을 수도 있었다.

나는 다음 페이지로 넘어갔다. 거기엔 지워지지 않은 문단이 하나밖에 없었다. 하지만 거기 찍힌 날짜가 직격탄이었다.

> 2000년 3월 19일 – 용의자의 여권이 캘리포니아주 로스앤젤레스 국제공항에서 검색되었음. 마닐라발 콴타스 항공 88기로 18:11시에 도착. 보안 검색과 수색. 로스앤젤레스 경찰국 파견 지소 ( )가 심문함. 조서 #00-44969 참조. 21:16시에 석방.

마서 게슬러 요원이 실종되던 날 밤에 대해 아지즈는 완벽한 알리바이를 가지고 있는 것처럼 보였다. LA 국제공항에서 근무하던 FBI 요원이 밤 9시 15분까지 그를 심문하고 있었다니까, 게슬러가 퇴근해서 귀가 도중 실종당한 그 시각에 그는 분명 연방수사국 심문실에 구금된 상태였다.

나는 두 쪽의 서류를 파일에 끼워 서랍 안에 돌려주었다. 메모할 것도 없어서 내 파일에서 빼낸 서류에 더 이상 기록하지도 않았다. 그 서류도 파일에 끼운 뒤 LA 경찰국 살인 사건 수사기록부를 끌어당겼다. 그것을 막 넘기기 시작했을 때, 갑자기 문이 열리고 밀턴이 들어왔다. 나는 아무 말도 하지 않았다. 그가 먼저 동작을 취하길 기다렸다. 그는 창고 크기만 한 사무실을 한 바퀴 획 돌아본 뒤 내 쪽은 거들떠보지도 않고 말했다.

"제법 배짱이 두둑한데, 보슈. 당신이 지금 하고 있는 일과 하려는 일에서 손을 떼고 물러서. 내 앞에서 꺼지란 말이야."

"똑같은 말을 나도 당신한테 할 수 있을 것 같은데."

"나한테 한 소리라면 괜한 허세를 부리는 거야."

"허세로 봤다면 착각이지."

그는 상체를 숙여 두 손을 테이블에 짚고 나를 똑바로 노려보았다.

"당신은 끝났어, 보슈. 당신 세상은 지나갔다고. 지금 당신은 지푸라기라도 잡는 심정으로 미래를 수호하려는 사람들을 엿 먹이고 있어."

나는 아무 감흥도 없었고, 그렇게 보이고 싶었다. 그래서 상체를 뒤로 젖히고 그를 바라보며 말했다.

"왜 그렇게 안절부절못하는 거지? 당신은 걱정할 것 없다고 내가 장담할 수 있어. 당신 보스가 까발리기보다는 덮기에 더 급급하니까. 이 일 때문에 다치진 않을 거야, 밀턴. 보스는 당신이 한 짓 그 자체보다 카메라에 찍힌 것에 더 화를 내더군."

그는 손가락으로 나를 가리키며 말했다.

"닥쳐. 그 얘긴 하지 말라고. 당신한테 조언을 구하느니 배지를 반납하고 말겠어."

"좋아. 그러면 나한테 원하는 게 뭔가?"

"경고하고 싶어. 나를 조심해, 보슈. 곧 손봐 줄 테니까."

"각오하고 있겠네."

그는 돌아서서 방을 나가더니 문을 열어둔 채 가버렸다. 잠시 후 그 문으로 피플즈가 돌아왔다.

"준비됐소?"

"그럼요."

"내가 준 파일은 어디 있소?"

"서랍에 넣어뒀습니다."

그는 책상 위로 상체를 굽히고 서랍을 열어 보았다. 파일을 열고 내가 철한 것을 빼내지 않았는지 확인하기까지 했다.

"좋소, 갑시다. 당신 상자는 가져가시오."

그를 따라 보안 문을 두어 개 통과하자 다시 감방들이 죽 늘어선 복도가 나왔다. 일방투시용 유리로 된 창문에 접근하기도 전에 피플즈는 카드키로 문을 열고 나를 밀어 넣었다. 면회실 안에는 책상 하나와 의자 두 개만 달랑 놓여 있었다. 무수와 아지즈가 벌써 의자 하나를 차지하고 앉아 있었다. 이전에 한 번도 본 적 없는 요원 하나가 문 왼쪽 모퉁이에 기대어 서 있었다. 피플즈가 맞은편 모퉁이로 이동하며 내게 말했다.

"앉아요. 15분 드리겠소."

나는 들고 온 마분지 상자를 바닥에 내려놓고 아지즈 맞은편에 있는 의자를 빼내어 앉았다. 그는 허약하고 깡말라 보였다. 금발로 물들인 머리카락 밑동치가 새까맣게 자라 올라와 있었다. 눈꺼풀이 처진 눈동자는 핏발이 서 있었고, 감방에 들어온 이래 눈빛이 사그라진 게 아닐까 싶었다. 그의 세계에서 상황은 확실히 변했다. 2년 전 LA 국제공항에 도착해서 신원을 조회할 때는 FBI 요원이 면담을 원해서 한두 시간 억류당한 것으로 끝났다. 그런데 지금은 국경을 넘다 체포되어 FBI 밀실에 갇힌 신세니 언제 풀려날지 알 수 없었다.

아지즈와의 면담에 큰 기대를 한 건 아니었다. 하지만 그를 용의자로 조사할 건지 제외할 건지 결정하기 전에 일단 대면할 필요가 있다고 생각했다. 몇 분 전 정보보고서를 읽고 난 후엔 제외하는 쪽으로 마음이 기울어 있었다. 테러리스트 졸개로 보이는 한 사내와 안젤라 벤턴을 연결할 수 있는 것이라곤 돈박에 없는 것 같았다. 그가 국경에서 체포되었을 때 소지하고 있었던 것은 영화촬영장에서 강탈당한 100달러짜리 지폐들 중 한 장이었다. 단 한 장. 이것에 대해서는 여러 가지 설명이 가능하겠지만, 아지즈가 살인과 강탈 사건에 연루되었을 거라는 설명은 어쩐지 아니라는 생각이 들기 시작했다.

나는 바닥에 놓아둔 마분지 상자에서 안젤라 벤턴 파일을 꺼내어 아지즈가 볼 수 없도록 내 무릎 위에 펼쳐 놓았다. 거기서 안젤라의 가족이 제공한 그녀의 사진을 빼냈다. 그녀가 피살되기 2년 전 오하이오 주립대학 졸업식 때 스튜디오에서 찍은 인물사진이었다. 나는 아지즈를 쳐다보며 말했다.

"난 해리 보슈라고 하네. 4년 전에 있었던 안젤라 벤턴 살인 사건을 조사하고 있지. 혹시 이 여자 얼굴 본 적 있나?"

나는 책상 위로 사진을 밀어 보낸 뒤 그의 얼굴과 눈빛을 살폈다. 그의 눈길이 사진을 슬쩍 지나쳤지만 어떤 반응도 보이지 않았다. 내 질문에도 대답하지 않았다.

"이 여자를 알아?"

여전히 묵묵부답.

"그 돈은 어디서 났어?"

사내는 사진에서 눈길을 들어 나를 보았다. 대답이 없었다.

"이곳 요원들이 나한테 아무 말도 하지 말라고 시켰나?"

묵묵부답.

"그랬어? 이 여자를 모르면 모른다고 말해."

아지즈는 슬픈 눈길을 다시 책상으로 떨어뜨렸다. 그러다 다시 사진을 보는 것 같았지만, 그렇지 않다는 걸 나는 알 수 있었다. 먼 산을 보고 있는 것처럼 멍한 눈길이었다. 나는 부질없는 짓이란 걸 알았다. 어쩌면 의자에 앉기 전부터 미리 알고 있었는지도 모르겠다. 나는 일어나 피플즈를 돌아보며 말했다.

"15분도 다 못 쓰겠소."

피플즈는 벽을 등으로 밀고 바로 서더니 머리 위 카메라를 살펴보았다. 그가 손가락을 살짝 휘젓자 문의 전자식 자물쇠가 찰칵 열렸다. 내가 아무 생각 없이 걸어가서 문을 밀어 연 순간, 등 뒤에서 갑자기 구슬픈 외침 소리가 들려왔다. 아지즈가 책상 위로 솟구쳐 올라 기껏해야 60킬로그램쯤 되는 몸무게로 내 등을 힘껏 들이받았다. 나는 문밖 복도로 나가떨어졌다. 내가 바닥에 자빠지자 아지즈는 내 등에 올라탄 상태로 팔다리를 마구 휘둘러댔다. 그러더니 펄쩍 뛰어내려 복도 아래쪽으로 달아나기 시작했다. 피플즈와 다른 요원이 재빨리 사내를 추격했다. 상체를 일으키고 보니 두 요원은 그를 막다른 모퉁이로 몰아넣고 있었다. 피플즈가 한 걸음 물러서 있는 동안 다른 요원이 조그마한 사내를 바닥에 난폭하게 패대기쳤다. 부하 요원이 아지즈를 완전히 제압하자 피플즈는 내게 돌아오며 물었다.

"괜찮소, 보슈?"

"괜찮습니다."

나는 일어나서 옷을 바로잡는 척했다. 사실 좀 창피했다. 나는 아지즈에게 습격을 당했고, 복도 다른 끝에 있는 사무실에서 요원들이 내 얘길 하며 낄낄대고 있을 거란 생각이 들었다.

"미리 대비하지 못했네요. 현장을 떠난 지 너무 오래되어 녹이 슨 것 같소."

"저런 놈들 앞에서는 절대 등을 보이면 안 되죠."

"내 상자를 깜박 잊었군."

나는 면회실로 돌아가서 책상 위의 사진과 마분지 상자를 챙겨들었다. 내가 복도로 다시 나오자, 등 뒤로 수갑을 찬 아지즈가 내 앞으로 지나갔다. 나는 그와 피플즈가 다 지나간 다음 안전거리를 유지하며 뒤따라갔다.

"그러니까 이 모든 게 헛발질로 끝났군요."

피플즈의 힐난 섞인 말투에 나는 대꾸했다.

"그럴지도 모르죠."

"이런 야단법석은 피할 수 있었을 텐데…."

그가 말을 마치지 않아 내가 대신 끝내 주었다.

"당신 부하들의 범죄가 카메라에 찍히지만 않았다면 그렇죠."

피플즈가 걸음을 멈추는 바람에 나도 복도 중간에 섰다. 그는 부하 요원이 아지즈를 감방으로 데리고 들어갈 때까지 기다렸다가 내게 말했다.

"나는 이런 조처가 불안합니다. 보장이 없잖소. 당신은 여기서 나가다가 트럭에 치여 죽을 수도 있는데, 그러면 그 테이프가 뉴스에 나올 거란 얘기 아니오?"

나는 잠시 생각해본 뒤 머리를 끄덕였다.

"정말 그러네요. 그 트럭이 나를 치지 않도록 빌어야 할 거요."

"이런 찜찜한 상태로 일하거나 살고 싶진 않소."

"그러시겠죠. 밀턴을 어떻게 할 작정입니까?"

"말했잖소. 이미 끝났다고. 그 자신만 모르고 있을 뿐이지."

"그가 알게 되면 나한테도 알려주시오. 찜찜한 문제는 그때 상의해 봅시다."

피플즈는 무슨 얘기를 할 듯한 표정으로 나를 잠시 바라보더니 그대로 걷기 시작했다. 그리곤 보안 문을 몇 개 통과하여 엘리베이터로 안내했다. 그는 카드키로 엘리베이터를 불러 올려 로비 층 버튼을 누른 뒤 도어 범퍼를 손으로 잡고 말했다.

"난 내려가지 않겠소. 우린 할 얘기 다했다고 생각되니까."

내가 고개를 끄덕이자 그는 물러서서 내가 내려가는 것을 지켜보았다. 마치 내가 슬쩍 빠져나가 감방에 있는 테러리스트에게 달려갈까 봐 확인이라도 하려는 것 같았다. 문이 닫히기 시작했을 때 나는 재빨리 범퍼를 쳐서 다시 열리게 했다.

"명심하시오, 피플즈 요원. 내 변호사는 자신과 그 테이프에 보안 조처를 했소. 만약 그녀에게 무슨 일이 생기면 나한테 생긴 것과 똑같은 일이 일어날 거요."

"걱정 마시오, 보슈 씨. 그 여자나 당신을 해코지 할 맘은 없소."

"내가 걱정하는 사람은 당신이 아닙니다."

우리 두 사람이 서로의 눈을 응시하고 있는 사이에 엘리베이터 문이 닫혔다.

"무슨 말인지 알겠소."

닫힌 문을 통해 그의 말소리가 들려왔다.

29 $100K

피플즈에겐 비록 그렇게 믿도록 유도했지만 연방수사국 요원들과 내가 벌인 쇼가 말짱 꽝은 아니었다. 그 작달막한 테러리스트를 추적하는 척한 것은 그들의 주의를 엉뚱한 곳으로 돌리기 위함이었다. 그런 양동작전은 어떤 사건에나 적용되고 있고, 임무의 한 부분이기도 하다. 그날을 마감하며 내 손에 들어온 것은 수사기록부 전체였고, 그것만으로도 나는 행복했다. 살인 사건 기록부를 입수함으로서 이젠 완전한 카드로 게임을 하게 되었고, 그것은 내가 감방에서 보낸 시간들과 지난 이틀 동안 겪었던 일들을 보상해 주었다. 왜냐하면 내가 안젤라 벤턴의 살인자를 찾아내게 된다면, 그 해답이나 결정적 단서는 그 검정색 비닐 바인더 안에 있을 것임을 알고 있기 때문이었다.

연방 건물에서 집으로 돌아온 나는 복권에 당첨되었지만 신문에서 그 번호를 확인할 필요가 있는 사람 같은 기분이었다. 곧바로 식탁 앞으로 걸어가서 마분지 상자 속에 든 것들을 몽땅 쏟아 놓았다. 가운데 앞쪽에 살인 사건 수사기록부가 있었다. 성배 같은 것이었다. 나는 의자에 앉아 1페이지부터 읽기 시작했다. 커피나 물, 맥주를 마시러 일어나지도 않았고, 음악도 틀지 않았다. 한 페이지 한 페이지를 온 정신을 집중해서 읽었다. 이따금 메모지에 몇 자씩 적기도 했지만, 대부분은 푹 빠진 상태로 읽기만 했다. 마치 로턴 크로스와 잭 도시와 한 차를 타고 그들의 수사 과정을 질주하는 느낌이었다.

네 시간 뒤 나는 바인더의 마지막 페이지를 넘겼다. 서류마다 세심하게 읽고 검토했다. 핵심처럼 느껴지는 것이나 추적할 뚜렷한 단서는 잡지 못했지만 실망하지 않았다. 여전히 그 속에 있다고 믿기 때문이었다. 항상 그 안에 있었다. 단지 다른 각도로 봐야만 눈에 뜨일 것이었다.

사건 서류 속에 깊숙이 빠져들었다가 나왔을 때 맨 처음 깨달은 것은 크로스와 도시가 전혀 다른 개성을 지녔다는 점이었다. 도시는 크로스보다 열 살이나 더 먹은 연장자로서 그의 멘토 역할을 하고 있었다. 그렇지만 보고서를 작성하고 다루는 방식이 확연하게 다름을 알 수 있었다. 크로스의 보고서는 보다 세부적이고 묘사적인데 비해 도시의 보고서는 정반대였다. 세 단어로 압축할 수 있는 면담이나 연구 보고서가 있다면, 도시는 그 세 단어로 끝냈지만 크로스는 거기에다 목격자의 태도 등을 설명하느라 열 문장쯤 더 보태는 식이었다. 나는 크로스의 방식이 더 마음에 들었다. 수사보고서에는 모든 것을 기록해야 한다는 것이 내 평소 소신이었다. 왜냐하면 어떤 사건들은 몇 달 심지어 몇 년씩 끌 때도 있기 때문에, 자세히 기록해 놓지 않으면 오랜 세월 뒤에는 그 뉘앙스가 사라지게 마련이었다.

그것은 또 파트너였던 두 형사가 서로 그다지 친하지 않았을 거라는 결론을 내리게 해주었다. 지금은 극단적인 불운을 겪은 주인공으로 LA 경찰국의 신화 속에 불가분하게 연결되어 가까워진 것뿐이었다. 하지만 그들이 바에서 당했던 그 순간 서로 친한 사이였다면 결과는 달라졌을 것이다.

그런 생각이 들자 대니 크로스가 남편한테 노래를 불러주던 일이 떠올랐다. 나는 마침내 일어나 시디 플레이어로 걸어가서 루이 암스트롱 모음집 디스크를 밀어 넣었다. 켄 번즈의 재즈 다큐멘터리와 동시에 나온 것이었다. 대부분은 초기 곡들이지만 마지막은 그의 히트곡 '정말 멋진 세상이야(What a Wonderful World)'로 끝난다는 걸 나는 알고 있었다.

테이블로 돌아온 나는 수첩을 들여다보았다. 수사기록부를 처음 완독하는 동안 내가 메모한 것은 세 가지뿐이었다.

$100K

산도르 자트마리

돈을 추적해, 바보야

영화촬영장에서 강탈당한 돈을 책임진 보험회사 글로벌 언더라이터즈는 범인 체포나 유죄입증에 현상금 10만 달러를 내걸었다. 현상금에 대해 모르고 있었던 나는 로턴 크로스가 그런 얘기를 해주지 않았다는 사실에 놀랐다. 정신적 외상과 시간 경과로 그의 기억에서 지워진 또 하나의 세부사항으로 짐작되었다.

현상금이 있었다는 사실은 내겐 별로 중요하지 않았다. 그 현상금을 초래한 강도 사건이 발생하기 이전에 일시적으로 수사에 관여했던 전직 경찰이긴 하지만, 내 노력의 결과로 범인을 체포하거나 유죄를 입증하더라도 포상 대상자에 해당되진 않을 것 같았다. 또한 현상금 지급 규정에는 강탈당한 200만 달러를 모두 되찾았을 때만 현상금 10만 달러를 지급하며, 그러지 못할 경우엔 되찾은 금액의 비율에 따라 보상금을 지급한다고 작은 활자체로 명시되어 있을 거라는 점도 알고 있었다. 사건 발생 후 4년이 지난 지금 되찾을 금액이 남아 있을 가능성은 거의 없었다. 그렇지만 현상금이 있다는 사실을 알게 된 건 좋은 일이었다. 지렛대나 강요의 수단으로 유용하게 써먹을 수가 있다. 나는 현상금을 탈 수 있는 자격이 없을지 몰라도, 그런 자격이 있는 쓸 만한 놈을 만나볼 순 있는 것이다. 그걸 알게 되어 나는 기뻤다.

수첩에 기록한 그다음 것은 산도르 자트마리란 이름이었다. 남잔지 여잔지는 모르겠지만 글로벌 언더라이터즈 소속 사건 조사원으로 기재되어 있었다. 한 번 만나 얘기해볼 필요가 있는 사람이었다. 나는 수사관들이 주로 전화번호부로 사용하는 살인 사건 수사기록부의 첫 페이지를 열었다. 거기에 자트마리는 없었지만 글로벌의 전화번호는 기재되어 있었다. 나는 부엌으로 들어가서 루이 암스트롱이 흘러나오는 시디 플레이어 볼륨을 줄이고 보험회사에 전화를 걸었다. 두 사람을 거쳐 세 번째 전화를 받은 여자가 말했다.

"조사실입니다."

내가 자트마리의 이름을 틀리게 발음했는지 여자가 고쳐주며 잠시 기다리라고 했다. 1분도 채 안 되어 자트마리가 전화를 받았는데, 여자가 아니고 남자였다. 나는 사정을 설명하고 좀 만날 수 있겠는지 물었다. 사내는 좀 회의적인 것 같았으나, 어쩌면 그의 동유럽 억양 때문에 의중을 헤아리기 어려웠던 때문인지도 몰랐다. 그는 모르는 사람과 전화로 그 사건에 대해 얘기하길 거부했지만, 결국 다음 날 아침 10시에 샌타모니카에 있는 그의 사무실에서 개인적으로 만나는 데 동의했다.

자트마리와의 전화를 끝낸 나는 수첩에 적힌 마지막 줄을 보았다. 거의 모든 수사에 약이 되는 옛 격언을 떠올리게 하는 말이었다. 돈을 추적해, 바보야. 돈은 항상 진실로 인도하는 법이지. 하지만 이 사건에서는 돈이 흔적도 없이 사라져버렸다. 피닉스 은행에서 겨우 화폐 한 장이 발견되었고, 무수와 아지즈와 마서 게슬러가 연루된 것이 확인되었을 뿐이다. 그렇다면 내게 남은 선택은 하나뿐이었다. 거꾸로 거슬러 올라가는 것. 돈의 흔적을 따라 거슬러 올라가면 무언가 나타나겠지.

그러기 위해서는 은행에서부터 출발할 필요가 있었다. 나는 살인 사건 기록부에서 전화번호 페이지를 다시 찾아 고든 스캑스에게 전화를 걸었다. 알렉산더 테일러의 영화사에 하루 동안 200만 달러를 대출한 LA 은행 부행장이었다.

스캑스는 바쁘다고 말했다. 그래서 나와의 만남을 다음 주까지 미루고 싶어 했다. 그렇지만 나는 완강하게 우겨 다음 날 오후 3시에 15분만 짬을 내게 만들었다. 그는 자기 비서가 아침에 확인할 수 있게 전화번호를 알려달라고 했다. 나는 엉터리 번호를 하나 불러주었다. 그가 비서에게 전화를 걸게 하여 나와의 만남을 취소시킬 수 없도록 하기 위함이었다.

전화를 끊고 나는 이제 남은 선택사항에 대해 생각해 보았다. 늦은 오후 시각이었고, 지금부터 다음 날 아침 10시까진 할 일이 없었다. 살인 사건 기록부를 다시 한 번 읽고 싶었지만, 그걸 꼭 집에 틀어박혀 읽어야 할 이유는 없었다. 비행기 좌석에 편안히 앉아서도 얼마든지 읽을 수 있었다.

나는 사우스웨스트 항공으로 전화하여 버뱅크발 라스베이거스 19:17시 도착 비행기와 다음 날 일찍 출발하여 08:30시에 버뱅크에 도착하는 비행기를 예약했다. 그런 다음 엘리노어의 휴대전화 번호를 누르자 두 번째 신호에서 속삭이는 듯한 목소리로 받았다.

"해리야. 무슨 일 있어?"

"아니."

"그런데 왜 속삭이는 소리로 받지?"

그녀는 목소리를 높였다.

"미안. 그러는 줄 몰랐는데. 무슨 일이야?"

"오늘 밤 거기 가서 내 가방과 신용 카드를 찾아올까 하는데."

아무 반응이 없어서 나는 다시 물었다.

"거기 있을 거야?"

"오늘 밤엔 게임에 들어갈 건데, 늦게."

"비행기가 7시 15분에 도착하니까 8시까진 갈 수 있어. 게임에 들어가기 전에 저녁 식사라도 함께하면 좋겠는데."

나는 또 기다렸다. 그녀가 대답을 너무 오래 지체하는 것 같았다.

"저녁 식사는 좋아. 그런데 여기서 잘 거야?"

"응, 내일 아침 일찍 출발하는 비행기야. 아침에는 여기서 할 일이 있거든."

"어디서 자려고?"

더 이상 말을 붙여볼 수 없을 만큼 분명한 신호였다.

"모르겠어. 아무 데도 예약하지 않았거든."

"해리, 여기서 자는 건 당신한테 안 좋을 것 같아."

"맞아."

전화는 우리 사이에 가로놓인 500킬로미터 사막처럼 고요했다.

"벨라지오 호텔에 무료 숙박이 될 거야. 내가 부탁하면."

"정말?"

"응."

"고마워, 엘리노어. 비행기 도착하면 내가 당신한테로 갈까?"

"아니, 내가 태우러 나갈게. 체크할 짐 있어?"

"아니, 내 가방은 당신이 가지고 있잖아."

"그러면 7시 15분에 터미널 앞에 차를 댈게. 그때 봐."

나는 그녀가 다시 속삭이고 있다는 걸 알았지만 이번엔 아무 말도 하지 않았다.

"고마워, 엘리노어."

"알았어, 해리. 오늘 밤 짬을 내려면 재주를 좀 부려야 할 것 같네. 이젠 가봐야 해. 7시 15분에 공항에서 만나. 안녕."

나도 "안녕." 했지만 그녀는 이미 전화를 끊은 후였다. 그런데 전화를 끊는 순간 전화에서 다른 목소리가 들려온 것 같았다. 그게 누구 목소릴까 생각하고 있을 때 루이 암스트롱이 '정말 멋진 세상이야'를 불러대기 시작했다. 나는 볼륨을 높였다.

30 오직 당신뿐

그날 저녁 7시 15분, 엘리노어와 나는 공항에서 만날 때면 늘 반복하는 똑같은 장면을 연출했다. 차에 올라타자마자 그녀에게 키스한 뒤 들고 온 묵직한 살인 사건 수사기록부를 어색하게 뒷좌석으로 옮겼다. 내가 그것을 운전석 뒤에 놓인 내 여행가방 옆에다 놓자 그녀가 말했다.

"그거 살인 사건 수사기록부 같은데, 해리."

"맞아. 비행시간 동안 다 읽을 수 있을 줄 알았어."

"그런데?"

"내 뒤에 앉은 아이가 아우성치는 바람에 정신을 집중할 수 있어야지. 라스베이거스로 아이를 데려오는 사람들은 도대체 뭐야?"

"사실 아이들을 키우기 나쁜 곳은 아니야. 아마도."

"양육 문제를 얘기하는 게 아니야. 방학한 아이들을 디즈니랜드 같은 곳으로 데려가야지, 왜 죄악의 도시로 데려오느냐고?"

"당신, 한잔해야 할 텐데."

"식사도 해야지. 어디서 먹고 싶어?"

"LA에 있을 때, 가끔 특별한 날엔 발렌티노에 갔던 거 기억나?"

"당연하지."

엘리노어는 깔깔 웃었다. 나는 그녀를 다시 볼 수 있다는 것만으로도 즐거웠고, 그녀의 아름다운 목을 드러낸 헤어스타일을 정말 좋아했다.

"여기도 있어. 예약을 해뒀지."

"라스베이거스엔 없는 게 없는 모양이군."

"당신만 없어. 해리 보슈는 절대 복사할 수 없으니까."

그렇게 말하는 그녀의 얼굴은 미소를 짓고 있었고, 나는 그것도 마음에 들었다. 우리는 곧 조용해졌는데, 이전에 결혼했던 두 사람의 마음이 최대한 편안해졌기 때문일 터였다. 로스앤젤레스의 막힌 도로와 프리웨이와도 쉽사리 견줄 수 있을 만큼 많은 차량들 속을 그녀는 능숙하게 헤치고 나갔다.

스트립(카지노가 모여 있는 큰 거리 – 옮긴이)에 다녀온 지 3년쯤 지났지만, 라스베이거스는 시간이 상대적인 것임을 가르쳐준 곳이었다. 3년이 지난 지금 그것은 모두 다시 변한 것처럼 보였다. 새로 생긴 리조트 시설과 관광 명소들, 전자 광고판을 지붕에 단 택시들과 카지노들을 연결하는 모노레일도 보였다. 라스베이거스 버전의 발렌티노는 스트립에 있는 고급 카지노들의 왕관을 장식한 새로운 보석들 중 하나인 베네치안 리조트 호텔 안에 있었다. 그곳은 내가 지난번 시내를 방문했을 때만 해도 없었다. 엘리노어가 대리주차 대기소로 차를 대자, 나는 그녀에게 살인 사건 기록부와 가방을 넣기 위해 트렁크를 좀 열어달라고 부탁했다.

"안 돼. 꽉 찼어."

"이런 걸 들고 다닐 순 없어. 특히 살인 사건 기록부를."

"그러면 가방 안에 넣어 바닥에 내려놔. 괜찮을 거야."

"트렁크에 기록부 하나 들어갈 공간이 없단 말이야?"

"없어. 하도 꽉꽉 눌러 담아서 뚜껑을 열면 밖으로 쏟아질 정도야. 이런 데서 그런 꼴을 보고 싶진 않아."

"대체 뭐가 들었는데?"

"그냥 옷가지 같은 것. 구세군에 줄 건데 시간이 없어 못 주고 있지."

호텔 직원 두 명이 양쪽에서 동시에 차문을 열고 우리를 환영했다. 나는 차에서 내려 뒷문을 열고 상체를 차 안으로 넣은 뒤 여행가방을 열고 살인 사건 기록부를 넣었다. 가방을 다시 닫고 그것을 운전석 아래 바닥으로 밀어 넣었다.

"다 됐어, 해리?"

뒤에서 엘리노어가 물었다.

"응, 다 됐어."

호텔 직원이 차를 몰고 갈 때 나는 트렁크와 뒷부분을 살펴보았다. 특별히 묵직해 보이진 않았다. 나는 자동차 번호판을 속으로 세 차례 읽었다.

발렌티노는 발렌티노였다. LA 레스토랑이 완전히 복제되었다고 말할 수밖에 없었다. 요리 수준의 큰 차이를 말하라면 한 맥도널드와 다른 맥도널드의 차이와 같았다.

식사를 하면서 그녀와 억지로 대화하려 애쓰진 않았다. 그녀와 함께 있는 것만으로도 나는 편안하고 행복했다. 처음 한두 마디 이어진 대화라곤 주로 나와 나의 은퇴, 그로 인한 아쉬움 같은 것들이었다. 나는 그녀의 옛 동료이자 친구였던 마티 게슬러가 연루된 사건을 조사하고 있다고 말했다. 한때 엘리노어는 FBI 요원이었고, 지금도 수사관의 분석적인 마인드를 지니고 있었다. LA에 함께 있을 때는 종종 나의 조언자가 되어 주었고, 몇 차례의 조언과 아이디어로 도움을 주기도 했다.

이번에 그녀가 내게 건넨 조언은 딱 한마디였다. 피플즈와 밀턴뿐만 아니라 린델과도 아예 상종하지 말라는 것. 그들을 개인적으로 알아서가 아니라, FBI의 조직 문화와 거기 몸담고 있는 인간들을 잘 알고 있기 때문이었다. 하지만 그녀의 조언은 너무 늦었다.

"그러려고 최선을 다하고 있어. 나도 그들을 다시는 안 만났으면 좋겠어."

"하지만 그러긴 어렵겠지."

그때 갑자기 생각난 것이 있었다.

"혹시 휴대전화 가져왔어?"

"그럼. 하지만 이런 곳에서 휴대전화하면 사람들이 싫어할 텐데."

"알아. 밖에서 할 거야. 깜박 잊고 있었는데, 전화하지 않으면 난리가 날 거야."

그녀는 핸드백에서 휴대전화를 꺼내어 내게 주었다. 나는 레스토랑을 떠나 곤돌라들까지 갖춘 베네치안 수로처럼 건축한 인도어 쇼핑몰 안으로 들어갔다. 콘크리트 천장을 하얀 구름들이 떠 있는 하늘처럼 채색한 가짜 자연이지만 그래도 에어컨 설비가 되어 있었다. 나는 재니스 랭와이저의 휴대전화 번호를 누르고 그녀에게 아무 이상도 없다고 말했다.

"연락이 없어서 슬슬 걱정이 되던 차였어요. 당신 집으로 두 차례나 전화했다고요."

"아무 문제없어요. 지금 라스베이거스에 와 있는데, 내일 아침 돌아갈 거요."

"당신이 협박을 받고 있는지 아닌지 어떻게 알아요? 그렇게 말하라고 말예요."

"발신자 번호를 보면 되잖아요."

"아, 그렇지. 702번 봤어요. 좋아요, 해리. 내일 전화하는 것 잊지 마시고, 거기서 돈 너무 많이 잃지 말아요."

"알았습니다."

테이블로 돌아와 보니 엘리노어가 자리에 없었다. 혼자 앉아 걱정하고 있는데, 몇 분 지나자 그녀가 화장실에서 돌아왔다. 테이블로 다가오는 그녀를 보자 뭔가 달라졌다는 느낌이 들었지만 그게 뭔지 꼭 집어낼 수가 없었다. 헤어스타일이 달라지거나 피부가 더 검게 그은 정도가 아니라, 내가 기억하는 것보다 훨씬 더 자신만만해 보였다. 어쩌면 그녀는 자신이 원했던 것을 푸른 펠트 천이 깔린 포커 테이블에서 발견했는지도 모를 일이었다.

내가 휴대전화를 돌려주자 그녀는 핸드백 속에 넣었다.

"무슨 얘길 했지?"

내가 물었다.

"내 사건에 대해 얘기하고 있었지. 이젠 당신 사건들에 대해 얘기 좀 해봐."

"난 사건이 없어."

"무슨 뜻인지 잘 알잖아."

엘리노어는 어깨를 으쓱한 뒤 말했다.

"올핸 잘되고 있어. 새틀라이트에서 우승하여 버튼도 획득했고. 월드 시리즈에 나가 게임을 하게 된 거지."

나는 그녀가 포커 월드 시리즈 토너먼트에 출전할 자격을 획득했다는 말을 하고 있다는 걸 알았다. 지난번에 만나 포커에 관한 얘기를 할 때, 그녀는 자신의 은밀한 목표가 월드 시리즈에서 우승한 최초의 여성이 되는 것이라고 말했다. 토너먼트 출전권을 가진 우승자는 "버튼"이라 불리는 상금을 쟁취할 수 있는데, 이것이 곧 월드 시리즈 엔트리가 된다.

"월드 시리즈는 당신도 처음이잖아?"

그녀는 머리를 끄덕이며 미소를 지었다. 몹시 자랑스럽고 흥분되는 모양이었다.

"곧 시작돼."

"행운을 빌어. 나도 가서 지켜보게 될지 몰라."

"행운을 안고 와."

"포커 판에서 생계비를 조달하긴 그래도 어려울 거야, 엘리노어."

"난 아주 잘해, 해리. 게다가 이젠 고객들도 생겨서 그만큼 위험부담이 줄어들었어."

"그게 무슨 소리지?"

"요즘은 그렇게들 해. 고객들이 있어서 내가 게임을 할 때 그들의 돈을 사용하거든. 그 대신 내가 딴 돈의 75퍼센트를 그들이 가져가. 내가 잃으면 그들의 돈이 날아가는 거지. 하지만 난 너무 자주 돈을 잃진 않아, 해리."

나는 고개를 끄덕였다.

"그 사람들은 누구야? 그러니까…."

"합법적인 투자자들이냐고? 그럼, 해리. 합법적이야. 직장인들이고. 시애틀에서 온 마이크로소프트 직원들. 게임을 하러 여기 왔을 때 만났어. 지금까진 그들에게 돈을 벌어줬지. 주식 시장에 투자하는 식으로 그들은 나한테 투자해. 그들도 행복해하고, 나도 그래."

"잘됐군."

나는 알렉스 테일러가 제의했던 5만 달러가 생각났다. 그리고 강도 사건에 걸린 현상금도 있었다. 내가 사건을 해결하고 강탈당한 돈의 일부라도 되찾게 된다면, 그리고 현상금을 받을 자격이 어떻게든 주어진다면, 나도 그녀의 고객이 될 수 있을 것이다. 하지만 그건 헛된 꿈에 지나지 않았다. 엘리노어가 내 돈을 받을지도 의문이었다.

“무슨 생각해? 수심이 가득한 얼굴로.”

그녀가 물었다.

“별것 아냐. 사건에 대해 잠시 생각하고 있었어. 내일 보험회사에 뭘 좀 물어볼 게 있거든.”

웨이터가 계산서를 가져왔다. 나는 엘리노어에게서 돌려받은 아멕스 카드로 계산했다. 우리는 레스토랑에서 나와 자동차에 올랐고, 나는 내 가방이 바닥에 무사히 잘 있는 것을 확인했다. 벨라지오 호텔까지는 가까운 거리지만 차들이 밀려 시간이 오래 걸렸다. 호텔이 가까워질수록 나는 초조해졌다. 거기 도착하면 어떤 일이 벌어질지 알 수 없기 때문이었다. 나는 손목시계를 보았다. 10시가 다 되어가고 있었다.

“게임은 몇 시부터 하는데?”

“나는 자정부터 하길 좋아해.”

“밤샘 게임을 좋아하는 이유가 뭐지? 낮에 하면 왜 안 되는데?”

“원래 꾼들은 밤에 나오거든. 관광객들이 모두 잠자리에 들고 나면. 그땐 판돈이 커져.”

우리는 침묵에 잠긴 채 조금 더 달려갔다. 마침내 엘리노어가 침묵은 없었다는 듯 이어서 말했다.

“게다가 난 밤의 끝자락에 밖으로 나와 일출을 보기 좋아하거든. 뭐랄까, 또 하루를 살아남은 것에 대한 행복감 같은 거랄까.”

호텔 안으로 들어선 우리는 VIP 데스크로 다가가서 엘리노어 이름으로 배정된 카드키를 집어 들었다. 그렇게 간단할 수가! 엘리노어는 골백번도 더 드나들었던 사람처럼 나를 엘리베이터로 안내했고, 우리는 함께 12층으로 올라갔다. 호텔 앞 연못의 시그니처 조명 분수가 내려다 보이는 침실과 거실이 있는 스위트룸은 지금까지 내가 본 호텔 방 중 최고였다.

"정말 멋진데. 당신 백이 대단한 모양이군."

"내가 꽤 유명해지고 있거든. 매주 사나흘 밤을 여기서 노는데, 사람들의 주의를 끌기 시작했어. 나와 게임하고 싶어 하는 하이 롤러들(거금을 베팅하는 도박꾼-옮긴이) 말이야. 그들은 이곳을 알고 있고, 내가 다른 곳으로 가는 걸 원치 않아."

나는 다시 고개를 끄덕이며 그녀에게 말했다.

"당신은 매사 잘 풀려가는 것 같은데."

"불만은 없어."

"내 생각엔…."

나는 말을 끝맺지 않았다. 엘리노어는 내 앞으로 걸어와 멈춰 섰다.

"당신 생각엔 뭐?"

"뭘 물어보려고 했는지 모르겠군. 난 잃어버린 게 뭔지 알고 싶었던 것 같아. 당신 지금 다른 남자와 같이 있어, 엘리노어?"

그녀는 바짝 다가섰다. 그녀의 숨결을 느낄 수 있을 정도였다.

"다른 남자와 사랑에 빠진 거냐고? 아니, 해리. 그렇지 않아."

나는 고개를 끄덕였고, 그녀는 내가 입을 열기 전에 먼저 말했다.

"당신, 아직도 나한테 말했던 그 단발이론이란 걸 믿고 있어?"

나는 주저 않고 머리를 끄덕이며 그녀의 눈을 들여다보았다. 엘리노어가 고개를 숙이자 이마가 내 턱에 닿았다. 이번엔 내가 물었다.

"당신은 어때? 아직도 '마음속에 있는 것들은 다함이 없다'는 옛 시인의 말을 믿고 있어?"

"그럼. 항상 믿어."

나는 그녀의 턱을 손으로 받쳐 들고 입술에 키스했다. 우리는 곧 서로를 얼싸안았고, 그녀의 두 손은 내 목을 끌어안고 앞으로 당겼다. 나는 곧 그녀와 사랑을 나누게 될 것임을 알았다. 그리고 그것은 이 순간 라스베이거스에서 가장 운수 좋은 남자가 바로 나라는 뜻이기도 했다. 나는 엘리노어의 입술에서 내 입술을 떼어내고 그녀를 가슴에 힘껏 껴안으며 속삭였다.

"내가 이 세상에서 원하는 건 당신뿐이야."

"알아."

그녀도 속삭임으로 대답했다.

31 짧은 작별

로스앤젤레스로 돌아오는 항공기 안에서 나는 다시 사건에 신경을 집중하려고 애썼지만 아무 소용도 없었다. 간밤의 상당한 시간을 벨라지오 포커 룸에서 다섯 명의 남자들을 상대로 수천 달러를 따는 엘리노어를 지켜보며 보냈다. 그 전엔 그녀가 포커 하는 걸 한 번도 본 적이 없었다. 엘리노어는 한 남자를 제외한 네 남자의 칩을 깨끗이 쓸어 담아 그들을 무색하게 만들었다. 그녀가 칩 다섯 박스를 현찰로 바꿨을 때 한 남자에게 남은 칩은 겨우 한 무더기에 불과했다. 그녀는 냉정하고 강인한 플레이어인 동시에 신비하고 아름다운 인상을 풍겼다. 나는 평생을 사람들의 마음을 읽는 일에 보냈다. 그런데도 포커를 하는 동안 그녀의 표정에서는 어떤 것도 읽어낼 수가 없었다. 내가 아는 한 그녀의 게임은 한 군데도 흠잡을 데가 없었다.

그렇지만 그 남자들과의 게임이 끝나자, 엘리노어는 나한테도 작별을 고했다. 포커 룸 밖으로 나온 그녀는 피곤해서 집으로 돌아가야겠다고 말했다. 나를 데려갈 수는 없으며, 공항까지 태워다 줄 수도 없다고 했다. 짧은 작별의 순간이었다. 우리는 스위트룸에서 가진 순간들만으로도 충분했던 것처럼 아쉬운 열정으로 키스하고 헤어졌다. 다시 만나자는 약속도, 다시 전화하겠다는 말조차 없었다. 그냥 서로 "안녕."이라고만 말했고, 나는 카지노를 지나 걸어가는 그녀를 끝까지 지켜보았다.

나는 혼자 공항으로 가야만 했다. 그러나 비행기에 탑승한 뒤에도 그 생각을 놓을 수가 없었다. 살인 사건 기록부를 펼쳐 들었지만 그것도 소용없었다. 생각은 그 미소와 기억들, 그리고 사랑을 나누던 좋은 순간들이 아니라, 그 미스터리 주위만 계속 맴돌고 있었다. 나는 그녀와의 갑작스런 작별에 대해 생각했다. 그리고 다른 남자가 있느냐는 나의 질문을 그녀가 아주 교묘하게 회피했던 일을 떠올렸다. 그녀는 다른 남자와 사랑에 빠지지 않았다고 대답했지만, 그것은 내 질문에 대한 대답이 아니었다. 나는 그녀가 왜 나에게 호텔에서 묵기를 원했는지, 또 왜 자기 자동차의 트렁크를 열지 않으려고 했는지 곰곰이 생각해 보았다. 살인 사건 기록부 앞 페이지에 나는 기억하고 있던 그녀의 자동차 번호를 적었다. 그래 놓고 보니 꼭 그녀를 배신이라도 한 것 같아 가위표로 지웠다. 하지만 기록을 지웠다고 해서 마음속 기억까지 지울 수는 없다는 것을 나는 알았다.

32 보험회사

글로벌 언더라이터즈의 조사실들은 해안에서 여섯 블록쯤 떨어진 콜로라도 거리에 있는 6층짜리 건물 안에 있었다. 검정색 상자처럼 생긴 그 건물에 도착했을 때, 산도르 자트마리의 사무실 입구까지 나를 안내한 여비서는 내가 마치 달에서 내려온 엘리베이터에서 내린 사람인양 바라보며 물었다.

"메시지를 못 보셨어요?"

"무슨 메시지요?"

"스캑스 씨의 사무실에서 알려준 당신 전화번호로 메시지를 남겼는데요. 자트마리 씨는 오늘 아침 당신과 만나기로 한 약속을 취소하셨습니다."

"무슨 일로, 누가 죽기라도 했소?"

여비서는 나의 경솔한 말투에 기분이 약간 상한 듯했다. 목소리에 인내심이 배어 있었다.

"아뇨. 오늘 스케줄을 검토한 결과 당신과 만날 시간이 없다고 판단하셨습니다."

"그렇다면 안에 계신다는 말이죠?"

"만나실 수 없습니다. 메시지를 못 보신 건 유감이에요. 제가 받은 전화번호가 잘못된 것 같은데, 하지만 전 분명히 메시지를 남겼어요."

"내가 왔다고 좀 전해 주세요. 다른 도시에 있었기 때문에 메시지를 못 받았다고 해요. 그분을 만나려고 일부러 비행기를 타고 왔어요. 아주 중요한 일이라 꼭 만나고 싶습니다."

그러자 여자는 귀찮은 표정을 지었다. 그녀는 보고하려고 전화기를 들었다가 더 좋은 생각이 났는지 내려놓았다. 그리곤 직접 보고하기 위해 자리에서 일어나 복도를 따라 대기실로 걸어갔다. 몇 분 후 그녀는 돌아와서 의자에 다시 앉았다. 그리곤 뜸을 약간 들인 후에야 내게 말했다.

"자트마리 씨에게 말씀드렸더니 가급적 빨리 틈을 내겠다고 하시는군요."

"고마워요. 당신도 그분도 참 친절하시군요."

한쪽에 소파와 묵은 잡지들이 펼쳐진 커피 테이블이 하나 놓여 있었다. 나는 살인 사건 수사기록부를 거의 소품처럼 들고 갔고, 그것과 그 안에서 발견한 접속 대상자로 자트마리의 마음을 움직일 수도 있었다. 그래서 소파에 앉아 기록부를 뒤적거리거나 보고서를 다시 읽으며 기다렸다. 새로운 생각이 떠오르진 않았지만 살인 사건 내용에 대해서는 자세히 알게 되었다. 이것은 내가 새로운 정보를 접할 때마다 수사기록부를 체크하지 않아도 되게 해주기 때문에 매우 중요했다.

30분쯤 지나서야 전화벨이 울렸고, 여비서는 나를 들여보내도 좋다는 허가를 받았다.

산도르 자트마리는 50대 중반의 건장한 사내였다. 조사원이라기보다는 세일즈맨처럼 보였지만, 벽에 붙은 표창장들과 유명인과 악수하는 사진들은 그가 상당히 성공적인 조사원임을 증명해 주었다. 그는 어수선한 자기 책상 앞에 놓인 의자를 가리킨 뒤 보고서에 뭔가를 기록하며 내게 말했다.

"난 바쁩니다, 보슈 씨. 내가 도와드릴 일이 뭐죠?"

"어제 전화로 말씀드린 것처럼, 나는 지금 당신 사건들 중 하나를 조사하고 있습니다. 그래서 조사한 내용이 서로 다를 경우 정보를 교환할 수 있다고 생각했습니다."

"내가 왜 당신하고 교환해야 하는데요?"

뭔가 잘못되었다. 자트마리는 내가 자기 사무실에 발을 들여놓기도 전에 나를 싫어하기로 작정한 사람 같았다. 어쩌면 피플즈가 나에 관한 얘기를 그에게 지껄여대지 않았을까 싶었다. 혹은 자트마리 자신이 LA 경찰국이나 연방수사국에 나를 조회한 결과 협조하지 말라는 지시를 받았을 수도 있었다. 약속을 취소한 이유도 아마 그 때문이었을 터였다.

"그렇게 말씀하시니 난감하군요. 뭐가 잘못됐습니까? 사건을 해결하기 위해서죠. 그게 정보를 교환해야 하는 이유 아니겠습니까?"

"그래서 당신도 내게 나눠주겠다는 거요? 현상금의 몇 퍼센트를 주시렵니까?"

나는 고개를 끄덕였다. 무슨 소린지 알겠어. 현상금 얘기로군.

"자트마리 씨, 오해하셨습니다. 나를 잘못 보셨소."

"천만에. 현상금만 있으면 못할 일이 없지. 당신 같은 사람을 항상 봐왔소. 여기 쳐들어와 정보를 얻어낸 다음 떼돈을 벌겠죠."

열을 받자 그의 발음이 더 또렷해졌다. 나는 살인 사건 수사기록부를 펼쳐 살인 현장을 찍은 사진들의 흑백 복사본을 찾았다. 그 안에서 안젤라 벤턴의 사진을 찢어내어 그의 책상 위에다 탁 놓고 말했다.

"이 여자 때문에 조사하고 있습니다. 돈 때문이 아니라. 그날 난 그곳에 있었소. 경찰이었지. 지금은 은퇴했지만, 그들이 내 손에서 그 사건을 빼앗아 가기 전까지는 내가 담당이었어요. 그만하면 내가 현상금 때문이 아니란 걸 알아듣겠소?"

자트마리는 조악한 사진 복사본을 자세히 살펴본 뒤 내 무릎 위에 놓인 수사기록부로 눈길을 옮겼다. 그러더니 마침내 내 얼굴을 쳐다보곤 말했다.

"이제야 당신 이름이 기억이 나는군. 강도들에게 총탄을 퍼부어 그중 한 놈을 명중시킨 형사였지."

나는 머리를 끄덕였다.

"그날 현장에 있었지만 그 후 강도들이 체포되지 않아 누가 누굴 쐈는지조차 확인되지 않았습니다."

"확인되지 않긴. 청원경찰 여덟 명에 LAPD 베테랑 형사 한 명이었소. 바로 당신이었지."

"그런 것 같소."

"그때 당신과 면담하려고 했는데, LA 경찰국이 철벽같이 막았어요."

"어째서죠?"

"그들은 다른 수사 행위나 수사관들의 초점을 돌리기 위해서라면 무슨 짓이든 다했을 겁니다."

"알아요. 기억납니다."

자트마리는 빙긋 웃으며 의자 등받이에 등을 기댔다.

"그런데 당신이 지금 나한테 협조를 구하러 왔군요. 희한한 일 아닙니까?"

"아주요."

"그게 수사기록부인가요? 어디 좀 봅시다."

나는 묵직한 바인더를 책상 너머로 건넸다. 그는 그것을 책상 위에 내려놓고 앞부분을 연 다음 보고서들을 휙휙 넘기기 시작하더니 최초의 살인 사건 보고서를 찾아냈다. 그리곤 손가락으로 죽 훑어 내려가서 담당 수사관을 뜻하는 "I/O" 칸에 기재된 내 이름을 확인했다. 그는 살인 사건 수사기록부를 덮고 나한테 돌려주지 않은 채 물었다.

"이제 와서 이걸 왜 조사하는 겁니까?"

"왜냐하면 이제 난 은퇴를 했고, 이 사건은 날 놓아주지 않는 것 중의 하나니까요."

자트마리는 이해했다는 듯 고개를 끄덕였다.

"아시겠지만 우리는 여자가 아니라 돈에 대해서만 조사합니다."

"내 생각엔 두 가지가 같은 것입니다."

"조사가 더 이상 활발하지도 않아요. 돈은 이제 날아갔으니까. 분배해서 다 써버렸을 겁니다. 되찾을 가능성은 없소. 다른 사건들도 많을 텐데."

"돈은 대손 처리되었지만 여자는 그대로 있습니다. 나나 그녀를 아는 사람들에겐요."

"그녀를 전부터 알았소?"

"사건 당일 만났습니다."

그것이 무슨 뜻인지 안다는 듯 그는 다시 고개를 끄덕였다. 그리곤 자기 책상 위에 쌓인 파일들의 모서리를 똑바로 맞추었다.

"조사에 진척은 있었습니까? 뭔가에 접근한 적이라도 있었냐고요?"

나의 물음에 그는 한참이나 뜸을 들인 뒤 대답했다.

"아뇨, 별로. 이 사건은 막다른 골목들뿐이었소."

"언제 뒷전으로 미뤘습니까?"

"기억이 안 나네. 아주 오래전입니다."

"조사 파일은 어디 있습니까?"

"내 파일을 당신한테 건네줄 순 없소. 회사 정책에 어긋납니다."

"현상금 때문이군요? 그것 때문에 회사가 비공식적 수사에는 협조하지 못하도록 하는 것 아닙니까?"

"공모할 수도 있으니까요."

자트마리는 고개를 끄덕이며 말했다.

"게다가 법에도 저촉되죠. 경찰들이 누리는 보호막이 내겐 없거든요. 내 조사 기록이나 개요가 공표되면 난 언제든 고소당할 수 있습니다."

나는 이 문제를 어떻게 풀어나가야 할지 잠시 생각해 보았다. 자트마리는 무언가를 감추고 있는 듯했고, 그것은 파일 안에 있을 것 같았다. 그는 그것을 내게 주고 싶은데 방법을 못 찾고 있다는 느낌이 들었다. 나는 그에게 말했다.

"그 사진 복사본을 다시 한 번 봐 주시오. 특히 여자의 손을 좀 봐요. 당신은 신앙인입니까, 자트마리 씨?"

사내는 사진 속에서 안젤라 벤턴의 손을 다시 살펴보며 말했다.

"가끔은 신앙적일 때가 있죠. 당신은 신앙인인가요?"

"전혀 아닙니다. 신앙이 뭡니까? 나는 교회에 나가지 않습니다. 신앙이 그걸 뜻한다면 말이죠. 하지만 나도 신앙에 대해 생각할 때가 있고, 내 마음속에도 그런 것이 있다고 생각합니다. 암호가 그런 것이죠. 우린 그걸 믿고 실행해야만 합니다. 그러니까 이 여자의 손을 좀 보세요, 자트마리 씨. 나는 이 여자가 타일 바닥에 쓰러져 있던 모습을 기억합니다. 그때 그녀의 두 손이 어떤 신호를 보내고 있다는 생각이 들었죠."

"무슨 신호요?"

"잘 모르겠지만 좌우지간 어떤 신호, 신앙 같은 것. 그것 때문에 내가 이 사건을 못 놓고 있는 겁니다."

"알겠소."

사내는 머리를 끄덕였다.

"그러시다면 그 파일을 찾아 책상 위에 올려놓으시죠."

나는 최면 걸린 사람한테 지시를 내리듯 그에게 말했다.

"그리고 나가서 커피를 한잔하시든가 담배라도 한 대 피우고 오세요. 느긋하게 말입니다. 난 여기서 기다리고 있을 테니."

자트마리는 나를 한참 바라보더니 파일이 들었을 것으로 보이는 책상 서랍으로 손을 뻗었다. 그리곤 마침내 파일을 제대로 빼내기 위해 나한테서 시선을 돌렸다. 그는 두툼한 파일 하나를 빼내어 책상 위에 올려놓은 뒤 의자에서 일어나며 말했다.

"그러면 커피 한잔하고 오겠소. 뭐라도 한 잔 갖다드릴까요?"

"고맙지만, 난 괜찮소."

사내는 머리를 끄덕이곤 사무실을 나간 뒤 문을 닫았다. 문 닫히는 소리가 나자마자 나는 의자에서 일어나 그의 책상 뒤로 돌아갔다. 그리곤 그의 의자에 앉아 파일 속에 머리를 처박았다.

자트마리의 파일에 철해진 서류들은 대부분 이전에 내가 읽어본 것들이었다. 심지어 글로벌 언더라이터즈와 고객인 LA 은행 간에 새로 체결한 계약서와 지시문, 여러 은행과 영화사 직원들과의 면담 요약문 복사본까지 포함되어 있었다. 자트마리는 총격과 강탈 사건이 있었던 날 현금 운송을 담당했던 경비원들을 일일이 면담했다.

하지만 나와는 면담을 하지 않았다. 언제나처럼 LA 경찰국이 벽을 쌓아 올렸기 때문이었다. 자트마리가 나와의 면담을 요청했지만 아무 소용없었다. 내가 그걸 알았더라도 들어주지 않았을 것이다. 지금은 잃어버렸기 바라지만 그때 나는 자만심을 품고 있었다.

다른 면담 보고서들과 사건 개요들을 최대한 빨리 훑어보았다. 특히 내가 나중에 만나보고 싶은 세 명의 은행 직원 고든 스캑스와 라이너스 사이먼슨, 조슬린 존스에 대한 보고서를 유의해 보았다. 용의자들은 자트마리에게 별로 흘리지 않았다. 모든 일을 처리했던 사람은 스캑스였는데, 현금 200만 달러를 하루 동안 대출하는 계획을 세우고 진행시킨 그의 일거수일투족은 투명했다. 사이먼슨과 존스와의 면담 보고서 내용은 그들이 단지 시키는 대로 일만 하는 일벌에 지나지 않았음을 보여주고 있었다. 그들은 다만 100달러짜리 2만 장을 세어 상자에 넣고 레이블을 붙이는 일을 하면서 그중 800장의 일련번호를 기록할 수 있었을 뿐이었다.

잭 도시와 로턴 크로스, 그리고 나 자신의 금융 배경을 조사한 서류들을 발견했을 때는 호기심이 폭발했다. 자트마리는 우리 모두에 대한 TRW 신용보고서를 발급받았다. 우리가 거래하는 은행들과 신용 카드 회사들에 조회했던 것이 분명했다. 그는 우리들 각자에 대해 짤막한 요약문도 작성했는데, 나에 대한 기록이 가장 깨끗한 반면 크로스와 도시에 관한 기록은 별로 공정하지 못했다. 자트마리의 기록에 의하면 두 형사는 신용 카드 빚이 엄청났다. 특히 잭 도시는 이혼한 후에도 네 아이를 계속 부양하고 있었고, 그중 둘은 대학에 다니고 있어서 금전적 어려움을 겪고 있었다.

갑자기 사무실 문이 열리며 여비서가 얼굴을 디밀었다. 그녀는 자트마리에게 무슨 말을 하려고 했던 모양인데, 그의 책상에 내가 앉아 있는 것을 발견하곤 놀란 표정으로 물었다.

"뭐 하시는 거예요?"

"자트마리 씨를 기다리고 있소. 커피를 마시러 나갔거든."

여자는 두 손을 풍만한 엉덩이에 올려놓고 나를 노려보았다. 국제적으로 통하는 분노의 몸짓이었다.

"자트마리 씨가 당신한테 거기 앉아 파일을 읽어봐도 좋다고 하신 건가요?"

그를 곤경에 빠뜨리지 않을 책임이 내게 있었다.

"그는 기다리라고 했소. 그래서 나는 기다리고 있는 중이고."

"그렇다면 빨리 당신 의자로 돌아가요. 나는 당신이 한 짓을 자트마리 씨한테 보고할 거예요."

나는 지시받은 대로 파일을 덮고 책상에서 일어나 내가 앉아 있던 의자로 돌아왔다. 그리곤 여비서한테 부탁조로 말했다.

"이봐요, 그러지 않으면 정말 고맙겠소."

"당신한테 고맙다는 소린 듣고 싶지 않아요. 보고할 겁니다."

여자는 문을 열어둔 채 사라졌다. 몇 분 후 자트마리가 성난 얼굴로 달려 들어와 문을 쾅 닫았다. 그리곤 표정을 풀고 나를 쳐다보며 말했다. 손에 든 커피 잔에서는 김이 모락모락 올라오고 있었다.

"고맙소, 그런 식으로 말해줘서. 암튼 당신에게 필요한 것을 찾았길 바랍니다. 난 바깥에서 했던 작은 쇼를 완성하기 위해 이제 당신을 문 밖으로 차내야 하니까."

나는 의자에서 일어나며 말했다.

"괜찮소. 그런데 한 가지만 물어봅시다."

"그러쇼."

"그 사건의 세 형사들, 즉 나와 잭 도시, 로턴 크로스의 금융 상태를 조사한 건 단지 일상적인 업무였습니까?"

자트마리는 그 이유를 떠올리려고 미간을 찡그렸다. 그는 어깨를 으쓱하며 말했다.

"기억이 안 나네요. 그냥 돈이 털렸으니까 모든 사람들의 금융 상태를 체크해야 한다고 생각했겠죠 뭐. 특히 보슈 당신은 우연히도 그 순간 사건 현장에 있었으니까요."

나는 고개를 끄덕였다. 그걸 조사한 것은 당연한 일처럼 들렸다.

"그것 때문에 화가 났소?"

"내가요? 아뇨. 난 단지 그 생각이 어디서 왔는지 궁금했을 뿐입니다."

"도와드릴 일이 또 있소?"

"그럴지도 모르죠. 모를 일입니다."

"그렇다면 행운을 빌겠소. 괜찮다면 진전이 있는 대로 나한테도 좀 알려주시오."

"그러죠. 알려드리겠습니다."

우리는 악수를 했다. 돌아가는 길에 화난 표정의 여비서 앞을 지나며 나는 즐거운 하루가 되기 바란다고 말했다. 그녀는 아무 대꾸도 하지 않았다.

33 육감과 흥분

고든 스캑스 LA 은행 부행장과의 면담은 빠르고 매끄럽게 진행되었다. 그는 다운타운에 있는 LA 은행 타워에서 약속한 시간에 나를 만나주었다. 42층에 있는 그의 사무실은 동향이었고, 내가 지금까지 본 최상의 LA 시 스모그 광경을 보여주었다. 그는 불운으로 끝난 "아이돌론 프로덕션" 200만 달러 대출 건에 자신이 관여한 과정을 설명했는데, 살인 사건 수사기록부에서 내가 읽은 그의 진술서 내용과 확연히 다른 점은 발견할 수 없었다. 그는 경호 비용을 포함한 5만 달러의 수수료를 프로덕션 측에 요구했다. 그리고 대출금은 영화촬영 당일 오전에 이루어져서 업무 마감 시간인 오후 6시까지 회수하기로 했다.

"위험부담이 있다는 건 알고 있었죠."

스캑스는 얘기를 이어나갔다.

"그렇지만 잠깐 빌려주고 짭짤한 수익을 올릴 수 있겠다 싶었어요. 내가 잠시 눈이 멀었다고 말할 수 있겠죠."

스캑스는 현금 운송에서 은행 경비 팀장 레이 본으로 화제를 옮기면서 글로벌 언더라이터즈를 통해 1일 작전에 대한 보험 문제와 200만 달러를 현찰로 긁어모은 번잡한 일까지 설명해 나갔다. 아무리 다운타운에 있는 본점이라 하더라도 한 은행이 그만큼 많은 현찰을 하루에 동원하기란 매우 이례적이었다. 그래서 대출하기 며칠 전부터 스캑스는 LA 은행 여러 지점들에 있는 현찰을 다운타운 본점으로 실어와야만 했다. 그 돈들은 대출 당일 무장 차량에 실려 다운타운에서 할리우드 영화촬영장으로 운송되었다. 레이 본이 선도 차량에 올라탔다. 그는 무장 트럭 운전사와 무전기로 계속 교신하며 혹시 있을지도 모르는 미행 차량을 확인하기 위해 일부러 구불구불한 경로를 택해 할리우드를 통과했다.

영화촬영장에 도착한 그들은 더욱 중무장한 경비 팀과 스캑스와 함께 현찰을 모으고 보험회사가 요구한 일련번호 리스트를 작성한 그의 조수 라이너스 사이먼슨을 만났다.

그리고 물론, 그들은 두건을 쓰고 중무장한 강도들도 만났다.

스캑스와의 면담 앞부분에서 내가 새로 알게 된 한 가지는 그 강도 사건 이래 은행의 정책이 바뀌었다는 사실이었다. 영화 산업과의 짭짤한 현찰 대출이라고 그가 말했던 거래를 LA 은행은 이제 더 이상 하지 않고 있었다.

"그게 무슨 말이냐고요?"

스캑스가 반문했다.

"한 번 당한 건 교육이지만, 두 번 당하는 건 멍청한 짓일 뿐이죠. 우린 멍청이가 아닙니다, 보슈 씨. 그런 놈들한테 또 당하진 않을 겁니다."

나는 지당하다는 듯 머리를 끄덕였다.

"그러니까 당신은 '그런 놈들이' 이 사건을 꾸몄다고 확신합니까? 현금 강탈 계획이 이 은행 내부가 아닌 외부에서 세워졌단 말이죠?"

스캑스는 다른 생각을 하는 것만으로도 화가 난다는 듯 말했다.

"그렇다고 봐야겠죠. 살해된 그 가여운 여잘 생각해 봐요. 내 부하 직원이 아니라 그 사람들 직원이었소."

"맞아요. 하지만 그녀를 죽이는 것도 계획의 일부였을 수 있죠. 의심을 은행이 아닌 영화사 측으로 돌리기 위해서 말입니다."

"말도 안 돼. 경찰이 이곳을 이 잡듯 훑었소. 보험회사 직원들도 나와서 그랬고. 그 일에 관여한 우리 직원들은 모두 깨끗하다는 판정을 받았습니다. 우린 100퍼센트 결백해요."

나는 다시 고개를 끄덕였다.

"그렇다면 내가 당신 직원들과 얘길 좀 해도 개의치 않겠군요? 라이너스 사이먼슨과 조슬린 존스를 만나 얘길 좀 나눠보고 싶습니다."

스캑스는 자기가 코너에 몰렸다는 걸 알았다. 은행 측은 정직하고 결백하다고 요란하게 나발을 불어놓고 나와 직원들 간의 대화를 어떻게 거부할 수 있겠는가?

"가능하기도 하고 불가능하기도 합니다."

그가 대답했다.

"조슬린은 여전히 근무하고 있죠. 지금은 웨스트 할리우드 지점 차장으로 있습니다. 그녀와 대화하는 데는 별 문제가 없을 것 같군요."

"라이너스 사이먼슨은요?"

"라이너스는 그 끔찍한 날 이후로 끝내 돌아오지 않았습니다. 그 개자식들이 쏜 총에 맞은 걸 아셨을 텐데요? 그와 레이가 맞았죠. 레이는 결국 죽었지만 라이너스는 살아남았어요. 병원에 입원했다가 병가를 받았지만 복귀를 원치 않았습니다. 그런 그를 나무랄 순 없더라고요."

"사직했습니까?"

"그렇습니다."

그런 얘긴 살인 사건 수사기록부에서도 자트마리의 기록에서도 보지 못했다. 현금 강탈 사건이 일어난 후 며칠 동안은 수사가 가장 철저히 이뤄졌던 것으로 알고 있었다. 사이먼슨은 총상에서 회복 중인 상태에서 서류상으로는 아직 은행 직원이었을 때 사직했을 터였다. 그 시기에 작성된 조사 기록들에는 그가 은행을 그만둔다는 말을 기입할 필요가 없었을 것이다.

"그만둔 뒤 어디로 갔는지 아세요?"

"알았는데 지금은 몰라요. 당신한테 톡 까놓고 얘기하면, 라이너스는 나가서 변호사를 고용하더니 피해보상을 요구하기 시작했습니다. 은행이 그런 말도 안 되는 위험한 곳으로 자신을 몰아넣었다는 주장이었죠. 그날 자기가 거기 가겠다고 자원했다는 말은 한마디도 안 했더군요."

"그가 거기 가겠다고 자원했습니까?"

"그럼요. 젊은 친구였거든요. 도시에서 자랐고 할리우드 진출도 한두 차례 꿈꿨을 겁니다. 다들 그러니까. 현금 수송 책임자로 영화촬영장에서 하루를 보내는 것도 좋은 기회가 될 것이라고 생각했겠죠. 그가 자원하기에 나는 좋다고 허락했습니다. 나도 직속 부하를 내보낼 생각이었거든요. 레이 본 이외에 말입니다."

"라이너스는 정말 은행을 고소했습니까, 변호사와 함께 소란만 떨었나요?"

"소란만 떨었죠. 하지만 그 덕분에 법적인 합의에 도달했고, 뭉칫돈을 받아 나갔습니다. 그 돈으로 나이트클럽을 하나 인수했다더군요."

"뭉칫돈을 얼마나 줬답니까?"

"모르죠. 언젠가 변호사 짐 포먼에게 얼마 줬냐고 물어봤더니 대답 안 했어요. 합의 내용은 비밀이라면서. 그렇지만 내가 알기로 그가 샀다는 나이트클럽은 멋진 겁니다. 할리우드 타입 중 하나죠."

나는 법률 도서관에서 재니스 랭와이저를 기다리며 보았던 초상화를 떠올렸다.

"제임스 포먼이 당신 변호사입니까?"

"내 변호사가 아니라 은행 변호사죠. 외부 변호사. 갈등 소지가 있기 때문에 사내 변호사는 들이지 않기로 했답니다."

나는 머리를 끄덕인 뒤 다시 물었다.

"그가 샀다는 나이트클럽 이름이 뭡니까?"

"모르는데요."

나는 의자에 앉은 채 스캑스의 뒤쪽 창문을 통해 스모그를 바라보았다. 하지만 보고 있으면서도 인식하진 못하고 있었다. 내부로 깊숙이 침잠하여 육감과 흥분의 첫 떨림, 나의 신앙과 함께 오는 은혜로운 상태를 느끼고 있었다.

"보슈 씨?"

스캑스가 나를 일깨웠다.

"다른 생각에 빠져들지 마십시오. 난 5분 후에 간부 회의에 들어가야 합니다."

나는 정신을 차리고 그를 바라보았다.

"미안합니다. 일단 여기서 할 일은 끝났군요. 회의에 들어가시기 전에 조슬린 존스에게 전화하여 내가 만나러 간다고 전해주시겠습니까? 그 지점의 위치도 좀 알려주시고요."

"그거야 어려울 거 없죠."

34 행복한 케이크

조슬린 존스를 만나기 위해 LA 은행 웨스트 할리우드 지점으로 가는 길에 나는 시간을 좀 죽여야 할 일이 있어 서쪽 할리우드 대로로 차를 몰았다. 은퇴한 이후로 가본 적 없었던 옛 구역을 돌아보고 싶은 생각에서였다. 신문을 보면 많은 것이 변했다는데, 내 눈으로 직접 확인하고 싶었다.

대로의 아스팔트는 여전히 햇빛에 반짝거렸지만 바인 거리 부근의 상점들과 오피스 빌딩들은 아직도 50년 묵은 푸르스름한 스모그 아래 잠들어 있었다. 거긴 달라진 게 없었다. 그러나 일단 카후엥가를 넘어 하이랜드로 올라가자, 나는 새로운 할리우드가 활기를 띠고 있는 곳을 보았다. 새 호텔들과—시간제로 요금을 받는 호텔이 아닌—극장들, 인기 있는 최신 레스토랑 체인점들이 즐비하게 늘어선 피플 센터들. 도로와 보도는 사람들로 넘쳤고, 보도에 박힌 청동별은 잘 닦여져서 반들거렸다. 하이랜드는 더 안전하고 깨끗해졌지만 참다운 맛은 줄어들었다.

그렇지만 내 머릿속에 반짝 떠오른 말은 "희망"이었다. 거기엔 희망과 활기가 있었다. 거리 분위기는 확신이 흘러넘쳤고, 내겐 그것이 좋아 보였다. 그런 분위기가 이 핵심 지역에서 대로를 따라 지진파처럼 퍼져나가며 혁신과 재발명을 낳을 것임을 나는 알았다. 몇 년 전이라면 나는 가장 먼저 그런 계획은 가망 없다고 말했을 것이다. 그런데 내 판단이 틀렸던 모양이었다.

라스베이거스에서부터 줄곧 행운을 느껴온 김에 그 분위기를 타고 페어팩스 3가까지 달려간 나는 식료품을 구입하기 위해 농산물 시장으로 들어갔다.

시장은 나와는 관계가 먼 또 하나의 재생산 현장이었다. 좋은 식품과 싸구려 식품, 잡동사니 등을 적당히 배합해 놓은 물막이판자로 지은 구 시장 옆에 새로 건축한 차고와 옥외 피플 센터가 있었다. 신문가판대 옆에 있는 주차 공간에 차를 댈 수 있던 때가 더 좋았다고 생각하면서도 나는 그들이 일을 제대로 했다고 인정하지 않을 수 없었다. 옛것과 새것이 나란히 사이좋게 자리 잡고 있었다. 나는 새 구역으로 들어가서 백화점들을 지나고 생전 처음 보는 거대한 서점을 지나 구 시장으로 들어갔다. '밥스 도넛'은 그 자리에 있었고, 내가 기억하고 있는 다른 곳들도 그대로 있었다. 사람들이 복작거렸고, 다들 행복해 보였다. 도넛을 먹기엔 너무 늦은 시각이라 나는 BLT(베이컨, 양상추, 토마토를 넣은 샌드위치-옮긴이)를 한 개 집어 들었다. 그리고 코코모 카페에서 1달러를 동전으로 바꾼 뒤 듀퍼즈 레스토랑 옆에 있는 구식 전화 부스 안으로 들어가 샌드위치를 먹기 시작했다. 로이 린델한테 먼저 전화를 걸자 그도 책상에서 뭘 먹고 있었다.

"뭘 먹고 있는 거야?"

"호밀 빵에 참치와 피클을 넣은 거."

"지겹겠군."

"맞아. 당신은 뭘 먹고 있지?"

"BLT. 코코모에서 이중 훈제한 베이컨이 들었지."

"윽, 그건 더 지겨워. 무슨 일이야, 보슈? 지난번 만났을 때 나와는 아무것도 안 하겠다더니. 사실 난 당신이 라스베이거스에 간 줄 알았어."

"갔다가 돌아왔지. 그래서 지금은 모두 해소됐어. 9층에 있는 당신 친구들에 대해 이해하게 되었단 얘기야. 이 일로 다시 돌아오고 싶나, 아니면 계속 삐치고 싶나?"

"뭘 좀 건졌어?"

"그럴지도 모르지. 아직은 예감에 지나지 않을지 모르지만."

"나한테 원하는 게 뭐야?"

나는 살인 사건 수사보고서 위에 놓인 샌드위치 포장지를 옆으로 치우고 필요한 정보를 찾기 시작했다.

"라이너스 사이먼슨이란 사내를 좀 뒤져봐. 서른한 살 먹은 백인 남잔데, 시내에 나이트클럽을 하나 가지고 있어."

"클럽 이름이 뭔데?"

"아직은 몰라."

"멋지군. 그러니까 난 당신 뒤치다꺼리나 하고 있으란 말이네?"

"일단 이름을 넣고 돌려봐. 뭔가 걸리든 말든 하겠지."

나는 너무 오래전 것이라고 생각하면서도 살인 사건 수사기록부에 있는 사이먼슨의 생년월일과 주소를 불러 주었다.

"이 친구가 누군데?"

나는 사이먼슨이 이전에 LA 은행 직원이었다는 것과 영화촬영장 강탈 사건 때 총을 맞았다는 얘길 해주었다.

"그 사내는 피해자였어. 당신은 그가 사건을 꾸미고 동료들에게 자기 엉덩이를 쏴달라고 했을 것 같아?"

로이 린델은 어이없다는 말투로 물었다.

"모르겠어."

"그와 마티 게슬러와는 무슨 상관이 있나?"

"나도 몰라. 상관없을지 모르지. 아마 없겠지. 그렇지만 난 그 친구를 체크해 보고 싶어. 뭔가 석연찮아 보이거든."

"좋아, 당신은 계속 예감이나 하고 나더러는 발품이나 팔라는 얘기군, 보슈. 다른 주문은 없어?"

"하기 싫으면 싫다고 해. 다른 사람에게 시킬 수도 있으니까."

"하겠다고 했잖아, 한다니까. 다른 주문은 없냐고?"

나는 머뭇거렸지만 오래 끌진 않았다.

"아, 한 가지가 더 있었지. 차량 번호판을 하나 확인해 주겠나?"

"불러 봐."

나는 엘리노어가 몰던 차의 번호판을 불러주었다. 그것은 아직도 내 기억에 남아 있었고, 조사가 끝날 때까지는 지워지지 않을 것이었다.

"네바다 번호판인가?"

린델이 의심하는 목소리로 물었다.

"당신이 라스베이거스로 갔던 일과 상관있나, 아니면 이곳 사건 때문인 건가?"

나는 아차, 싶었다. 린델은 다른 건 다 몰라도 절대 멍청하진 않았다. 나는 이미 문을 열어버렸고, 이젠 안으로 들어갈 수밖에 없었다.

"모르겠어."

나는 거짓말을 했다.

"암튼 그 번호에 대한 등록 사항을 확인해 주겠나?"

혹시라도 그 자동차가 엘리노어가 아닌 다른 사람 이름으로 등록되어 있다면 나는 그동안 생각해왔던 것을 다른 얘기로 꾸며댈 수 있을 것이고, 린델은 그것을 결코 눈치채지 못할 것이었다.

"좋아."

FBI 요원은 동의한 뒤 말했다.

"난 나가봐야 해. 나중에 전화하라고."

전화기를 내려놓았지만 기분이 찜찜했다. 파도가 선착장 아래 기둥들을 후려치듯 죄책감이 밀려들었다. 그 요청으로 린델은 속일 수 있었을지 몰라도 나 자신을 속일 순 없었다. 나는 전처에 대해 조사하고 있었던 것이다. 내가 그보다 더 비열한 짓을 할 수 있을까?

그 생각을 뿌리치기 위해 나는 전화기를 다시 집어 들고 동전들을 쑤셔 넣었다. 재니스 랭와이저에게 전화를 걸고 그녀가 받기를 기다리며, 나는 방금 나 자신에게 던진 질문에 대답하게 될 거라는 생각이 들었다.

랭와이저의 비서는 그녀가 지금 통화 중이므로 끝나면 곧 전화를 해주겠다고 말했다. 나는 그게 불가능하니 15분 후 내가 다시 전화하겠다고 말했다. 전화를 끊고 시장을 둘러보다가, 수백 가지 다른 브랜드를 붙인 핫 소스만 파는 작은 가게에서 대부분의 시간을 보냈다. 나는 이제 집에서 요리하는 경우가 거의 없기 때문에 언제 사용할지도 모르지만 '게이터 스퀴징스'란 상표가 붙은 핫 소스 한 병을 구입했다. 그냥 그곳이 좋고 전화할 동전도 더 필요해서였다.

다음에 걸음을 멈춰 선 곳은 제과점 앞이었다. 과자를 사려는 게 아니라 구경만 하려는 것이었다. 내가 어렸을 때 생전의 어머니는 토요일 아침이면 나를 데리고 농산물 시장으로 가곤 했다. 내 기억에 가장 선명한 것은 제과점 유리창을 통해 제빵기술자가 손님들에게 생일용이나 휴일용, 결혼용으로 주문 받은 케이크에 드레싱 하는 것을 지켜본 일이었다. 그는 각 케이크들 위에 멋진 디자인을 한 뒤 깔때기로 당의를 짜내어 입히곤 했다. 그의 굵은 팔뚝이 밀가루와 설탕으로 덮여 있었다.

어머니는 내가 케이크의 표면이 당의로 장식되는 것을 볼 수 있도록 창문 위로 나를 안아 올리곤 했다. 어머니는 내가 매번 제빵기술자를 보고 있는 줄 알았겠지만, 이따금 나는 뭐가 잘못되었는지 알아내려고 창문에 비친 어머니의 표정을 살피곤 했다.

팔이 아파 더 이상 나를 안고 있기가 힘들면 어머니는 근처에 있는 레스토랑 옥외 테이블에서 의자를 하나 가져와 나를 그 위에 세웠다. 나는 케이크들이 완성되는 것을 보면서 그것들이 사용될 파티와 거기에 참석할 많은 사람들에 대해 생각하곤 했다. 그 케이크들은 오직 행복한 곳으로만 배달될 것처럼 보였다. 그렇지만 제빵사가 웨딩 케이크에 당의를 입힐 때는 그것이 어머니를 슬프게 만든다는 걸 알 수 있었다.

그 제과점과 제빵사를 들여다보던 창문은 아직 그 자리에 있었다. 나는 핫 소스를 담은 백을 들고 유리창 앞에 섰지만 제빵사는 보이지 않았다. 너무 늦은 시각이었던 것이다. 생일 케이크나 웨딩 케이크, 기타 기념용 케이크는 인도나 배달에 늦지 않도록 오전 이른 시각에 만들어졌다. 나는 유리창 너머 선반에 죽 걸린 스테인리스스틸 깔때기들을 보았다. 제빵사가 당의로 온갖 디자인과 꽃들을 만들 때 사용하던 것들이었다.

"기다려도 소용없수. 오늘 일은 끝났으니까."

나는 돌아볼 필요가 없었다. 유리창에 비친 한 노부인이 내 뒤로 지나가고 있었다. 그러자 다시 어머니 생각이 났다.

"네, 옳은 말씀이에요."

나는 그렇게 대꾸한 뒤 전화 부스로 걸어갔다. 랭와이저에게 다시 전화를 걸자 이번엔 기다렸다는 듯 재깍 받았다.

"별일 없어요?"

"그럼요."

"다행이군요. 겁먹었잖아요."

"무슨 소리요?"

"연락할 수 없다고 록센에게 말했다면서요. 그래서 감방 같은 곳에 갇힌 줄 알았죠."

"아, 미안해요. 그 생각은 못했네. 아직은 휴대전화를 사용할 수 없다는 얘기였습니다."

"그들이 아직도 도청하고 있다고 생각하세요?"

"모르겠어요. 미리 조심하는 거죠."

"그렇다면 이건 그냥 일상적인 확인이란 말이죠?"

"그런 셈이죠. 물어볼 것도 하나 있고요."

"물어보시죠."

린델에게 사실을 모두 말하지 않았기 때문에, 혹은 엘리노어에게 받은 느낌을 조사하는 문제 때문인지는 모르지만, 랭와이저와는 장난치고 싶지 않다는 생각이 들었다. 그래서 나는 손에 든 패를 그대로 사용하기로 했다.

"몇 년 전 당신 회사가 처리했던 사건입니다. 담당 변호사는 제임스 포먼이었고, 고객은 LA 은행이었죠."

"그 은행, 우리 고객 맞아요. 무슨 사건인데요? 몇 년 전이라면 난 여기 없었는데."

나는 조그마한 부스 안 공기가 금방 뜨거워질 것을 알면서도 문을 닫았다.

"사건 이름은 모르지만 상대방 이름은 라이너스 사이먼슨이었습니다. 부행장 조수로 근무했죠. 영화촬영장 강도 사건 총격전에서 총상을 입었답니다."

"맞아요. 총상 입은 사람과 죽은 사람이 있었다는 건 기억나는데, 이름들이 생각나지 않네요."

"총상을 입은 쪽이 사이먼슨이었어요. 죽은 사람은 레이 본이라고, 그 은행 경비 팀장이었죠. 사이먼슨은 살았어요. 총격을 가한 자들의 행동을 생각해보면 유탄에 맞았던 것 같습니다."

"그렇다면 그 사람이 은행을 고소했군요?"

"거기까지 갔는지는 모르겠습니다. 문제는 그가 병원에 얼마간 입원한 후 직장에 복귀하지 않기로 결심했다는 겁니다. 그리곤 변호사를 고용하여 은행이 자기를 위험한 곳에 보내 다치게 했다고 떠들기 시작했다는 거죠."

"그럴듯하군요."

"자기가 가겠다고 자원하긴 했지만 그렇죠. 그 돈을 모으는 일도 도왔지만, 영화를 촬영하는 동안 그 돈을 지키는 일에도 자원했다는 겁니다."

"그렇더라도 고소할 수 있겠는데요. 압력 때문에 자원했다고 주장할 수도 있고 또…."

"네, 그런 건 다 압니다. 그의 권리에 대해 걱정하는 게 아니에요. 제임스 포먼이 맡아 은행 측에서 해결한 걸 보면 그에게 그럴 권리가 있는 건 분명합니다."

"좋아요, 그래서 무슨 얘길 하고 싶은 거예요? 아까 물어볼 게 있다고 하셨잖아요."

나는 문을 다시 열어 시원한 바람이 들어오게 했다.

"그 친구가 얼마에 합의했는지 알고 싶습니다. 돈을 얼마나 받았죠?"

"짐 포먼에게 당장 전화해 보죠. 기다리시겠어요?"

"아, 그렇게 간단한 문제가 아닙니다. 비밀유지 약정이 있었던 것 같아요."

재니스 랭와이저가 침묵에 빠져들자 나는 미소를 머금고 조용히 기다렸다. 마침내 그녀가 입을 열었다.

"그러니까 나더러 그 약정을 어겨서라도 그가 받아낸 금액을 알아내란 뜻이군요."

"글쎄, 꼭 그렇게 표현한다면…."

"달리 어떻게 표현할 수 있는데요?"

"이 사건을 조사하고 있는데 그 친구가 떠올랐소. 사이먼슨 말입니다. 은행이 그에게 얼마나 큰 돈뭉치를 안겼는지 알 수 있다면 큰 도움이 될 것 같소, 재니스."

그 말을 들은 그녀는 다시 긴 침묵으로 빠져들었다.

"우리 회사의 파일을 훔쳐볼 생각은 없어요."

마침내 그녀가 입을 열었다.

"나 자신을 곤경에 빠뜨릴 짓은 할 수 없죠. 최상의 방법은 짐을 찾아가서 물어보는 거예요. 얼마나 줬는지."

"좋아요."

그만하면 내가 생각했던 것 이상이었다.

"다행인 것은 LA 은행이 아직도 우리 고객이란 사실이죠. 이 사이먼슨이란 자가 200만 달러와 은행 경비 팀장의 목숨을 앗아간 강도 사건 현장에 있었다는 말이라면, 그자도 가담했을 가능성이 있겠군요."

"이야, 멋진 추리네요."

나도 그런 각도로 생각했지만, 랭와이저도 같은 생각에 도달하길 바라고 있었다. 내가 포먼에게서 얻고자 하는 것을 그녀가 대신해줄 수 있을 거란 생각에 기분이 약간 들뜨기 시작했다.

"흥분하지 마세요, 해리. 아직은요."

"알았어요."

"어떻게 해야 할지 알아본 뒤 전화할게요. 걱정 말아요. 당신 집 전화로 메시지를 남길 땐 암호를 사용할 테니까."

"고마워요, 재니스."

나는 전화를 끊고 부스 밖으로 나왔다. 차고를 향해 시장을 빠져나오는 길에, 나는 제과점 창문 앞을 지나다가 제빵기술자를 발견하고 깜짝 놀랐다. 잠시 걸음을 멈추고 살펴보았다. 진열장 안에 있던 케이크처럼 보이는 걸로 미뤄 짐작컨대, 마지막 순간에 주문을 받은 모양이었다. 이미 당의가 입혀져 있는 케이크였다. 창문 안에서 제빵기술자는 케이크에 꽃들을 꽂고 글씨를 새기는 중이었다.

나는 사내가 메시지를 다 새길 때까지 기다렸다. 초콜릿을 입힌 위에 핑크색 글씨로 "Happy Birthday, Collie!" 라고 새기고 있었다. 나는 그 케이크가 행복한 곳으로 가는 또 하나의 선물이 되기를 빌었다.

35 밤의 제왕

조슬린 존스는 샌비센테에 있는 샌타모니카 지점에서 근무하고 있었다. 수십 년 동안 은행 강도 도시로 전 세계에 알려진 카운티에서는 더할 나위 없이 안전한 곳으로, 웨스트 할리우드 보안관 지서가 있는 도로 맞은편에 자리 잡고 있었다.

은행 지점은 2층짜리 아트데코 건물로 2층 전면을 거대한 유리창으로 둥그렇게 두른 것이었다. 1층으로 들어가면 카운터와 신규고객 데스크가 있고, 간부진 사무실은 모두 2층에 있었다.

존스는 2층에 있는 한 사무실을 차지하고 있었다. 둥그런 창문으로 보안관 지서와 그곳에선 블루 웨일이라 불리는 퍼시픽 디자인 센터가 내려다보였다. 어떤 각도에서 보면 바다에서 솟아오른 흑등고래의 꼬리처럼 보인다고 해서 붙여진 이름이었다. 존스는 미소를 지으며 내게 의자를 권했다.

"스캑스 씨가 전화로 연락해서 대화를 나눠도 좋다고 했어요. 강도 사건을 조사하고 계시다면서요?"

"그렇습니다."

"그 사건이 잊히지 않았다니 기뻐요."

"그 말을 들으니 기분 좋은데요."

"뭘 도와 드릴까요?"

"모르겠어요. 전에 일어났던 일들을 이리저리 추적하고 있을 뿐이죠. 그래서 반복되는 부분도 있겠지만 그 속에서 당신이 맡았던 일에 대한 얘기를 듣고 싶습니다. 도중에 질문할 게 생각나면 하기로 하죠."

"저는 별로 얘기할 게 없는데요. 그러니까, 라이너스나 가여운 본 씨처럼 현장엔 없었단 뜻이에요. 전 현금이 수송되기 전까지 주로 현금 주위에만 있었거든요. 그땐 스캑스 씨 보조원으로 근무할 때였으니까. 그분이 저의 회사 멘토였죠."

나는 고개를 끄덕이며 그런 모든 건 아무 문제도 없다고 생각한다는 듯 미소를 지어 보였다. 그녀를 내가 원하는 방향으로 조금씩 천천히 몰아가는 것이 내 계획이었다.

"그러니까 그 돈을 당신이 관리하셨군요. 돈을 세고, 포장하고, 대출 준비를 하는 일 말입니다. 장소는 어디였습니까?"

"다운타운 센터였죠. 우리는 시종 지하실에만 있었어요. 돈은 각 지점들로부터 들어왔고, 우린 그 지하실에서 자리를 떠나지 않고 준비했죠. 아시겠지만 그날 마감시간 이외엔 말이죠. 모두 준비하는 데 사흘인가 사흘 반쯤 걸렸을 거예요. 대부분 지점들로부터 돈이 들어오길 기다리느라 걸린 시간이었죠."

"방금 '우리'라고 말한 건 라이너스…."

나는 기억이 잘 나지 않는다는 듯 무릎 위의 수사기록부를 뒤적이기 시작했다.

"사이먼슨이에요."

그녀가 얼른 말했다.

"맞아요, 라이너스 사이먼슨. 그와 작업을 같이 했단 말이죠?"

"네."

"스캑스 씨는 그의 멘토이기도 했습니까?"

조슬린 존스는 고개를 저었다. 얼굴을 약간 붉힌 것 같기도 했지만 검은 피부라서 단정하긴 어려웠다.

"아뇨. 멘토링 프로그램은 소수 사람들만 했어요. 1년 전에 중단되었죠. 암튼 라이너스는 백인이에요. 비벌리 힐스에서 성장했고, 부친은 레스토랑을 여러 개 가진 사람이었죠. 그런 그에게 멘토가 필요했을 것 같진 않네요."

나는 머리를 끄덕였다.

"좋습니다. 그러니까 당신과 라이너스 사이먼슨은 그곳에서 사흘 동안 그 돈을 준비하고 있었군요. 일부 현찰의 일련번호들도 기록했을 테고요, 그렇죠?"

"네, 그 일도 했죠."

"어떤 식으로 기록했습니까?"

여자는 의자에 앉은 체 상체를 앞뒤로 천천히 흔들며 기억을 떠올리려고 애썼다. 나는 샌타모니카 너머로 보안관의 헬리콥터가 지서 지붕 위에 착륙하는 것을 지켜보았다.

"제 기억으로는 임의추출 방식이었던 것 같아요. 각 돈다발에서 임의로 지폐를 뽑아내는 방식이요. 1천 장쯤 뽑아내어 기록했던 것 같은데, 시간이 엄청 걸렸죠."

나는 살인 사건 수사기록부를 뒤져 존스와 사이먼슨이 함께 작성한 화폐 보고서 사본을 찾아냈다. 바인더의 링을 풀어 리스트를 빼내며 그녀에게 말했다.

"이 보고서에는 800장으로 되어 있군요."

"아, 그러면 800장이 맞아요."

"이게 그 보고서 맞습니까?"

서류를 건네주자 여자는 페이지를 넘겨가며 살펴본 뒤 마지막 쪽 맨 아래 있는 자신의 서명을 확인했다.

"맞는 것 같은데요. 하지만 4년이나 지났잖아요."

"알아요. 당신이 거기 서명할 때 본 것이 마지막이었나요?"

"아뇨. 강도 사건 이후에도 봤어요. 형사들에게 심문 받을 때요. 그게 그 보고서 맞느냐고 묻더군요."

"그렇다고 했습니까?"

"네."

"좋습니다, 당신과 라이너스가 이 보고서를 작성하던 때로 돌아가죠. 어떤 식으로 작성했습니까?"

여자는 어깨를 으쓱했다.

"라이너스와 제가 서로 교대하며 일련번호들을 그의 랩톱에 입력했어요."

"그 일련번호들을 보다 쉽게 기록할 수 있는 컴퓨터 스캐너나 복사기 같은 건 없었나요?"

"있더라도 우리가 하려던 일엔 소용이 없었을 걸요. 각각의 돈다발에서 임의로 지폐들을 빼내어 기록한 뒤 원래의 다발에다 돌려놔야 했거든요. 그래야만 만약 그 돈이 강탈당해 흩어지더라도 각각의 돈다발을 추적할 기회가 생길 테니까요."

나는 고개를 끄덕였다.

"그런 식으로 하도록 시킨 사람은 누구였습니까?"

"스캑스 씨나 본 씨였을 것 같은데요. 본 씨는 LA 은행 경비 팀장이었는데, 보험회사의 지시를 처리하고 있었죠."

"네, 당신과 라이너스는 지하실에 있었군요. 지폐의 일련번호는 정확히 어떤 식으로 기록했나요?"

"라이너스는 필기로는 끝이 안 나겠다고 생각하곤 컴퓨터에 입력하기로 했습니다. 그래서 자신의 랩톱을 가져와 저랑 함께 직접 입력하기 시작했죠. 한 사람이 일련번호를 불러주면 다른 사람은 자판을 두들겼어요."

"누가 부르고 누가 두들겼나요?"

"교대로 두들겼죠. 200만 달러를 책상에 쌓아두고 하는 작업이 엄청스릴 있겠다고 생각하실지 모르지만, 실은 지겨운 일이었어요. 그래서 우린 일련번호 읽는 일과 타이핑을 서로 교대해가며 했죠."

나는 그 작업이 어떻게 이뤄질 수 있었는지 알아내려 애쓰며 잠시 생각에 빠져들었다. 두 명의 직원이 함께 리스트를 작성하면 이중 체크 기능이 작용했을 것 같지만, 그렇지가 않았다. 사이먼슨은 일련번호를 읽든 타이핑을 하든 계속 데이터를 컨트롤하고 있었다. 어떤 작업을 하고 있든 일련번호를 조작할 수 있었고, 조슬린 존스는 화폐나 컴퓨터 스크린을 지켜보지 않는 한 그의 조작을 눈치챌 수 없었을 것이다.

"좋아요. 작업이 끝나자 컴퓨터 파일을 출력한 뒤 그 보고서에 서명했겠군요, 그렇죠?"

"맞아요. 그런 것 같단 얘기죠. 벌써 오래전 일이니까."

"거기 있는 서명이 당신 것 맞습니까?"

여자는 서류의 마지막 페이지를 열고 자세히 살펴보더니 고개를 끄덕였다.

"맞아요."

내가 손을 내밀자 그녀는 서류를 돌려주었다.

"보고서를 스캑스 씨에게 가져간 사람은 누구였나요?"

"라이너스였겠죠. 그 사람이 출력했으니까요. 이런 세부사항들이 왜 그렇게 중요하죠?"

나의 의도에 대한 그녀의 첫 번째 의심이었다. 나는 대답하지 않았다. 그 대신 그녀가 살펴보던 서류 끝 페이지를 열고 서명을 내려다보았다. 그녀의 서명은 사이먼슨의 서명 아래쪽, 그리고 스캑스 씨의 사인 위쪽에 되어 있었다. 그게 순서였던 것이다. 사이먼슨이 서명한 뒤 그녀가 서명하고, 최종 서명은 스캑스가 하게 되어 있었다.

서류를 창문에서 불빛으로 가져갔을 때, 나는 이전에 보지 못했던 어떤 것을 발견했다. 그 서류는 원본을 복사한 것이거나 복사본을 다시 복사한 것이겠지만, 그래도 조슬린 존스가 서명한 잉크 색깔이 변화를 보이고 있었다. 나는 다른 사건에서도 그런 경우를 보았다.

"뭐죠?"

존스가 물었다. 나는 서류를 기록부에 얼른 다시 철하며 그녀를 쳐다보았다.

"뭐가 말입니까?"

"방금 중요한 걸 발견한 듯한 표정을 지었잖아요."

"아, 아무것도 아닙니다. 난 뭐든 자세히 봐요. 몇 가지 질문이 남았습니다."

"좋아요. 전 곧 내려가 봐야 합니다. 곧 문을 닫거든요."

"그렇다면 곧 끝내드리죠. 본 씨도 200만 달러를 준비하고 일련번호를 기록하는 과정에 참여했습니까?"

여자는 일단 머리를 저었다.

"아니에요. 그는 우릴 감독했고, 특히 각 지점과 연방준비은행에서 현금이 들어왔을 때는 자주 들락거렸죠. 그걸 책임지고 있었을 거예요."

"당신들이 일련번호를 부르며 컴퓨터에 입력할 때에도 들어왔었습니까?"

"기억나진 않는데, 아마 들어왔을 거예요. 말씀드린 대로 노상 들락거렸으니까요. 제 생각엔 그가 라이너스를 좋아해서 그랬던 것 같아요."

"좋아했다는 게 무슨 말입니까?"

"무슨 말인지 아시잖아요."

"본 씨가 게이였단 말이오?"

여자는 어깨를 으쓱하곤 대답했다.

"그렇지만 드러내진 않았어요. 비밀이었던 것 같아요. 대단한 일은 아니었죠."

"라이너스는 어땠나요?"

"그는 게이가 아니에요. 아마 그래서 본 씨가 너무 자주 들락거리는 걸 싫어했을 거예요."

"라이너스가 그렇게 말했나요, 당신 혼자 생각이에요?"

"어느 날 그런 비슷한 말을 하더군요. 계속 이러다간 성희롱 죄로 고소당하겠다고 농담조로 말했어요."

나는 고개를 끄덕였지만, 그게 사건에 어떤 의미가 있는지는 가늠할 수 없었다.

"제 질문엔 아직 대답 안 하셨는데요."

여자가 나를 쳐다보며 말했다.

"무슨 질문이요?"

"이런 모든 것들에 대해 왜 꼬치꼬치 캐느냐고요. 화폐의 일련번호나 라이너스와 본 씨에 관해서 말예요."

"꼬치꼬치 캐긴요. 당신이 늘 해오던 일의 한 부분에 대한 얘기니까 그렇게 느껴졌을 겁니다. 그렇지만 난 이 사건의 모든 면을 철저히 조사하려고 합니다. 라이너스에게 들은 다른 얘긴 없습니까?"

그 말에 여자는 놀란 듯했다.

"제가요? 없었어요. 총격 사건 직후 병원에 문병을 한 번 갔었죠. 그는 끝내 복직하지 않았고, 그래서 다시는 볼 수 없었어요. 우린 함께 근무했지만 진짜 친구는 아니었어요. 서로 입장이 달랐던 것 같아요. 스캑스 씨가 항상 우리 두 사람을 지목한 것도 그래서였던 것 같고요."

"그건 무슨 소립니까?"

"우린 친한 사이가 아니었고, 라이너스는 나와 다른 사람이었어요. 스캑스 씨는 우리가 돈에 대해 다른 맘을 품지 못하도록 서로 다른 성향을 지닌 친하지 않은 사람으로 골랐던 것 같아요."

나는 아무 대꾸 없이 머리만 끄덕였다. 조슬린 존스는 무슨 생각에 빠져드는 듯하더니, 곧 자조적인 표정으로 머리를 흔들었다.

"왜요?"

"아무것도 아니에요. 그가 가진 나이트클럽들 중 한 곳으로 찾아가는 생각을 해봤는데, 그들이 들여보내 줄 것 같지도 않아요. 그를 잘 안다고 말했다가 그가 나와서 나를 보고도 기억나지 않는 것처럼 굴면 엄청 무안할 것 같고요."

"나이트클럽들이라고요? 한 개 이상입니까?"

여자는 의심쩍다는 듯 나를 향해 실눈을 치떴다.

"철저히 조사하고 있다면서 지금 그가 누군지도 모른다는 거예요?"

나는 어깨를 으쓱했다.

"지금 그가 누굽니까?"

"라이너스 씨죠. 지금은 성은 접어두고 이름만 사용하고 있는 유명인사예요. 그와 그의 파트너들이 할리우드 최고의 나이트클럽들을 소유

하고 있답니다. 모든 유명인사들이 모여드는 곳이죠. 벨벳 로프를 친 문 밖까지 줄이 이어진대요."

"나이트클럽이 몇 갭니까?"

"적어도 네댓 개는 될 걸요. 알아본 적은 없어요. 한 개로 시작해서 차츰 늘렸겠죠."

"파트너는 몇 명이나 되는데요?"

"모르겠어요. 예전 잡지에 기사가 실렸었는데, 잠깐만요. 어디 있을 거예요."

여자는 허리를 굽히고 책상 맨 아래 서랍을 열었다. 내용물 뒤지는 소리가 나더니 잠시 후 월간 〈로스앤젤레스 매거진〉을 뽑아 책상 위에 올려놓고 페이지를 넘기기 시작했다. 커피 탁자에 올려놓고 보는 고급 잡지로, 뒤쪽에 레스토랑 목록과 LA에서의 삶과 죽음에 대한 특집기사 두어 개를 항상 게재하고 있었다. 그렇지만 화려함 뒤에 톡 쏘는 맛도 있었다. 지난 여러 해 사이에 그 잡지사 기자들은 내 사건에 대한 기사를 두 차례 실은 적 있었다. 가족이나 이웃에 미치는 파급효과 면에서, 나는 그들이 어떤 매체의 기자들보다 더 가깝게 범죄의 실체에 접근했다고 항상 생각해왔다.

"이걸 왜 계속 보관하고 있는지 모르겠어요."

존스는 약간 무안한 표정으로 말했다. 조금 전 라이너스에 대해서는 알아본 적이 없다고 말했던 것이다.

"아는 사람 기사가 실려 있기 때문이겠죠. 여기군요."

그녀는 내 쪽으로 잡지를 돌려놓았다. "밤의 제왕들"이란 타이틀 아래 두 페이지에 걸쳐 기사들이 실려 있었다. 사진 속에는 짙은 색 마호가니 바 뒤로 나란히 폼 잡고 서 있는 젊은 네 사내와 그들 뒤로 밑에서 색깔 조명을 받은 술병들이 진열된 선반들이 보였다.

"내가 좀 봐도 되겠소?"

내가 손을 내밀자 여자는 잡지를 덮어 책상 위로 밀어서 보내며 말했다.

"가지세요. 아무리 생각해도 라이너스를 다시 만날 일은 없을 것 같으니까. 그도 날 만나줄 시간이 없을 거고요. 라이너스는 자기가 하겠다고 말했던 걸 했을 뿐이에요."

나는 잡지에서 눈을 떼고 그녀를 쳐다보았다.

"그건 또 무슨 얘깁니까? 그가 뭘 하겠다고 당신한테 말했나요?"

"병원에 문병 갔을 때였죠. 그는 은행이 자기를 그런 곳에 보내어 다치게 했으니 배상을 해야 한다고 말했어요. 그 배상금을 받으면 직장을 그만두고 나이트클럽을 내겠다고 했죠. 자긴 아버지처럼 실수 따윈 하지 않겠다고 하면서."

"자기 아버지라니?"

"무슨 뜻인지 모르겠더라고요. 물어보지도 않았어요. 하지만 어떤 이유에서 나이트클럽을 여는 것은 라이너스 일생일대의 꿈이었어요. 밤의 제왕이 되는 것 말예요. 그 꿈을 이룬 것 같군요."

그녀의 목소리에는 동경과 질투가 섞여 있었다. 그건 그녀에게 어울리지 않았고, 그래서 나는 그녀의 영웅에 대한 내 생각을 말해주고 싶은 충동을 느꼈다. 그렇지만 참았다. 아직 내가 필요로 하는 모든 것이 손에 들어오지 않았기 때문이었다.

면담을 어지간히 끝냈다고 생각한 나는 잡지를 들고 일어서며 여자에게 말했다.

"시간을 내주셔서 감사합니다. 이 잡지, 정말 내가 가져도 됩니까?"

"그럼요, 가지세요. 전 더 이상 볼 일이 없으니까. 어느 날 밤 갑자기 검정색 진에 검은 티셔츠를 걸치고 나가서 라이너스를 잠시 만날 수 있는지 시도해볼지도 모르죠. 우리는 좋았던 옛날 얘기를 할 수도 있겠지만, 아마 그는 듣고 싶어 하지 않을 거예요."

"다들 그래요, 조슬린. 옛날은 그다지 좋지 않았으니까."

나는 그녀에게 힘내라고 말해주고 싶었다. 그까짓 것들 부러워하지 말라고, 당신이 한 일과 이뤄낸 것은 정말 자랑할 만하다고 말해주고 싶었다. 하지만 그 순간 보안관의 헬리콥터가 이륙해서 거리와 은행 위로 비스듬히 비행했다. 굉음에 건물이 지진 만난 것처럼 흔들렸고, 내 말도 함께 파묻히고 말았다. 나는 조슬린 존스가 정반대 쪽을 생각하며 앉아 있도록 내버려 둔 채 그곳을 떠나야만 했다.

36 잃어버린 세월

그 잡지는 일곱 달 전에 발행된 것이었다. 라이너스 사이먼슨과 그의 파트너들에 관한 기사는 커버스토리는 아니었지만 "할리우드의 여가 시간 사업가들"이란 제하에 표지를 왕창 차지하고 있었다. 기사는 개장이 임박한 여섯 번째 나이트클럽과 네 파트너의 스타들을 총망라한 라인업에 대해 늘어놓고 있었다. 또한 사이먼슨을 "밤에 기어 다니는 놈들의 왕"이라 칭하면서 그의 왕국 전체를 베팅하여 비좁고 허름한 술집 하나를 합법적으로 사들이기로 했다는 내용도 포함되어 있었다. 그는 할리우드와 카후엥가에서 떨어진 한 골목 안에 있던 나이트클럽을 처음으로 사들여 재단장하고, 조명을 절반으로 줄인 뒤 여자 바텐더들을 불러들였다. 칵테일 제조 기술이나 매상 올리는 기술보다는 주로 외모가 준수하고 몸에 문신이 있는 여자들을 뽑았다. 그는 음악을 크게 틀고 기본요금 20달러를 부과했으며, 넥타이를 매거나 하얀 셔츠를 입은 자는 일절 입장시키지 않았다. 이 나이트클럽은 바깥에 간판도 걸지 않았고, 전화번호부에도 등록되어 있지 않았다. 정문 위에서 번쩍이는 푸른색 네온사인 화살표 하나가 영업장임을 가리키는 유일한 표시였다. 하지만 그 화살표마저 불필요해져서 제거되었다. 왜냐하면 클럽 회원이 항상 넘쳐 문 앞에서 골목까지 길게 줄을 서야 할 지경이었기 때문이다.

기사에는 라이너스가—대부분의 기사들은 그를 이름만으로 호칭했다—비벌리 힐스 고등학교 시절 친구 세 명을 파트너로 끌어들여 6개월마다 하나 꼴로 새 나이트클럽을 오픈하기 시작했다고 설명되어 있었다. 파트너들은 첫 번째 나이트클럽의 패턴을 대부분 그대로 답습했다. 망해가는 영업장을 사들여 개조하고 개장한 뒤, 라인을 통해 소문을 퍼뜨려 할리우드 한량들에게 알려질 때까지 기다렸다. 파트너들은 이름 없는 술집을 사들여 새로 멋지게 오픈한 이들 라운지에 문학적 혹은 음악적 테마에 따라 이름을 붙이곤 했다.

이들이 사들인 뒤 문을 닫았다가 다시 개장한 두 번째 나이트클럽 이름은 너대니얼 웨스트의 이름과 그의 클래식 할리우드 소설 제목《메뚜기의 하루》에서 따온 '냇의 메뚜기의 하루'였다. 이 이름은 그들 것이 아니었다. 단지 그 건물이 수십 년 동안 냇의 소유였고, 그래서 대부분의 고객들은 그 이름을 냇 킹 콜(미국 재즈 가수—옮긴이)에서 따왔거니 하고 믿었다. 어쨌건 그 이름은 멋졌고, 그래서 그들은 간직하기로 했다.

냇의 술집은 잭 도시와 로턴 크로스가 총격을 당한 장소이기도 했다. 그 살인 사건으로 인해 건물 가격에 나쁜 영향을 미쳤다고 기사는 적고 있었다. 사실 훔친 거나 진배없었다. 하지만 이름도 바꾸지 않고 개장한 뒤 "밤에 기어 다니는 놈들"에게 광고하자, 그 사건은 오히려 그 나이트클럽 내력에 신비감을 더해주었다. 이 나이트클럽도 단기간에 대성공을 거두었고, 네 명의 고교동창은 급성장하는 자신들의 회사를 '포 킹즈 주식회사'라고 명명했다.

세상을 살아오면서 나는 아주 오랫동안 우연이란 걸 믿지 않았다. 지금은 생각이 약간 달라졌다. 우연이란 것도 있다면 있는 것이다. 키즈민 라이더가 내 집으로 찾아와 아트 페퍼의 연주곡 '하이 징고'가 흘러나오는 가운데 그 말(High Jingo, 여기선 관료적 위험을 내포한 사건이란 뜻 – 옮긴이)을 내게 뱉었던 것도 우연이었다. 하지만 메르세데스 운전석에 앉아 그 잡지 기사를 읽어본 나는 라이너스 사이먼슨이 그 술집을 사들인 것을 우연으로 받아들일 수가 없었다. 그 자신이 돈을 세고 수송할 준비를 했던 200만 달러의 강탈 사건을 수사하던 두 형사가 총격을 당했던 바로 그 술집을 우연히 사들였다고? 한순간도 그런 생각은 들지 않았다. 그건 우연이 아니라 오만이었을 뿐이었다.

고교동창 4인방은 그 무명의 나이트클럽과 '냇의 메뚜기의 하루' 외에도 '킹즈 크로싱'과 '쳇과 코지의 마지막 저항'이란 나이트클럽도 열었다. 기사에 의하면 실종된 한 친구의 이름을 따서 상호를 지었다고 했다. 잡지 기사의 빌미를 제공한 개장을 앞둔 가게는 레이먼드 챈들러의 소설에 나오는 사립 탐정 필립 말로가 사용했던 별명을 따라 도그하우스 라일리라 부르게 되어 있었다.

기사는 고교동창 4인방의 사업을 뒷받침하는 자금 문제에 관해서는 깊이 언급하지 않았다. 성공담의 밑바닥 내용보다는 화려한 측면에만 관심을 집중했다. 첫 번째 나이트클럽이 계속 잘 돌아가는 바람에 그들의 사업 팽창을 떠받쳐주는 것처럼 보도하고 있었다. 첫 번째 나이트클럽이 벌어들인 돈으로 두 번째를 인수, 계속 그런 식으로 세 번째, 네 번째를 인수했다는 것이었다.

그렇지만 전망은 그다지 낙관적이지 않았다. 그 기사를 쓴 기자는 네 명의 왕으로 불리는 고교동창 4인방은 그들의 성공으로 인한 희생자가 될지 모른다고 예측했다. 그럴듯한 이론으로는 할리우드에서 검은 옷차림으로 "밤에 기어 다니는 놈들"의 숫자는 유한한데, 나이트클럽을 여섯 개로 늘려 장사한다고 해서 고객의 저변이 확대되리란 보장은 없다는 것이었다. 고객을 여러 곳으로 흩을 뿐이었다. 기사는 또한 그들의 왕좌를 흉내 낸 저급하고 후진 나이트클럽과 라운지들이 최근 몇 년 사이에 떼거리로 생겨났다고 언급했다.

기사는 최근 어느 금요일 밤 자정 무렵에는 평소 그 무명의 나이트클럽에 입장하려고 기다리던 줄이 보이지 않았다는 말로 끝을 맺었다. 그리곤 파란색 네온사인 화살표를 다시 달아야 할 때가 온 것 같다는 냉소적인 토를 달았다.

나는 잡지를 바인더 속으로 떨어뜨린 뒤 그대로 앉은 채 이런저런 생각에 잠겨들었다. 아퀴가 맞아떨어지고 있다는 느낌이 왔다. 진실에 다가서고 있다는 예감으로 안달이 날 지경이었다. 모든 게 다 풀리진 않았지만, 이제 곧 그렇게 될 거라고 내 경험은 말해주고 있었다. 이제 방향은 잡았다. 안젤라 벤턴의 시신을 내려다본 지 4년도 더 지난 지금, 나는 마침내 확고한 용의자를 포착했다.

나는 가운데 콘솔을 열고 휴대전화를 꺼냈다. 내 집으로 전화하는 건 해로울 것 없다는 생각이 들었다. 메시지를 확인해 보니 두 건이 들어와 있었다. 첫 번째 것은 재니스 랭와이즈였고, 그녀는 짤막하고 달콤한 목소리로 말했다.

"저예요. 최대한 조심해서 전화 줘요."

공중전화를 이용하라는 소리였다. 다음 메시지는 로이 린델이 남긴 것으로, 그도 간단하게 끝냈다.

"이봐, 지겨운 양반. 해줄 말이 있으니 전화해."

나는 주위를 둘러보고는 샌비센테 우체국 앞에 차를 세웠다. 주차 미터기는 올라갔지만 내겐 주차료를 낼 동전도 전화 걸 동전도 없었다. 그렇지만 우체국 안에는 공중전화기와 우표자판기와 동전교환기가 함께 비치되어 있을 거란 짐작이 들었다. 나는 차에서 내려 우체국 안으로 들어갔다.

우체국 사무실 문은 닫혀 있었지만 업무 시간 외에도 열어놓는 외실에는 예상했던 대로 동전교환기와 공중전화기가 있었다. 나는 랭와이저에게 먼저 전화를 걸었다. 린델에게 요청했던 정보 수집이 끝나 이젠 조사 단계로 접어들었다는 판단이 섰기 때문이었다. 랭와이저는 휴대전화로 받았지만 아직 사무실에 있었다. 나는 단도직입적으로 물었다.

"포먼에게서 뭘 알아냈습니까?"

"이건 절대 비밀로 해주셔야 해요, 해리. 짐을 만나 정황을 설명했더니 서슴없이 얘기해 주더군요. 한 가지 주의해야 할 점은 이 정보를 어떤 매체에도 흘려선 안 되고 제보자를 노출시켜도 안 된다는 거예요."

"걱정 말아요. 난 이제 보고서 따윈 쓰지 않으니까."

"그렇게 속단하거나 무신경하게 굴 일이 아니에요. 당신은 이제 경찰이 아니고 변호사도 아니잖아요. 법적 보호막이 없다고요."

"사립 탐정 면허증이 있잖소."

"그건 보호막이 되지 못해요. 판사가 제보자를 밝히라고 명령하면 당신은 밝혀야만 해요. 그러지 않았다간 법정모독죄로 감옥에 갈 수도 있어요. 전직 경관은 감옥 안에서 별 볼 일 없어요."

"뭘 알아냈는지 말해 봐요."

"방금 말했잖아요."

"그건 알았어요. 아무 걱정할 것 없습니다."

솔직히 나도 이 사건이 법원과 판사에게 어떤 식으로 비칠지 알 수 없었다. 감옥에 갈 가능성에 대해서는 걱정해본 적도 없었다.

"좋아요, 피차 확인한 거라면. 짐은 사이먼슨이 5만 달러에 합의했다고 말했어요."

"겨우?"

"그랬대요. 실제로 많은 돈은 아니었죠. 변호사 수임료는 합의금의 35퍼센트였고, 거기에다 소송 절차에 따른 비용을 추가로 청구했다더군요."

사이먼슨은 시간당 수임료를 청구하는 변호사 대신 합의금의 35퍼센트를 가져가는 짐 포먼을 선택했다는 소리였다. 그렇다면 사이먼슨이 가져간 돈은 3만 달러 남짓이었을 것이다. 은행에서 퇴직하고 야간업소 왕국을 건설하기엔 결코 충분한 돈이 아니었다.

나를 안달하게 만들었던 그 예감에 불이 붙었다. 합의금이 낮을 거란 의심은 했지만 그 정도로 낮을 줄은 몰랐다. 자신감이 생기기 시작했다.

"포먼이 그 사건에 대해 다른 얘기를 한 건 없었나요?"

"한 가지가 더 있었죠. 그는 비밀유지 약정을 고집한 쪽은 사이먼슨이었고, 약정 자체도 비정상적이었다고 말했어요. 합의 사항에 대해 공개해서도 안 되고 공식 기록을 남겨서도 안 된다는 내용이었죠."

"하긴, 그게 법정 문제로 간 적은 없었소."

"알아요. 하지만 LA 은행은 공개법인이에요. 그래서 비밀유지 약정에는 보상금과 관련된 사이먼슨의 모든 금융 기록은 가명으로 한다는 조건이 붙어 있습니다. 그래서 그의 요구에 따라 킹 씨로 기록되었죠."

나는 그것에 대해 잠시 생각하느라 대꾸를 못했다.

"내가 제대로 한 건가요, 해리?"

"아주 잘했어요, 재니스. 그러고 보니 이 사건에 대해 많은 일을 해줬다는 생각이 드는군요. 정말 나한테 청구서를 발행할 생각이 없소?"

"없어요. 아직 당신한테 진 빚이 많은 걸요."

"이젠 내가 신세지게 될 겁니다. 마지막으로 한 가지만 더 부탁하겠소. 난 내일 소위 힘 있는 자들에게 내가 가진 걸 들이댈 생각입니다. 그 자리에 당신이 있으면 좋겠소. 내가 그자들을 상대할 때 선을 넘지 않도록 해달란 말입니다."

"그러죠. 어디서 하실 건데요?"

"먼저 달력을 체크해야 하지 않나요?"

"오전 시간들은 비어 있거든요. 여기서 하실 건가요, 경찰국에 들어가실 건가요?"

"안 돼요. 관할권 문제가 있어. 그래서 당신 사무소에서 하고 싶습니다. 예닐곱 명쯤 들어갈 사무실이 없겠소?"

"회의실을 잡아 놓죠. 몇 시로 할까요?"

"9시쯤이 어떨까요?"

"좋아요. 사전에 저랑 의논하고 싶다면 미리 이곳에 나와 있죠."

"그러면 좋겠네요. 8시 반에 만납시다."

"그러죠. 그걸 잡았다고 생각하세요?"

나는 그녀의 말뜻을 알았다. LA 경찰국이나 FBI에게 수사를 재개하도록 만들 증거를 확보하거나 사건 진상을 파악했느냐는 물음이었다.

"그러는 중이죠. 내가 할 수 있는 일이 하나 더 있을 것 같아요. 그것을 누군가에게 넘겨줘 영장을 발부 받아 닫힌 문들을 때려 부수게 할 겁니다."

"알았어요. 내일 뵐게요. 당신이 이걸 해냈다니 기뻐요. 정말이에요."

"나도 기쁩니다. 고마워요, 재니스."

전화를 끊고 나서야 주차 미터기에 대해 까맣게 잊어버린 것을 알았다. 동전을 집어넣으려고 나갔지만 이미 늦었다. 웨스트 할리우드 교통단속반원이 나보다 한 발 빨랐던 것이다. 나는 자동차 앞유리에 붙은 주차위반 딱지를 그대로 두고 다시 우체국 안으로 들어갔다. 로이 린델에게 전화했더니 막 퇴근하려던 참이었다고 했다.

"뭐가 좀 잡혔나?"

내 물음에 FBI 요원은 삐딱하게 대답했다.

"입술에 물집이 잡혔지. 당신은 뭘 좀 잡았나?"

"이러지 마."

"나한테 그런 지저분한 일을 시키다니, 정말 형편없는 사람이야."

나는 그가 왜 화를 내는지 알았다.

"차량 번호판 얘기야?"

"아님 뭐겠어? 몰랐던 척하시네. 그 차는 당신 전처 소유였어. 그런 일에 날 끌어들였다는 게 불쾌해. 그 여잘 죽이든 잡아먹든, 무슨 뜻인지 알겠어?"

무슨 뜻인지는 알겠다고 말했지만 그의 생각에 동의할 수는 없었다. 내가 그 자동차의 번호판 조회를 그에게 의뢰한 것은 진지했다고 말할 수 있었다.

"로이, 난 정말 몰랐어. 미안해. 당신 말대로 그 일에 끌어들이지 말았어야 했어. 그래서 미안하다는 거야."

잠시 침묵이 흘렀다. 로이 린델의 화가 좀 가라앉았다는 걸 알고 나는 말했다.

"로이?"

"뭐?"

"등록지 주소는 적어 뒀나?"

"이런, 제기랄."

그는 다시 식식거리다가 결국 엘리노어의 자동차 등록지를 불러주었다. 그런데 아파트 주소가 아니었다. 그녀는 자동차만 고급으로 바꾼 게 아니라, 이젠 아파트가 아닌 주택에서 살고 있었다.

"고맙네, 로이. 그게 마지막이야. 약속하지. 내가 문의한 다른 것에 대해서는 나온 게 없었나?"

"쓸 만한 건 없었어. 그 친구는 전과가 별로 없었어. 청소년 범죄 같은 것이 하나 있었는데, 합의로 잘 마무리했더군. 그래서 더 이상 조사해 보지 않았어."

"오케이."

나는 라이너스 사이먼슨이 저질렀다는 청소년 범죄에 그의 비벌리 힐스 고교 동창이자 지금은 동업자인 세 친구도 가담했는지 궁금했다. 로이 린델이 계속 얘기했다.

"유일한 다른 점은 그가 2세라는 사실이야. 컴퓨터 상엔 또 하나의 라이너스 사이먼슨이 있어. 나이를 보니 그의 아버지 같더군."

"무슨 일로 올라 있던가?"

"탈세 혐의와 파산. 오래전 얘기였어."

"얼마나?"

"언제나 그렇듯 탈세 혐의가 먼저 나왔는데, 1994년도였어. 그리고 2년 후에 파산했고. 그런데 이 라이너스란 자가 누군데 나더러 뒷조사를 부탁한 거지?"

나는 대답하지 않았다. 마치 우체국 벽에 나붙은 현상범 포스터를 들여다보고 있는 느낌이었다. 연쇄 강간범. 그렇지만 나는 그를 보고 있는 게 아니었다. 나는 라이너스를 보고 있었다. 그리고 내부 회로를 작동시켜 또 하나의 단서를 제자리에 끼워 넣었다. 라이너스는 탈세 혐의를 칼처럼 목에 두르고 파산한 자기 아버지와 똑같은 실수는 저지르지 않겠다고 말했던 것이다. 그 모든 것을 관통하는 의문은 직업도 없고 아버지 후원도 없는 한 사내가 단돈 3만 달러로 어떻게 나이트클럽을 사들여 개조할 수 있었느냐는 것이었다. 그러고도 계속 다른 나이트클럽들을 사들이지 않았던가?

대출을 받을 수도 있겠지. 그에게 그럴 자격이 있다면 말이겠지만. 아니면 은행 돈 200만 달러를 회수한 것으로?

"내 말 듣고 있나, 보슈?"

나는 그런 생각에서 깨어났다.

"물론 듣고 있어."

"그 사내가 누구냐고 물었잖아. 영화촬영장 사건과 관련된 자야?"

"그렇게 보여, 로이. 내일 오전엔 뭘 할 건가?"

"날마다 하는 일, 뭐. 왜?"

"이 사건에 대해 일부라도 알고 싶으면 내일 오전 9시에 내 변호사 사무실로 나와. 늦지 말고."

"그 사내가 마티 게슬러와 관련되어 있나? 그렇다면 난 일부가 아닌 전부를 원해."

"아직은 나도 몰라. 하지만 그자가 우릴 더 가까운 곳으로 안내할 거야. 그건 확실해."

로이 린델은 더 캐묻고 싶어 했지만 난 그의 입을 막았다. 전화해야 할 곳들이 또 있었다. 린델에게 랭와이저의 이름과 사무실 주소를 불러주자, 그는 마침내 9시까지 오겠다고 말했다. 나는 전화를 끊었다가 다시 글로벌 언더라이터즈 보험회사 산도르 자트마리에게 전화를 걸어 같은 모임에 초대하는 메시지를 남겼다.

마지막으로 나는 LAPD 본부 행정실에 근무하는 키즈민 라이더에게 전화를 걸어 똑같은 말을 전했다. 그러자 그녀의 분노속도계는 불과 5초 만에 제로에서 60까지 급상승했다.

"선배, 제가 분명히 경고했죠? 선배는 많은 곤경을 겪게 될 거예요.

무턱대고 사건을 파헤치다 자신의 개인적 수사에 우리가 공조할 때라고 생각하며 온갖 사람들과 함께 소집하다니, 있을 수 없는 일이에요."

"키즈, 난 이미 초대했어. 자넨 참석여부만 결정해야 해. LA 경찰국에 있는 누군가를 위해 사건의 멋진 단서가 드러날 거야. 내가 생각하기엔 그 누군가가 바로 자네일 수도 있어. 그런데도 아무 흥미를 못 느낀다면, 난 강력계로 연락할 수밖에 없어."

"빌어먹을!"

"올 거야, 말 거야?"

긴 침묵이 끼어들었다.

"갈게요. 하지만 선배, 난 선배를 보호하지 않을 거예요."

"기대하지도 않아."

"선배 변호사가 누구죠?"

나는 그녀에게 재니스 랭와이즈의 사무실 주소를 알려주었다. 전화기를 내려놓으려는 순간, 키즈 라이더와의 인간관계가 심하게 훼손되었다는 생각이 들었다. 그것은 내게 영원히 회복되지 않을 상처처럼 느껴졌다.

"자, 그럼 내일 보자고."

나는 마침내 그렇게 말했다.

"네, 그러죠 뭐."

그녀도 무뚝뚝하게 대꾸했다.

그때 갑자기 필요한 서류가 생각났다.

"잠깐만, 키즈. 혹시 화폐 보고서 원본이 있는지 좀 찾아봐. 살인 사건 보고서에 철해져 있을 거야."

"무슨 화폐 보고서요?"

내가 설명하자 그녀는 찾아보겠다고 약속했다. 나는 고맙다고 말한 뒤 전화를 끊었다. 그리곤 밖으로 나와 자동차 앞유리에 붙은 딱지를 사납게 떼어냈다. 운전석에 오른 나는 둘둘 만 딱지를 어깨 너머로 휙 던지며 행운을 빌었다.

대시보드의 시계는 7시 근처를 가리키고 있었다. 할리우드 클럽은 10시 이전엔 아무 공연도 하지 않는다는 걸 모르진 않았다. 그렇지만 난 이미 추진력을 받고 있었고, 집에 가서 기다리는 동안 그 동력이 소멸되는 걸 원치 않았다. 그래서 그대로 앉은 채 손을 운전대 위로 늘어뜨리고 손가락으로 대시보드를 두드리며 생각에 잠겼다. 그 소리들은 곧 재즈맨이었던 내 친구 퀜틴 매킨지가 들려준 충고의 말로 변했다. "잃어버린 세월을 절대 그냥 포기하지 말게." 그 말의 의미를 깨닫는 순간 남은 몇 시간을 어떻게 보내야 할지를 알았다. 나는 휴대전화기를 다시 열었다.

37 러시 라이프

슈거 레이는 실버타운 '화려한 시절'의 자기 방 의자에 앉아 나를 기다리고 있었다. 그가 외출하려 했다는 걸 알려주는 유일한 것은 머리에 쓰고 있는 포크파이 모자뿐이었다. 그는 음악을 감상하러 갈 때만 그 모자를 쓴다고 내게 말한 적 있었는데, 그것은 모자를 쓸 일이 거의 없다는 뜻이었다. 한참 동안 못 본 사이에 모자챙 아래서 빛나는 그의 두 눈은 더 날카로워져 있었다.

"이거 재미있겠는데, 도그."

노인은 그렇게 말했다. 나는 그가 MTV를 너무 많이 본 게 아닐까 하는 생각이 들었다.

"1장을 연주하는 연주자들이 괜찮으면 좋겠어요. 체크해 보지도 않았는데."

"걱정 말게. 멋질 거야."

노인은 '멋'을 길게 늘여 발음했다.

"가기 전에 돋보기 좀 빌리고 싶어요. TV 가이드 보실 때 사용하는 거 말입니다."

"그러게. 뭣에 쓰려고?"

슈거 레이가 안락의자 팔걸이에 달린 주머니에서 돋보기를 꺼내는 동안, 나는 셔츠 주머니에서 화폐 일련번호 리스트 마지막 쪽을 꺼내어 펼쳤다. 그리곤 노인이 건네주는 돋보기를 받아들고 침대 탁자로 다가가 램프를 켰다. 서류를 램프 갓 위에 올려놓고 돋보기로 조슬린 존스의 서명을 자세히 들여다보자, 전에 그녀의 사무실에서 발견했던 것을 확인할 수가 있었다.

"그건 뭔가, 해리?"

슈거 레이가 물었다. 나는 노인에게 돋보기를 돌려주고서는 서류를 접었다.

"지금 작업 중인 건데, 위조범의 손떨림 증세라 부르죠."

"흠, 난 온몸이 떨려."

나는 노인에게 웃어 보였다.

"우린 누구나 떨려요. 이런저런 이유로. 자, 갑시다. 음악이나 좀 듣자고요."

"그래. 자넨 그 램프나 좀 꺼. 돈 들어가니까."

우리는 밖으로 나갔다. 복도를 내려가며 나는 멜리사 로열을 떠올렸고, 그녀가 자기 어머니를 만나고 있을지도 모른다고 생각했다. 정말 그럴까? 순간 두려운 느낌이 엄습해왔다. 멜리사를 앞에 앉혀두고 "나는 당신이 찾고 있는 그런 남자가 아니오."라고 말해줘야 할 날이 다가오고 있음을 알았기 때문이었다.

센터에서 나온 포터가 나를 도와 슈거 레이를 차에 태워주었다. 메르세데스 SUV는 노인이 올라타기엔 너무 높았다. 다음에 노인을 데리고 나갈 때는 그 점도 고려해야 한다는 걸 알았다.

우리는 '베익트 포테이토'로 가서 저녁을 먹고 '포 스퀘어드'라 불리는 4인조가 연주하는 1막 1장을 지켜보았다. 그들은 훌륭한 연주자들이었지만 조금 피곤해 보였다. 그리고 빌리 스트레이혼(미국의 작곡가이자 편곡가, 피아니스트-옮긴이)에 많이 치우쳤지만, 나도 그랬으므로 문제가 되진 않았다.

슈거 레이에게도 문제될 건 없었다. 노인은 환한 표정으로 음악을 들으며 박자에 맞춰 어깨를 흔들어댔다. 연주가 계속되는 동안은 한마디도 않다가, 음악이 끝날 때마다 열렬하게 박수를 치곤 했다. 나는 그의 눈에 어린 경의를 보았다. 소리와 형식에 대한 경의였다.

연주자들은 노인을 알아보지 못했다. 피골이 상접한 그를 알아볼 사람은 이젠 없었다. 그렇지만 슈거 레이는 아랑곳하지 않았다. 그것이 우리들의 저녁을 망칠 일은 눈곱만큼도 없었다.

1장이 끝난 후엔 노인이 좀 시들해지는 걸 느낄 수 있었다. 9시가 넘었기 때문에 잠자며 꿈이나 꿀 시각이었다. 그는 아직도 꿈속에서 연주할 수 있다고 내게 말한 적이 있었고, 나는 우리 모두가 그렇게 행복해야 한다고 생각했다.

나 역시 안젤라 벤턴을 이 세상에서 보내버린 사내의 얼굴을 들여다봐야 할 시간이었다. 내겐 경찰 배지도 없고 공식 직책도 없었다. 그렇지만 난 뭔가를 알고 있었고, 아직도 안젤라 벤턴을 담당하고 있다고 믿었다. 나는 그녀를 대변했다. 내일 아침 그들은 그 모든 것을 나에게서 빼앗고, 사이드라인 바깥으로 물러나 앉아 입 다물고 구경만 하도록 만들 수도 있었다. 하지만 그건 그때 일이었다. 그리고 난 아직 집으로 돌아가지 않을 것이었다. 라이너스 사이먼슨을 만나 그의 대책을 파악할 생각이었다. 그리고 자기를 겨냥하고 있는 사람이 누군지 알려주고,

안젤라 벤턴에 대해 변명할 기회를 줄 생각이었다.

'화려한 시대'로 다시 돌아갔을 때 슈거 레이는 앞좌석에서 꾸벅꾸벅 졸고 있었다. 나는 그를 남겨두고 포터를 데리러 갔다. 나 혼자서 노인을 '베익트 포테이토' 밖으로 끌고 나와 메르세데스에 태우느라 너무 애를 먹었기 때문이었다.

나는 노인을 살살 흔들어 깨운 뒤 포터와 함께 보도 위로 조심스레 내렸다. 그런 다음 양측에서 부축하고 복도를 걸어 노인의 방으로 데려갔다. 침대에 앉히고 흔들어 깨우자, 노인은 나에게 어디 갔다 왔느냐고 물었다.

"당신과 함께 여기 죽 있었는데요, 슈거 레이."

"연습하고 있었어?"

"시간만 나면 해야죠."

나는 노인이 함께 외출했다는 사실을 이미 잊어버렸을지도 모른다는 생각이 들었다. 내가 색소폰 레슨을 위해 거기 와 있다고 생각하는 것 같았다. 기억이 그렇게 빨리 지워져버리는 노인이 너무 가엾게 느껴졌다.

"슈거 레이, 난 가봐야 해요. 할 일이 좀 있거든요."

"알았네, 헨리."

"해리예요."

"그렇게 불렀어."

"아, TV를 켜드릴까요, 바로 주무시겠어요?"

"번거롭지 않다면 켜주게. 그게 좋겠어."

벽에 걸린 텔레비전을 켜자 CNN이 나왔고, 슈거 레이는 그대로 두라고 말했다. 나는 노인에게 다가가서 어깨를 한 번 지그시 잡아준 뒤 문 쪽으로 걸어갔다.

"러시 라이프 말야."

등 뒤에서 노인이 말했다. 돌아보니 그가 웃고 있었다. 존 콜트레인의 '러시 라이프(Lush life)'는 우리가 맨 끝으로 감상했던 노래였다. 노인은 기억하고 있었던 것이다.

"난 그 노래가 참 좋아."

"네, 나도 좋아해요."

나는 노인을 풍요로운 삶의 추억 속에 남겨둔 채, 훔친 삶을 살고 있는 어떤 왕을 만나보기 위해 밤 속으로 걸어 나왔다. 몸에 무기를 지니지도 않았지만 두렵지 않았다. 나는 은혜로운 상태에 있었고, 안젤라 벤턴의 마지막 기도와 함께하고 있었다.

38 자극

10시가 조금 지난 시각에 나는 할리우드 대로 남쪽으로 반 블록 떨어진 체로키 가에 있는 '냇의 메뚜기의 하루' 현관으로 다가갔다. 아직 이른 시각이긴 하지만 입장을 기다리는 손님들의 줄은 보이지 않았다. 벨벳 밧줄도 쳐놓지 않았다. 입장 여부를 가리는 도어맨도 없었고, 기본료를 걷는 수금원도 보이지 않았다. 안으로 들어가 보니 손님들도 거의 없었다.

'냇의 메뚜기의 하루'는 이전엔 삶의 다른 면 못잖게 알코올에 빠져든 단골들에겐 인기 있던 동네 술집이었고, 나는 그 과정에서 일어난 수많은 일들을 목격했다. 바에 죽치고 앉아 고객을 기다리는 매춘부들을 제외하면, 이곳은 여자를 만나는 곳도 아니었다. 명사들이 드나드는 곳도 아니었다. 오로지 술을 마시는 것이 목적의 전부인 그런 곳이라 솔직한 특성을 지니고 있었다. 지금은 번쩍이는 청동과 고급 목재로 마감해서 화려하긴 하지만, 그것은 절대 변하지 않거나 오래가는 그런 특성이 아니란 걸 나는 알았다.

개장일 밤에 얼마나 많은 손님들이 줄을 섰는지는 중요하지 않았다. 이 나이트클럽이 끝까지 버티지 못할 거라고 판단하는 데는 15초도 걸리지 않았다. 첫 번째 따른 시트론 마티니가 김 서린 글라스 속에서 저어져 까만 냅킨 위에 놓이기도 전에 망할 운명에 처해 있었던 것이다.

나는 바 쪽으로 곧장 걸어갔다. 플로리다에서 건너온 관광객들로 보이는 고객 셋이 앉아 있었다. 키가 크고 늘씬한 바텐더는 필수품인 검정색 진에 착 달라붙는 보디 셔츠를 입고, 톡 튀어나온 젖꼭지들을 손님들에게 눈요기 시키고 있었다. 그녀의 이두박근을 휘감은 새까만 뱀이 갈라진 빨간 혀를 날름거리며 바늘 자국들이 선명한 팔꿈치 안쪽을 핥고 있었다. 여자의 머리카락은 나보다도 짧았고, 목덜미에는 바코드를 문신으로 새겨 놓았다. 그것을 보자 전날 밤 엘리노어 위시의 드러난 목덜미를 보며 엄청 즐거워했던 것이 생각났다.

"기본료는 10달러예요. 뭘 드시겠어요?"

바텐더가 말했다.

나는 잡지 기사에서 기본료가 20달러라고 되어 있던 것을 떠올렸다.

"기본료에 뭐가 포함되는데? 여긴 죽었군 뭐."

"들어오는 데만 10달러라고요."

나는 돈을 줄 생각은 않고 바 쪽을 기웃거리며 조용히 물었다.

"라이너스는 어디 있지?"

"오늘 밤엔 안 나왔어요."

"그러면 어디 있는데? 그 친구와 할 얘기가 있어서그래."

"아마 쳇에 있을 걸요."

'쳇과 코지의 마지막 저항'이란 나이트클럽에 있다는 소리였다.

"사무실이 거기 있거든요. 통상 자정이 지나야 슬슬 움직이기 시작하죠. 10달러 낼 거예요?"

"그럴 생각 없는데. 난 갈 거야."

여자는 눈살을 찌푸렸다.

"당신 경찰이야, 그렇죠?"

나는 시익 웃어 보였다.

"28년차 고참이지."

그렇지만 28년을 채우기 전에 은퇴했다는 소린 접어두었다. 여자가 전화를 걸어 경찰이 간다고 연락할 거라고 짐작했기 때문이었다. 나로선 고마운 일이었다. 주머니에서 10달러를 꺼내어 바 위로 던져 주며 그녀에게 말했다.

"이건 기본료가 아냐. 당신한테 주는 거지. 미용실 비용이야."

여자는 과장된 미소를 지어보이며 한 쌍의 멋진 보조개를 보여주었다. 그리곤 10달러를 냉큼 집어 들며 말했다.

"고마워요, 아빠."

나도 미소를 지어주곤 돌아섰다.

라브레아 도로 근처 샌타모니카에 있는 '쳇과 코지의 마지막 저항'이란 나이트클럽까지 가는 데는 15분 걸렸다. 업소들의 주소는 〈로스앤젤레스 매거진〉에서 입수했는데, 특집기사 마지막 페이지에 박스로 네 명의 왕들의 업소 모두를 올려놓은 덕분이었다.

손님들이 없기는 거기도 마찬가지였다. 그러자 일단 관광 가이드북이나 잡지에 괜찮다고 떠들어대면 그 업소는 실패한다는 생각이 들기 시작했다. 그다지 민감하지 않은 젖꼭지와 문신을 새긴 시무룩한 바텐더에 이르기까지 '쳇과 코지의 마지막 저항'은 '냇의 메뚜기의 하루'와 똑같았다. 거기서 마음에 들었던 건 음악뿐이었다. 내가 안으로 들어갔을 때 쳇 베이커의 트럼펫 연주 '쿨 버닝(Cool Burnin')'이 흐르고 있었고, 그래서 네 명의 왕들도 나름대로 취향이 있나 보다 하는 생각이 들었다.

바텐더는 기시현상을 일으켰다. 검정 옷을 입은 늘씬한 키의 여자, 다만 팔뚝에 새긴 문신만 달랐다. 이 여자의 문신은 "생일 축하해요, 대통령 각하."라고 말하는 듯한 메릴린 먼로의 얼굴이었다.

"경찰이에요?"

여자는 내가 입을 열기도 전에 먼저 물었다.

"저쪽 여자랑 통화한 모양이군. 아마 내가 기본료를 내지 않았다고 말했겠지."

"그런 비슷한 소릴 했어요."

"라이너스는 어디 있지?"

"사무실에요. 당신이 오고 있다고 말했어요."

"친절하기도 하지."

나는 바에서 물러나며 그녀의 문신을 가리켰다.

"당신 엄마야?"

"이리 와 봐요. 한번 보시라니까."

난 바 위로 고개를 디밀었다. 그녀는 팔꿈치를 굽혀 근육을 반복적으로 움직였다. 이두박근이 팽창했다 수축함에 따라 메릴린의 양 볼이 불룩해졌다 쏙 들어가기를 반복했다.

"먼로가 입으로 해주는 것 같지 않아요?"

나는 감탄조로 대답했다.

"멋지군! 여기 오는 남자들마다 다 보여주겠지?"

"10달러 가치는 있어요?"

나는 10달러 주면 진짜로 해주는 곳이 수두룩하다고 말하려다가 참았다. 여자 곁을 지나 바 뒤쪽으로 난 통로로 들어갔다. 휴게실 문들이 나타났고, "관리자 전용"이라는 팻말이 붙은 문이 눈에 띄었다. 나는 노크도 없이 무조건 열고 들어갔다. 그러자 다시 여러 개의 문들이 달린 복도가 나타났다. 아래쪽 세 번째 문에 "라이너스"란 명패가 붙어 있었다. 나는 그 문도 노크 없이 열어젖혔다.

라이너스 사이먼슨은 어수선한 책상 뒤에 앉아 있었다. 잡지 사진에서 본 적 있는 얼굴이라 금방 알아볼 수 있었다. 책상 위에는 스카치위스키 병과 술잔이 하나 놓여 있었다. 검은 가죽 소파에도 한 사내가 앉아 있었는데, 역시 잡지에서 본 적 있는 그의 파트너들 중 한 명으로 이름은 제임스 올리펀트였다. 경찰이 찾아온다는 소릴 들었을 텐데도 전혀 아랑곳없다는 표정으로 두 다리를 커피 탁자 위에 올려놓은 자세를 견지했다.

"아, 당신이 그 경찰이군."

사이먼슨은 내게 손짓하며 말했다.

"들어오고 문 닫으시오."

나는 안으로 들어가서 자신을 소개했다. 그렇지만 은퇴했다는 말은 하지 않았다.

"아, 그래요. 내가 라이너스요. 저 친구는 짐이고. 그런데 무슨 일입니까? 우리가 뭐 도와드릴 일이라도?"

나는 감출 것이 아무것도 없다는 듯 두 손을 펴 보였다.

"당신들이 뭘 도와줄 수 있을지는 나도 모르겠소. 지나는 길에 잠시 들러 나를 소개하고 싶었을 뿐이오. 안젤라 벤턴 사건을 조사하고 있는데, 물론 LA 은행 사건도 포함되어 있다 보니까 여기까지 오게 됐소."

"오, 이런, LA 은행 사건이라니. 그런 심각한 과거사가 있었지."

라이너스는 자기 파트너를 돌아보며 껄껄 웃었다.

"마치 전생에 있었던 일처럼 느껴지는데요. 난 그 시절로 돌아가고 싶지 않아요, 형씨. 기억하기조차 끔찍해."

"아, 그러시겠지. 하지만 안젤라 벤턴만큼 끔찍하진 않을 거요."

사이먼슨이 갑자기 심각한 얼굴로 상체를 내밀었다.

"무슨 소린지 모르겠는데, 형씨. 여긴 뭣 하러 온 거요? 당신은 경찰이 아냐. 경찰은 두 명씩 다니지. 만약 경찰이라면 합법적이 아니란 얘기고. 원하는 게 뭐요? 경찰 신분증 좀 봅시다."

"경찰 신분증이 있다는 소린 아무한테도 한 적 없는데. 이전엔 경찰이었지만 지금은 아니오. 사실 난 당신이 나를 알아볼 줄 알았소. 당신이 말했던 그 전생에서부터 말이오."

사이먼슨은 올리펀트를 돌아보며 히죽거렸다.

"어디서부터 당신을 알아본다고?"

"당신 엉덩이에 그게 박히던 날 나도 그 자리에 있었거든. 총알 말이오. 당신은 비명을 지르며 나뒹구느라 날 돌아볼 겨를도 없었겠지만."

그제야 사이먼슨은 내가 누군지 알아채고 눈을 커다랗게 치떴다. 나의 생김새를 알아본 게 아니라, 내가 누구이며 어떤 짓을 했는지를 알아본 듯했다.

"젠장, 당신이 그 사내였군. 그때 거기 있었던 경찰이었어. 우리한테 총을 쏴서…."

그는 이름을 말하려다 입을 다물고 올리펀트를 돌아보며 말했다.

"강도들 중 한 명을 명중시켰던 경찰이야."

나는 올리펀트의 눈에 증오와 분노 같은 것이 고이는 것을 보았다.

"확실하진 않소. 우린 그 강도들을 끝내 못 잡았거든. 그렇지만 명중시켰던 것 같아. 그 경찰이 바로 나요."

나는 만면에 미소를 지으며 자랑스럽게 말했다. 그리고 그 얼굴 그대로 사이먼슨을 돌아보았다.

"누구한테 고용되었소?"

사이먼슨이 물었다.

"나? 절대로 포기하거나 놓아주지 않는 사람한테 고용되어 있지. 잠시도. 그는 누가 안젤라 벤턴을 타일 바닥에 눕혔는지 기어이 알아내고 말 거요. 자기가 죽는 한이 있더라도 말이지."

사이먼슨은 다시 오만하게 히죽거렸다.

"아, 그렇다면 행운을 빌겠소, 보슈 씨. 당신 고용주한테도. 이젠 그만 가보셔야 할 것 같은데. 우린 좀 바쁘거든요."

나는 그에게 고개를 끄덕이곤 올리펀트를 돌아보며 내가 지을 수 있는 최고의 명사수 눈빛을 지어 보였다.

"내 생각엔 당신들을 다시 만나게 될 것 같은데."

나는 그렇게 말한 뒤 문을 열고 복도로 나와 바 쪽으로 돌아왔다. 쳇 베이커는 이제 '마이 퍼니 발렌타인(My Funny Valentine)'이란 노래를 부르고 있었다. 내가 출입문 쪽으로 나갈 때 바텐더는 바에 앉은 두 사내에게 이두박근을 꿈틀거려 보이고 있었다. 두 사내는 낄낄대고 있었는데, 나는 그들이 잡지 사진에서 본 네 명의 왕들 중 나머지 두 명임을 알아보았다.

그들은 나를 보자 웃음을 그쳤다. 나는 문밖으로 나갈 때까지 그들의 눈길이 내 뒤통수를 계속 따라오는 것을 느꼈다.

39 혈투

집으로 돌아오는 길에 나는 선셋 대로에 있는 24시간 랠프스에 들러 커피 한 봉지를 구입했다. 다음 날 아침 여러 기관원들과의 합동회의를 앞두고 있는 전야에 잠을 푹 잘 수 있기를 기대하진 않았다.

집까지 올라오는 언덕에는 돌아가는 모퉁이가 너무 많아 백미러로 미행 차량을 체크하기가 어려웠다. 그렇지만 중간 지점에 있는 완만한 곡선 길에서는 조수석 창문을 통해 조금 전에 지나온 아래쪽 도로를 살펴볼 수가 있었다. 그 지점에서 항상 속력을 늦추고 미행 여부를 체크하는 것은 나의 습관이었다.

이날 밤엔 평소보다 속력을 더 줄이고 약간 더 오래 살펴보았다. 내가 '쳇과 코지의 마지막 저항'으로 그들을 찾아갔던 것은 노골적 위협으로 받아들이라는 뜻이었고, 나의 그런 기대는 어긋나지 않았다. 아래쪽 도로를 살펴보던 내 눈에 전조등을 끈 채 산모퉁이를 돌아 완만한 곡선 길로 접어드는 차량 한 대가 들어왔다. 나는 가속 페달을 살그머니 밟아 속력을 다시 천천히 올렸다. 다음 모퉁이를 돌아간 다음엔 속력을 부쩍 올려 간격을 약간 더 벌렸다. 그리곤 집 옆에 있는 간이차고까지 곧장 달려 들어가서 슈퍼마켓에서 산 커피 봉지를 들고 재빨리 내렸다. 차고에서 가장 컴컴한 구석에 웅크리고 잠시 기다리자, 차 소리가 먼저 들리고 잠시 후 기다란 재규어가 모습을 드러냈다. 뒷좌석에 앉은 한 사내가 담뱃불을 붙였을 때, 그 불빛 속에서 나는 차 안에 사람들이 가득 타고 있는 것을 보았다. 네 명의 왕들이 모두 나를 뒤쫓아 온 모양이었다.

재규어가 지나간 얼마 후 도로 건너편 잡목 숲 속에서 벌건 불빛이 어른거렸다. 그들이 우리 집을 지나자마자 차를 멈춰 세우고 있음을 알 수 있었다. 나는 부엌으로 통하는 문으로 들어간 뒤 단단히 잠갔다.

이럴 때 일반 시민들은 즉시 경찰을 불러 도움을 요청해야만 한다. 전화를 걸어 "빨리요! 그놈들이 오고 있어요!"라고 다급하게 소리쳐야 할 때다. 그렇지만 경찰 신분증이 있든 없든 난 그럴 수가 없었다. 이건 내 게임이었고, 이 순간 내게 어떤 권한이 있든 없든 난 개의치 않았다.

할리우드 경찰서 책상 서랍에 배지와 관급 피스톨을 남겨두고 나온 그날 밤 이래 나는 권총을 지니고 다니지 않았다. 그렇지만 집에는 무기가 있었다. 호신용으로 글록 P7 한 정을 구입하여 기름걸레에 싸서 침실 벽장 선반 위에 올려두었던 것이다. 나는 랠프스에서 구입한 커피 봉지를 카운터 위에 놓아두고 아무 불도 켜지 않은 채 침실로 달려갔다.

벽장문을 여는 순간 침실에서 기다리고 있던 한 사내가 뒤에서 나를 거칠게 잡아챘다. 나는 맞은편 벽에 부딪힌 뒤 바닥에 주저앉았다. 사내는 재빨리 내 위에 걸터앉더니 권총으로 내 턱 아래를 찔렀다. 데크로 통하는 유리문을 통해 들어온 희미한 빛으로 나는 사내의 얼굴을 알아볼 수 있었다. 대테러 신속대응 팀(REACT)의 밀턴 요원이었다.

"밀턴, 이게 무슨…."

"닥쳐, 늙다리. 나를 만나 놀랐어? 그 자식들이 날 변기 아래로 흘려보내도록 내가 얌전히 있을 줄 알았나?"

"무슨 소릴 하고 있는지 모르겠네. 이것 봐, 지금 어떤 사내들이…."

"아가리 닥치라고 했어. 난 그 디스크를 원해. 무슨 소린지 알지? 원본 데이터 칩을 원한다고."

"내 말 좀 들어. 지금 어떤 놈들이 날 잡으러 오고 있어. 그들은…."

그가 총신으로 턱 아래를 쿡 찌르는 바람에 나는 말을 멈춰야 했다. 날카로운 통증으로 빨간 유리조각들이 눈앞에서 비상하는 것 같았다. 밀턴은 총구를 내 턱에 댄 채 입내를 풍기며 말했다.

"이건 당신 총이야, 보슈. 칩을 내놓지 않으면 당신을 또 한 명의 자살자로…."

그때 현관 쪽에서 와장창 하는 소리가 들려왔다. 현관문이 박살 나며 안쪽으로 쏟아져 들어오는 소리였다. 곧이어 발자국 소리들이 들려왔다. 밀턴이 내 위에서 벌떡 일어나 침실 문을 통해 현관으로 나갔다. 그와 거의 동시에 샷건이 천둥치는 소리를 뿜어냈고, 밀턴은 그대로 뒤로 날아가 벽에 처박혔다. 자기가 죽어가고 있음을 안 그의 눈동자가 겁에 질려 커다래졌다. 곧이어 벽에 기댄 채 아래로 죽 미끄러졌고, 발꿈치에 바닥 깔개가 밀리며 집 아래로 통하는 뚜껑문의 손잡이가 드러났다.

나는 사내들이 밀턴을 나로 착각했다는 걸 알았다. 불과 몇 초지만 내겐 천금 같은 시간이었다. 나는 재빨리 몸을 굴려 데크로 통하는 유리문으로 이동했다. 유리문을 여는 순간 현관 쪽에서 당황한 사내의 고함 소리가 들려왔다.

"그 자식이 아니야!"

별로 사용하지 않던 문이라 경첩들이 비명을 질러댔다. 나는 재빨리 데크를 가로질러 훔친 말을 탄 카우보이처럼 난간 위에 걸터앉았다. 난간을 넘어간 다음 데크 끝에 대롱대롱 매달린 채 급경사진 바닥을 내려다보니 높이가 6미터쯤은 될 것 같았다. 나는 희미한 달빛 속에서 집과 데크를 언덕 경사면에서 떠받치고 있는 철제 기둥들을 찾았다. 내가 이 집 구조를 완벽히 아는 것은 1994년도 지진을 겪은 후 재건축할 때 직접 감독했기 때문이었다.

데크 가장자리를 따라 2미터쯤 옆으로 이동한 후에야 철제 기둥 하나를 붙잡을 수가 있었다. 나는 두 팔과 두 다리로 기둥을 감고 아래로 미끄러져 내려갔다. 그때 머리 위 데크에서 발자국 소리들이 들려왔다.

"저기 내려간다! 저기 내려가고 있어!"

"어디? 안 보이는데…."

"저기 내려가고 있잖아. 너희 두 명은 추격해. 우리는 도로를 따라 쫓아갈 테니."

나는 데크 아래쪽 바닥에 도달했다. 거기서 나와 아래쪽 계곡에 있는 도로와 주택들이 있는 곳으로 달아나다간 총을 가진 추격자들 눈에 금방 드러날 것이었다. 그래서 거꾸로 집 구조물 속으로 들어가 언덕을 올라가기 시작했다. 그쪽으로 가면 지진 후 교체해야 했던 하수관을 통해 지상으로 올라가는 도랑이 있다는 걸 알고 있었다. 또한 현관 안으로 열리는 뚜껑문도 내 머리 위에 있었다. 그렇지만 그 문은 집을 재건축할 때 잠입용이 아니라 탈출용으로 만들었기 때문에 안쪽에서 잠그게 되어 있었다. 그래서 지금 당장은 쓸모가 없었다.

언덕으로 올라가던 나는 도랑을 발견하곤 그 안으로 굴러들었다. 무기가 될 만한 것을 찾아 바닥을 미친 듯이 더듬었지만 손에 잡힌 거라곤 낡은 하수관 파편들뿐이었다. 그중에서 무기로 쓸 만한 끝이 날카로운 삼각형 모양의 쇳조각을 하나 골라잡았다. 이게 제 구실을 해줘야 할 텐데.

두 사내가 그림자처럼 철제 기둥을 타고 데크 아래 바닥으로 내려왔다. 그들이 든 권총에 달빛이 반사되었다. 달빛은 한 놈이 쓴 안경 렌즈에서도 반사되었고, 나는 잡지 기사와 사진에서 본 그를 기억해냈다. BB로 알려진 버너드 뱅크란 놈이었다. "밤에 기어 다니는 놈들" 중의 왕이었다. 내가 '첫과 코지의 마지막 저항'에서 나올 때 바에 앉아 있었다.

두 그림자는 서로 뭐라고 속삭인 뒤 갈라졌다. 한 사내는 언덕 아래 왼쪽으로 이동했고, 뱅크란 놈은 제자리를 고수했다. 일종의 전략으로 총을 든 다른 사내 쪽으로 나를 몰아가려는 수작이었다.

위쪽에 있는 나의 각도에서 뱅크를 보면 아래쪽 계곡에서 비치는 불빛들로 인한 실루엣으로 목표물 식별이 어려웠다. 나와의 거리는 5미터도 채 안 되지만, 내 손에 무기로 쓸 수 있는 것이라곤 낡은 쇠파이프 조각 하나밖에 없었다. 하지만 그것만으로도 충분했다. 나는 일일이 기억할 수 없을 만큼 많은 베트남 땅굴 작전 속에서도 살아남았다. 사방에서 적들이 출몰하는 부들이 우거진 들판 한가운데서 밤을 꼬박 샌 적도 있었다. 이 도시 바닥에서 경찰로 먹고산 지도 28년이 다 되어간다. 이런 애송이들은 내 적수가 될 수 없었다. 그들 중 어느 한 녀석도.

버너드 뱅크가 돌아서서 계곡 경사면을 살펴보았을 때, 나는 도랑에서 살그머니 일어나 파이프 조각을 그의 오른쪽 덤불 속으로 던졌다. 그것은 키 큰 풀 속을 짐승이 달리는 것 같은 소리를 냈다. 사내가 바짝 긴장하며 권총을 들고 소리 난 곳을 살피는 사이에, 나는 도랑에서 나와 그를 향해 경사면을 내려가기 시작했다. 이동하는 소리와 모습을 차단하기 위해 그와 나 사이에 있는 철제 기둥을 최대한 이용했다.

내가 그 기둥에 바짝 다가섰을 때까지도 뱅크는 소리가 난 덤불 쪽만 열심히 살피고 있었다. 엉뚱한 방향만 계속 살피던 그는 내가 바로 옆에 다가갔을 때에야 마침내 고개를 돌렸다. 나의 왼쪽 주먹이 놈의 미간을 정통으로 가격했고, 거의 동시에 나의 오른손은 그가 들고 있던 권총을 잡으며 손가락 한 개를 방아쇠틀 안으로 밀어 넣었다. 원래는 입 쪽을 겨눴던 건데, 빗맞아서 안경을 두 동강 내며 동시에 놈을 비틀거리게 만들었다. 나는 놈을 180도로 휙 돌리며 원심력을 이용하여 머리를 철제 기둥에 콱 처박아버렸다. 놈의 머리에서 수박 터지는 소리가 났고, 철제 기둥은 소리굽쇠 울리는 소리를 냈다. 뱅크는 젖은 빨래 보따리처럼 바닥에 널브러졌다.

나는 빼앗은 권총을 허리춤에 꽂은 뒤 놈을 똑바로 뒤집었다. 얼굴에 칠갑한 피가 달빛 속에서는 시커멓게 보였다. 놈을 재빨리 철제 기둥에 기대어 앉힌 다음 두 무릎을 세워 두 팔로 끌어안게 만들었다. 그리곤 놈의 머리를 그 위에 올려놓았다.

잠시 후 언덕 아래로 내려간 놈이 뱅크를 부르는 소리가 들려왔다.

"BB, 그 자식 잡았어? 어이, 빕!"

나는 뱅크 뒤쪽으로 3미터쯤 물러나 덤불 속에 웅크리고 앉았다. 허리춤에서 권총을 빼들고 살펴봤지만 달빛 아래서는 제조회사를 확인할 수 없었다. 안전장치가 없는 까만 강철 피스톨로, 아마도 글록 같았다. 그러자 이게 바로 내 총일지도 모른다는 생각이 들었다. 밀턴이 총신으로 내 목을 찔렀던 그 권총이 분명했다. 뱅크는 밀턴의 시체에서 그것을 수거했을 것이다.

다른 놈이 덤불 속으로 다가오는 소리가 들렸다. 놈은 내 왼쪽으로 다가오고 있었고, 뱅크에게 가려면 나로부터 1.5미터 간격으로 지나가야 할 터였다. 귀를 쫑긋 세우고 기다리던 나는 놈이 가까이 다가온 것을 알았다.

"뱅크, 여기서 뭐 해? 야 인마, 일어나."

총구가 목덜미에 닿자 놈은 입을 다물었다.

"총을 놔. 안 그러면 뒈진다."

총이 바닥에 떨어지는 소리가 들렸다. 나는 총을 들지 않은 손으로 그의 뒷덜미를 잡아 위쪽에서는 보이지 않는 데크 아래로 끌고 들어갔다. 우리 두 사람은 아래쪽 계곡과 도로에서 비치는 불빛들을 마주하고 섰다. 사내는 네 번째 왕으로, 잡지에서 본 사진 속에서는 바 타월을 어깨에 걸치고 있던 놈이었다. 그런데 너무 흥분해서 그런지 놈의 이름이 기억나지 않았다. 놈은 "쳇과 코지의 마지막 저항"에서 뱅크와 함께 바에 앉아 있었다.

"넌 이름이 뭐냐, 이 똥개야?"

"지미 파지오. 이봐, 난…."

"닥쳐."

사내는 조용해졌다. 나는 고개를 숙이고 그의 귀에 속삭였다.

"저 불빛들을 봐. 넌 이제 여기서 죽는 거야, 지미 파지오. 네가 마지막으로 보게 될 불빛들이야."

"제발…."

"제발? 안젤라 벤턴도 그렇게 말했나? 네놈한테 '제발' 하면서 애원했어?"

"아니에요, 제발, 아니라니까요. 난 그 자리에 있지도 않았어요."

"내가 그 말을 믿도록 설득해 봐."

파지오는 아무 말도 하지 않았다.

"싫으면 죽든지."

"알았어요. 내가 한 짓 아니었어요. 제발 믿어줘요. 라이너스와 본이 했습니다. 그 둘이 계획을 짰고, 나머지 우리한테는 얘기조차 안 했어요. 우린 계획에 대해 몰랐기 때문에 말릴 수도 없었습니다."

"좋아, 그래서? 계속 나불대야만 살 수 있는 거야."

"그래서 본을 쏜 겁니다. 라이너스가 그래야 한다고 했거든요. 왜냐하면 본이 돈을 독차지하고 여자를 죽인 혐의를 라이너스에게 뒤집어씌우려 했거든요."

"라이너스가 총에 맞았던 건? 그것도 계획의 일부였나?"

파지오는 고개를 저었다.

"그건 예상하지 못했던 일이었어요. 하지만 나이트클럽들을 인수하기 위한 커버스토리로 유효적절하게 써먹을 수 있었죠."

"그래, 유효적절했지. 그런데 마티 게슬러와 잭 도시는 어땠지?"

"누구요?"

나는 총구로 놈의 목을 쿡 찌르며 소리쳤다.

"개소리 하지 마. 모조리 불란 말이야."

"난 정말…."

"파즈! 이 비겁한 놈!"

갑자기 머리 위에서 고함 소리가 들려왔다. 고개를 들고 보니 한 사내가 데크 가장자리에서 상반신을 아래로 늘어뜨리고 거꾸로 매달려 있었다. 그리고 두 손으로 권총을 움켜쥐고 있었다. 내가 파지오를 내버려 두고 왼쪽으로 몸을 날린 순간 총성이 터졌다. 불빛에 주택 아래의 어두운 공간 전체가 일순 환해졌다. 총을 쏜 자는 제임스 올리펀트였다. 놈은 권총을 발사하며 고함을 질러댔다. 맹목적인 비명이었다. 총알들이 철제 기둥들을 때린 뒤 사방으로 튀었다. 나는 한 철제 기둥 옆으로 고개를 내밀며 놈을 향해 재빨리 세 발 발사했다. 비명 소리가 딱 그쳤고, 나는 놈을 명중시켰다는 걸 알았다. 그가 들고 있던 권총이 먼저 떨어졌고, 그다음으로 균형 잃은 그의 몸뚱이가 6미터 아래 덤불 속으로 툭 떨어졌다.

파지오를 찾아 두리번거리던 내 눈길이 뱅크 옆의 땅바닥에서 멎었다. 총알을 가슴에 맞았지만 그는 아직 살아 있었다. 너무 캄캄해서 보이진 않았지만 겁에 질려 커다랗게 치뜬 그의 두 눈이 나를 쳐다보며 도움을 구하고 있다는 걸 알았다. 나는 그의 턱을 잡고 내 쪽으로 얼굴을 돌렸다.

"말할 수 있어?"

"우… 아파."

"그래, 아프겠지. 왜 안 아프겠어. FBI 요원에 대해 말해 봐. 그 여자 지금 어디 있어? 그녀에게 무슨 일이 있었지?"

"우…."

"누가 그 경찰을 죽였어? 그것도 라이너스 짓이었나?"

"라이너스는…."

"죽였다는 거야? 라이너스 짓이었어?"

그는 대답하지 않았다. 죽어가고 있었다. 나는 그의 뺨을 가볍게 때렸다가 멱살을 잡고 흔들며 소리쳤다.

"이봐, 정신 차려! 라이너스 짓이었어? 파지오, 라이너스 사이먼슨이 그 경찰을 죽였지?"

아무 반응이 없었다. 죽어버린 것이다. 그때 내 등 뒤에서 목소리가 들려왔다.

"그렇다고 대답한 것 같은데."

나는 뒤를 돌아보았다. 사이먼슨이었다. 그는 뚜껑문을 발견하고 집 안에서 내 뒤쪽으로 내려올 수 있었던 것이다. 손에는 총신을 잘라낸 샷건이 들려 있었다. 나는 권총을 파지오 시신 옆에 내려놓은 뒤 두 손을 들고 천천히 일어섰다. 그리곤 사이먼슨으로부터 언덕 아래쪽으로 뒷걸음질을 쳤다.

"급료 명부에 올라 있는 경찰들은 항상 치질 같은 존재거든. 그 술집에서 아주 끝장을 내야만 했었지."

라이너스 사이먼슨이 말했다.

나는 다시 뒷걸음질을 쳤다. 그러나 내가 뒷걸음질을 칠 때마다 사이먼슨도 그만큼 따라잡았다. 나와 샷건과의 거리는 겨우 1미터 정도였다. 어떤 동작을 취하려고 했다간 죽음을 면치 못할 것이 뻔했다. 내가 할 수 있는 일이라곤 시간을 버는 것뿐이었다. 이웃에 사는 누군가가 총성을 듣고 경찰에 신고를 했어야만 되는데.

사이먼슨이 내 심장을 겨누면서 말했다.

"난 이 순간을 좀 즐기고 싶어. 코지를 위해서라도 말이야."

"코지라고?"

속으로는 이미 다 꿰고 있으면서도 나는 시침 뚝 떼고 물었다.

"코지란 놈은 또 누구야?"

"당신이 그날 명중시킨 놈. 당신 총알로 말이야. 그 친군 결국 죽어버렸어."

"어떻게 됐길래?"

"어떻게 된 것 같아? 밴 뒷칸에서 그대로 죽었다니까."

"자네가 묻었겠군. 어디에다 묻었나?"

"내가 아니야. 알다시피 난 그날 좀 바빴잖아. 내 친구들이 묻었지. 코지는 배를 좋아했어. 그래서 아마 바다에다 수장했을 거야."

나는 다시 한 걸음 물러났다. 사이먼슨도 따라왔다. 나는 이제 데크 아래를 벗어나고 있었다. 만약 경찰이 도착했다면 위쪽에서 놈에게 콩알을 먹여줄 수 있을 것이다.

"FBI 요원은 어떻게 했어? 마티 게슬러 말이야."

"아, 그 얘긴 이렇게 되지. 잭 도시가 그 여자 얘길 하며 계획을 털어

놓았을 때 난 그 친구를 보내버려야겠다는 생각이 들더군. 무슨 뜻이냐 하면….”

갑자기 푹 꺼진 곳을 디뎠는지 사이먼슨의 몸이 아래로 휘청한 순간 샷건의 총구가 하늘로 향했다. 그는 뒤로 털썩 엉덩방아를 찧었다. 그 순간 나는 미친놈처럼 달려들었다. 우리는 서로 샷건을 빼앗으려고 다투며 한 덩어리로 뒹굴었다. 나보다 젊고 힘도 더 센 그가 재빨리 내 위로 올라탔다. 그렇지만 싸움 경력은 별로 없는 듯했다. 자신의 적을 간단히 제압할 생각보다는 드잡이에 온 힘을 집중하고 있었다.

나는 왼손으로 잘려나간 남은 총신을 꽉 붙잡고 오른손으로는 방아쇠틀을 움켜잡았다. 그리곤 그의 손가락 뒤로 내 엄지를 방아쇠틀 속에 힘껏 밀어 넣었다. 눈을 감자 이미지 하나가 떠올랐다. 안젤라 벤턴이 내민 두 손이었다. 내 기억과 꿈속에서 보았던 이미지였다. 나는 온 힘을 왼손에 가하며 밀어댔다. 총구가 놈을 향했을 때, 나는 눈을 질끈 감고 엄지로 방아쇠를 힘껏 눌렀다. 샷건이 발사되자 지금까지 한 번도 들어보지 못했던 엄청난 폭음이 내 머리를 관통한 느낌이었다. 내 얼굴에는 갑자기 불이 붙은 것 같았다. 눈을 뜨고 쳐다보니 사이먼슨의 얼굴은 이미 거기 없었다.

그의 몸뚱이가 내 위에서 굴러떨어지자 얼굴이 있던 자리에서 인간의 소리가 아닌 꾸르륵거리는 소리가 났다. 두 다리는 보이지 않는 자전거를 타는 것처럼 허공을 찼다. 그런 다음 두 주먹을 돌처럼 단단히 움켜쥐고 앞뒤로 한두 차례 구르더니 마침내 움직임을 멈추고 조용해졌다.

나는 내 몸에 이상이 없는지 점검하며 천천히 일어나 앉았다. 손으로 얼굴을 만져보자 다친 곳이 없음을 알 수 있었다. 샷건을 발사할 때 방출된 가스로 약간 덴 것 외엔 이상이 없었다. 하지만 고막이 울려 아래쪽 도로에서 들려오는 소리를 한동안 듣지 못했다.

덤불 속에서 반짝이는 물체를 발견하고 손으로 잡았더니 물병이었다. 뚜껑이 열리지 않은 채 물이 가득 들어 있었다. 그제야 사이먼슨을 비틀거리게 만들었던 것은 내가 며칠 전 데크에서 떨어뜨렸던 물병이었다는 걸 알았다. 결국 그 물병이 내 생명을 구한 셈이었다. 나는 뚜껑을 비틀어 열고 물을 얼굴에 끼얹어 피와 따끔거리는 화상을 씻어냈다.

"꼼짝 마라!"

고개를 들고 쳐다보니 데크 난간에 상체를 기울인 한 사내가 권총을 내게 겨누고 있었다. 그의 제복에 달린 배지에 달빛이 반사되었다. 마침내 경찰들이 도착한 모양이었다. 나는 물병을 떨어뜨리고 두 손을 활짝 펴 보이며 말했다.

"걱정 마시오. 움직이지 않을 테니."

나는 두 팔을 벌린 채 뒤로 누워버렸다. 뒤통수가 땅바닥에 닿자 공기를 허파 속으로 가득 빨아들였다. 고막은 여전히 울렸지만 이젠 내 심장 박동이 차츰 느려지며 정상 속도를 회복하는 소리를 들을 수 있었다. 나는 캄캄하고 성스러운 밤하늘을 쳐다보며 지상에서 구원받지 못하고 구천을 떠돌며 남은 우리들을 기다리고 있을 사람들을 생각했다. 아직은 아니야, 하고 나는 생각했다. 그래, 아직은 아니지.

40 거래

데크 위의 경찰이 내게 총을 겨누고 있는 동안 그의 파트너는 뚜껑문을 통해 아래로 내려와 내게 다가왔다. 한 손에는 손전등을, 다른 손에는 권총을 들고 있었다. 그는 어떤 상황인지 몰라 두 눈알을 미친 듯이 굴렸다.

"돌아누워 두 손을 등 뒤로 올려."

팽팽하게 긴장한 목소리로 그가 명령했다.

내가 지시받은 대로 하자, 그는 손전등을 땅에 내려놓고 내 손목에 수갑을 채웠다. 고맙게도 FBI처럼 꽉 조이게 채우진 않았다. 나는 조용히 말을 걸려고 했다.

"당신도 알다시피 나는…."

"당신한텐 아무 말도 듣고 싶지 않아."

"난 LAPD 출신이야. 할리우드 경찰서 소속이었지. 27년 넘게 근무하다 작년에 은퇴했다고."

"그만 됐네요. 그런 얘긴 법정에서나 해."

나의 집은 북부 할리우드 경찰서 관할 내에 있었다. 그들이 나에 관해 아랑곳할 이유가 없었다. 데크 위에 있던 경찰이 소리쳤다.

"어이, 그자 이름이 뭐래? 손전등으로 얼굴 좀 비춰봐."

땅바닥에 있던 사내가 한 발짝 떨어져서 손전등 불빛을 내 얼굴에 비췄다. 눈이 부셨다.

"당신 이름이 뭐야?"

"해리 보슈. 강력반에 있었어."

"해리…."

"누군지 알겠어, 스웨니. 그라면 괜찮아. 불빛을 치우게."

스웨니란 경찰이 손전등 불빛을 치웠다.

"좋아. 그렇지만 수갑은 그대로 두겠어. 시비는 법정에서 가릴 테니. 아니, 세상에!"

경찰이 든 손전등 불빛이 내 왼쪽 덤불 속에 누운 얼굴 없는 시체를 비췄다. 라이너스 사이먼슨의 시체라고 해야 하나, 그의 나머지 부분이라 해야 하나.

"토하지 마, 스웨니. 범죄 현장이니까."

데크 위의 경찰이 주의를 주었다.

"닥쳐, 허위츠. 토하긴 누가 토한다고 그래?"

그가 이리저리 돌아다니는 소리가 내 귀에 들렸다. 머리를 쳐들고 그를 보려 했지만 덤불 키가 너무 커서 보이지 않았다. 소리만 들을 수 있을 뿐이었다. 스웨니는 시체들을 하나하나 살피고 다니는 것 같았는데, 역시 내 짐작이 옳았다.

"이봐, 여기 생존자가 한 명 있어! 빨리 앰뷸런스 불러."

버너드 뱅크가 아직 살아 있다는 얘기였다. 기쁜 소식이었다. 내가 한 행동들을 해명하려면 생존자가 한 명쯤 필요할 것 같았다. 저 혼자 몽땅 덤터기를 쓰게 된 뱅크가 살아남기 위해서는 사실대로 술술 부는 조건으로 거래를 시도할 것이었다.

나는 몸을 굴려 일어나 앉았다. 스웨니라는 경관은 데크 아래에 있는 버너드 뱅크 옆 땅바닥에 꿇어앉아 있었다. 그가 나를 돌아보며 말했다.

"일어나 앉으란 말 하지 않았어."

"흙 속에 얼굴을 처박고 있으니 숨을 못 쉬겠어."

"또 움직이면 알아서 해."

그때 데크 위에서 허위츠가 소리쳤다.

"어이, 스웨니. 집 안에 있는 시체 말이야, FBI 배지를 지니고 있어."

"이런, 제기랄!"

"맞아, 제기랄!"

그들이 말이 옳았다. 정말 지랄 같은 사건이었다. 한 시간도 안 되어 그곳은 LAPD, LAFD(LA 소방국), FBI, 언론사 인원들로 바글거렸다. 내가 본 헬리콥터만도 무려 여섯 대가 거의 밤새도록 하늘을 휘젓고 다니는 바람에, 그 지독한 소음보다는 차라리 샷건 총성으로 인한 이명이 더 낫겠다 싶을 정도였다.

로스앤젤레스 소방국은 버너드 뱅크를 계곡에서 들것에 담아 운반하기 위해 헬리콥터를 이용했다. 그 일이 끝나자 나는 긴급의료원을 불렀고, 그들은 화상을 입은 내 얼굴에 알로에가 함유된 젤을 발라 주었다. 그리고 아스피린을 처방하면서 상처가 가벼우므로 흉터 같은 건 남지 않을 거라고 말해 주었다. 그렇지만 내 얼굴은 눈 먼 외과 의사한테 레이저 박피 수술을 받은 느낌이었다.

스웨니는 내가 경사면을 기어올라 뚜껑문을 통해 집 안으로 들어갈 때까지만 수갑을 풀어 주었다가 다시 채운 뒤 거실 의자에 앉혔다. 거기서 나는 현관에서 내뻗은 밀턴의 두 다리와 그를 살펴보고 있는 현장 감식요원들을 볼 수 있었다.

일단 모든 관계자들이 나타나기 시작하자 분위기는 차츰 진지해졌다. 그들 대부분은 똑같은 패턴을 따랐다. 집 안으로 들어오면 밀턴의 시체를 침울하게 살펴본 뒤 나는 거들떠보지도 않고 거실을 지나 데크로 걸어 나갔다. 거기서 다른 시체 세 구를 내려다본 다음에는 거실로 돌아와서 나를 보곤 말 한마디 건네지 않고 부엌으로 들어갔다. 부엌에서는 누군가가 제멋대로 내가 사다놓은 커피 봉지를 뜯어 커피포트에 넣고 신나게 끓이고 있었다.

그런 일들이 적어도 두 시간가량은 이어졌다. 처음엔 그들이 누군지 알 수 없었다. 모두가 북부 할리우드 경찰서 형사들이었기 때문이다. 그러자 수사권을 LAPD 강력계로 넘기라는 명령이 내려졌다. 강력계 친구들이 나타나기 시작하자 고향집에 돌아온 듯한 분위기로 변해갔다. 나는 그들 대부분을 알고 있었고, 함께 일했던 동료들도 있었다. 국장실에서 온 키즈 라이더가 나타나기 전까지는 아무도 내 손목에서 수갑을 풀어줄 생각을 안 했다. 그녀는 화를 내며 나를 풀어줄 것을 요구했고, 그래도 움직이는 사람이 없자 자기 손으로 직접 수갑을 풀어주며 내게 물었다.

"다친 덴 없어요, 선배?"

"지금은 괜찮은 것 같은데."

"얼굴이 벌겋고 부은 것 같은데, 긴급의료원을 부를까요?"

"벌써 다녀갔어. 샷건 가스를 너무 가깝게 쐬어 약간 화상을 입었을 뿐이야."

"이 문제를 어떻게 처리하고 싶어요? 선배가 알죠. 변호사를 부르고 싶어요, 우리랑 얘기할 건가요?"

"자네와 얘기하겠어, 키즈. 사건 전모에 대해서 말이야. 그럴 수 없다면 변호사를 부를 거야."

"난 이제 강력계 소속이 아니에요, 해리 선배. 아시잖아요."

"자네는 강력계로 가야 해. 그걸 알잖아."

"그렇지만 지금은 아니에요."

"그게 거래 조건이야, 키즈. 하든 말든 자네가 결정해. 난 유능한 변호사를 고용했어."

키즈 라이더는 잠시 생각해 보는 듯했다.

"좋아요. 여기서 잠시만 기다리세요. 곧 돌아올 테니."

그녀는 나의 제의에 대해 상사들과 의논하기 위해 현관문 밖으로 나갔다. 그녀를 기다리고 있는 사이에 FBI 대테러 신속대응 팀(REACT)의 존 피플즈 요원이 들어오더니 밀턴의 시체 옆에 쪼그리고 앉았다. 그는 내 쪽을 돌아보더니 눈을 마주쳤다. 나한테 무슨 메시지를 보내려는 듯했지만, 그게 정확히 뭔지 난 알 수 없었다.

그렇지만 그는 자신을 흔들 수 있는 무언가를 내가 가지고 있음을 알았다. 그의 장래를.

라이더가 들어와서 내게 다가오며 말했다.

"이건 거래예요. 사건이 복잡하게 얽혔거든요. 여긴 지금 FBI가 득시글거려요. 바닥에 누워 있는 사내는 대테러 신속대응 팀 요원이 분명하고, 그 문제 해결이 최우선이죠. 선배와 내가 왈츠를 추며 석양 속으로 사라지도록 그들이 내버려 둘 리 없잖아요."

"좋아, 그러면 이렇게 하지. 나는 자네와 FBI 요원 한 사람하고만 얘기하겠어. 로이 린델이라는 요원. 그 친구를 깨워서 데려오면 난 모든 사람들을 위해 사실을 털어 놓겠어. 반드시 자네와 로이라야만 해. 아니면 난 변호사를 부를 테니 모두는 각자 알아서 하겠지."

그녀는 고개를 끄덕인 뒤 다시 거실 밖으로 나갔다. 나는 피플즈의 모습을 현관에서 볼 수 없었지만 그가 떠나는 것도 보지 못했다.

라이더는 이번엔 30분쯤 걸렸지만, 그래도 당당한 표정으로 돌아왔다. 말하기도 전에 나는 그녀가 자기 주장을 관철시켰다는 걸 알 수 있었다. 이제 이 사건은 그녀의 것이었다. 적어도 LAPD 측 계산으로는.

"좋아요. 여기서 내려가 북부 할리우드 경찰서로 갈 거예요. 거기 있는 방을 하나 사용하고, 그들이 우리 대신 녹음해 주기로 했어요. 린델도 거기로 오고 있는 중이고요. 이게 모두에게 행복하고 득이 되는 방법이에요."

항상 그런 식이었다. 그만한 일을 해치우는 데도 경찰국과 연방수사국 내부 정책들의 집중포화 속을 걸어가야만 했다. 내가 더 이상 그 속에 포함되어 있지 않다는 것이 얼마나 좋은지 몰랐다.

"이젠 일어나도 돼요, 선배. 운전은 제가 할게요."

라이더의 말에 나는 의자에서 일어났다.

"먼저 데크로 나가고 싶은데. 거기서 아래를 좀 살펴보고 싶어."

그녀는 그러도록 내버려 두었다. 나는 데크를 가로질러 난간 너머로 내려다보았다. 아래쪽에 범죄 현장용 대형 라이트들이 세워져 있었다. 현장 조사요원들이 바글바글하는 언덕은 마치 개미들이 새까맣게 달라붙은 개미탑 같았다. 검시반에서 나온 직원들이 시체들을 허겁지겁 치웠다. 하늘에서는 온갖 헬리콥터들이 요란한 폭음을 내며 다양한 안무를 연출하고 있었다.

나는 이웃 사람들과 지금까지 어떤 인간관계를 맺어왔든 간에, 그 모든 것이 허사로 돌아갔다는 사실을 깨달았다.

"내가 무슨 생각하는지 알아, 키즈?"

"무슨 생각 하는데요?"

"이 집을 팔아야 할 때가 된 것 같아."

"아, 행운이 따르길 빌어요."

그녀는 내 팔을 잡아당겨 난간에서 떼어놓았다.

41 언제나 사립 탐정

북부 할리우드 경찰서는 LA에서 가장 최근에 생겼다. 지진과 로드니 킹 사건 이후에 개설되었으니까. 외양은 벽돌로 쌓은 요새 같은 구조에 어떤 사회적 소요에도 견딜 수 있을 만큼 튼튼하게 생겼고, 내부는 최첨단 전자 설비에 안락함까지 겸비했다. 나는 커다란 면회실에 있는 테이블의 가운데 자리에 앉혀졌다. 마이크와 카메라가 눈에 띄진 않지만 어딘가 감춰져 있다는 걸 난 알고 있었다. 조심해야 한다는 것도 알고 있었다. 나쁜 거래를 맺었던 것이다. 사반세기 넘게 경찰 노릇 하면서 한 가지 배운 게 있다면 변호사 조언 없이는 경찰들과 얘기하지 말라는 것이었다. 그런데 바로 그 짓을 지금 여기서 하려 하고 있었다. 나를 믿어주고 도와주고 싶어 하는 두 사람에게 사건의 진상을 모두 털어놓을 참이었다. 하지만 그건 중요하지 않았다. 중요한 건 테이프였다. 나중에 그것을 내 친구가 아닌 다른 사람들이 검토해도 화근이 되지 않도록 나는 조심조심 말해야만 했다.

키즈민 라이더는 참석자 세 사람의 이름과 기록 날짜, 시간, 장소 등을 녹음하는 걸로 작업을 시작했다. 그녀는 또 내게 변호사를 선임할 권리와 묵비권을 행사할 권리도 법적으로 보장되어 있다고 말했다. 그런 다음 내가 그런 권리들을 다 이해했고 스스로 포기했음을 말과 글로 확인할 것을 요구했다. 나는 그렇게 했다. 내가 그녀를 제대로 가르쳤던 것이다.

라이더는 본론으로 들어갔다.

"좋아요, 해리. 당신 집에서 죽은 사람이 FBI 요원을 포함해서 모두 네 명이에요. 혼수상태에 있는 다섯 번째 남자는 빼고요. 그것에 관해 전부 말씀해 주시겠어요?"

"난 그들 중 두 명만 죽였소. 자기방어를 위해. 그리고 혼수상태에 있는 사내도 내가 그렇게 만들었소."

공식 심문이니만큼 깍듯하게 존댓말로 대답했다.

"좋습니다. 왜 그랬는지 설명해 주시죠."

나는 '베익트 포테이토'에서 있었던 얘기를 했고, 거기서부터 진술하기 시작했다. 나의 색소폰 스승인 슈거 레이와 4인조 밴드, 슈거 레이를 부축해준 포터, 팔뚝에 문신을 새긴 바텐더들에 대해 얘기했다. 심지어 24시 랠프스에서 커피를 구입하고 돈을 지불한 점원에 대해서도 상세하게 설명했다. 기억나는 모든 것들을 시시콜콜 얘기하는 이유는 나중에 그들이 사실 여부를 점검할 때 신뢰감을 심어줄 것임을 알기 때문이었다. 나는 경험에 의해 대화는 단지 주워들은 얘기를 전하는 것일 뿐, 액면 그대로 믿을 바는 못 된다는 걸 잘 알고 있었다. 따라서 누군가의 얘기 내용이나 얘기 방법을 옮기려 할 때는 점검 가능하거나 증명할 수 있는 것으로 한정하는 것이 좋다. 특히 이미 고인이 된 사람의 경우는 더욱 그렇다. 세부적인 내용이 중요하다. 안전과 구원은 세부적인 것 속에 있었다.

그래서 나는 메릴린 먼로 문신에 이르기까지 기억나는 모든 것을 테이프에 담았다. 먼로 문신 얘기를 들은 로이 린델은 폭소를 터트렸지만 라이더는 그것에 포함된 유머를 이해하지 못했다.

나는 있었던 일들을 숨김없이 다 얘기했다. 배경에 대해 얘기하지 않았던 것은 곧 이어질 심문을 통해 다 나올 것이기 때문이었다. 나는 그들이 사건들을 시간별로 세세히 이해하길 바랐다. 거짓말은 한마디도 하지 않았지만, 전부 다 얘기하지도 않았다. 밀턴 요원 문제를 어떻게 처리해야 할지 아직 확신이 서지 않았다. 그것에 대해서는 로이 린델이 신호를 보낼 때까지 기다려야 했다. 나는 그가 경찰서에 도착하기 훨씬 전에 이미 명령을 받았을 것으로 확신하고 있었다.

나는 밀턴에 대한 세부사항은 린델에게만 얘기하기로 마음먹었다. 내가 말하지 않았던 세부사항은 내가 샷건의 방아쇠를 당기기 전 눈을 감았을 때 본 것이었다. 안젤라 벤턴이 손을 내민 그 이미지를 나는 혼자만 간직하기로 했다.

"그게 전부요."

나는 얘기를 모두 끝내고 말했다.

"그때 제복 차림의 경관들이 나타났고, 그래서 여기까지 오게 된 겁니다."

키즈 라이더는 이따금씩 기록하던 메모지를 내려놓곤 나를 쳐다보았다. 내 얘기에 충격을 받은 듯한 표정이었다. 그런 상황에서 살아남은 내가 행운아라고 믿고 있을 것이다.

"고마워요, 해리. 정말 아슬아슬했겠군요."

"다섯 번이나 아슬아슬했죠."

"흠, 잠시 휴식을 취해야 할 것 같은데요. 린델 요원과 제가 밖으로 나가 이 문제에 대해 상의할 게 있어요. 그런 다음 몇 가지 질문을 들고 돌아올 겁니다."

나는 미소를 지으며 말했다.

"당연히 그러시겠죠."

"뭘 좀 가져다드릴까요?"

"커피가 좋겠네요. 밤을 꼬박 샜는데, 그들은 내 집에 있는 커피를 마음대로 즐기면서 내겐 한 잔도 안 주더군요."

"커피를 보내드리죠."

키즈와 린델은 일어나 방에서 나갔다. 몇 분 후 북부 할리우드 경찰서 소속의 내가 모르는 형사 하나가 블랙커피가 담긴 컵을 가지고 들어왔다. 그는 내게 방을 떠나지 말라고 주의를 주곤 나갔다.

라이더와 린델이 돌아왔을 때, 나는 라이더의 손에 메모지가 더 많이 들려 있음을 주목했다. 라이더는 심문을 재개했고 자신이 계속 주도해 나갔다.

"먼저 몇 가지 확인할 것들이 있어요."

그녀가 내게 말했다.

"좋습니다."

"당신은 집에 돌아왔을 때 밀턴 요원이 이미 기다리고 있었다고 진술했어요."

"그렇습니다."

나는 린델을 돌아본 뒤 다시 라이더에게 눈길을 돌렸다.

"그리고 당신이 미행을 당했다고 그에게 알리던 도중에 침입자들이 현관문을 발로 걷어찼다고 말했죠."

"맞아요."

"밀턴이 무슨 일인지 확인하려고 현관으로 나간 순간 샷건 탄환에 맞았고, 총을 쏜 자는 라이너스 사이먼슨일 거라고 했습니다."

"맞습니다."

"그렇다면 당신도 없는 집 안에서 밀턴 요원은 뭘 하고 있었을까요?"

내가 입을 열기도 전에 린델이 불쑥 질문을 던졌다.

"집 안에 들어가도 좋다는 허락은 받았겠죠, 아닙니까?"

"아이, 한 번에 한 가지씩만 질문합시다."

나는 그렇게 말하며 로이 린델을 다시 슬쩍 돌아보았다. 그는 눈길을 테이블로 떨어뜨리고 있었다. 나를 쳐다볼 수 없었던 것이다. 그의 질문으로 판단한다면, 그건 질문을 가장한 다짐으로 내가 그렇다고 대답해 주길 바란다는 뜻이었다. 나는 그 순간 린델이 나한테 거래를 제의했다고 믿었다. 그는 나의 수사에 협조한 일로 인해 연방수사국에서 곤경에 처해 있음이 분명했다. 게다가 지금은 명령을 받아 놓은 처지이기도 했다. '로이, 자네가 우리 FBI의 코를 깨끗이 닦아줘야겠네.' 그러지 않으면 그에게나 어쩌면 나한테까지 책임이 돌아올 수도 있었다. 따라서 린델은 자기 목적을 달성하는 데 도움이 되는 방향으로 내가 얘기를 해주면 피차 좋을 거라고 말하고 있었다.

솔직히 말해 나는 밀턴의 사후 논란이나 치욕 따위에는 신경 쓰고 싶지 않았다. 내가 생각하기엔 그는 이미 죗값을 치르고도 남았다. 지금 그를 추적하는 건 앙갚음이 될 것이고, 나는 죽은 자에겐 앙갚음할 필요를 느끼지 않았다. 내겐 다른 할 일들이 있었고, 그것들을 하기 위해 내 능력을 아껴두고 싶었다.

나는 특수 요원 존 피플즈와 그의 타격대를 떠올렸다. 하지만 그들과 밀턴의 행동들 사이에는 모호한 것들이 너무 많았다. 내가 입수한 테이프는 밀턴에 관한 것이지, 피플즈에 관한 것이 아니었다. 한 사람을 이용하여 다른 사람을 잡으려면 험한 길을 달려가야 한다. 그 순간 나는 죽은 사람은 잠들게 내버려 두고 내가 살기 위해 하루 더 달려가기로 결심했다.

"당신도 없는 집 안에서 밀턴 요원은 뭘 하고 있었을까요?"

키즈 라이더는 같은 질문을 반복했다. 나는 그녀를 돌아보았다.

"나를 기다리고 있었습니다."

"무슨 일로요?"

"거기서 만나자고 했는데, 오는 길에 가게에 들러 커피를 사느라고 좀 늦었죠."

"그렇게 늦은 밤에 왜 거기서 만나야 했습니까?"

"내가 입수한 정보가 그의 문제를 해결해 줄 것 같았거든요."

"무슨 정보였는데요?"

"그가 수사하던 사건에 연루된 한 테러리스트가 영화촬영장에서 강탈당한 100달러짜리 지폐를 소지한 것으로 드러났거든요. 나는 그 강탈 사건을 조사하다가 손을 떼라는 경고를 받았습니다. 하지만 조사 결과 밀턴 요원이 수사하던 사건과 현금 강탈 사건은 아무 관계도 없었어요. 그래서 아침에 그를 내 변호사 사무실로 불러 당신들 두 사람이 오면 모두에게 설명하려고 했죠. 그런데 아침까지 못 기다리겠다고 보채는 통에 그럼 내 집으로 오라고 했던 겁니다."

"그래서요? 그에게 열쇠 있는 곳을 가르쳐줬나요?"

"아뇨. 아마 문을 잠그지 않았던 모양입니다. 내가 왔을 때 그가 집 안에 있었던 걸 보면요. 안으로 들어가란 말은 안 했지만 초대를 했으니 허락을 받았다고 봐야겠죠. 나보다 먼저 집에 도착한 그는 아마 그래서 들어갔을 겁니다."

"밀턴 요원의 코트 주머니에 소형 도청기가 여러 개 들어 있었는데, 혹시 그 이유나 용도에 대해 아세요?"

그것들은 밀턴이 내 집에서 회수한 거겠지만 나는 그렇게 말하지 않았다.

"모르겠는데요. 그에게 직접 물어봤어야 했던 것 같군요."

"그의 자동차는요? 우드로 윌슨에 있는 당신 집에서 북쪽으로 한 블록 떨어진 곳에 주차되어 있었는데, 거긴 네 명의 습격자들이 차를 세워둔 곳보다 더 먼 곳이었어요. 당신이 불러서 왔다면 밀턴이 그렇게 멀리 차를 세워둔 이유가 뭐였을까요?"

"글쎄, 정말 모르겠는데요. 아까도 말했지만 그 이유는 밀턴만이 알겠죠."

"그렇군요."

나는 라이더가 차츰 열을 받고 있음을 알 수 있었다. 눈빛이 한층 날카로워져서 내가 린델에게 보내는 표정의 의미를 읽어내려고 애썼다. 우리가 어떤 훼방을 놓고 있다는 건 눈치챘지만, 카메라 앞에서 함부로 말하면 안 된다는 정도는 알고 있었다. 역시 내가 그녀를 제대로 가르쳤다.

"좋아요, 해리. 당신은 어젯밤 일어났던 일들을 모두 자세히 설명했지만 그 원인에 대해서는 말하지 않았어요. 그런 난장판이 벌어지기 전에 당신은 우리에게 모든 진상을 털어놓기 위해 오늘 아침 대회의를 소집했죠. 그러니까 이제 시작해 보세요. 당신이 알아낸 것들을 말씀하시라고요."

"처음부터 얘기하라는 거요?"

"처음부터요."

나는 머리를 끄덕였다.

"알겠소. 그러니까 사건의 발단은 레이 본과 라이너스 사이먼슨이 영화촬영장으로 가는 현금을 탈취하기로 작정한 데서 비롯된 것 같습니다. 둘 사이에 모종의 관계가 있었죠. 그들의 은행 동료였던 한 여자가 본을 게이로 생각한다면서, 그가 사이먼슨에게 수작을 걸었다는 말을 사이먼슨 입으로 직접 들었다고 하더군요. 암튼 사이먼슨이 본을 끌어들였는지 그 반대였는지는 몰라도, 두 사람은 그 돈을 강탈하기로 결심했어요. 그들은 계획을 세웠고, 사이먼슨은 중책을 맡기기 위해 네 명의 친구를 끌어들였죠. 그렇게 시작된 겁니다."

"안젤라 벤턴은 어떻게 된 거죠?"

라이더가 물었다.

"그 얘기도 할 거요. 다른 친구들한테는 얘기하지 않았지만, 사이먼슨과 본은 경찰을 속이기 위한 계책이 필요하다는 데 동의했죠. 강도 행위가 은행 내부자 소행이 아니라 영화사 사람들 소행으로 돌리기 위해서요. 그래서 찍은 여자가 안젤라 벤턴이었죠. 대출신청 서류를 들고 은행에 한 번 왔었거든요. 따라서 그녀도 돈에 대해 알고 있으니까 일을 꾸밀 수 있다고 생각했죠. 그들은 그녀를 며칠간 감시하며 언제가 가장 취약한지, 또 어디서 해치우면 좋을지 계산했을 겁니다. 그리고는 그녀를 살해한 뒤 그들 중 한 놈이 시체에 정액을 뿌려 처음엔 치정 사건으로 보이게 해서 영화사나 현금으로 영화를 찍는 일과 직결되지 않도록 했습니다. 그건 현금을 강탈한 후에 닥칠 일이었죠."

"그렇다면 벤턴은 단지 도구에 지나지 않았다는 말이에요? 그들의 계획에 적합하다는 이유만으로 목숨을 빼앗겼다고요?"

라이더가 낙담조로 물었다.

나는 침울한 표정으로 고개를 끄덕였다.

"정말 멋진 세상이죠, 안 그래요?"

"좋아요, 계속하세요. 그 둘이 같이했나요?"

"모르겠지만 아마 그럴 걸요. 사이먼슨에겐 그날 밤 알리바이가 있었지만 잭 도시가 확인한 겁니다. 그 친구에 대해선 잠시 후에 얘기하겠지만, 내 짐작으로는 그들 둘이 한 짓 같습니다. 그녀를 꼼짝 못하게 완전히 제압하려면 두 명이 필요하니까."

"그 정액 말예요."

라이더가 계속 말했다.

"그들 중 한 사람의 것인지 체크해볼 수 있죠. 본은 강도질 도중에 죽었고 사이먼슨도 총을 맞았기 때문에 살인 현장에서 수거한 정액과 대조할 생각조차 못했어요."

나는 고개를 저었다.

"어느 쪽 정액도 아닐 것 같습니다."

"그러면 누가 사정한 걸까요?"

"끝내 모를 수도 있죠. 시체 위에 뚝뚝 떨어져 있던 정액들을 봤어요? 누군가가 현장으로 가져와서 시체 위에 뿌린 걸로 우린 결론을 내렸습니다. 어디서 가져왔는지 누가 알겠어요. 그들 중 하나일 수도 있겠지만, 멍청이가 아니라면 자기 정액을 현장에 남겼을 리 없죠. 직접적인 단서를 왜 남겼겠어요?"

그러자 입을 꾹 다물고 있던 린델이 미심쩍다는 투로 불쑥 물었다.

"아니라면? 그들이 아무나 붙잡고 정액 한 컵만 짜내 달라고 부탁했다는 거요?"

"그다지 어려운 일은 아닐 거예요."

라이더가 대신 대답했다.

"할리우드 뒷골목으로 들어가면 아무 데나 버려진 콘돔들을 발견할 수 있을 테니까요. 게다가 본이 게이였다면 그의 파트너들 중 한 명의 정액일 수도 있죠. 그 파트너는 아무것도 몰랐을 테고요."

나는 고개를 끄덕였다. 같은 생각을 하고 있었던 것이다.

"맞습니다. 그 때문에 그가 살해되었을 수도 있고요. 사이먼슨은 그를 배신했어요. 현금을 강탈할 때 본을 처치하라고 자기 친구들한테 지시했던 겁니다. 그러면 자기들에게 더 많은 돈이 할당될 뿐만 아니라 벤턴 사건과의 연결고리도 제거되거든요."

"빌어먹을, 그 자식들 정말 냉혹하네."

린델이 또 투덜거렸다. 나는 그가 마티 게슬러의 비운에 대해 생각하고 있다는 걸 알았다.

"사이먼슨은 현금 강탈과 안전한 사용을 위해 LA 은행 여직원과 함께 작성한 화폐 보고서를 바꿔치기했습니다. 화폐의 표시를 지워버린 셈이죠."

"어떻게요?"

라이더가 물었다.

"나도 처음엔 그자가 화폐 일련번호를 틀리게 기입했을 거라고 생각했어요. 여직원과 함께 은행 지하금고에서 작성했다는 그 보고서에 말입니다. 하지만 그건 너무 위험한 짓이란 생각이 들더군요. 그 여직원은 강도질에 가담하지 않았으니 일련번호들을 몇 번이고 다시 체크할 것이기 때문이죠. 그래서 나는 그자가 자기 컴퓨터로 가짜 보고서를 만들었을 거라고 생각합니다. 거기 기입된 화폐의 일련번호들은 그자가 멋대로 만든 겁니다. 그 보고서를 출력하여 자기 동료에게 서명하도록 한 뒤 부행장이 서명하도록 올린 거죠. 그 서류는 곧 보험회사로 전달되었고, 강탈 사건 이후엔 경찰과 FBI에까지 전해졌던 겁니다."

"당신은 오늘 아침 있을 예정이었던 회의에 그 서류의 원본을 가져오라고 내게 말했어요. 왜 그러셨죠?"

라이더의 물음에 나는 반문했다.

"위조범의 손떨림증이 뭔지 알아요? 남의 서명을 베낄 때 보이는 현상이죠. 사이먼슨은 동료의 서명을 원본이나 진짜 화폐 보고서에서 베꼈습니다. 그가 제출한 사본에서 나는 주저한 흔적을 발견할 수 있었어요. 여직원의 서명은 단번에 휘갈겨 써서 매끈했겠죠. 하지만 그 서명은 누가 했든 거의 매 글자마다 펜을 뗐다가 다시 댄 것처럼 보여요. 원본의 서명과 비교하면 금방 드러날 겁니다."

"원본이 어떻게 없어졌을까요?"

나는 어깨를 으쓱했다.

"안 없어졌을지도 몰라요."

"크로스와 도시 형사 짓이었군요."

"내 생각엔 도시 같소. 크로스에 대해선 모르겠어요. 그 친구는 이 일에서 날 도와줬으니까. 사실 그 친구가 연락해서 다시 시작하게 됐던 겁니다."

린델은 상체를 앞으로 내밀었다. 얘기가 마티 게슬러 요원에 관한 부분으로 옮겨가고 있었고, 그는 제대로 알고 싶어 했다.

"그러니까 사이먼슨은 일련번호를 만들어 적은 화폐 보고서를 제출했고, 그의 친구들은 현금을 강탈하는 과정에서 본을 살해했다는 말이군요. 의도적으로."

"그렇습니다."

나는 그에게 대답했다.

"그러면 사이먼슨은 어떻게 된 겁니까? 그도 총을 맞았잖소. 친구들이 사이먼슨도 제거하려 했습니까?"

"아닙니다. 그건 돌발 사고였어요. 지미 파지오의 말에 의하면 말이죠. 어젯밤 죽기 전에 그가 한 말이 그거였죠. 사이먼슨은 튕겨 나온 탄환에 맞았던 거 같아요. 만약 버너드 뱅크가 뇌를 손상당하지 않고 잠에서 깨어나면 그것에 대해 설명해 주겠죠. 내 느낌으로는 그가 얘기하고 싶어 할 것 같소. 책임을 분산하고 싶을 테니까."

"걱정 말아요. 그가 깨어나면 어련히 물어볼까. 하지만 병원에서 들려온 소식에 의하면 깨어나긴 어려울 것 같소."

"사이먼슨이 총상을 입는 바람에 그들에겐 오히려 도움이 됐습니다. 사이먼슨에게 은행을 그만둘 구실을 만들어줬으니까. 그건 의심할 여지가 없어요. 그래서 그는 은행으로부터 받아낸 합의금으로 그 술집들을 인수하고 개장한 것처럼 속일 수 있었습니다. 실제로 그가 받은 합의금은 맥주 냉장고 하나 새로 들여놓을 정도도 안 됐어요."

"그걸 어떻게 아시오?"

로이 린델이 의아한 표정으로 물었다.

"그냥 압니다."

"좋습니다. 현금 강탈 사건으로 잠시 돌아간다면 사이먼슨이 엉덩이에 유탄을 한 발 맞은 것만 제외하면 계획대로 끝났고, 경찰들은…."

"그게 아니죠."

라이더가 끼어들었다.

"해리 선배가 거기 있었어요. 강도들 중 한 놈을 권총으로 명중시켰죠."

나는 고개를 끄덕이며 말했다.

"그놈은 도망치던 중 밴 안에서 죽은 게 분명해요. 다른 놈들이 시체를 보트 같은 것에 싣고 바다로 나가 수장했다고 사이먼슨이 나한테 말했소. 이름은 코지였다면서, 나이트클럽 이름 하나는 거기서 따왔다고 하더군."

"좋습니다."

린델이 다시 받았다.

"그런데 사태가 잠잠해지자 경찰이 얻은 거라곤 안젤라 벤턴의 죽음과 아무도 가짜인 줄 몰랐던 일련번호 리스트란 말이군요. 아홉 달이나 흘러간 뒤에 마티 게슬러가 자기 컴퓨터에 넣고 돌려봤더니, 세상에나! 그 일련번호들 중의 하나가 떡하니 뜨더란 말이죠?"

나는 고개를 끄덕였다. 린델은 얘기가 어디로 흘러갈 건지 알고 있었다. 하지만 라이더는 의아한 표정으로 말했다.

"잠깐만요, 그건 또 무슨 얘기죠?"

린델과 나는 화폐의 일련번호를 추적한 마티 게슬러의 컴퓨터 프로그램과 그녀가 발견한 것의 의미에 대해 라이더에게 설명해 주느라 5분을 소비했다.

"알았어요. 게슬러는 처음으로 뭔가 잘못되었다고 생각했겠군요. 문제의 100달러짜리가 컴퓨터 검색에 걸렸던 이유는 그 지폐가 이미 증거물 보관소에 있었기 때문이었죠. 그렇다면 영화촬영장에서 강탈당할 수가 없죠."

"바로 그겁니다."

나는 라이더에게 말했다.

"사이먼슨이 만들어낸 일련번호들 중 한 개가 우연히 관리대장에 이미 올라 있던 것이었죠. 그와 똑같은 일이 그 후 국경에서 무수와 아지즈를 체포했을 때도 일어났습니다. 그가 지닌 100달러짜리 화폐들 중 한 장이 사이먼슨의 가짜 리스트에 있는 것과 일치했어요. 그 바람에 밀턴과 국토안보부 거물들이 달려들었지만 말짱 꽝이었죠. 사실 그 두 사건은 아무 관련도 없었어요."

그 말은 곧 내가 연방 감옥에서 그날 밤을 헛되이 보냈다는 뜻이었고, 밀턴은 아무 의미도 없는 것을 좇다가 죽었다는 소리였다. 나는 그것에 대해 더 이상 생각하지 않으려고 애쓰며 얘기를 계속해 나갔다.

"마티 게슬러는 컴퓨터에서 그것을 발견하자 잭 도시에게 연락했습니다. 다른 법집행기관들에 화폐 일련번호 리스트를 돌릴 때 그가 서명했기 때문이었죠. 거기서부터 시작된 겁니다."

"도시가 이리저리 꿰맞춰 본 끝에 사이먼슨을 떠올렸단 얘기군요."

린델이 받았다.

"그 친군 아마 위조에 대해서나 다른 어떤 것에 대해서도 알았을 겁니다. 그런데 너무 많이 알았죠. 사이먼슨을 찾아가 자기도 한 몫 끼워 달라고 했으니까."

우리는 일제히 고개를 끄덕이고 있었다. 내 얘기가 먹혀든 것을 알고 나는 계속했다.

"도시는 돈 문제가 있었습니다. 이 사건을 조사한 보험회사 직원은 관련된 모든 경찰들에 대해 일상적인 배경조사를 했죠. 도시는 빚더미에 묻혀 있었고, 대학생인 두 자녀와 대학에 진학할 아이도 둘이나 있었어요."

"돈 문제는 누구에게나 있죠. 그건 변명거리가 못 돼요."

라이더가 화를 내며 말했다. 그 말에 우린 한참 동안 침묵 속으로 빠져들었다. 내가 다시 얘기를 꺼냈다.

"그 시점에서 딱 한 가지 문제가 있었어요."

"게슬러 요원이었죠."

라이더가 냉큼 받았다.

"그 여잔 너무 많이 알았어요. 사라져야만 했죠."

라이더는 린델과 게슬러와의 관계를 알지 못했고, 린델도 그런 기색을 전혀 드러내지 않았다. 그는 눈길을 아래로 향한 채 조용히 앉아 있었다. 나는 얘기를 계속했다.

"내 짐작으론 사이먼슨과 그 패거리가 잭 도시와 동조하여 게슬러 문제를 처리했던 것 같습니다. 도시는 그들이 한 짓을 알았지만 너무 깊숙이 빠져들어 있었죠. 그러니 무슨 말이나 행동을 할 수 있었겠소? 그러자 사이먼슨은 그를 냇의 술집에서 처리한 겁니다. 크로스와 바텐더는 장식품에 지나지 않았죠."

라이더는 실눈을 치뜨며 고개를 저었다.

"뭡니까?"

린델이 그녀에게 물었다.

"납득이 되지 않아요. 게슬러와 연결이 안 되잖아요. 그녀는 흔적도 없이 사라졌어요. 감쪽같이 말이죠. 3년이나 지난 지금까지도 시체가 어디 있는지조차 모르잖아요?"

나는 린델 때문에 몸이 움츠러들었지만 내색하지 않으려고 애썼다. 라이더가 말을 계속했다.

"하지만 잭 도시의 경우는 OK 목장의 총격전 같았죠. 도시와 크로스, 바텐더가 모두 죽거나 다쳤어요. 게슬러와는 스타일이 달랐죠. 그녀는 연기처럼 사라졌지만, 도시는 피를 흘리며 죽었어요."

"그들이 도시를 그렇게 죽인 건 실패한 강도 사건처럼 보이고 싶었기 때문입니다. 만약 그를 감쪽같이 해치우면 경찰은 옛날 사건들을 뒤질 것이 빤하죠. 사이먼슨은 그걸 원치 않았어요. 그래서 그 난장판을 벌여 경찰이 강도 사건으로 보도록 했던 겁니다."

라이더는 그래도 이해할 수 없다는 표정이었다.

"그래도 납득이 되지 않아요. 나는 두 사건이 다르다고 생각합니다. 세부적으로 다 기억하진 못하지만, 마티 게슬러는 귀갓길에 차를 몰고 세풀베다 고개를 넘어가다 사라졌잖아요?"

"그렇습니다. 누가 들이받아서 차를 세웠다고 하더군요."

라이더는 고개를 저었다.

"그녀는 무장한 잘 훈련된 요원이었어요. 그런데 사이먼슨과 그 패거리들이 그녀의 차를 들이받은 다음 그녀를 제압했다는 건가요? 에이,

그럴 리가 없죠. 싸우지도 않고 말이죠. 더군다나 목격자도 없이 그럴 순 없어요. 난 그녀가 안전하게 느꼈기 때문에 차를 세웠을 거라고 생각해요. 경찰을 봤던 거죠."

라이더는 경찰이란 말을 입에 올리며 나를 향해 고개를 끄덕여 보였다. 린델은 꽉 쥔 주먹을 테이블 위에 내려놓았다. 라이더가 그에게 확신을 심어준 것이었다. 나는 방어해온 내 이론에 금이 가는 것을 느꼈다. 라이더의 말이 옳다고 생각되기 시작했다.

라이더가 로이 린델을 빤히 바라보았다. 마침내 눈치를 챈 듯 그녀가 물었다.

"당신과 그녀는 잘 아는 사이였죠, 아닌가요?"

린델은 그 질문에 고개만 끄덕였다. 그러더니 곧 성난 눈길로 나를 노려보며 말했다.

"당신이 망쳐버렸어, 보슈."

"내가 망치다니? 무슨 소릴 하고 있는 거요?"

"어젯밤 그 객쩍은 수작으로 말이야. 자기가 무슨 스티브 맥퀸이라고! 무슨 생각으로 그런 거야? 그들이 겁을 잔뜩 집어먹고 파커 센터로 걸어와 엎어지기라도 할 줄 알았나?"

라이더가 제지하려 했다.

"로이, 내 생각엔…."

"당신은 그들에게 도발하고 싶었던 거야, 아닌가? 그들이 쫓아오길 바랐던 거지."

"말도 안 되는 소리."

나는 차분하게 대꾸했다.

"4대 1로 말이야? 내가 지금까지 살아 당신과 얘기하고 있는 건 그들의 미행을 먼저 발견했기 때문이야. 그리고 밀턴이 그들의 주의를 끈

틈에 집 밖으로 도망칠 수 있었기 때문이고."

"그렇지. 바로 그거야. 당신이 먼저 그들의 미행을 눈치챘어. 왜냐하면 그들의 미행을 찾고 있었으니까. 그들이 미행하길 바랐으니까 찾고 있었던 거고. 당신이 망쳤어, 보슈. 병원에 누워 있는 그 녀석이 말짱한 정신으로 깨어나지 않으면 마티에게 무슨 일이 있었는지, 그녀가 어디 있는지는 끝내…."

그는 목이 잠겨 더 이상 말하지 못했다. 그러나 말은 중단했지만 나를 노려보는 눈길은 거두지 않았다.

"진정해요."

라이더가 조용히 말했다.

"잠시 휴식하도록 해요. 이유를 캐묻거나 비난해선 안 돼요. 우린 모두 같은 걸 추구하고 있으니까요."

린델은 천천히 단호하게 고개를 저었다.

"아니죠, 보슈는 아닙니다."

그는 계속 나를 노려보며 말했다.

"그는 언제나 자기가 원하는 것만 추구했어요. 경찰 배지를 달고 있을 때조차도 그는 언제나 사립 탐정처럼 행동했죠."

나는 눈길을 린델에게서 라이더에게 돌렸다. 그녀는 아무 말도 하지 않았지만 내게서 눈길을 돌렸다. 하지만 나는 그 눈빛 속에서 그녀의 확신을 보았다.

42 육감

집에 돌아왔을 때는 새벽녘이었다. 거기는 아직도 경찰들과 언론사 직원들로 북적대고 있었고, 내가 안으로 들어가려고 하자 경찰이 막았다. 주택과 계곡이 거대한 범죄 현장을 구성하고 있었기 때문에 경찰은 그 전체를 압류했다. 그들은 내게 하루나 이틀 후에 들어갈 생각을 하라고 말했다. 심지어 갈아입을 옷이나 필요한 물품조차 꺼내 오지 못하게 했다. 나는 철저히 기피인물이 되어 있었다. 그들은 내게 물러서라고 요구했다. 그나마 한 가지 양보를 받아낼 수 있었던 것은 내 자동차가 있는 곳으로 가게 해달라는 정도였다. 귀한 추가근무 시간을 할당받은 정복 차림의 허위츠와 스웨니가 경찰차와 보도진 차량들을 헤치고 내 메르세데스를 간이차고에서 빼낼 수 있게 도와주었다.

전날 밤 하마터면 죽을 뻔했던 극도의 흥분 상태는 가라앉은 지 오래였다. 기진맥진했지만 마땅히 갈 곳이 없었다. 멀홀랜드를 따라 정처 없이 달리다가 로럴 캐니언 대로에 이르자 우회전하여 밸리로 내려가기 시작했다.

그제야 내가 어디로 가고 있는지 감이 잡혀오기 시작했지만 아직 너무 이른 시각이란 걸 알았다. 그래서 벤튜라에 도착하자 다시 우회전하여 듀퍼즈 레스토랑 주차장으로 차를 몰아넣었다. 나는 고 옥탄 연료를 필요로 했고, 커피와 팬케이크가 그것을 채워줄 것이라고 판단했다. 차에서 내리기 전에 휴대전화를 꺼내어 켰다. 내 변호사 재니스 랭와이즈와 글로벌 언더라이터즈 보험회사 조사원 산도르 자트마리의 전화번호를 연달아 눌렀지만 응답이 없었다. 나는 그들에게 오늘 아침 회의는 취소되었으며, 그 이유는 사태가 걷잡을 수 없게 되어버렸기 때문이라는 메시지를 남겼다.

휴대전화 화면에 음성 메시지가 들어와 있다는 표시가 떠 있었다. 그것을 불러올리자 〈LA 타임스〉의 케이샤 러셀 기자가 간밤에 네 번이나 전화했던 모양이었다. 차분한 목소리로 내가 무사한지 물어본 다음 확인하고 싶으니 편리한 시간에 통화 좀 하고 싶다고 말했다. 세 번째 메시지에서는 그 목소리가 다급한 고음으로 변하더니, 네 번째 메시지로 넘어가자 내가 조사하던 사건에서 무슨 일이 벌어지면 자기한테 연락해 주겠다고 약속했던 것을 지키라고 요구했다.

"틀림없이 무슨 일이 일어났어요, 해리. 우드로 윌슨에서 네 명을 해치웠잖아요. 약속했던 대로 빨리 전화 주세요."

"알았다, 아가야."

나는 메시지를 지우며 말했다.

마지막 메시지는 흥행 챔피언이라는 "아이돌론 프로덕션" 영화제작자 알렉산더 테일러가 남긴 것이었다. 특허를 주장하는 듯한 말투였고, 이 사건 스토리는 자기 것임을 나한테 강조하고 싶어 했다.

"보슈 씨, 당신 얘기로 세상이 떠들썩하다는 걸 알고 있소. 간밤 언덕에서 벌어진 참상은 나의 현금 강탈 사건과 관련이 있는 것 같군요. 강도가 모두 네 명이었죠. 뉴스에서는 당신 집에서 죽은 사람들도 네 명이라고 하더군요. 나는 당신한테 제안했던 내용이 아직 유효하다는 걸 알려주고 싶소. 하지만 제시했던 금액은 두 배로 올리겠소. 그 스토리를 10만 달러에 사겠다는 얘기죠. 물론 협상 여지를 열어두고 당신한테 연락 받는 즉시 상의할 수도 있습니다. 내 조수의 개인 전화번호를 알려드릴 테니 전화 주시기 바랍니다. 기다리겠소."

그가 전화번호를 불러 주었지만 나는 받아 적을 생각이 없었다. 그가 제시한 돈에 대해 5초쯤 생각해 봤지만 곧 메시지를 지워버리고 휴대전화를 닫았다.

나는 레스토랑 안으로 걸어 들어가며 내 통제권을 벗어난 현재의 상황과 북부 할리우드 경찰서 심문실에서 로이 린델이 마지막으로 했던 말에 대해 생각했다. 그리고 괴물과 싸우는 사람은 그 자신도 괴물이 된다는 얘기와 과거에 다른 사람들이 내게 했던 나에 대한 얘기들, 또 며칠 전 밤 존 피플즈와 만났던 그 레스토랑 부스에서 그에게 했던 말에 대해서도 생각해 보았다. 그러자 살짝 미끄러져 나락으로 떨어지는 거나 밀턴처럼 사지로 다이빙하는 거나 다를 게 뭐가 있을까 하는 생각이 들었다.

나는 이런 문제와 지난 열 시간 동안 내가 한 행동의 동기에 대해 생각해야 한다는 걸 알았다. 그러나 곧 그대로 덮어두기로 했다. 아직도 풀어야 할 미스터리가 하나 남아 있었고, 피로가 회복되는 대로 곧장 그것을 추적할 참이었다.

나는 카운터 앞에 앉아 메뉴도 보지 않고 스페셜 요리 2번을 주문했다. 엉덩이가 큰 웨이트리스가 내게 커피를 따라주고 주방 창문으로 주문을 넣을 때, 내 옆자리 의자를 누가 차지하며 말했다.

"나도 커피 한 잔 줘요."

목소리를 알아듣고 돌아보니 케이샤 러셀이 생글생글 웃으며 바닥에 가방을 내려놓았다. 집에서부터 줄곧 따라온 것 같은 눈치였다.

"미리 짐작했어야만 했는데."

"해리, 미행당하고 싶지 않으면 전화에 회신을 하셔야죠."

"당신 메시지를 5분 전에 봤어요, 케이샤."

"암튼 이젠 회신할 필요 없어요."

"난 얘기 안 할 거요. 아직은 안 돼."

"해리, 당신 집은 마치 전쟁터 같았어요. 시체들이 여기저기 널브러져 있었고. 당신은 괜찮아요?"

"멀쩡하게 여기 앉아 있잖소, 안 그래요? 난 괜찮아. 그렇지만 아직 당신한테 얘기할 수 없소. 이 일이 앞으로 어떻게 전개될지 모르거든. 신문에 날 내용이나 공식 노선에 어긋나는 것은 말하지 않겠어요. 그건 자살행위요."

"저한테 진실을 말하고 싶지 않다는 뜻이에요? 그들이 발표한 내용이 진실이 아닌 경우에도 말입니다."

"날 잘 알잖아요, 케이샤. 내가 얘기할 수 있을 때 말해 줄게요. 이제 그만 이 커피를 마시며 평화롭게 식사할 수 있도록 해주겠소?"

"한 가지 질문에만 대답해 주시면요. 이건 질문도 아니에요. 거기서 어떤 일이 일어났든, 당신이 나한테 전화한 일과 관련 있다는 것만 확인해 줘요. 마서 게슬러 말예요."

나는 포기했다는 듯 고개를 저었다. 무언가를 주지 않고는 쉽사리 떨쳐낼 수 없는 여자란 건 진작부터 알고 있었다.

"그건 확인해줄 수가 없소. 사실이에요. 하지만 당신한테 도움이 되는 어떤 것을 주면 내가 그것에 대해 얘기할 수 있을 때까지 참고 기다려줄 수 있겠소?"

케이샤 러셀이 대답하기 전에 웨이트리스가 내 앞으로 접시를 내밀었다. 나는 버터 바른 팬케이크와 달걀 프라이, X자 형태로 포갠 베이컨 두 조각을 내려다보았다. 웨이트리스가 그 옆에 조그마한 메이플 시럽 주전자를 놓았다.

"세상에!"

러셀이 놀란 표정으로 말했다.

"이걸 다 먹었다간 사건에 대해 얘기할 시간이 영영 없을 거예요. 당신 자신을 죽이고 있군요, 해리."

웨이트리스를 쳐다보니 그녀는 내 계산서를 작성하고 있었다. 나는 '뭘 하려는 거지?' 하는 표정으로 미소 지은 뒤 어깨를 으쓱해 보였다. 그러자 그녀가 물었다.

"숙녀분 커피 값도 지불하시겠어요?"

"물론이죠."

웨이트리스가 계산서를 카운터에 놓고 물러가자 나는 러셀을 돌아보며 말했다.

"다음엔 더 큰 소리로 떠들어대라고요."

"미안해요, 해리. 하지만 당신이 뚱뚱하고 흉하게 늙는 거 싫어요. 당신은 내 친구잖아요. 곁에 두고 싶거든요."

나는 그녀의 모든 걸 꿰고 있었다. 전날 밤 만났던 바텐더들이 자기들 젓꼭지를 감추고 있듯이, 케이샤 러셀은 그녀의 동기를 꼭꼭 감추고 있었다.

"이렇게 하면 어때요? 내가 뭘 좀 줄 테니 날 혼자 있게 내버려 두고 좀 꺼져줄래요?"

여기자는 커피를 한 모금 마신 다음 미소를 지었다.

"좋아요."

"가서 안젤라 벤턴 기사들을 뒤져 봐요."

그녀의 눈이 가느다래졌다. 기억이 나지 않는 모양이었다.

"처음엔 크게 다루지 않았지만 셀마 거리의 영화촬영장에서 벌어진 강도 사건과 연결되자 엄청 커졌죠. 아이돌론 프로덕션 말이오. 신호가 와요?"

러셀은 하마터면 의자에서 굴러떨어질 뻔했다.

"지금 날 놀리는 거예요?"

그녀는 조금 큰 소리로 말했다.

"땅바닥에 쓰러진 그 네 사람이 그자들이란 말예요?"

"꼭 그렇진 않죠. 세 놈은 그자들이고 나머지 한 놈은 병원으로 실려 갔으니."

"그러면 네 번째 사내는 누구죠?"

"줄 건 다 줬소, 케이샤. 난 이젠 먹어야 되겠어요."

나는 접시 안의 음식을 자르기 시작했다.

"이건 정말 끝내줘요!"

여기자가 말했다.

"특종이 될 거예요."

하지만 카후엥가 고개에 드러누워 있는 네 사내는 이미 별로 대단한 존재들이 아니었다. 팬케이크를 한 입 깨물자 시럽이 설탕 알갱이처럼 씹혔다.

"맛있군."

러셀은 가방을 집어 들고 일어서며 말했다.

"가봐야겠어요. 커피 고마워요, 해리."

"마지막으로 한 가지 더."

나는 팬케이크를 한 입 더 베어 문 뒤 그녀를 돌아보며 음식이 가득한 입으로 말하기 시작했다.

“7개월 전 〈로스앤젤레스 매거진〉을 찾아봐요. 그들 네 녀석이 할리우드에서 가장 잘나가는 나이트클럽들을 인수했다는 기사가 실려 있을 거요. 이른바 ‘밤에 기어 다니는 놈들’ 중의 왕이라 불리는 놈들이죠. 조사해 봐요.”

여기자의 눈이 쟁반만 해졌다.

“농담하는 거죠?”

“아니, 찾아봐요.”

그녀는 고개를 숙여 내 볼에 키스했다. 전에 내가 경찰 배지를 달고 다닐 때는 한 번도 그런 적이 없었다.

“고마워요, 해리. 또 연락드릴게요.”

“그러시겠지.”

나는 여기자가 레스토랑 안을 미끄러지듯 빠르게 지나 밖으로 사라지는 것을 지켜본 뒤 접시로 다시 눈길을 돌렸다. 살짝 익힌 계란을 잘라 놓았더니 엉망으로 변해 있었다. 하지만 그 순간만큼은 이전에 먹었던 어떤 음식보다 더 맛있게 느껴졌다.

마침내 혼자가 되자 나는 키즈 라이더가 심문 도중 제기했던 의문에 대해 다시 생각해보게 되었다. 마티 게슬러가 사라진 것과 냇츠 술집에서 벌어진 학살은 그 스타일이 전혀 다르다는 주장이었다. 나는 이제야 라이더의 말이 옳다는 것을 알았다. 그 범죄들을 실행한 자들은 같을지 몰라도 계획한 자들은 각각 달랐다.

“잭 도시야!”

나는 버럭 소리를 질렀다. 소리가 너무 컸던지 세 칸 아래쪽 의자에 앉아 있던 사내가 나를 돌아보았다. 내가 빤히 노려보자 그는 눈길을 자기 커피 컵으로 돌렸다.

대부분의 기록과 나의 수첩은 집에 있기 때문에 지금은 꺼내올 수 없었다. 살인 사건 기록부는 내 메르세데스에 보관하고 있지만 그 안에 게슬러 사건에 대한 기록은 포함되어 있지 않았다. 나는 기억에 의존해서 그녀의 실종에 대한 세부사항들을 구성해 보았다. 자동차는 공항에 버려져 있었다. 사막 근처에서 사용한 그녀의 신용 카드 금액은 그녀의 자동차 연료 탱크의 최대량을 훨씬 초과하는 연료비였다. 나는 이런 사실들을 새로 붙인 잭 도시라는 주제 아래 끼워 맞추려고 애썼다. 제대로 맞추기가 어려웠다. 도시는 근 30년간 법의 한쪽에서 범죄들을 다뤄온 사람이었다. 그런 흔적을 남기기엔 너무 영리하고 너무 많이 알고 있었다.

하지만 접시의 음식을 거의 비웠을 무렵 나는 무언가를 잡았다는 생각이 들었다. 제대로 들어맞는 어떤 것. 나는 주위를 돌아보고 세 칸 아래쪽 의자에 앉은 사내나 다른 어떤 누구도 나를 주시하고 있지 않음을 확인했다. 그런 다음 시럽을 접시에 조금 더 따르곤 포크로 떠서 먹었다. 내가 다시 포크를 담그려고 할 때 엉덩이 큰 웨이트리스가 내 앞에 나타나 물었다.

"다 드셨어요?"

"어, 예. 그렇소. 고마워요."

"커피 더 드려요?"

"뚜껑 달린 컵에 담아줄 수 있어요?"

"그럼요."

그녀가 내 접시를 가져가자 시럽도 따라갔다. 이젠 뭘 할 것인가 하고 생각하고 있는데 웨이트리스가 커피를 들고 와서 계산서를 수정했다. 나는 카운터에 2달러를 놓은 뒤 계산서를 들고 계산대로 갔다. 거기서 그 레스토랑의 시럽이 담긴 병들을 판매용으로 진열해 놓고 있는 것을 보았다. 출납원이 내 눈길을 눈치채고 물었다.

"시럽도 한 병 가져가시게요?"

나는 유혹을 느꼈으나 커피만으로 만족하기로 했다.

"됐소. 오늘은 단것을 충분히 먹은 것 같으니까. 고마워요."

"당신은 달콤한 게 필요해요. 바깥세상은 끔찍하니까."

나는 그녀의 말에 동의했다. 계산서 금액을 지불한 뒤 블랙커피가 담긴 컵을 들고 밖으로 나갔다. 자동차로 돌아온 나는 전화기를 열고 로이 린델의 휴대전화 번호를 눌러댔다.

"로이요."

"보슈야. 얘기해도 되나?"

"원하는 게 뭐야? 사과? 엿이나 먹어. 난 그럴 생각 없으니까."

"그러시겠지. 당신한테 사과 받지 않고도 난 살 수 있어, 로이. 그러니까 엿은 당신이나 실컷 드셔. 난 당신이 아직도 그녀를 찾고 싶은지 알고 싶어."

이름을 말할 필요는 없었다.

"무슨 생각 하는 거야, 보슈?"

"좋아, 그렇다면."

나는 어떻게 시작해야 할지 잠시 생각에 잠겼다.

"보슈, 아직 거기 있나?"

"그럼. 잘 들어. 난 지금 누군가를 만나러 가야 해. 두 시간 후에 나와 만날 수 있겠어?"

"두 시간 후에, 어디서?"

"브론슨 캐니언이 어딘지 알아?"

"할리우드 위쪽 아닌가?"

"맞아. 그리피스 공원이지. 브론슨 캐니언 끝자락에서 만나지. 두 시간 후 당신이 거기 없으면 난 기다리지 않겠어."

"거기 뭐가 있다는 거야? 뭘 가지고 있어?"

"지금은 육감뿐이지. 나올 건가?"

잠시 침묵이 뒤따랐다.

"나가지. 뭘 가지고 나가야 하나?"

좋은 질문이야. 나는 우리가 필요로 할 것들을 생각하기 시작했다.

"손전등과 볼트커터. 삽도 한 자루 가져오면 좋을 거야, 로이."

그 말에 로이 린델은 다시 잠시 침묵한 뒤 물었다.

"당신은 뭘 가져올 거야?"

"지금 당장은 육감밖에 없는데."

"거기서 만나 어디로 갈 거지?"

"만나면 말해 주지. 거기서 보자고."

나는 그렇게 말한 뒤 휴대전화기를 닫았다.

43 블랙홀

로턴 크로스의 집 차고문은 닫혀 있었다. 밴은 진입로에 주차되어 있었지만 다른 차량들은 보이지 않았다. 키즈 라이더는 아직 도착하지 않았다. 아무도 도착하지 않았다. 나는 밴 뒤에 차를 세우고 내린 다음 현관으로 걸어가 문을 노크했다. 잠시 후 대니 크로스의 대답 소리가 들리고 문이 열렸다.

"해리, TV에서 그 뉴스를 보고 있던 참이에요. 다친 덴 없어요?"

"멀쩡해요."

"그자들이에요? 제 남편을 저렇게 만든 자들이 말예요."

여자는 간절한 눈빛으로 바라보았다. 나는 고개를 끄덕였다.

"맞습니다. 그날 술집에서 로턴을 쐈던 자는 내가 그자의 샷건으로 얼굴을 날려버렸어요. 그 말 들으니 행복합니까, 대니?"

여자는 눈물을 참느라고 입술을 깨물었다.

"복수는 달콤하다. 안 그래요? 팬케이크 시럽처럼."

나는 그녀의 어깨에 손을 올렸지만 위로하기 위해서가 아니었다. 여자를 옆으로 살짝 밀어내고 집 안으로 들어갔다. 로턴 크로스가 있는 왼쪽 거실로 가는 대신 나는 오른쪽으로 돌아 부엌으로 들어갔다. 거기서 차고로 들어가는 문이 있었다. 나는 말리부 앞에 있는 파일 캐비닛에서 안토니오 마크웰 사건 파일을 꺼내 들었다. 크로스와 도시를 LA 경찰국에서 유명하게 만들어준 유괴살인 사건이었다.

나는 집 안으로 돌아와 거실로 들어갔다. 대니는 어디로 갔는지 보이지 않았지만 그녀의 남편은 나를 기다리고 있었다.

"해리, TV들이 온통 당신 얘기로 떠들썩하군요."

나는 텔레비전 화면을 쳐다보았다. 헬리콥터에서 찍은 내 집 풍경이었다. 집 앞 도로를 경찰차와 공무 차량들, 언론사 밴들이 뒤덮고 있었다. 집 뒤쪽에는 시신들을 덮어 놓은 검정색 방수포들이 보였다. 내가 수도로 전원 버튼을 치자 화면이 꺼졌다. 나는 돌아서서 크로스의 무릎 위에 마크웰 사건 파일을 떨어뜨렸다. 그는 움직일 수 없었다. 기껏해야 눈알을 아래로 굴려 제목을 읽으려고 애쓸 뿐이었다.

"기분이 어떤가? 네가 했던 짓을 지켜보니 그게 불끈 일어서? 지금 네 처지론 불끈 일어서는 상상을 하는 건가?"

"해리, 대체 무슨…."

"그녀는 어디 있나, 로?"

"누구 말이에요, 해리? 도대체 무슨 소린지…."

"알고말고. 넌 내가 무슨 소릴 하고 있는지 정확히 알아. 거기 앉아 허수아비처럼 굴면서도 뒤로는 줄곧 나를 조종하고 있었지."

"해리, 제발."

"그만 소리 닥쳐. 넌 그자들에게 복수하고 싶었고, 그 유일한 방법이 나였어. 그래, 목적은 달성됐네, 파트너. 네가 생각했던 대로 난 그들을 다 해치웠으니까. 바라던 대로 말이야. 넌 날 멋지게 갖고 놀았어."

크로스는 아무 대꾸도 하지 않았다. 눈길을 아래로 향한 채 내 눈을 피했다.

"이번엔 내가 너한테 원하는 게 하나 있어. 너와 잭이 마티 게슬러를 감춰둔 장소야. 그녀를 집으로 돌려보내 주고 싶어."

그는 눈길을 돌린 채 침묵을 지켰다. 나는 그의 무릎에서 파일을 집어 올려 책상 위에 놓고 서류들을 뒤지기 시작했다.

"내가 가르친 후배 하나가 말해주기 전까지는 나도 까맣게 몰랐어. 그녀의 입에서 범인이 경찰이었을 거라는 말이 나왔다고. 그렇지 않고서야 게슬러가 그처럼 쉽사리 당했을 리가 없다는 거야. 그녀의 말이 옳았어. 그 네 녀석은 모두 엉성했거든."

나는 빈 텔레비전 화면을 눈짓했다.

"날 공격해온 놈들이 어떤 꼴을 당했는지 보라고."

나는 파일 속에서 찾던 것을 발견했다. 그리피스 공원 지도였다. 그것을 펼치기 시작하자 접힌 자리가 갈라지며 바스러졌다. 파일 속에 5년쯤 접혀 있던 것이었다. 브론슨 캐니언에서 발견된 안토니오 마크웰의 시신이 묻혔던 자리가 표시되어 있었다.

"일단 눈길을 그쪽으로 돌리자 그것이 보이기 시작했어. 연료가 언제나 문제였지. 누군가가 그녀의 카드를 사용했는데, 그녀의 자동차 연료통에 들어갈 양보다 훨씬 많은 연료를 구입했거든. 그게 실수였어, 로. 큰 실수였지. 연료를 구입한 게 실수였다는 얘기가 아니라, 너무 많이 구입한 게 실수였단 말이야. 그 때문에 우리가 좀 헷갈렸어. 연방 경찰은 트럭일 거라고 생각하고 트럭 운전사를 수배했지. 그런데 지금 생각해보니 크라운 빅이었던 것 같아. 모든 경찰국에 보급된 인터셉터 모델 경찰차 말이야. 보조 연료통이 있어서 추격 도중 연료를 보충하지 않아도 되지."

나는 조심스럽게 지도를 폈다. 커다란 산으로 이루어진 공원의 구불구불한 포장도로와 오솔길들이 자세하게 그려져 있었다. 브론슨 캐니언 속으로 공도(公道)가 내뻗고 높은 바위 지역까지는 방화로가 이어져 있었다. 지도는 계곡을 채석장으로 이용한 후 남은 동굴과 터널 지역을 보여주었다. 거기서 캐낸 돌들은 잘게 바숴져 서부로 이어진 철로 바닥에 깔렸다. 나는 지도를 크로스의 죽은 두 팔과 허벅지 위에 펼쳐 놓았다.

"내 짐작에 의하면 당신들은 웨스트우드에서부터 마서 게슬러를 미행했어. 그리고 고갯길 조용한 지점에서 네가 그녀의 차를 세웠지. 크라운 빅의 푸른 경광등을 이용해서 말이야. 그녀는 경찰차니까 아무 문제 없을 것으로 생각했겠지. 그렇지만 당신들은 그녀를 대형 연료통이 있는 그 커다란 차의 트렁크에 쑤셔 박았어. 당신들 중 하나가 그녀의 차를 몰고 공항으로 갔고, 다른 한 놈은 차를 몰고 뒤따라가서 그자를 싣고 돌아왔겠지. 그녀의 차는 다른 사람들의 차나 기둥 뒤에 숨겨놨을 테고. 멋진 솜씨야. 시선을 다른 곳으로 돌리게 한 것 말이야. 그런 다음 당신들은 사막으로 달려가서 그녀의 신용 카드를 사용했어. 시선을 다시 엉뚱한 곳으로 돌려놓곤 차를 돌려 그녀를 진짜 숨길 곳으로 갔던 거야. 당신들 중에서 누가 했나, 로? 그녀가 가진 것과 가지게 될 모든 것을 실제로 빼앗은 자가 누구였어?"

나는 대답을 기대하지 않았고 받지도 못했다.

"그게 내 결론이야. 당신들은 그동안 익숙해진 장소로 갔어. 마티 게슬러를 찾아 그곳으로 올 사람은 아무도 없을 거거든. 경찰은 모두 사막을 뒤지고 있을 테니까. 넌 그녀를 숨기고 싶었지만 아주 버리고 싶진 않았어, 그렇지? 그녀가 있는 곳을 정확히 알고 싶었던 거야. 왜냐하면 그녀가 너에겐 비장의 무기였으니까, 안 그래? 넌 게슬러와 그녀의 컴퓨터를 이용해서 그들을 조종했겠지. 연결선은 그녀의 컴퓨터에 저장된 화폐의 일련번호 박스 속에 있었어. 게슬러를 발견하고 그 박스를 발견하자 그 연결선이 만들어졌겠지. 그래서 라이너스 사이먼슨의 문을 두들겼을 것이고."

나는 그에게 반박할 기회를 주기 위해, 나에게 꺼지라거나 거짓말쟁이라고 소리칠 시간을 주기 위해 잠시 기다렸다. 하지만 그는 아무 소리도 하지 않았다. 나는 얘기를 계속했다.

"모든 것이 잘된 것처럼 보였어. 그래서 그날 냇의 술집에서 만나 거래를 맺기로 했던 거야, 그렇지? 서로 손잡고 부를 나누기로 말이야. 다만 라이너스 사이먼슨만 생각이 달랐던 거지. 그는 아무것도 나눠주기 싫었고 그래서 게슬러의 컴퓨터를 이용하기로 했던 것 같아. 당신들한테는 충격이 컸겠지. 당신들 둘은 거기 앉아 이미 돈을 계산하고 있었을 텐데 그자가 들어와 총탄을 퍼부었으니…."

나는 손가락으로 지도를 톡톡 두드리며 말했다.

"넌 이게 문제가 될 줄 알았을 텐데, 로. 브론슨 캐니언, 많은 터널과 굴, 당신이 소년의 시체를 발견했던 곳."

나는 지도에서 눈을 들었다.

"그게 내 짐작이었어. 거기로 올라가는 도로는 폐쇄되었지만 당신들 둘은 열쇠를 가지고 있었지, 안 그래? 그 소년 사건 이후 계속 가지고 있었는데, 그 열쇠를 쓸 일이 생겼던 거지. 그녀는 어디 있나?"

크로스는 마침내 나를 쳐다보며 말했다.

"그 자식들이 나한테 한 짓을 잘 봐요. 그놈들은 그런 꼴을 당해도 싸요."

나는 동의한다는 뜻으로 고개를 끄덕였다.

"너도 이런 꼴을 당해서 싸. 게슬러는 어디 있지?"

그는 눈길을 돌려 꺼진 TV를 쳐다보았다. 아무 말이 없었다. 내 속에서 분노의 불길이 일었다. 그의 코로 연결된 호흡기관을 눌러 공기를 막아버리던 밀턴의 모습이 떠올랐다. 괴물이 되는 모습. 내가 사냥하던 괴물로 변한 나 자신의 모습. 나는 그의 휠체어로 다가가 성난 눈빛으로 내려다보았다. 그리고 천천히 두 손을 그의 얼굴 쪽으로 쳐들었다.

"말해요."

여자 목소리에 돌아보니 대니 크로스가 문간에 서 있었다. 얼마나 오래 거기 서 있었는지, 무슨 얘기를 들었는지 알 수가 없었다. 또 처음 들은 얘긴지 이미 알고 있던 얘긴지도 가늠하기 어려웠다. 한 가지 확실한 것은 나락으로 떨어지기 직전에 있던 나를 그녀가 붙잡아 주었다는 사실이었다. 나는 다시 로턴 크로스를 돌아보았다. 그의 눈은 자기 아내를 보고 있었지만, 굳은 표정에는 여전히 슬픔과 참담함이 담겨 있었다.

"말해요, 로턴."

그의 아내가 다시 말했다.

"그러지 않으면 내가 당신 곁을 떠나겠어요."

크로스의 표정이 갑자기 두려움으로 뒤덮였다. 그는 애절한 눈빛으로 아내에게 말했다.

"내 곁에 있겠다고 약속하겠소?"

"약속해요."

그의 눈길이 휠체어 위에 펼쳐진 지도로 떨어졌다.

"이건 필요 없어요. 거기 올라가기만 하면 됩니다. 커다란 동굴로 들어가 오른쪽 터널로 가면 하늘이 열린 공터가 나와요. 누가 그러길 '악마의 분지'라 부른다고 하더군요. 암튼 우린 거기서 그 소년을 찾아냈죠. 지금은 그녀가 거기 있지만."

그는 더 이상 나를 쳐다보지 못하고 눈길을 지도 위로 떨어뜨렸다.

"어디를 찾아봐야 하나, 로?"

"그 소년이 있던 곳이요. 가족들이 표시를 해놨습니다. 가보면 금방 알아요."

나는 고개를 끄덕였다. 이해가 되었다. 휠체어 위에 펼쳐놓았던 지도를 천천히 접으며 그를 바라보았다. 그는 차분해진 것처럼 보였고, 표정 없는 얼굴로 돌아가 있었다. 나는 자백한 사람들의 눈에서 그런 눈빛을 수없이 보았다. 무거운 짐을 내려놓은 눈빛.

더 이상 얘기할 것이 없었다. 나는 지도를 끼워 넣은 파일을 손에 들고 방을 나왔다. 문밖에 서 있던 대니 크로스는 자기 남편만 바라보고 있었다. 나는 그녀 옆을 지나가다 잠시 멈춰 서며 말했다.

"저 친군 블랙홀이에요. 당신을 통째로 빨아들여 깊숙이 가라앉힐 겁니다. 당신 자신을 구하세요, 대니."

"어떻게요?"

"알잖소."

나는 그녀를 내버려 두고 밖으로 나갔다. 메르세데스에 올라 할리우드를 향해 남쪽으로 달리기 시작했다. 거기 언덕들이 그렇게 오랫동안 감추고 있었던 비밀을 찾아.

44 로스트 라이트

할리우드에 도착했을 때 비는 아직 내리지 않았지만 어두운 하늘은 나지막한 천둥소리로 가득했다. 나는 고속도로에서 프랭클린을 지나 브론슨 캐니언으로 들어간 다음 언덕들이 있는 지역으로 올라갔다. 브론슨 계곡은 내가 평생 봐도 다 못 볼 만큼 많은 영화들 속에 등장했다. 바위투성이 지역과 삐죽삐죽 튀어나온 암벽들은 무수한 서부 영화들과 적지 않은 저예산 행성탐사 영화들의 배경이 되었다. 나는 어릴 때도 여기 와본 적 있었고, 사건들 때문에도 여러 번 왔다. 그래서 조심하지 않으면 산길에서나 채석장 또는 동굴 속에서 방향을 잃을 수도 있다는 걸 알고 있었다. 바위 벽면들에 에워싸이기 시작하면 얼마 후엔 모두 똑같아 보여 방향 감각을 상실하게 되었다. 바로 그 똑같음이 가장 큰 위험이었다.

공원 도로를 따라 올라가니 끝난 지점부터는 소방도로가 이어졌다. 흙길에 자갈을 깐 소방도로 입구는 자물통을 채운 철문으로 막혀 있었다. 열쇠는 소방국과 시청 영화 관리국에 있지만, 로턴 크로스 덕분에 나는 그 이상의 정보를 알고 있었다.

그곳에 도착하자 나는 린델이 올 때까지 기다리고 싶지 않았다. 동굴들이 있는 곳까지는 한참 걸어 올라가야 하지만, 나의 분노는 결의와 동력으로 벼려져 있었다. 잠긴 철문 앞에 앉아 린델을 기다리는 사이에 그 불길이 사그라질 것만 같았다. 나는 언덕 위로 올라가서 일을 끝장내고 싶었다. 그래서 린델이 어디 있는지 확인하려고 휴대전화기를 꺼내 전화를 걸었다.

"당신 뒤에 있어."

백미러를 살펴보니 관용차 크라운 빅이 마지막 모퉁이를 돌아 나오고 있었다. 그러자 내가 엮어낸 마지막 단서가 줄곧 그처럼 가까이 있었다는 걸 그가 알게 되면 어떤 반응을 보일까 하는 생각이 들었다.

"때가 됐어."

나는 그렇게 대꾸한 뒤 전화를 끊고 메르세데스에서 내렸다. 린델이 차를 세우자 나는 그의 창문으로 고개를 들이밀며 물었다.

"볼트커터 가져왔나?"

로이 린델은 앞유리 너머로 철문을 바라보았다.

"뭐하려고? 저 자물통을 자르고 싶진 않은데. 저걸 잘랐다간 그들이 날 잡아먹으려고 덤벼들 거야."

"로이, 난 당신을 거물급 연방 요원으로 생각했어. 커터 이리 줘. 내가 할 테니."

"그러면 당신이 그 불벼락을 맞을 수 있지. 그들에게 예감 때문에 그랬다고 말할 참이야?"

나는 이제 예감 이상의 것을 가지고 움직이고 있다는 표정으로 그를 바라보았다. 그가 트렁크를 열었다. 나는 뒤로 돌아가 린델이 연방 장비

보관소에서 반출했을 볼트커터를 꺼냈다. 그는 내가 자물통을 잘라버린 뒤 철문을 활짝 열 때까지도 차에서 내리지 않았다. 나는 트렁크로 돌아가는 길에 그의 창문을 향해 말했다.

"당신이 FBI 대테러 신속대응 팀에 선발되지 못한 이유를 이젠 알 것 같군."

볼트커터를 던져 넣고 트렁크를 닫은 다음 나는 그에게 언덕 위로 따라오라고 말했다. 우리는 각자의 차를 몰고 구불구불한 길을 따라 올라갔다. 바퀴에 깔리는 자갈 소리가 아직 내리지도 않는 빗소리처럼 들렸다. 도로는 마지막으로 180도를 돌아 가장 큰 동굴 입구 앞에서 끝났다. 높이가 4.5미터쯤 되는 오피스 빌딩 크기의 화강암 동굴이었다. 나는 차를 린델의 차 옆에 세운 뒤 트렁크 쪽으로 돌아갔다. 그가 트렁크를 열고 삽 두 자루와 손전등 두 개를 꺼냈다. 내가 손을 내밀자 그가 내 팔을 잡으며 물었다.

"좋아, 보슈. 이제 뭘 하려는 거야?"

"그녀가 여기 있어. 들어가서 찾아내야지."

"확인된 건가?"

나는 그를 바라본 뒤 고개를 끄덕였다. 한때 사랑했던 사람들이 더 이상 살아서는 만나지 못하게 된 경우들을 나는 지금까지 너무 많이 봐왔다. 린델이 마티 게슬러에 대한 희망을 접은 지 이미 오래되었다는 걸 나는 알고 있었다. 하지만 마지막 확인을 하기란 여전히 쉬운 일이 아닐 터였다.

"그래. 로턴 크로스가 자백했어."

린델은 고개를 끄덕이더니 트렁크에서 눈길을 돌려 화강암 산마루를 쳐다보았다. 나는 서둘러 트렁크에서 연장을 챙기면서 혹시 내 휴대전화에 신호가 잡히고 있는지 살펴보았다. 등 뒤에서 린델의 목소리가 들려왔다.

"비가 오려고 해."

"그렇군. 올라가자고."

나는 그에게 삽 한 자루와 손전등을 건네주었다. 우리는 동굴 입구로 걸어갔다.

"그자는 이 짓을 한 대가를 치르게 될 거야."

린델의 말에 나는 고개를 끄덕였다. 하지만 로턴 크로스는 이미 죽을 때까지 날마다 그 대가를 치르고 있다는 말을 그에게 해주고 싶진 않았다. 동굴 내부는 높고 넓었다. 샤킬 오닐이 윌트 체임벌린을 목말 태우고 걸어갈 수 있을 정도였다. 내가 35년 전에 기어서 통과했던 그 퀴퀴하고 폐소 공포증을 자아내는 땅굴과는 전혀 달랐다. 터널 안 공기도 신선하고 깨끗한 냄새가 났다. 3미터쯤 들어갔을 때 우리는 손전등을 켰고, 15미터쯤 더 들어가자 굴이 휘어지며 입구가 더 이상 보이지 않았다. 나는 크로스가 가리켰던 방향을 떠올리며 계속 오른쪽으로 천천히 걸어갔다.

중앙 동굴에 도착하자 우리는 걸음을 멈췄다. 거기서 터널이 세 갈래로 갈라졌다. 나는 손전등 불빛을 세 번째 터널 입구에 비춰보곤 그쪽이란 걸 알았다. 손전등을 끄고 린델에게도 끄라고 하자 그가 물었다.

"왜? 무슨 일이야?"

"아무것도 아냐. 그냥 잠시 끄라고."

그가 손전등을 끄자 나는 눈이 어둠에 적응하기를 기다렸다. 그러자 암벽의 윤곽과 돌출면이 차츰 눈에 잡히기 시작했다. 나는 우리를 따라 들어온 불빛을 볼 수 있었다.

"저게 뭐지?"

린델이 물었다.

"로스트 라이트. 난 로스트 라이트를 보고 싶었어."

"뭐라고?"

"잃어버린 빛이란 뜻이야. 어둠 속이나 지하에서도 항상 볼 수 있지."

나는 불빛이 린델의 얼굴에 닿지 않도록 조심하며 손전등을 다시 켠 뒤 세 번째 터널을 향해 걸어갔다.

이젠 터널이 낮고 좁아져서 우리는 상체를 숙이고 한 줄로 걸어가야만 했다. 오른쪽으로 굽어진 터널을 따라 얼마 가지 않아 앞쪽에서 빛이 보였다. 터널 출구였다. 그곳으로 나가자 사발 모양의 공터가 나타났다. 수십 년 전에 깎아낸 화강암 스태디엄인 데블즈 펀치볼이었다.

오랜 세월 동안 사발의 밑바닥엔 화강암 부스러기와 먼지가 두껍게 쌓여 덤불이 우거졌고 시체를 파묻기에도 충분했다. 도시와 크로스가 안토니오 마크웰의 시체가 있는 곳으로 안내된 곳이 바로 여기였고, 그 후 그들은 마티 게슬러를 데리고 다시 이곳으로 왔을 터였다. 3년 전 그날 밤 그녀는 과연 몇 시간이나 목숨을 부지할 수 있었을까? 그녀는 총부리에 떠밀려 터널 속으로 걸어 들어갔을까, 아니면 이미 죽은 상태로 질질 끌려서 마지막 안식처로 옮겨졌을까?

어떤 대답을 들어도 위안이 되진 않을 것이었다. 뒤를 돌아보자 린델이 막 터널에서 공터로 나오고 있었다. 그의 핼쑥한 얼굴을 보자 나와 똑같은 생각을 하고 있다는 것을 알 수 있었다.

"어디 있나?"

그가 물었다. 나는 돌아서서 사발처럼 생긴 공터 바닥을 훑어보았다. 그러자 화강암 벽면 옆 연한 갈색 덤불 속에 솟아오른 자그마한 흰 십자가가 눈에 들어왔다.

"저기."

린델이 앞장서서 십자가를 향해 빠른 걸음을 옮겨놓았다. 그는 두 번 생각할 것도 없다는 듯 십자가를 쑥 빼내어 옆으로 던져버렸다. 그리고 내가 다가갔을 때는 이미 바닥에 삽을 꽂아 넣고 있었다. 나는 십자가를 내려다보았다. 옛날 말뚝 울타리로 만든 것이었다. 십자가 중심부에 소년의 사진이 붙어 있었다. 아이스크림 막대기로 테두리를 두른 학교 사진이었다. 안토니오 막스웰은 그런 생활과 이곳에서 사라진 지 오래지만, 그의 가족들은 이곳을 성지로 표시해 놓은 것이었다. 도시와 크로스가 그곳을 이용한 이유는 무단침입자들도 절대 파헤치지 않을 것임을 알았기 때문이었다.

나는 허리를 굽혀 십자가를 주워들었다. 그리고 그것을 화강암 벽에 기대어 세워놓은 뒤 빌린 삽을 들고 작업에 나섰다.

우리는 사실 삽으로 땅을 파고 있는 것이 아니었다. 지표면을 긁어내고 있었고, 두 사람 다 본능적으로 삽날을 땅속으로 너무 깊이 박는 것을 꺼렸다.

5분도 안 되어 우리는 그녀를 발견했다. 린델의 삽이 마지막으로 긁어낸 곳에 두꺼운 비닐 방수포가 드러났던 것이다. 우리는 삽을 옆으로 내려놓고 쪼그리고 앉아 살펴보았다. 방수포는 샤워장 커튼처럼 불투명했지만, 손의 윤곽이 그 위로 뚜렷하게 드러나 있었다. 쪼그라든 조그마한 손이었다. 여자의 손.

"좋아, 로이. 그녀를 찾아냈어. 이젠 여기서 나가 경찰에 신고를…."

"아니. 이건 내 손으로 하고 싶어. 나는…."

그는 말을 끝맺지 못했다. 다만 손바닥을 내 가슴에 대고 부드럽게 밀어낼 뿐이었다. 그리곤 그 자리에 쪼그리고 앉아 두 손으로 흙을 파내기 시작했다. 그의 두 팔이 시간을 다투듯이, 마치 그녀가 질식하기 전에 구해내기라도 할 듯이 빠르게 움직였다.

"정말 유감이네, 로이."

나는 그의 등에 대고 말했지만 그의 귀에 들렸을 것 같지 않았다.

몇 분 지나자 로이 린델은 비닐 대부분을 벗겨냈다. 여자의 얼굴부터 엉덩이까지가 드러났다. 비닐이 부패를 지연시킨 건 분명했지만 막진 못했다. 분지의 공기 속에 퀴퀴한 냄새가 감돌았다. 뒤로 다가가 린델의 어깨 위로 살펴보니 마서 게슬러 요원은 옷을 입은 채 두 팔을 앞으로 모은 자세로 비닐에 싸여 묻혔음을 알 수 있었다. 비닐을 통해 여자의 얼굴 반쪽만 희미하게 보였다. 나머지 반은 접힌 비닐 속에서 시커멓게 변한 피로 인해 보이지 않았다. 나는 놈들이 그녀의 얼굴을 쏴서 살해했다는 걸 알았다.

"그녀의 컴퓨터가 여기 있군."

린델이 말했다.

가까이 다가가 살펴보니 랩톱 컴퓨터 윤곽이 드러나 있었다. 그것은 자체의 비닐 케이스에 담긴 상태로 게슬러의 가슴 위에 놓여 있었다.

"그것이 사이먼슨과 연결되어 있어."

이젠 분명해졌지만 나는 그렇게 말했다.

"그게 그들의 무기였지. 그래서 시체와 랩톱을 자기들 손에 닿는 곳에 두고 싶었던 거야. 그러면 사이먼슨과 그의 패거리를 견제할 수 있을 거라고 생각했지만 오산이었지."

린델의 어깨가 흔들리기 시작했지만, 나는 그가 더 이상 땅을 파고 있진 않다는 것을 알았다. 그가 잠긴 목소리로 말했다.

"잠시만 자리를 비켜줘, 해리."

"그러지. 나는 자동차로 돌아가서 사람들을 부르겠네. 휴대전화를 두고 왔거든."

내가 거짓말을 한 줄 알았든 몰랐든, 그는 반대하지 않았다. 나는 손전등 하나를 집어 들고 돌아섰다. 좁은 터널을 빠져나오는데 뒤쪽에서 덩치 큰 사내의 울음소리가 들려왔다. 그 소리는 좁은 터널을 통과하며 더 커지고 높아졌다. 마치 그가 바로 내 옆에 있는 것 같았다. 마치 그가 내 머릿속에 있는 것 같기도 했다. 나는 더 빨리 걸었다. 세 개의 터널이 합쳐지는 큰 동굴에 이르렀을 때는 출입구까지 거의 뛰다시피 걸었다. 마침내 환한 바깥으로 나와서 보니 비가 내리고 있었다.

45 마음속에 있는 것들은 다함이 없다

다음 날 오후 나는 다시 버뱅크에서 라스베이거스로 날아가는 사우스웨스트 제트기에 올랐다. 아직 내 집에 들어가는 것이 허락되지 않은 상태였고, 꼭 들어가고 싶지도 않은 것 같았다. 나는 여전히 수사의 열쇠를 쥐고 있었지만, 나한테 LA를 떠나지 말라고 특별히 주의를 준 사람도 없었다. 그딴 소리는 영화에서나 하는 것이다.

언제나 그렇듯 객석은 만원이었다. 모은 돈과 희망을 안고 탐욕의 성지로 날아가는 사람들. 그러자 사이먼슨과 도시와 크로스, 안젤라 벤턴이 연달아 떠올랐고, 탐욕과 운이 그들의 삶을 희롱했다는 생각이 들었다. 무엇보다도 마티 게슬러의 불운이 가슴 아팠다. 그런 곳에 버려진 채 3년 넘도록 썩어가고 있었다니. 그녀는 단지 경찰에게 전화를 한 통 했을 뿐이었는데, 그것이 자신을 파멸로 내몰았던 것이다. 좋은 의도였다. 믿었었고. 그렇게 해야만 했었다. 정말 멋진 세상이야.

이번엔 매캐런에서 렌터카를 빌려 차량들 속으로 뛰어들었다. 내가 린델에게 자동차 번호를 불러줘서 알아내게 한 그 주소는 라스베이거스 북서쪽에 있었다. 도시 외곽 끝자락이었다. 적어도 지금은. 그리고 새로 지어진 큰 주택으로, 내 생각엔 프랑스 지방 양식을 택하고 있는 것 같았다. 난 그런 것에 대해선 잘 모르니까.

차량 두 대가 들어갈 만한 차고는 잠겨 있었지만 원형 진입로에 차가 한 대 서 있었다. 내가 엘리노어에게 얻어 탔던 그 차는 아니었다. 5년쯤 지나 주행거리가 꽤 될 것 같은 토요타였다. 난 그런 것엔 도사니까.

렌터카를 진입로 가장자리에 세운 뒤 천천히 내렸다. 운이 좋으면 누군가가 문을 열고 나를 맞아들일 것이고, 그러면 이 꺼림칙한 기분은 모두 날아가 버릴 것이라고 생각했다.

하지만 그런 일은 일어나지 않았다. 나는 문으로 다가가서 초인종을 눌러야만 했고, 어쩌면 억지로 밀고 들어가야 할지도 모른다고 생각했다. 일테면 그렇다는 얘기였다. 안에서 울리는 초인종 소리를 들으며 잠시 기다렸다. 다시 누르기 전에 여자가 문을 열었다. 60대로 보이는 라틴계 여자였다. 자그마한 체구에 친절한 얼굴이었지만 지쳐 보였다. 샷건에 화상을 입은 내 얼굴을 보자 측은한 표정을 지었다. 어떤 형태의 유니폼도 입고 있지 않았지만 나는 그녀가 가정부란 걸 알 수 있었다. 가정부를 거느리고 있는 엘리노어. 상상하기가 어려웠다.

"엘리노어 위시란 분 계십니까?"

"누구라고 말씀드려야 하나요?"

여자의 영어는 악센트가 약간 강했지만 훌륭했다.

"남편이 찾아왔다고 하십시오."

그녀의 놀란 눈빛을 보고 나는 멍청한 소릴 했구나 싶었다.

"전남편입니다."

나는 재빨리 말한 뒤 덧붙였다.

"그냥 해리가 왔다고 해주십시오."

"잠깐만 기다려주세요."

내가 고개를 끄덕이자 여자는 문을 닫았다. 자물쇠를 잠그는 소리가 들렸다. 기다리고 있는 동안 뜨거운 열이 옷과 두피를 뚫고 들어오는 느낌이었다. 주위의 모든 것들이 햇빛을 환하게 반사하고 있었다. 5분 가까이 걸려서야 문이 다시 열렸고, 엘리노어가 거기 서 있었다.

"해리, 다친 덴 없어?"

"멀쩡해."

"TV에서 다 봤어. CNN을 통해."

그 말에 나는 고개만 끄덕였다.

"마티 게슬러 일이 너무 슬퍼."

"응."

더 이상 얘기할 것이 없자 그녀가 마침내 물었다.

"그런데 여긴 웬일이야, 해리?"

"모르겠어. 그냥 당신이 보고 싶었어."

"여긴 어떻게 찾았어?"

나는 어깨를 으쓱했다.

"난 형사야. 형사였지."

"나한테 전화를 먼저 했어야지."

"알아. 그밖에도 해야 할 것이 많았지만 하지 않았지, 엘리노어. 미안해, 됐지? 모두가 다 미안해. 나를 안으로 들일 거야, 아니면 햇볕 속에서 이대로 녹아야 하나?"

"들어오기 전에 분명히 해둘 점은 이건 내가 원했던 방법이 아니라는 거야."

엘리노어가 뒤로 한 걸음 물러서며 문을 열자 나는 마음속 깊숙이 안

도감이 자리 잡는 기분이었다. 그녀는 손을 들고 환영한다는 제스처를 해 보였다. 현관으로 들어가자 세 방향으로 이어지는 아치형 입구들이 나타났다.

"당신이 원했던 방법이 아니란 소린 무슨 뜻이야?"

내 물음에 그녀는 가운데 아치형 입구를 가리키며 말했다.

"거실로 들어가."

안으로 들어가자 깔끔하고 멋진 가구들이 놓인 커다란 방이 나타났다. 그런데 한 쪽 모퉁이에 놓여 있는 베이비 그랜드 피아노가 내 눈길을 끌었다. 엘리노어는 피아노를 연주하지 않았다. 나를 떠난 이후로 배운 게 아니라면.

"마실 것 좀 줄까, 해리?"

"음, 물이 좋겠어. 바깥은 엄청 더워."

"항상 그렇지 뭐. 여기 있어, 금방 돌아올 테니까."

내가 고개를 끄덕이자 그녀는 나를 거실에 남겨두고 나갔다. 주위를 돌아봐도 언젠가 내가 그녀의 아파트를 방문했을 때 보았던 가구는 하나도 보이지 않았다. 모든 것이 달랐고 새 물건들이었다. 거실 뒷벽은 미닫이 유리문들로 되어 있었는데, 스크린으로 가린 풀장이 내려다보였다. 풀장 주위로 둘러친 하얀 플라스틱 안전 담장은 아이를 데려온 사람들에게 주의를 주기 위함 같았다.

갑자기 엘리노어에 대한 비밀들이 풀리기 시작하는 느낌이었다. 모호한 대답들, 열 수 없는 자동차 트렁크. 아이들을 데리고 다니는 사람들은 접이식 유모차를 트렁크에 싣고 다닌다.

"해리?"

돌아보니 엘리노어였다. 그녀의 옆에는 짙은 색 머리카락과 눈동자를 가진 작은 여자아이가 서 있었다. 둘은 손을 잡고 있었다. 나는 엘리노어와 소녀를 번갈아가며 바라보았다. 소녀의 얼굴은 엘리노어를 닮았다. 똑같은 곱슬머리, 똑같이 도톰한 입술과 오똑한 코. 태도도 자기 엄마랑 흡사한 데가 있었다. 나를 바라보는 표정까지도.

그렇지만 눈동자는 엘리노어의 것이 아니었다. 그 눈동자는 내가 거울을 바라볼 때마다 발견하는 것이었다. 내 눈동자를 빼닮았다.

갑자기 속에서 감정이 복받쳐 올랐는데, 다 좋은 느낌은 아니었다. 그런데 아이에게서 도무지 눈을 뗄 수가 없었다.

"엘리노어…?"

"매디라고 해."

"매디?"

"매들린의 약칭이야."

"매들린. 몇 살이지?"

"네 살이 돼가요."

나의 생각은 먼 과거로 흘러갔다. 엘리노어가 나를 아주 떠나기 전에 우리가 함께했던 마지막 순간을 떠올렸다. 언덕 위의 그 집에서. 그때라면 그런 일이 일어날 수 있었겠다는 생각이 들었다. 엘리노어도 나의 그런 생각을 읽은 듯했다.

"으레 일어나게 되어 있었던 일 같았어. 마치 우리가 결코…."

그녀는 말을 끝맺지 못했다.

"왜 나한테 말하지 않았지?"

"가장 적절한 때 말하고 싶었어."

"언제가 가장 적절한데?"

"지금 같아. 당신은 형사잖아. 스스로 알아내길 바랐던 것 같아."

"그건 옳지 않아."

"어떻게 해야 옳았는데?"

속에서 불길이 두 줄기로 뻗쳐올랐다. 하나는 빨간 불길, 다른 하나는 파란 불길이 각기 다른 방향으로 뻗쳤다. 하나는 분노의 감정, 다른 하나는 따스한 감정이었다. 하나는 내가 컵을 깊숙이 담글 수 있는 비난과 복수로 가득한 데블즈 펀치볼, 마음속 캄캄한 심연으로 나를 인도했다. 다른 하나는 그런 모든 것으로부터 나를 끌어내어 천국의 길로 안내했다. 환하고 축복받은 낮들과 어둡고 성스러운 밤들, 로스트 라이트가 돌아오는 곳으로 나를 이끌었다. 내가 잃어버렸던 빛.

나는 한 쪽 길만 선택할 수 있을 뿐이지 양쪽 모두는 안 된다는 걸 알고 있었다. 소녀를 보고 있던 눈길을 들어 엘리노어를 쳐다보았다. 눈에 눈물이 고여 있었지만 그녀는 미소를 짓고 있었다. 그 순간 나는 어느 길을 택해야 할지 알았고, 마음속에 있는 것들은 다함이 없다는 것을 알았다. 나는 한 걸음 나아가 소녀 앞에 쪼그리고 앉았다. 그동안 어린 목격자들을 많이 상대해 봤기 때문에 그들의 눈높이로 다가가는 것이 최상의 방법임을 알고 있었다.

"안녕, 매디."

나는 내 딸에게 말했다.

아이는 얼굴을 돌려 자기 엄마 바짓가랑이에 묻으며 말했다.

"너무 부끄러워요."

"괜찮아, 매디. 나도 부끄럼을 많이 타. 손 한번 잡아 봐도 되겠니?"

아이는 엄마 손을 놓고 내 앞으로 손을 내밀었다. 내가 손을 잡자 아이는 작은 손으로 내 집게손가락을 감싸 쥐었다. 나는 두 무릎이 바닥에 닿을 만큼 상체를 앞으로 숙였다가 다시 쪼그려 앉았다. 아이는 나를 살펴보았다. 무서워하는 것 같진 않았지만 조심스러웠다. 내가 다른 손을 내밀자 아이도 다른 손으로 잡았다. 작은 손가락들이 똑같이 내 집게손가락을 감싸 쥐었다.

나는 아이의 작은 두 주먹을 감고 있는 내 눈앞으로 쳐들었다. 그 순간 모든 비밀들이 풀렸다는 걸 알았다. 내가 집으로 돌아왔다는 것도. 그리고 내가 구원받았다는 사실도.

〈끝〉

로스트 라이트_해리 보슈 시리즈 Vol.9

1판 1쇄 발행 2013년 5월 3일
1판 3쇄 발행 2013년 11월 25일
2판 1쇄 인쇄 2015년 1월 22일
2판 1쇄 발행 2015년 1월 30일

지은이 마이클 코넬리
옮긴이 이창식

발행인 양원석
본부장 송명주
편집장 김지연
해외저작권 황지현, 지소연
제작 문태일, 김수진
영업마케팅 김경만, 정재만, 곽희은, 임충진, 이영인, 장현기, 김민수,
임우열, 윤기봉, 송기현, 우지연, 정미진, 이선미, 최경민

펴낸 곳 ㈜알에이치코리아
주소 서울시 금천구 가산디지털2로 53, 20층(가산동, 한라시그마밸리)
편집문의 02-6443-8846 **구입문의** 02-6443-8838
홈페이지 http://rhk.co.kr
등록 2004년 1월 15일 제2-3726호

ISBN 978-89-255-5527-0 (04840)
978-89-255-5518-8 (set)